NICHOLE CHASE

American Royals

Wer wir auch sind

NICHOLE CHASE

AMERICAN ROYALS

Wer wir auch sind

Roman

Ins Deutsche übertragen
von Wiebke Pilz

LYX

LYX in der Bastei Lübbe AG
Dieser Titel ist auch als E-Book erschienen.

MIX
Papier aus verantwortungsvollen Quellen
FSC® C019821

Die Originalausgabe erschien 2016
unter dem Titel »Bedmates«.

Redaktion: Christiane Wirtz
Covergestaltung: ZERO Werbeagentur GmbH
Coverabbildung: © FinePic/shutterstock
Satz: Greiner & Reichel, Köln
Gesetzt aus der Adobe Caslon
Druck und Verarbeitung: C.H.Beck, Nördlingen
Printed in Germany
ISBN 978-3-7363-0710-0

1 3 5 7 6 4 2

Sie finden uns im Internet unter www.lyx-verlag.de
Bitte beachten Sie auch: www.luebbe.de und www.lesejury.de

Für meinen Vater, der seinem Land aufopferungsvoll gedient hat.
Für meine Familie und Freunde – damals und heute –,
die die Hilferufe erhört haben.
Vielen Dank, dass ihr so viele Opfer gebracht habt.

1. KAPITEL

MADDIE

Eine halbe Flasche Wein, schlechte Planung und das unangebrachte Bedürfnis, die Welt zu retten: Das waren die Gründe, warum ich jetzt auf einem ungemütlichen Plastikstuhl in einem von kaltem Neonlicht erhellten Raum saß und mit Grauen meinen unausweichlichen Untergang erwartete. Jeden Moment würde die Pressesprecherin meines Vaters mit mürrischem Blick die Polizeiwache durch die schmutzige Eingangstür betreten, während ihr noch das Blut ihres letzten Opfers über das Kinn lief.

Ich wurde nicht enttäuscht. Sie rauschte herein wie ein schwarz-weißes Geschoss. Cruellas braune Augen musterten mich missbilligend, und mir war klar, dass ich richtig tief in der Scheiße saß. Sie hieß nicht wirklich Cruella, aber der Name hätte gut gepasst. Mit ihrem angsteinflößenden Blick und ihrer Vorliebe für schwarz-weiße Kleidung machte sie ihrer Cartoon-Version alle Ehre. Ihr richtiger Name war Reese Pang, und normalerweise ignorierte sie mich völlig – außer wenn mein Vater wütend war. So aufgebracht, wie ihre Augen loderten, musste er ihr eine Menge Munition mitgegeben haben. Ich versuchte mir einzureden, dass es hätte schlimmer kommen können, aber ich war mir ziemlich sicher, dass Reese mich am liebsten in einen der Regierungsbunker eingesperrt hätte.

Sie war die rechte Hand meines Vaters und damit die

Einzige, der er die Aufgabe anvertraute, mich hier abzuholen. Schließlich konnte der Präsident der Vereinigten Staaten nicht einfach zur nächsten Polizeidienststelle schlendern und die Kaution für seine einundzwanzigjährige Tochter hinterlegen, ohne dass dies am nächsten Morgen für interessante Schlagzeilen gesorgt hätte.

»Wollen wir die Plätze tauschen?« Ich sah den Polizisten neben mir an und zog eine Augenbraue hoch.

»Nicht mal, wenn Sie Bill Gates wären.« Der ältere Mann schüttelte den Kopf und betrachtete dann wieder die Papiere auf seinem Schreibtisch. »Diese Frau sieht aus, als wollte sie Hackfleisch aus Ihnen machen.«

»So ein Mist.« Ich schnitt eine Grimasse. Er hatte recht. Mir blieb nichts anderes übrig, als mich gegen die unvermeidliche Standpauke zu wappnen.

Das Schlimmste daran war, dass ich sie vermutlich verdiente. Ich hatte mit guten Absichten gehandelt, aber vielleicht den falschen Weg gewählt. Dad drängte mich immer, nachhaltige Lösungen zu suchen, aber ich mochte schnelle Erfolge. Einen Gesetzesentwurf gegen Tierversuche einzureichen schien mir reine Zeitverschwendung, wenn ich stattdessen auch einfach im Labor einbrechen und die armen Tiere befreien konnte. Hätte ich doch nur so normale Eltern wie Phoebe, meine Zimmergenossin an der Uni.

Von ihrem Platz neben ihren Eltern aus gestikulierte Phoebe mit den Fingern in meine Richtung. Sie füllten am Tisch eines anderen Polizeibeamten Formulare aus. Ihre Mutter Maureen, die das von silbernen Strähnen durchzogene Haar zu einem langen Zopf geflochten hatte, lächelte, und ihr Vater Diego wirkte überhaupt nicht wütend, als er sich die Dreadlocks aus dem Gesicht strich.

Vielleicht war »normal« nicht das richtige Wort, um Phoebe

und ihre Familie zu beschreiben. Meine Stiefmutter Abigail bezeichnete sie als Hippies, und ihr Ton ließ keinen Zweifel daran, dass sie nicht viel von ihnen hielt, aber ich liebte sie. Ich liebte jedes nicht normale, pflanzenliebende, vegane Detail, durch das sie sich von meiner Familie unterschied. Sie waren das absolute Gegenteil von allem, mit dem ich aufgewachsen war. Mit elf hatten sie Phoebe von der Schule genommen und alle US-amerikanischen Staaten bereist. Sie hatten sich ehrenamtlich für Obdachlose engagiert, Tiere gepflegt und an jedem zweiten Wochenende gegen irgendetwas demonstriert. Das Einzige, was sie von den Blumenkindern unterschied, war der riesige Treuhandfonds und Diegos außerordentliches Talent für Investitionen.

Gequälte Versuchstiere zu befreien war für sie so etwas wie ein Familienausflug. Wenn sie wegen irgendetwas sauer waren, dann höchstens, weil wir sie nicht miteinbezogen hatten.

Im Gegensatz zu Phoebe war ich auf eine Privatschule gegangen, hatte eine Schuluniform getragen und sogar einen Kurs zum Thema Tischmanieren besucht. Mit zwölf hatte ich Ärger wegen eines unechten Tattoos bekommen. Ein aufgeklebtes Tattoo mit dem Namen meiner Lieblingsband hatte mich um Konzertkarten und einen Abend mit meinen Freunden gebracht. Natürlich hatte mich das nur darin bestärkt, mir ein echtes Tattoo stechen zu lassen.

Ein kleiner Vogel, der meine Mutter symbolisierte, zierte meine linke Schulter. Er gab mir das Gefühl, dass sie über mich wachte und immer bei mir war, obwohl sie schon so lange nicht mehr lebte. Außerdem war es eine schöne Gelegenheit, meinem Vater den Mittelfinger zu zeigen, der glaubte, Tattoos wären nur etwas für Kriminelle.

»Sind Sie der diensthabende Polizeibeamte?« Reese beäugte den Mann neben mir herablassend.

Er stand auf und rückte sich das Halfter zurecht. »Jawohl, das bin ich, Ma'am.«

»Also.« Reese stellte ihre Tasche auf den Stuhl neben mir. »Wie können wir das Problem lösen?«

»Reese«, zischte ich. »Sie können nicht einfach Leute bestechen.«

»Ich besteche niemanden.« Sie ignorierte mich und richtete ihre Aufmerksamkeit auf den Polizeibeamten. »Aber das hier darf nicht an die Medien durchsickern.«

»Wir können nicht so tun, als wäre das alles nicht passiert. Die Sache geht zu den Akten, und das Unternehmen wird Anklage erheben.«

Sein Blick begegnete kurz meinem, fast so, als wollte er sich entschuldigen. Diesen Blick bekam ich oft zu sehen, wenn der Spielzeugdrache meines Vaters ein wachsames Auge auf mich warf.

»Nein, wird es nicht.« Reese griff in ihre Tasche und zog eine Visitenkarte hervor. »Das ist die Nummer ihres Anwalts. Er hat zugestimmt, die Anklage fallen zu lassen.«

»Er war vor zwanzig Minuten hier.« Der Polizist blickte mit zusammengezogenen Augenbrauen auf die Karte hinunter.

»Und ich habe vor fünfzehn Minuten mit ihm gesprochen.« Reese klappte ihre Tasche zu. »Er war gerne bereit, von einer Klage abzusehen, wenn Madeline und ihre Freundin für den Schaden aufkommen.«

»Das hat er gesagt?« Ich sah Reese an. »Zu uns hat er gesagt, was wir getan haben, sei Unternehmensterrorismus, und jetzt will er einfach so die Anklage fallen lassen?«

Reese verzog die Lippen. »Ja, Madeline, nach einem kurzen Gespräch mit mir hat er sich dazu bereit erklärt.«

»Warum überrascht mich das nicht?« Ich verdrehte die Augen. »Wahrscheinlich haben Sie zuerst Feuer gespuckt.«

»Ich spucke niemanden an, mein Fräulein.« Ich hätte schwören können, dass Flammen in ihren Augen loderten, als sie mich ansah. »Ich breche auch nirgendwo ein, um auf armselige Art und Weise Aufmerksamkeit zu erregen. Und ich bin dankbar, wenn jemand mir wegen einer dämlichen Entscheidung den Arsch rettet.«

Ich sprang auf. »Hören Sie zu …«

»Darf ich für einen Augenblick unterbrechen?« Phoebes Vater lächelte charmant, aber Reese bemerkte es gar nicht.

»Ich denke, Sie haben bereits genug angerichtet, Mr Roberts.« Sie drehte sich um und sah ihn an. »Sie haben Ihren schlechten Einfluss bereits unter Beweis gestellt.«

»Sie sind nicht die Erste, die mir das sagt.« Sein Lächeln wurde ein wenig schief. »Habe ich richtig gehört, dass das Unternehmen die Anklage fallen lassen würde, wenn die Mädchen für den Schaden aufkommen?«

»Ja, Mr Roberts, das stimmt.« Reese sah zu mir herüber. »Selbstverständlich hat Ihr Vater noch ein paar andere Ideen, wie Sie auch der Gemeinschaft etwas zurückgeben können.«

»Was immer sie tun muss, mache ich auch.« Phoebe kam herüber und stellte sich neben mich.

»Ich glaube, es wäre das Beste, wenn ihr zwei euch erst einmal aus dem Weg geht.« Reese rückte die Tasche auf ihrer Schulter zurecht.

»Sie haben nicht zu entscheiden, mit wem ich Zeit verbringe. Ich bin erwachsen, Reese.« Vor Wut verspannten sich meine Kiefermuskeln.

»Wenn Sie sich wie eine Erwachsene verhalten, werde ich Sie auch so behandeln.« Reese schob sich die Brille auf der Nase hoch.

»Was zur Hölle …?« Ich ging einen Schritt auf die dünne Frau zu.

»Einen Moment.« Der Polizist hob eine Hand. »Die Anklage wird vielleicht fallen gelassen, aber ich muss trotzdem die Formulare ausfüllen. Diese Angelegenheit kommt in jedem Fall in ihre Akte, und dann ist die Staatsanwaltschaft am Zug.«

»Ich verstehe, wie wichtig die Formalitäten sind, Sir. Tun Sie, was notwendig ist, aber lassen Sie uns versuchen, den Vorfall von der Presse fernzuhalten, in Ordnung? Es darf nicht dazu kommen, dass irgendetwas durchsickert oder neugierige Reporter Hinweise erhalten.« Reese ließ mich nicht aus den Augen. »Ich kümmere mich um den Staatsanwalt, wenn es so weit kommt.«

»Wir streuen hier keine Gerüchte.« Der Polizeibeamte stemmte die Hände in die Hüften und starrte Reeses Rücken an. »Und ich finde es absolut unangebracht, das Gegenteil zu behaupten.«

»Sie können das finden, wie Sie wollen, lassen Sie nur nichts davon an die Öffentlichkeit dringen.« Reese drehte sich langsam um. »Ich würde ungern Ihre früheren Fälle untersuchen lassen müssen.«

»Wollen Sie mir drohen?« Seine Wangen röteten sich.

Ich ließ den Kopf hängen und schloss die Augen. Das wurde ja immer besser. Zuerst sollte ich ein Unternehmensterrorist sein, dann dem Staatsanwalt vorgeführt werden, und jetzt verärgerte »meine Retterin« den Mann, der mir die Handschellen angelegt hatte. Wenn das so weiterging, würde ich noch lebenslänglich bekommen.

»Natürlich nicht. Ich weise lediglich darauf hin, dass Formalitäten manchmal mehr schaden als nützen.« Reese lächelte, und die Härchen auf meinen Armen stellten sich auf.

»Niemand will Ihnen drohen, Officer McCullough«, sagte ich. »Ms Reese hat eine verblüffende Art, die Dinge so auszudrücken, dass man sich auf den Schlips getreten fühlt. Das liegt wahrscheinlich daran, dass sie mit feuerspuckenden Drachen verwandt ist. Oder war es Hitler? Ich bin mir nicht sicher. Aber egal.« Ein anderer Officer lachte in sich hinein, und ich hob die Hände. »Ich bin froh, dass die Anklage fallen gelassen wurde und werde für den Schaden aufkommen, den wir verursacht haben. Und vielleicht können wir auch irgendwo Sozialstunden leisten, um Reue zu zeigen.«

Der ältere Mann rieb sich das Kinn und sah mich an. »Dieses Urteil würden Sie wahrscheinlich auch bekommen, wenn das vor Gericht ginge. Ohne Vorstrafen, kein Diebstahl und mit nur einem Bagatellschaden würde man Ihnen wahrscheinlich nur einen Klaps auf die Finger verpassen.«

»Ich versichere Ihnen, dass Madeline Sozialstunden ableisten wird, und sie wird arbeiten, um ihrem Vater das Geld für den entstandenen Schaden zurückzuzahlen.« Reese lächelte, und ich kämpfte gegen den Brechreiz an. Wenn sie so zufrieden aussah, saß ich wirklich in der Patsche.

»Perfekt. Ich kenne ein örtliches Tierheim, in dem noch Ehrenamtliche benötigt werden.« Mrs Roberts legte je eine Hand auf meine und auf Phoebes Schulter. »Sozialstunden sind einfach wundervoll. Alle Kinder in ihrem Alter sollten dazu verpflichtet werden.«

»Mom, ich bin kein Kind mehr.« Phoebe stöhnte.

»Pst.« Ich stieß meine Freundin mit dem Ellbogen an und deutete mit dem Kopf auf den Polizisten. Er behielt uns die ganze Zeit im Auge. Wir sollten ihm also besser keinen Grund geben, seine Meinung zu ändern.

»In Ordnung …«, fing er an.

»Ich befürchte, das wird nicht funktionieren. Ihr Vater hat andere Pläne für Ihre Sozialstunden, Maddie. Natürlich kann Phoebe gern ihre Stunden so verbringen, wie ihre Eltern es für richtig halten.«

»Was für Pläne?« Ich sah sie an und fühlte mich, als hätte mir jemand in den Bauch getreten.

»Du wirst für ein Projekt der Returning Combat Veteran Affairs arbeiten.«

»Wie bitte?« Schock beschrieb nicht einmal annähernd, was ich fühlte. Ich hatte keine Erfahrung mit derartiger Arbeit. »Dad will, dass ich für die RCVA arbeite? Warum das denn?«

»Jake kommt morgen nach Hause, und er organisiert eine Spendengala für das Programm.«

»Moment mal.« Ich hob die Hand. Das war ein schwerer Schlag. Jake hasste mich, und ich war auch nicht gerade sein größter Fan. Kein Wunder, dass Reese über meine Strafe hocherfreut war. Bei der Planung einer Benefizveranstaltung würde ich eine Vollkatastrophe sein und somit keine große Hilfe für Jake. Verwirrt konzentrierte ich mich auf das, was ich irgendwie verstanden hatte. »Jake ist schon in Washington? Und er organisiert eine Spendengala? Ist er nicht gerade erst aus Afghanistan zurückgekommen?«

»Er ist schon seit einer Weile zurück, und es ist ihm sehr ernst damit, seinen Kameraden zu helfen. Ein bemerkenswerter junger Mann. Ich bin sicher, dein Vater hofft, dass etwas davon auf dich abfärbt.« Reese sah wieder den Polizisten an, während ich ein Stöhnen unterdrückte. »Brauchen Sie sonst noch etwas, Officer? Es ist spät, und ich bin sicher, dass beide Mädchen ihren Eltern noch so einiges werden erklären müssen.«

»Äh, nein. Ich schätze, das war's«, sagte Officer McCullough mit einer Kombination aus Mitleid und Resignation. »Wenn ich noch weitere Fragen habe, weiß ich ja, wo ich Sie finde.«

»Das stimmt wohl.« Jeder kannte mein Zuhause. Es ist kaum zu übersehen. Riesig, weiß und davor patrouilliert das Militär.

Jemand brachte mir meinen Rucksack, und das war das Signal, so schnell wie möglich von hier zu verschwinden. Draußen gab Phoebe mir ein Zeichen, dass sie mich anrufen würde, aber ich schüttelte den Kopf. Ich würde sie anrufen, sobald ich die Möglichkeit hatte, aber zuerst musste ich die Suppe auslöffeln, die ich mir eingebrockt hatte.

Reeses Absätze klapperten laut auf dem Asphalt, als wir zu ihrem Wagen gingen. Anstelle ihres winzigen Lexus-Sportwagens hatte sie sich eines der Zivilfahrzeuge des Weißen Hauses geliehen. Ein Mann im schwarzen Anzug saß hinter dem Steuer, und ich zuckte zusammen.

Tony war der Agent des Secret Service, der seit zwei Jahren für mich zuständig war. Er begleitete mich auf dem Unigelände und wenn ich meine Wäsche machte, und er wusste, was ich im Lebensmittelladen einkaufte. Verdammt, wahrscheinlich kannte er sogar meine Lieblingstamponmarke. Er bewachte mich fast rund um die Uhr.

Aber heute Nacht war ich ihm entwischt. Er sah ziemlich sauer aus. »Steig ein, und setz die Kappe auf.«

Ich warf meine Tasche auf den Rücksitz, bevor ich auf die Ledersitze rutschte und mir die Red-Sox-Kappe nahm. Ich drehte meine Haare zu einem Knoten, stopfte sie unter die Baseballmütze und zog mir die Kappe tief ins Gesicht.

»Tut mir leid, Tony«, murmelte ich.

»Kannst du dir auch nur ansatzweise vorstellen, wie dämlich diese Aktion war?« Er drehte sich auf seinem Sitz zu mir herum. »Du hättest verletzt werden können! Man könnte mich feuern. Du musst aufhören, dich wie ein leichtsinniges Kind zu verhalten.«

»Morgen werden diese Hunde alle getötet.« Ich setzte mich auf. »Sie werden einfach eingeschläfert, nur weil sie über drei Jahre alt sind. Sie haben sie gefoltert, und jetzt bringen sie sie um und plündern ihre Organe für die Wissenschaft.«

»Das verstehe ich ja, Maddie, aber du kannst dich trotzdem

nicht so verhalten.« Seine dunklen Augen blickten sanfter. »Ich weiß ja, wie viel dir das bedeutet, und das weißt du. Aber es muss einen besseren Weg geben.«

Ich lehnte mich zurück und sah auf meine Füße. »Es tut mir leid, dass ich dich übergangen habe.«

»Ich weiß.« Er legte den Rückwärtsgang ein und fuhr aus der Parklücke. »Du kannst ja schlecht deinen Bodyguard zu einem Einbruch mitschleppen.«

Da musste ich lachen.

»Agent Vasquez mag sich über die Situation lustig machen, aber ich versichere Ihnen, dass dies eine sehr ernste Angelegenheit ist.« Reese drehte sich auf ihrem Sitz herum und sah mich an. »Haben Sie nicht eine Sekunde auch mal an Ihren Vater gedacht? Wie das seine Karriere beeinflussen könnte, und wie viel zusätzlichen Stress es für ihn bedeutet?«

»Ach, Reese.« Ich sank auf meinem Sitz in mich zusammen.

»Ernsthaft, Madeline. Sie können sich so etwas nicht erlauben. Sie sind nicht Phoebe. Sie sind die Tochter des Präsidenten der Vereinigten Staaten. Sie müssen auf Ihr Image achten.«

»Mein Image ist mir scheißegal.« Ich schüttelte den Kopf und setzte mich unwillkürlich wieder auf. »Aber mir ist überhaupt nicht scheißegal, wie unmenschlich und grausam heutzutage unsere Kultur ist. Die meisten Leute schauen weg, weil sie nicht wissen wollen, woher ihr Lieblingslippenstift kommt. Entschuldigung, dass es mir etwas ausmacht, dass er an Kaninchen und Hunden getestet wurde, bevor er im Regal eines Kaufhauses landet.«

»Es sollte Ihnen wichtig sein, wie viel harte Arbeit Ihr Vater in dieses Land investiert. Er hat die Arbeitslosenzahlen um zehn Prozent gesenkt und die medizinische Versorgung der Streitkräfte verbessert. Ganz zu schweigen davon, dass er uns aus einer schlimmen Wirtschaftskrise herausgeführt hat. Er kämpft darum, die Verhältnisse in diesem Land zu verbessern, und Sie untergraben alles, was er getan hat!« Reese drehte sich wieder nach vorn, als wir auf die Straße fuhren. »Wenn Sie etwas verbocken, spielt das seinen politischen Gegnern in die Hände. Im Moment sind seine Umfragewerte grenzwertig, da kann er sich keine Schwachstellen erlauben. Wenn das neue Veteranengesetz scheitert, ist das Ihre Schuld.«

Ich schloss die Augen und ließ den Kopf gegen die Kopfstütze sinken. Wenn sie es so darstellte, fühlte ich mich schlecht. Aber ich hatte nicht darum gebeten, die Tochter des Präsidenten zu sein. Niemand hatte mich gefragt, ob ich wollte, dass er sich zur Wahl stellte. Hatte er großartige Dinge erreicht? Verdammt, ja, und zwar mehr als die meisten Leute in ihrem Leben vollbrachten. Aber gleichzeitig hatte ich meinen Dad auf so viele Arten verloren. Seine Haare waren jetzt komplett grau, und er sah ständig müde aus. Unsere wenige gemeinsame Zeit verbrachten wir meistens nur in Limousinen auf dem Weg zu einer Veranstaltung, bei kurzen Telefongesprächen oder umgeben von Würdenträgern und Angestellten.

Und auch Abigail und mein Stiefbruder Bran kämpften um ihre gemeinsame Zeit mit ihm. Ich konnte ihnen das keineswegs verübeln, aber ich vermisste einfach unsere Angelausflüge und Wanderungen.

Ich vermisste es, normal zu sein.

»Wartet Dad auf mich?« Ich bemühte mich um eine ruhige Stimme, aber ich wollte unbedingt mit ihm sprechen und ihm alles von Angesicht zu Angesicht erklären. »Er ist um fünf zu einem Treffen und einer Veranstaltung an der Westküste aufgebrochen.« Reeses Gesicht wurde vom Bildschirm ihres Blackberrys erleuchtet. »Er will Sie morgen früh anrufen.«

»Und meine Stiefmutter?« Ich seufzte. Der Gedanke, ihre

enttäuschten und missbilligenden Blicke ertragen zu müssen, war deprimierend.

»Sie ist in Uganda.«

»Stimmt. Die Tafel.«

»Genau. Es läuft hervorragend dort.«

Natürlich. Meine Stiefmutter scheiterte nie. »Und Jake ist zurück?« Ich versuchte, so neutral wie möglich zu klingen. Sie musste ja nicht wissen, wie sehr mich der Gedanke aus der Bahn warf, mit ihm arbeiten zu müssen.

»Er kommt gut mit seiner Prothese zurecht, und seine Mutter sagt, er könne es nicht erwarten, endlich loszulegen.«

Ich sah aus dem Fenster und unterdrückte ein Schnauben. »Das überrascht mich nicht.«

Natürlich war der großartige und wunderbare Jake Simmon wieder auf den Beinen und bereit, wie ein braver kleiner Junge die Befehle seiner Mutter auszuführen. Wenn Mami ihn bat zu springen, sprang er.

»Was?«, murmelte Reese, während sie durch ihre To-do-Liste scrollte. Nachdem sie ihren Teil gesagt hatte, hatte sie mich bereits aus ihren Gedanken gestrichen.

»Nichts.« Aber selbst der perfekte Jake Simmon brauchte ab und zu eine Pause. Er war seit höchstens einem Jahr zurück in den Staaten. Der Typ war kein Roboter, und trotzdem schien ihn nichts aufzuhalten.

Seine Mutter sollte ihn nicht so sehr unter Druck setzen, auch wenn er so tat, als wäre alles in Ordnung. Sie sollte darauf bestehen, dass er sich ein Hobby zulegte oder Urlaub nahm. Aber sie stand kurz vor einem schwierigen Präsidentschaftswahlkampf. Ich war die meiste Zeit meines Lebens in die Politik involviert gewesen, daher verstand ich, dass es vorteilhaft für sie sein würde, die Kriegsverletzung ihres Sohnes demonstrativ wie eine Fahne vor sich herzutragen.

Ich war mir nicht sicher, was mir mehr missfiel: dass seine Mutter ihn auf diese Art instrumentalisierte, oder dass ich ihre Gründe dafür verstand. Wenn man in Washington lebte, musste man lernen, die Lügen und Manipulationen hinter den Kulissen zu durchschauen.

Ich schloss die Augen und lehnte den Kopf an das kühle Fenster. Ja. Ich vermisste es sehr, normal zu sein.

2. KAPITEL

JAKE

»Alles in Ordnung?«

Ich blickte den Idioten an, der mir gegenüber saß. »Halt die Klappe, Martin.«

Als der Hubschrauber mit dem Landeanflug begann, konzentrierte ich mich auf die leeren Sitze schräg gegenüber von mir. Das gleichmäßige Wummern der Rotorblätter ließ meine Zähne klappern und mein Herz schneller schlagen. Der Schwachkopf neben mir sagte etwas, aber ich hatte keine Ahnung, was. Ich nickte und hoffte, dass er einfach die Schnauze halten und mich in Ruhe lassen würde. Ich kannte Martin seit Jahren und hatte ihn nie wirklich gemocht, aber jetzt hätte ich ihm am liebsten die Fresse poliert. Ich wollte allein sein.

Und überall auf der Welt, nur nicht in diesem Hubschrauber.

Niemand würde auf uns schießen. Es gab keine Sprengsätze am Flughafen von Washington. Ich hatte keinen Grund, mir solche Sorgen zu machen, und trotzdem ging mir bei der Landung der Arsch auf Grundeis. Als der Hubschrauber aufsetzte, konzentrierte ich mich auf meine Atmung. Bei dem leichten Rucken verschüttete mein Begleiter ein wenig von seinem Kaffee.

»Verdammt.« Der junge Kollege wischte ein paar Tropfen weg und sah den Piloten an. »Komm schon Charles. Nächstes Mal warnst du uns bitte vor.«

»Tut mir leid, Martin. Ich weiß ja, wie sehr du deinen Kaffee liebst.« Der Pilot betätigte ein paar Hebel, und die Rotorblätter wurden langsamer. »Der Wind hat in der letzten Stunde zugenommen.«

Jemand rannte zum Hubschrauber und öffnete die Tür. Martin stieg in gebückter Haltung aus und wartete direkt vor der Tür auf mich.

Ich griff nach dem Gehstock, schob mich über die Sitze und war mir extrem bewusst, wie meine Beinprothese über den Boden kratzte.

»Alles in Ordnung, Captain?«, fragte Charles mit ruhiger Stimme und sah mich über die Schulter hinweg an.

»Mir geht's gut.« Bei einem Blick auf sein Gesicht stellte ich erleichtert fest, dass kein Mitleid in seinen Augen lag. Charles war Air-Force-Pilot und verstand mehr als die meisten anderen Leute. Ich hatte das unausgesprochene Bedürfnis, keine Schwäche zu zeigen und mich so normal wie möglich zu fühlen.

Als meine Mutter nach mir geschickt hatte, hatte ich nicht mit einem Hubschrauber gerechnet. Nicht nachdem, was ich bei meinem letzten Hubschrauberflug durchmachen musste. Aber offensichtlich überwog der Nutzen ihre Rücksicht auf meine Gefühle.

Ich hatte ihr nicht gesagt, dass es mir schwerfiel, in einem Hubschrauber zu sitzen. Diese Möglichkeit existierte gar nicht. Die Simmon-Familie zeigte keine Schwäche. Wir waren eine starke Familie voller Kriegsveteranen. Es ging niemanden etwas an, dass ich Fliegen mittlerweile hasste und dass ich meine Füße – beziehungsweise meinen Fuß – nie wieder vom Boden lösen wollte.

Aber nein, das würde ich niemals zugeben – schon gar nicht meiner Mutter gegenüber. Ich hatte einen Absturz überlebt, meine Freunde aus dem Wrack gezogen und mein Bein verloren. Ich konnte mit einem Hubschrauberflug umgehen. Selbst wenn ich dadurch die blutigen Szenen noch einmal durchlebte und ich bei der Erinnerung keine Luft bekam und mein Magen rebellierte.

»Brauchst du Hilfe?« Martin steckte den Kopf zur Hubschraubertür hinein, und ich unterdrückte das starke Bedürfnis, ihn zu schlagen.

»Nein«, blaffte ich schroff, bevor ich darüber nachdenken konnte.

Martin runzelte die Stirn, machte mir aber Platz.

In den letzten zwei Stunden hatten Stahlfesseln meinen Brustkorb eingeschnürt, doch als ich nun ausstieg, verschwanden sie auf wundersame Weise. Ich atmete tief ein und genoss den Duft von Rosen und Jasmin, der das riesige Gebäude umgab.

Ich nickte Martin zu, um meine Reaktion auf seine Hilfsbereitschaft abzumildern. Nur weil ich den Scheißkerl hasste, gab mir das noch lange nicht das Recht, ihm den Kopf abzureißen.

Er sah aus, als wollte er etwas sagen, überlegte es sich dann aber anders. Vielleicht befürchtete er, ich könnte ausrasten.

Ich hasste das. Ich hasste es, wie die Leute jedes Wort auf die Goldwaage legten, bevor sie es mir gegenüber aussprachen. Und wenn ich sie wie eben anblaffte, machte es die Sache nicht gerade besser.

»Tut mir leid, Martin. Es war ein langer Tag voller Interviews und Termine.« Mithilfe meines Stocks ging ich in Richtung der schwarzen Autos, die bei den Hangars in einer Reihe standen. »Ich hatte vergessen, wie sehr ich all das hasse.«

Martin schnaubte. »Alles für den guten Zweck.«

»Ja.« Darüber würde ich jetzt nicht weiter nachdenken. Ich hatte ernsthafte Zweifel daran, dass es irgendetwas verändern würde, wenn ich mich vor Kameras präsentierte. Es hatte eine Zeit gegeben, in der ich überzeugt davon gewesen war, meine Pflicht zu erfüllen und den Menschen wirklich zu helfen, indem ich ihre Stimme für meine Mutter warb.

Aber jetzt war ich mir da nicht mehr so sicher.

Die Autofahrt war kurz. Eine Eskorte half uns, schneller durch verstopfte Straßen und über rote Ampeln zu kommen. Ich bemühte mich, nicht auf meinem Sitz herumzuzappeln, als wir eine Gruppe passierten, die unseren Wagen verärgert musterte. Wagenkolonnen und Eskorten waren ein normales Bild in Washington, aber das hieß nicht, dass die Leute sich nicht trotzdem aufregten.

Als wir vor dem Westflügel des Weißen Hauses vorfuhren, holte ich tief Luft, bevor ich aus dem Auto stieg.

»Jake!« Ari kam durch die Flügeltür geschossen und rannte in Höchstgeschwindigkeit auf mich zu.

Ich wappnete mich mit dem gesunden Bein für die unvermeidliche gesprungene Umarmung und musste unwillkürlich lächeln.

»Arizona!«, rief meine Mutter ihr nach, und meine jüngste Schwester kam schlitternd zum Stehen. »Renn ihn in Gottes Namen nicht um.«

Die Wärme, die sich in meiner Brust ausgebreitet hatte, verwandelte sich augenblicklich in Eis. Ari wurde langsamer und sah mit großen Augen zu mir auf. Sie strich sich die erdbeerblonden Locken aus den Augen und sah mich vorsichtig an.

»Schon in Ordnung, Ari. Mir geht's gut.« Ich hielt ihr meinen Arm hin, und sie drückte sich an meine Seite.

»Ich habe dich vermisst«, flüsterte sie, presste den Kopf an meine Rippen und umklammerte mich fest an der Taille.

»Ich hab dich auch vermisst, Monster.« Ich drückte sie mit dem freien Arm.

»Ich bin jetzt dreizehn. Du kannst mich nicht mehr Monster nennen.« Sie grummelte, ließ mich aber nicht los.

»Ach, und ich dachte, die Definition für ein dreizehnjähriges Mädchen wäre Monster.« Ich zerzauste ihr die Haare und lachte leise, als sie nach meinen Händen schlug.

»Halt die Klappe.« Sie starrte mich zum Spaß finster an, und ein Teil von mir entspannte sich ein wenig.

Wenigstens sie hatte sich nicht verändert. Nicht viel. Sie war auf jeden Fall größer als nach meinem ersten Einsatz.

»Ich bin übrigens angepisst.« Sie trat einen Schritt von mir zurück und verschränkte die Arme vor der Brust.

»Arizona!«, schalt meine Mutter, und ich musterte die Vizepräsidentin Virginia Simmon, während sie auf uns zukam. Die Lichter des Hauses ließen ihr rotes Haar glänzen. Ein Fotograf begleitete sie, und als er Fotos von uns schoss, biss ich die Zähne zusammen.

»Warum bist du sauer auf mich?« Ich runzelte die Stirn und konzentrierte mich auf alles andere, nur nicht den Fotografen. Und seit wann sagte sie *angepisst*?

»Seit du wieder da bist, habe ich dich erst einmal gesehen. *Einmal*, Jake! Wo hast du gesteckt?«

»Tut mir leid, Monster.« Ich ließ die Schultern hängen. »Ich wäre auch lieber bei dir gewesen.«

»Lass ihn in Ruhe.« Meine Mutter legte Ari die Hände auf die Schultern und lächelte mich an. Sie versuchte gar nicht erst, mich zu umarmen, sondern musterte mich stattdessen kritisch. »Gut siehst du aus.«

»Danke.« Ich ging in Richtung der Türen. Ich würde nicht dastehen und ihre Inspektion über mich ergehen lassen. Mir reichte es, wenn ich mich beim Arzt der obligatorischen psychologischen Beurteilung stellen musste.

»Warte, wir brauchen noch ein paar mehr Fotos.« Meine

Mutter zog mich zurück an ihre Seite. Ihr Lächeln sah so echt aus, dass es mich krank machte. »Das war's. Roger, achte bitte darauf, dass der Gehstock auf den Bildern zu sehen ist.«

»Mom!« Ari drehte sich empört zu unserer Mutter um.

»Sei still, junge Dame. Diese Fotos sind wichtig.« Ihre Miene blieb bei jedem Wort unverändert freundlich. »Nun, Jake, komm bitte noch etwas näher. Hast du Hunger?« Mom ging im Gleichschritt neben mir her, ihren Arm noch immer um Aris Schultern gelegt.

»Wir haben vor dem Abflug gegessen.« Während wir den überdachten Weg entlanggingen, sah ich sie nicht an. Ein Marine stand stramm, und mein Magen zog sich zusammen. Für einen Moment sah er aus wie mein Freund Grange, aber ich blendete den Gedanken schnell aus.

Stuart Grange war tot. Er war noch vor dem Absturz des Blackhawks gestorben. Ich konnte mich noch an sein Grunzen erinnern, als die Kugel in seinen Magen eingeschlagen war. Meine Sicht verschwamm für einen Moment, und ich musste darum kämpfen, dass mich die Erinnerungen nicht überwältigten. Nach dem langen Tag mit dem verdammten Hubschrauberflug als Abschluss war das einfach zu viel.

Ari schien meine Gedanken zu erahnen, denn sie riss sich von unserer Mutter los und ergriff meine Hand.

»Was könnte wichtiger sein, als mit mir abzuhängen?« Sie schenkte mir ein kleines Lächeln. »Ich habe dich seit deiner Rückkehr kaum gesehen.«

»Du weißt doch, dass er am Veteranengesetz arbeitet.« Nachdem wir das Haus betreten hatten, schob sich Mom an uns vorbei und ging auf ihren Assistenten zu. »Wie ist das letzte Interview gelaufen? Rolfe kann sehr anstrengend sein.«

»Es lief ganz ok.« Ich zuckte mit den Schultern. In Wahrheit war Rolfe gar nicht schlecht gewesen. Anstatt des aufgesetzten

Mitgefühls und der traurigen Blicke der anderen, hatte ich seine direkten Fragen genossen.

»Das ist gut. Glaubst du, er wird positiv berichten?« Moms Augen bekamen einen durchtriebenen Ausdruck. »Bei ihm weiß man nie.«

»Am Ende des Interviews hat er ihm die Hand geschüttelt, Ma'am«, sagte Martin.

»Das ist ein vielversprechendes Zeichen.« Mom drehte sich auf dem Absatz um und ging in Richtung ihres Büros. Sie hatte eigene Räumlichkeiten im Weißen Haus, aber sie war nur manchmal hier. Tatsächlich hielt sie sich selten lange dort auf, wo auch der Präsident war. Das mochte der gegenseitigen Abneigung geschuldet sein oder der Notwendigkeit, die beiden wichtigsten Persönlichkeiten des Landes für den Fall einer Katastrophe getrennt voneinander unterzubringen.

»Warum hast du mich heute Abend herzitiert?« Ich schaute den Flur entlang und hoffte, mein Vater wäre auch hier. Ein weiteres aufrichtig fröhliches Gesicht wäre ein willkommener Anblick. Genauso wie ein Bett in einem Zimmer mit lichtundurchlässigen Vorhängen.

»Mh.« Meine Mutter blieb wie angewurzelt stehen, drehte sich um und sah mich an. Sie hatte immer noch diesen harten Ausdruck und spitzte die Lippen. »Ich möchte dir einen Vorschlag unterbreiten.«

»Das verheißt nichts Gutes.« Ari zog eine Augenbraue hoch. »An deiner Stelle würde ich mir Sorgen machen.«

»Hast du deine Hausaufgaben fertig?« Mom richtete ihre Aufmerksamkeit auf ihre Tochter. »Ich musste letzte Woche mit deinem Mathelehrer sprechen. Das möchte ich nicht noch einmal erleben.«

»Alles erledigt.« Ari reckte das Kinn wie eine Miniversion von Mom.

»Gut. Dann lass dich von deiner Crew nach Hause bringen.«

»Aber Jake ist gerade erst angekommen!« Ari verschränkte die Arme vor der Brust. »Er ist auch mein Bruder, weißt du. Ich würde ihn gern mehr als nur fünf Minuten sehen, bevor du ihn wieder zu irgendeinem Auftrag schickst.«

Wenn sie beide auf stur schalteten, war es, als würde man versuchen, die Rocky Mountains zu versetzen. Weil mir die wachsende Anspannung in dem beengten Flur nicht gefiel, trat ich näher zu Mom und lächelte Ari an.

»Wenn ich fertig bin, können wir *Doctor Who* weiterschauen, bevor du schlafen gehst«, schlug ich mit erhobenen Augenbrauen vor.

»Puh. Wir hinken so hinterher, und die neue Staffel fängt bald an. Ich schaue mal, ob wir in Brans Zimmer gucken können.« Sie zeigte mit dem Finger auf mich. »Beeil dich! Und lass dich von ihr nicht zu irgendwas Lächerlichem überreden.«

»Also wirklich, Arizona. Du bittest ja geradezu darum, deine Privilegien zu verlieren.« Mom stemmte die Hand in die Hüfte, sah aber nicht verärgert aus. In Wahrheit gefiel ihr Aris draufgängerische Art. Mom sagte, dass sie eines Tages eine gute Politikerin abgeben würde, wohingegen Dad behauptete, dass es eine gute Befehlshaberin aus ihr machen würde.

»Na gut.« Sie verdrehte die Augen, bevor sie mir mit Gesten zu verstehen gab, dass sie mich beobachtete.

»Schon gut, geh schon.« Ich sah ihr nach, als sie davonstolzierte. »Und guck mal, ob du mir ein Rootbeer organisieren kannst.«

»Mach ich!« Mit schnellen Schritten verschwand sie um eine Ecke in Richtung des Innersten des Weißen Hauses.

»Bereit?« Mom sah mich nachdenklich an. »Bringen wir es hinter uns.« Sie öffnete die Tür zum Blue Room, in dem sich das offizielle Büro des Vizepräsidenten der Vereinigten Staaten befand. Ich setzte mich auf ein niedriges Sofa und schob einige der fransenbesetzten Kissen aus dem Weg.

»Ich möchte deine Arbeit mit der RCVA ausweiten.« Mom lehnte sich an ihren Tisch und verschränkte die Arme vor der Brust. »Diese Arbeit symbolisiert unsere Kernaussage. Sie soll den Menschen zeigen, dass wir ihre Opfer respektieren und uns um sie kümmern.«

»Ich glaube, das wissen sie.« Ich massierte mir die Nasenwurzel.

»Ich will, dass sie es nicht nur wissen, sondern glauben.« Ihre Stimme nahm einen strengen Ton an. »Weil wir es ernst meinen.«

»Und inwiefern willst du meine Arbeit noch ausweiten?« Ich veränderte meine Position auf der unbequemen Couch. »Letzte Woche habe ich zwölf Interviews gegeben und bin mit fünf Senatoren essen gegangen. Ich habe die letzten zwei Nächte in meinem Anzug geschlafen und über zweiundsiebzig Stunden im Flugzeug verbracht. Ganz abgesehen von dem Hubschrauberflug hierher. Was soll ich denn deiner Meinung nach noch tun?«

»Ich möchte, dass du eine Tour machst.« Sie umklammerte mit beiden Händen die Schreibtischplatte.

»Nein.« Ich kniff die Augen zusammen. »Ich habe meinen Dienst geleistet.«

»Ich spreche nicht von Afghanistan.« Sie seufzte. »Ich möchte, dass du die verwundeten Soldaten im Land besuchst und den Medien zeigst, wie viel wir für unsere Veteranen tun.«

»Ich soll diese Männer und Frauen ins Rampenlicht zerren und zu deinen Märtyrern machen?« Meine Zunge fühlte sich an wie in Watte gepackt.

»Märtyrer.« Sie stieß sich vom Tisch ab und setzte sich mir gegenüber auf einen Stuhl. »Ich bitte dich nicht, sie zu Märtyrern zu machen. Das sind sie bereits.«

Ich löste meine Krawatte und warf sie auf den Sitz neben mir. »Das ist toll, Mom. Und jetzt willst du also, dass ich sie den Medien zum Fraß vorwerfe.«

»Die Medien werden sich auf dich konzentrieren. Du entscheidest, welche Geschichten erzählt werden und welche Menschen wir da besser raushalten.« Sie beugte sich nach vorn. »Wir werden noch mehr tun, wenn wir die Arbeit erst einmal aufgenommen haben, aber ich glaube, es wäre ein guter Weg, ihnen für ihre Tapferkeit zu danken.«

»Ich nehme an, der Präsident weiß von diesem Plan?« Ich fuhr mir mit der Hand durch die Haare. »Er billigt deine Wahlkampfauftritte?«

»Er tut weit mehr, als es nur zu billigen, Jake.« Mom lehnte sich auf ihrem Stuhl zurück und lächelte. »Er hat es vorgeschlagen.«

»Großartig.« Ich stand auf und warf den Gehstock eine Weile schweigend zwischen meinen Händen hin und her. »Was springt für ihn dabei heraus? Seine Amtszeit endet bald.«

»Sein Vorteil ist eher persönlicher Natur.« Moms Miene wurde ausdruckslos.

»Und das heißt?« Ich legte den Kopf schief.

»Er möchte, dass Maddie mitkommt.«

»Warum?« Eine Pressetour mit Maddie? Warum wollte er seine Tochter ins Fernsehen bringen, wenn es nicht darum ging, eine Wahl zu gewinnen?

Mochte er mich nicht? Seine Tochter konnte mich nicht ausstehen. Sie mit mir auf solch eine Tour zu schicken glich einem Dolchstoß in mein gesundes Bein.

»Sie ist vor Kurzem in Schwierigkeiten geraten, und er

glaubt, dass sie etwas Führung vertragen könnte.« Sie zog die Schuhe unter dem Tisch aus und schüttelte amüsiert den Kopf. »Es ist schon beeindruckend, dass ihr Vater es geschafft hat, dieses Land zu regieren, obwohl er noch nicht einmal seine eigene Tochter im Griff hat.«

»Versucht sie immer noch, die Welt zu retten?« Ärger stieg in mir auf. Ich wollte auf gar keinen Fall auf Maddie aufpassen müssen, während ich als Marionette meiner Mutter agierte. Maddie brachte mich auf die Palme, war sexy und so dermaßen tabu, dass sie genauso gut auf dem Mars leben könnte. Es fehlte mir gerade noch, sie im Schlepptau zu haben, während ich von einem Fototermin zum nächsten humpelte. Als wir uns das letzte Mal gesehen hatten, hatte sie behauptet, ich wäre eifersüchtig und ein Muttersöhnchen. Und wie es aussah, hasste sie mich immer noch abgrundtief.

»Welpen.« Mom lachte. »Sie wurde heute Abend verhaftet.«

»Herrgott! Was hat sie sich dabei gedacht?« Ich schüttelte den Kopf. »Und du willst wirklich, dass ich sie mitnehme?«

»Es wird euch beiden guttun.« Sie lehnte sich zurück.

Ich steuerte auf die Tür zu, weil ich das Thema nicht mal mit der Kneifzange anpacken wollte. Ich hatte genug davon, dass Leute entschieden, was gut für mich war.

»Wo willst du hin?« Sie beugte sich vor. »Wir müssen den Plan ausarbeiten.«

»Ich werde jetzt dem Doctor und Donna dabei zusehen, wie sie miteinander streiten, während sie die Welt vor den Daleks retten.« Ich öffnete die Tür.

»Den wen und die was?«

»Gute Nacht, Mom.«

»Danke für deine Hilfe, Jake.«

3. KAPITEL

MADDIE

Mein Handy brummte und vibrierte auf dem Buch, auf das ich es gelegt hatte. Ich verzog die Lippen und versuchte, es mit der Kraft meiner Gedanken verstummen zu lassen. Schniefend wischte ich mir über die Augen und legte die Zeitung auf den Tisch. Es stand nichts über meine Eskapaden darin, aber es gab eine Randnotiz über den Protest gegen den Tod von drei Dutzend Versuchstieren.

»Er wird nicht aufhören, dich anzurufen.« Bran legte die Füße auf dem Ledersofa anders hin und jonglierte sein Milchglas zwischen den Händen.

Ich löste meinen Blick von dem Buch und sah meinen kleinen Bruder mit zusammengekniffenen Augen an. Er musste mich nicht mit der Nase auf das Offensichtliche stoßen. Ich war mir bloß nicht sicher, was ich tun sollte, wenn ich schließlich ans Handy ging.

»Du brauchst mich gar nicht so anzuschauen. Du weißt genau, wenn du ihn weiter ignorierst, kommt Cruella gleich mit ihrem Handy hier rein, und dann kannst du dem Gespräch nicht mehr aus dem Weg gehen.« Er nahm einen großen Schluck aus seinem Glas.

Eine gebieterische Stimme lenkte meine Aufmerksamkeit zum Salon, und ich zuckte zusammen. »Lauf, Pongo, und versteck die Dalmatiner.«

Mein jüngerer Bruder stand auf und trank den Rest seiner Milch aus. Sein schlaksiger dreizehnjähriger Körper war im letzten Jahr in die Höhe geschossen, und jetzt war er größer als ich. Nicht mehr lange, und er würde so groß sein wie unser Vater.

»Ich finde, er sollte stolz auf dich sein. Niemand kann behaupten, du wärst nicht tatkräftig.« Auf dem Weg zur Tür grinste er albern, und ich warf ihm eine Taschentuchbox nach.

»Verschwinde, solange du noch kannst, Kleiner, oder ich erzähle ihr von dem Online-Interview, das du deinem kleinen Fanclub gegeben hast.«

»Ist ja nicht so, als hätte ich irgendwem Nacktfotos geschickt.« Beim Hinausgehen fing er an zu lachen, und ich schüttelte den Kopf. »Ich kann ja nichts dafür, wenn Leute mir welche schicken.«

Mir blieb nicht viel Zeit, mir Sorgen über seine Worte zu machen, weil ein eiskalter Hauch durch das Zimmer wehte.

»Madeline.«

Reeses Stilettos klapperten auf dem Holzboden, als sie in meine Richtung marschierte und mir das Handy unter die Nase hielt.

Das winzige Telefon fühlte sich in meiner Hand wie ein bleischwerer Ziegelstein an. Ich hielt es ans Ohr und zuckte bei dem verzweifelten Seufzen meines Vaters leicht zusammen.

»Hi, Daddy.«

Reese ließ mich allein und schloss die Tür hinter sich.

»Maddie.« Die Art, wie mein Vater seine Enttäuschung in nur einem Wort zum Ausdruck bringen konnte, war ein typisches Beispiel dafür, wie er Menschen beeinflussen konnte. Ich fühlte mich auf der Stelle noch unwohler in meiner Haut und unterdrückte nur mühsam das Verlangen, an meinem Fingernagel zu kauen.

»Es tut mir leid, Daddy«, flüsterte ich leise.

»Es tut dir leid, dass du erwischt wurdest?« Ich konnte mir vorstellen, wie er sich in seinem Sessel zurücklehnte und die Stirn runzelte.

»Das auch.« Mein Lächeln währte nur kurz. »Am meisten tut mir leid, dass ich dich verärgert habe.«

»Das ist ja schon mal was, aber noch nicht genug.« Mein Vater nahm kein Blatt vor den Mund.

»Ich mache die Tour mit Jake.« Jetzt kaute ich auf meinem Daumennagel. Wenn ich mir minderwertig und jämmerlich vorkommen sollte, würde eine Zusammenarbeit mit Jake diesen Zweck erfüllen.

»Das ist ein Anfang.« Bestimmt waren seine Augen zusammengekniffen, und er tippte mit dem linken Zeigefinger auf die Stuhllehne.

»Daddy, du schickst mich mit Jake los. Was könntest du sonst noch von mir verlangen? Du weißt, wie sehr ich es hasse, mit der Presse zusammenzuarbeiten. Im Grunde ist das also Folter. Willst du mich als Nächstes nach Guantánamo schicken?«

»Jetzt übertreib mal nicht.« Das leise Lachen meines Vaters überraschte mich. »Ich schicke dich mit Jake los, weil er Unterstützung braucht.«

Das musste ich kurz verdauen. »Nicht, um mich für den Einbruch ins Labor zu bestrafen?«

Ein Teil von mir wollte ihn fragen, ob er mich mit Jake zusammenarbeiten ließ, weil der mich verpetzen würde, sobald ich etwas falsch machte. Bisher war mein Vater zuvor nur ein einziges Mal ernsthaft wütend auf mich gewesen, und zwar als Jake ihm erzählt hatte, dass ich Zeit mit Nate Renson verbrachte. Man hatte mir gesagt, ich solle auf jeden Fall einen großen Bogen um Nate Renson machen, und stattdessen war ich natürlich sofort zu ihm gerannt, nur um alle zu ärgern.

Und das war mir auch gelungen, wegen Jake und seiner großen Klappe allerdings nicht so, wie ich es geplant hatte.

»Das ist ein positiver Nebeneffekt.« Seine Worte waren locker dahergesagt, aber das konnte bei meinem Vater irreführend sein.

»Was verheimlichst du mir?«

»So ungefähr eine Milliarde Dinge.« Sein Lachen war aufrichtig.

»Dad.« Ich biss die Zähne zusammen und versuchte, ruhig zu bleiben. »Was ist los?«

»Du bist erwachsen, Maddie. Erwachsen. Ich kann dir keinen Hausarrest erteilen. Im Prinzip wäre es möglich, immerhin bin ich der Präsident der Vereinigten Staaten, aber das werde ich nicht tun. Das würde nur nach hinten losgehen.« Er schwieg einen Moment, und ich atmete tief ein. »Es gefällt mir, dass du clever und leidenschaftlich bist. Das will ich dir nicht nehmen.«

»Das habe ich von dir.« Ich schloss die Augen.

»Das hast du von deiner Mutter.« Seine Stimme klang wehmütig.

»Sie hätte die Taschenlampe gehalten.« Ich lächelte, obwohl mir die Tränen in die Augen stiegen.

»Das ist vermutlich wahr.« Er lachte leise. »Gleichzeitig wäre sie frustriert gewesen, weil deine Pläne immer zu kurz greifen.«

»Ich hatte schon eine Organisation gefunden, die die Hunde resozialisieren wollte.« Ich runzelte die Stirn und dachte daran, dass ich den Leuten Bescheid sagen musste.

»Sie waren jahrelang in Käfigen eingesperrt. Sie wissen nicht, wie sich ein normaler Hund verhält. Die Chancen, dass sie jemals normal hätten leben können, stehen äußerst schlecht.« Er seufzte. »Du meinst es gut, aber du kannst sie nicht einfach in einen Garten setzen und erwarten, dass sie miteinander fangen spielen.«

»Das heißt, ich soll sie einfach aufgeben?« Mein Blick schweifte zurück zu der Zeitung auf dem Tisch. »Aber das ist jetzt ohnehin egal. Sie sind tot.«

»Maddie.« Er atmete tief ein. »Das tut mir leid.«

»Ihr einziger Fehler war, geboren zu werden, Daddy.« Ich hoffte, dass er das Zittern in meiner Stimme nicht gehört hatte.

»Dann musst du den Prozess stoppen. Verändere ihn, sodass keine weiteren Tiere in Käfigen geboren werden.«

»Wie meinst du das?« Ich senkte die Stimme.

»Finde einen Sponsor und bring es vor das Repräsentantenhaus.«

»Einen Gesetzesentwurf vorlegen? Die wurden bislang doch jedes Mal im Senat gestoppt, wenn das jemand versucht hat.« Ich schüttelte den Kopf. »Zu viele Leute wollen unwichtige Dinge ergänzen und letztendlich geht er unter.«

»Dann sorge dafür, dass das nicht passiert.«

Ich hörte eine Stimme im Hintergrund und wusste, dass meine Zeit gleich um war. Wenn dein Vater der Präsident der Vereinigten Staaten war, dann gab es nicht viele lange, vertrauliche Gespräche. Also wartete ich, während er sich um das kümmerte, was irgendwer gerade von ihm wollte.

»Ich muss los.« Seine Stimme hatte etwas von ihrer Wärme verloren, und ich wusste, dass er wieder in die Rolle des obersten Befehlshabers geschlüpft war.

»Unterzeichnest du den Gesetzesentwurf, wenn ich ihn durch den Senat kriege?« Ich griff das Telefon fester.

»Ja natürlich. Ich muss mich für niemanden verbiegen.« Ich sah sein Lächeln förmlich vor mir. Er glaubte an seinen Job, seine Rolle in der Welt, war aber nur zu bereit, sich bald von der Bürde seines Amtes zu befreien.

In meinem Kopf drehten sich die Rädchen. Ich hasste Politik, wusste aber, dass sie ab und zu ein notwendiges Übel war. Wollte ich mich wirklich auf diesen höllischen Albtraum einlassen? Man verkaufte kleine Stücke seiner Seele, um Gutes zu tun, und ehe man sich versah, steckte man so tief drin, dass es kein Entkommen mehr gab.

Als würde er meine Gedanken erahnen, senkte mein Vater noch einmal die Stimme und sagte: »Nur so kann man *dauerhaft* etwas verändern.«

»Ich will nicht ins Kaninchenloch fallen.«

»Dann tu es nicht.« Im Hintergrund begann wieder jemand zu sprechen, und ich wusste, dass meine Zeit abgelaufen war.

»Bis bald, Daddy.«

»Moment noch. Du bist die Tochter des Präsidenten, Maddie. Nutze es. Mach dir diese Rolle zu eigen.« Seine Worte waren eindringlich, sie erinnerten mich daran, dass er der Anführer der freien Welt war. »Du hast über die Jahre viel aufgegeben und kannst es genauso gut für etwas nutzen, was dir wichtig ist.«

»Ich denk drüber nach.«

»Denk nicht drüber nach, Maddie. Spring ins kalte Wasser, und tu es einfach. Das kannst du am besten. Ich hab' dich lieb.«

Er legte auf, und ich seufzte, bevor ich das Handy auf den Tisch legte. Ich warf noch einen kurzen Blick auf den Artikel über die getöteten Beagles und kämpfte mit den Tränen. Ich hatte sie im Stich gelassen.

Es klopfte, die Tür schwang auf, und jemand betrat das Zimmer. Schnell wischte ich mir über die Augen. Dann stand ich auf, drehte mich um und stolperte über einen der High Heels, die ich widerwillig angezogen hatte. Ich erwartete einen der Berater, aber stattdessen fiel ich Jake in die Arme. Er war der

Letzte auf der Welt, der mich in einem so schwachen Moment sehen sollte.

Der große, umwerfende Jake Simmon. Er ließ seinen Gehstock klappernd auf den Boden fallen und stützte mich mit beiden Händen. Ich starrte in seine braunen Augen, und mein Hals wurde trocken. Wie oft hatte ich als Teenager davon geträumt, ihm so nah zu sein? Viel zu oft.

Sein Gesicht wirkte kantiger, und die helle Narbe unter dem rechten Auge verlieh ihm etwas Verwegenes. Ich stand so dicht bei ihm, dass ich nicht ignorieren konnte, wie eng das Jackett über seiner Brust saß und wie hart sich seine Armmuskeln unter meinen Fingern anfühlten.

Mein Herz hämmerte, während er mein Gesicht musterte. Seine Gegenwart sollte sich nicht so gut anfühlen. Diese Sackgasse hatte ich vor Jahren abgesperrt, aber seine Nähe hatte schon immer meine Sinne durcheinandergebracht. Er war so lange weg gewesen, dass meine Immunität gegen seinen Charme verloren gegangen war, und darauf hatte ich mich während der Wahlkampfkampagnen und endlosen Abendessen immer verlassen können. Er war nicht ohne Grund das Paradebeispiel des perfekten Politikersohnes. Er war schon früher atemberaubend gewesen, aber jetzt lag etwas Gefährliches in seinem Blick, das mir die Knie weich werden ließ. Jake war nicht mehr der makellose, unbedarfte Junge von früher. Er war reifer und erwachsener geworden. Angesichts meines rasenden Pulses gefiel mir offensichtlich, was ich sah.

»Hast du geweint?« Seine warmen Finger berührten meine Wange, und ich zuckte überrascht zurück, weil mein ganzer Körper zu kribbeln begann. Ich konnte mich nicht erinnern, ob er mich jemals berührt hatte, abgesehen von den obligatorischen Tänzen auf Feiern und Wohltätigkeitsgalas. »Was ist passiert? Geht es dir gut?«

»Ja, alles in Ordnung.« Ich trat einen Schritt zurück und rieb mir die Augen, dann beugte ich mich vor und hob seinen Gehstock auf. »Nur eine Allergie.«

»Du solltest mich nicht anlügen. Dafür kennen wir uns zu lange.« Er ließ den Arm sinken. Ich reichte ihm den Stock und trat zurück. »Es hat dir wohl jemand verraten, dass ich auf dem Weg zu dir bin, oder? Wir wissen alle, wie sehr du mich hasst. Ich bin überrascht, dass du nicht aus dem Fenster geklettert bist.«

»Ich habe kurz darüber nachgedacht«, gab ich zurück und verdrehte die Augen. Offensichtlich erinnerte nicht nur ich mich daran, dass unser letztes Treffen nicht besonders erfreulich gewesen war. »Ich habe auch überlegt, ob ich mich im Schrank verstecken soll, war aber zu langsam.«

Bitte schön, perfekter Jake Simmon. Ich hatte heute einen schlagfertigen Tag.

»Also weißt du auch, warum ich hier bin.« Sein abschätzender Blick war unerträglich.

»Ich soll deinen Bodyguard spielen. Wenn verrückte Frauen über dich herfallen wollen, werfe ich mich ihnen in den Weg.« Und verdammt, sie würden über ihn herfallen, wenn sie ihn sahen, so erwachsen und attraktiv.

»Ich bin froh, dass du einen Plan hast.« Er kratzte sich am Kinn. »Mit Unterwäsche und BHs beworfen zu werden, ist schlecht für die Gesundheit.«

»Würden sie dich kennenlernen, wäre das wohl kein Problem mehr.«

»Was soll das heißen?« Er legte den Kopf schief.

»Ich dachte, du hättest dein Bein verloren, nicht dein Gehirn.« Ich riss die Augen auf, aber es war zu spät, um die Bemerkung zurückzunehmen. Warum sagte ich in seiner Gegenwart bloß immer die schlimmsten Dinge? Schon als wir noch jünger waren, hatte ich oft an Sprechdurchfall gelitten – besonders wenn Jake in der Nähe war.

Er warf den Kopf in den Nacken und lachte. »Ich glaube nicht, dass sie auf meinen Verstand scharf sind, Maddie. Glücklicherweise ist der Teil, der sie am meisten interessiert, noch voll funktionsfähig.«

Bei seinem überheblichen Lächeln und dem Funkeln in seinen Augen musste ich schlucken.

Mir wurde heiß im Nacken, und ich kämpfte mit aller Macht darum, seinem Blick standzuhalten. »Tja, schön für dich.«

Da gingen sie hin, meine geistreichen Erwiderungen. Aber im Ernst, was hätte ich darauf auch sagen sollen?

Ich hatte immer vermutet, dass ihm die Aufmerksamkeit der Öffentlichkeit lästig war, aber vielleicht war das naiv gewesen. Seine Wirkung auf Frauen ließ sich nicht leugnen. Als er sich für die Marines die Haare abschneiden lassen musste, weinten Mädchen in den Nachrichten und bettelten darum, dass er sie wieder wachsen lassen dürfe. Als wären seine welligen Haare ein Nationalheiligtum.

Ich versuchte, mich zu sammeln, und musterte ihn. Er wirkte irgendwie anders als der Teenager, der Millionen Mädchenherzen gebrochen hatte – anders als der Junge, den ich selbst heimlich angehimmelt hatte. Früher hatte er die Aufmerksamkeit, die er von Mädchen – und Frauen – bekam, kaum zur Kenntnis genommen. Aber etwas hatte sich verändert, und das betraf nicht nur seine Extremitäten. In seinen Augen lag ein dunkler Abgrund, der mir trotz seines arroganten Auftretens im Herzen wehtat. Ich hatte es bereits in den Nachrichten bemerkt, als er zum ersten Mal in die Staaten zurückgekehrt war, und es machte mich traurig, dass die Dunkelheit immer noch tief in ihm lauerte.

Die Veränderung betraf auch seine Haltung, die entspannte

Selbstsicherheit seiner Bewegungen. Trotz seiner Verletzungen ruhte er in sich und wusste, dass er alles schaffen konnte, egal welche Steine ihm in den Weg gelegt wurden. Er ging zum Wasserkrug, goss sich ein Glas ein und reichte mir ebenfalls eines. Als mir auffiel, wie ich ihn anstarrte, trank ich einen großen Schluck und wandte den Blick ab.

Wo waren denn alle? Sollten wir jetzt nicht ein Treffen haben? Ich war sonst nie so lange allein, ohne dass ein Mitarbeiter des Hauses mich fragte, ob ich etwas brauchte. Eine dritte Person würde unsere merkwürdige Unterhaltung erträglicher machen. Wenn ich mit Jake Simmon allein war, führte das normalerweise dazu, dass wir über kurz oder lang stritten und uns anbrüllten. Bevor er zur Offiziersausbildung gegangen war, hatte er meinem Vater von Nate Renson erzählt, und ich hatte ihn wüst beschimpft und ihn der Eifersucht bezichtigt. Erneut überlief mich eine Hitzewelle und ich musste mich zur Ruhe zwingen.

»Wenn ein Typ dich zum Weinen gebracht hat, darfst du dir gern meinen Gehstock ausleihen, um ihm ein paar zu verpassen.« Er trank einen Schluck Wasser. Wie kam er darauf, es wäre wegen eines Kerls? Ich schaute zu ihm hinüber, und der bewundernde Ausdruck auf seinem Gesicht überraschte mich. Ich versuchte zu ignorieren, wie er mich von Kopf bis Fuß begutachtete und dass ich eine Gänsehaut dabei bekam.

Das war neu, und es missfiel mir. War er so lange weggewesen, dass er alles anstarrte, was Brüste hatte? Früher hatte er mich immer wie die hässliche Cousine dritten Grades behandelt.

»Ich weine nicht wegen Männern.« Verstohlen warf ich einen Blick in den Spiegel über dem Kaminsims. Das dunkelblaue Kleid und die nudefarbenen Pumps waren ganz anders als mein übliches Outfit aus Jeans und T-Shirt, aber das war auch der einzige Unterschied. Ich hatte immer noch nichtssagende Haare und eine langweilige Figur. Mein Gesicht war symmetrisch, aber nicht besonders interessant. Ich war ganz und gar durchschnittlich. Der einzige Lichtblick waren meine Augen. Trotz meiner glanzlosen Haare hatte ich dichte schwarze Wimpern, die meine haselnussbraunen Augen umrahmten.

»Ach, tatsächlich?« Er verzog einen Mundwinkel zu einem amüsierten Grinsen. Mir juckte es in den Fingern, ihm eine zu knallen.

»Wegen Männern zu weinen, ist reine Zeitverschwendung.« So, das klang erwachsen und weltgewandt, oder? Ich setzte mich wieder hin und gab mir Mühe, die Schmetterlinge im Bauch zu ignorieren, als er zu mir herüberkam. Ohne seinen Gehstock hätte ich sein leichtes Humpeln nicht bemerkt.

Aber es war definitiv da.

»Ach, das hätte ich mir denken können. Ich erinnere mich daran, dass du sie benutzt hast, um deinen Vater zu ärgern.«

Meine Augenbrauen wanderten in die Höhe, und ich schnaubte. »Ja, so bin ich. Ich will nur eins.«

»Einige Senatorensöhne werden sich nie wieder von ihrem Liebeskummer erholen.« Er sah mich mit blitzenden Augen an, während ich mich bemühte, ihn nicht mit offenem Mund anzustarren. »Du hast dich immer nur für diejenigen interessiert, über die sich deine Familie aufregen würde.«

Worüber redete er in aller Welt? Welche Senatorensöhne? Wenn überhaupt hatten sie mich höchstens aus Pflichtgefühl eingeladen, oder weil sie mit der Tochter des Präsidenten angeben wollten. Bei jeder Gala und jeder Wohltätigkeitsveranstaltung hatte ich ohne Tanzpartner dagestanden. Außer wenn Jake sich für einen Moment von der Menge kichernder Frauen losriss und seinen obligatorischen Tanz mit mir absolvierte. Und das war jedes Mal erniedrigend gewesen. *Schaut euch die schlaksige Präsidententochter an, armes Ding. Sie findet keinen Tanzpartner. Oh, seht nur! Der traumhafte Jake ist so ritterlich und bietet sich an, mit ihr zu tanzen. Bla, bla, bla.* Diese Gedanken hatte ich in jedem Gesicht gelesen, das uns beobachtet hatte.

»Es ging also nicht um einen Mann.« Er runzelte die Stirn und musterte die Zeitung auf dem Tisch neben mir. »Wie wär's mit Hundewelpen?«

»Hundewelpen sind etwas komplett anderes.« Ich warf einen kurzen Blick auf die Zeitung. Männer können für sich selbst kämpfen, Hunden war dieser Luxus nicht vergönnt.

»Und die wolltest du retten?« Er setzte sich mir gegenüber und lehnte den Gehstock an den Beistelltisch.

»Ja.« Ich sah auf das Glas in meinen Händen. Nur ein stummer Alarm und ein Zahlencode standen zwischen mir und ihrer Freiheit. Aber ich hatte versagt, und jetzt waren sie alle tot.

»Du hast es versucht, Maddie. Manchmal bedeutet das mehr als alles andere.« Er musterte mich gequält. »Manchmal ist das Wissen, dass du es versucht hast, alles, was dir bleibt.«

Ich begegnete seinem Blick und fragte mich, was den Schmerz in seinen Augen ausgelöst hatte. Ich wusste nur das, was die Nachrichten über seinen Unfall berichtet hatten. Es war unvorstellbar für mich, welchen Albtraum er durchgemacht hatte. Waren andere Menschen von ihm abhängig gewesen?

»Was haben die Polizisten gesagt, als ihnen klar wurde, dass sie die Tochter des Präsidenten verhaftet haben?« Er lächelte, und ich verstand, dass er die Stimmung auflockern wollte.

»Sie haben mich um ein Foto gebeten.« Ich trank noch einen Schluck Wasser.

Wieder überraschte mich sein Lachen. Es war nicht dieses höfliche Lachen, an das ich mich von früher erinnerte. Es war ein herzliches, aufrichtiges Lachen, das seine Augen zum Strahlen brachte. In früheren Zeiten hätte er außerdem nicht so ohne Weiteres mit mir gelacht.

»Wie viele Handys musste Cruella konfiszieren?«

»Ich hielt es nicht für nötig, diese Nebensächlichkeit zu erwähnen. Sie meldet sich bestimmt, wenn ein Bild von mir in Handschellen auftaucht, in dem mich drei lächelnde Beamte hochheben.« Ich versteckte mein Grinsen hinter dem Wasserglas.

»Du willst sie wohl umbringen, was?« Wieder erfüllte sein Lachen den Raum. »Ich hoffe, wenn es passiert, ist jemand mit Riechsalz in der Nähe.«

»Ich bitte dich, ein bisschen mehr könntest du mir schon zutrauen. Natürlich habe ich nicht für irgendwelche Bilder posiert.« Lächelnd erinnerte ich mich daran, wie dem Polizisten fast mein Portemonnaie aus der Hand gefallen wäre, nachdem er meinen Namen gelesen hatte. »Sie waren alle sehr anständig.«

»So eine Schande. Vielleicht können wir eins während der Bauarbeiten machen.« Er ließ sich in den Stuhl zurücksinken.

»Bauarbeiten?«

»Ich habe keine Lust mehr auf Fernsehshows und unsinnige Interviews. Ich will nicht länger nur über Veteranen und die Probleme *sprechen*, die sie nach der Heimkehr erwarten. Ich will etwas *bewegen*.«

»Du willst dir die Hände schmutzig machen?« Aufgeregt beugte ich mich vor. Damit konnte ich mich anfreunden.

»Ich kann mich nicht einfach hinter einen Schreibtisch setzen und für die Kameras lächeln.« Die ungeschönte Wahrheit dessen spiegelte sich auf seinen Zügen wider. »Meine Mutter will, dass ich dieses neue Projekt bewerbe, aber ich will es auf meine Art machen. Mit deiner Hilfe.«

»Schau an, du Rebell. Wenn das heißt, dass ich diese bescheuerten Schuhe nicht tragen muss, kannst du auf mich zählen.« Ich kickte die Schuhe von den Füßen und lächelte ihn an. »Was bauen wir denn?«

»Häuser. Es gibt so viele Veteranen, die nach ihrer Heimkehr nicht wissen, wohin sie gehen sollen.« Begeisterung leuchtete in seinen Augen auf. »Sie sollten einen Platz haben, den sie ihr Zuhause nennen können.«

»Wir könnten auch bestehende Häuser umbauen, Rampen hinzufügen und Ähnliches.« Ich sah mich nach Stift und Papier um. »Das würde der Presse jede Menge Möglichkeiten und Motivoptionen bieten und weder High Heels noch lange Interviews erfordern. Sie können uns einfach dabei zusehen, wie wir tatsächlich etwas *tun*.« Ich schnappte mir einen Notizblock vom Tisch und setzte mich wieder. »In dem Projekt ist so etwas schon vorgesehen, oder? Wir müssen nur noch die Familien auswählen, die mit der Presseaufmerksamkeit umgehen können, und loslegen.«

»Mom hat einen Pressesprecher engagiert, der mit uns zusammenarbeitet. Er kann die Presse bespaßen und den Kamerakram organisieren.« Mit einem verschmitzten Grinsen beugte er sich nach vorn. »Und dann können wir uns um die richtig schmutzigen Angelegenheiten kümmern.«

Meine Augenbrauen flogen nach oben, und ich senkte rasch den Blick auf das Papier, um mein Erröten zu verbergen. Er hatte bestimmt nicht gewollt, dass es so … versaut klang, redete ich mir ein.

»Du wirst ja ganz rot, MadLibs.«

Als ich wieder aufsah, grinste er noch breiter. Ich hasste diesen Spitznamen, und er wusste das ganz genau.

»Versuch du einfach nur, mit mir Schritt zu halten, Goldjunge. Und glaub bloß nicht, dass ich nachsichtig mit dir bin.« Ich zeigte mit dem Stift auf seine Beinprothese. »Ich werde dich deshalb sicher nicht mit Samthandschuhen anfassen.«

»Das würde ich auch nicht wollen.« Seine Augen leuchteten, und ich hatte das schreckliche Gefühl, dass ich gerade in eine andere Art von Kaninchenloch gefallen war.

4. KAPITEL

JAKE

Maddie stand mit einem gekünstelten Lächeln neben mir. Seltsamerweise bewirkte ihr falsches Lächeln, dass meines echt war. In der vergangenen Woche, während wir Pläne für das Wohltätigkeitsprojekt schmiedeten, hatte ich mich an ihr unbekümmertes Lächeln gewöhnt. Aber es war gut zu wissen, dass ich nicht der Einzige war, der es hasste, auf der Bühne zu stehen. Die Blitzlichter blendeten mich, während wir hinter meiner Mutter auf das Ende ihrer Rede über ihre großartigen Verbesserungspläne für das Land warteten, an deren Anfang unser Engagement für die RCVA stand.

»Mein Sohn Jake ist der lebende Beweis, dass unsere Soldaten bereit sind, alles für unser Land zu tun. Es ist Zeit, dass wir ihnen etwas zurückgeben!« Meine Mutter trat vom Mikrofon zurück und winkte mich nach vorn.

Die Menge applaudierte, als ich meine Mutter umarmte und sie mir ins Ohr flüsterte: »Mach mich stolz.«

Ich beobachtete, wie sie zurück neben Maddie trat und ihr einen Arm um die Schultern legte. Maddie lächelte verkrampft, aber sie wich nicht aus. Vor dem Hintergrund, wie viel Gift meine Mutter ihr normalerweise entgegenschleuderte, musste ich ihre innere Kraft bewundern.

»Ich hatte das große Glück, unserem Land in den letzten Jahren zu dienen.« Der Applaus schwoll an, und ich umklammerte das Podium ein bisschen fester. »Aber es gibt noch viel zu tun. Hier. Zu Hause. Unsere Veteranen kommen zurück, nachdem sie alles gegeben haben, was in ihnen steckt, nur um festzustellen, dass sie kein Zuhause mehr haben. Einige warten immer noch auf ihre Prothesen, medizinische Versorgung oder haben nicht genug zu essen. Das müssen wir ändern. Hier in Washington, vor unseren Augen, leben fünfhundert oder mehr obdachlose Veteranen. Einige von ihnen sind psychisch krank oder körperlich nicht in der Lage zu arbeiten. Können wir Opfer von anderen erwarten, ohne selbst etwas dafür zurückzugeben?«

Einige Leute riefen zustimmend *Nein*, andere klatschten. Ich verlagerte das Gewicht ein wenig auf mein intaktes Bein und nickte den Menschen vor mir zu.

»Das hätte ich auch nicht erwartet. Es ist Zeit, ihnen einen Teil ihrer Last abzunehmen, wie sie es für uns getan haben.« Mein Magen verkrampfte sich, aber ich riss mich zusammen, um weiterhin konzentriert zu bleiben. Einige der obdachlosen Männer und Frauen trugen eine viel schwerere Last als ich. »Meine Familie blickt auf eine lange Militärtradition zurück, und daran wird sich auch nichts ändern. Wir arbeiten daran, unsere Veteranen zu versorgen – mit Häusern, Rampen, Essen. Wir werden ihnen helfen.«

Der Applaus war ohrenbetäubend, und mir rann der Schweiß den Nacken hinunter. Ich schluckte und versuchte, mich auf den Teleprompter zu konzentrieren. Wenn ich das hier hinter mich gebracht hatte, dann war ich fertig damit. Keine Reden mehr. Keine Teleprompter mehr. Kein Washington-Scheiß mehr. Nur echte, harte Arbeit. Eine Chance, etwas wirklich Gutes zu bewirken.

»Und Sie können auch helfen. Deshalb sind Sie schließlich gekommen, stimmt's? Keine Sorge, ich werde Sie nicht darum bitten, die Ärmel hochzukrempeln und sich eine Schaufel zu schnappen – obwohl ich Ihnen das natürlich nicht verbieten werde.« Gelächter erfüllte den Saal, und ich wollte mich am liebsten gegen das Rednerpult sinken lassen. »Es gibt keinen Weg, es diplomatisch zu formulieren. Wir brauchen Ihr Geld. Wir brauchen finanzielle Mittel. So viel Sie geben können, damit wir denen, die unser Mitgefühl verdient haben, etwas zurückgeben können. Und damit Sie nicht glauben, ich würde Sie um etwas bitten, was ich nicht auch selbst tun würde, ist hier mein Scheck.«

Ich griff in meine Smokingjacke und zog den Umschlag mit meiner Spende hervor. Ein Mitarbeiter kam mit einer Box angerannt, und ich steckte den Umschlag durch den Schlitz.

»Und jetzt lassen Sie uns tanzen, essen und diese fantastische Musik genießen!« Ich lächelte, als alle klatschten, und verbeugte mich in Richtung des Orchesters, das wieder anfing zu spielen.

»Gott sei Dank, es ist vorbei«, flüsterte ich leise. Wenn ich nie wieder eine Rede halten müsste, wäre das kein Verlust.

»Gut zu wissen, dass irgendwann ein anderer Simmon ins Weiße Haus einziehen wird, falls ich die Präsidentschaftswahlen nicht gewinne.« Meine Mutter schlang mir die Arme um den Hals und küsste mich auf die Wange.

»Du gewinnst besser, weil das meine letzte öffentliche Rede war.« Ich biss die Zähne zusammen und suchte nach einer Möglichkeit, meiner Mutter zu entkommen.

»Ach, sei still. Du bist genau das, was dieses Land braucht.« Sie ließ die Arme sinken und sah zu mir auf. »Was glaubst du, worauf ich dich seit Jahren vorbereite?«

»Ich denke, du solltest besser niemanden auf irgendetwas vorbereiten.« Ich lächelte von oben auf sie herab.

»Sollen wir das wirklich jetzt diskutieren? Vergiss nicht, wer du bist, Jake.« Meine Mutter funkelte mich verärgert an.

»Hey, Jake, würdest du mich vielleicht zur Bar begleiten? Senator Franklin ist dort drüben, und er wird so schnell übergriffig.« Maddie lächelte mich an, bevor sie sich strahlend meiner Mutter zuwandte. »Frau Vizepräsidentin, es macht Ihnen doch nichts aus, wenn ich Ihren Sohn kurz entführe, oder?«

»Natürlich nicht.« Meine Mutter lächelte Maddie an, bevor sie sich umdrehte und wieder mich ansah. »Die Regeln haben sich nicht geändert, Jake.«

»Herrgott, ich habe ganz vergessen, was für eine Hexe sie sein kann«, flüsterte Maddie, als sie sich bei mir einhakte und mit mir in Richtung Bar ging. »Die Regeln haben sich nicht geändert, Jake.« Sie imitierte meine Mutter perfekt. »Was soll das überhaupt heißen? Muss man dich immer noch ans Zähneputzen erinnern?«

»Wir trinken um der Geselligkeit willen, nicht um betrunken zu werden.« Ich beugte mich zu ihr hinunter, damit ich flüstern konnte. Das war zwar die Wahrheit, aber nicht die ganze. Meine Mutter befürwortete die Zusammenarbeit mit Maddie, wenn es ihr die Unterstützung des Präsidenten sicherte, aber ich durfte mich nicht auf andere Art mit ihr einlassen. Nach Meinung meiner Mutter war Maddie keine angemessene Partnerin.

»Ah. Solche Regeln haben wir auch zur Genüge«, seufzte sie.

»Ich erinnere mich …«

»Darauf wette ich.« Sie runzelte die Stirn und zog dabei die Nase kraus.

»Maddie, reservieren Sie mir einen Tanz?« Jason Franks legte ihr eine Hand auf die Schulter, und ich bemerkte, wie sie die Augen leicht verengte.

»Ich werde später versuchen, Sie zu finden«, antwortete sie. Sobald wir weitergegangen waren, verdrehte sie die Augen, und ich hatte das Gefühl, sie würde sich nicht besonders viel Mühe dabei geben.

»Das war eine eurer Regeln, stimmt's? Ein Tanz mit jedem Würdenträger?«

»Ja.« Ihre Stimme klang gequält. »Ich hasse diese verdammten Regeln.«

»Ich helfe dir gern aus der Patsche«, bot ich an.

»Immer der perfekte Gentleman.« Sie lachte leise. Ich sah Maddie aus dem Augenwinkel an, während wir uns lächelnd einen Weg durch die Menge bahnten. Im Meer schwarzer Smokings und maßgeschneiderter Kleider glich sie einer unkonventionellen Elfenkönigin. Der champagnerfarbene Stoff ihres Kleides entblößte eine ihrer Schultern, und das fließende Material umspielte ihre Figur. Ihre hellbraunen Locken waren seitlich hochgesteckt, und sie trug nur einen Hauch Make-up.

Das erinnerte mich an die Zeit, als ich zu ihrer Highschool-Vorführung von *Ein Sommernachtstraum* gehen musste. Sie hatte Titania, die Königin der Elfen, gespielt, und mir war zum ersten Mal aufgefallen, wie schön sie war.

Heute Abend konnte ich mir leicht vorstellen, wie sie zwischen den Bäumen eines traumähnlichen Tals umherhuschte und Häschen streichelte oder so. Maddie passte nicht hierher. Sie war eine frische Brise zwischen all den eitlen, aufgeblasenen Menschen im Ballsaal. Das Haifischbecken der Politik war der letzte Ort, an den sie gehörte.

»Habe ich etwas zwischen den Zähnen?« Wir wichen ein paar Tänzern aus, und sie schaute kurz in meine Richtung.

»Wie bitte?« Nachdem wir der Menge entkommen waren, gab ich dem Barkeeper ein Zeichen.

»Du siehst mich so komisch an.« Sie berührte ihre Lippen. »Es ist Spinat, stimmt's? Ich wusste, dass der Gemüseteller eine blöde Idee war.«

»Das Kleid ist wunderschön«, gestand ich ihr, bevor ich es mir anders überlegen konnte.

»Oh. Phoebe hat es ausgesucht.« Sie sah an ihrem Kleid hinab und strich sich über den Rock. Ihre Wangen röteten sich leicht. »Meine Stiefmutter hasst es, was ein großer Pluspunkt ist.«

»Es ist nicht nur das Kleid.« Ich neigte den Kopf. »Du bist während meiner Abwesenheit erwachsen geworden. Du siehst nicht mehr aus wie ein Storch.«

»Ein Storch? Na, vielen Dank.« Sie zog die Nase kraus und schnaubte, bevor sie sich vorbeugte und mein Gesicht musterte. »Du bist nur ein paar Jahre älter als ich, weißt du?«

»Darf ich dir kein Kompliment machen?« Ich runzelte die Stirn, zeigte aber auf einen freien Tisch und rückte ihr den Stuhl zurecht.

»Nein, Jake Simmon macht mir keine Komplimente. Das würde das Gleichgewicht des Universums durcheinanderbringen.« Sie lehnte sich auf dem Stuhl zurück und griff nach dem Glas Wein, das der Barkeeper ihr reichte. »Der Jake Simmon, den ich kenne, hätte mich darauf hingewiesen, dass meine Haare wie ein Vogelnest aussehen und damit perfekt zu meinen *Storchen*beinen passen.«

»Ich bin nicht mehr derselbe Jake Simmon.« Ich bemühte mich, nicht zusammenzuzucken. Hatte sie mich wirklich als solch einen Mistkerl in Erinnerung? Als wir Teenager waren, hatte ich sie auf Abstand gehalten, aber ich konnte mich nicht daran erinnern, so ein Fiesling gewesen zu sein.

Sie sah mich freimütig an, und ihr Blick wanderte über mein Gesicht. Dann verzog sie ganz leicht den Mund und sagte: »Ich schätze, da hast du wohl recht.«

Sie schien durch mich hindurchzusehen und meine dunkelsten Geheimnisse zu erahnen. Wusste sie vom Tod meiner

Freunde? Wusste sie, dass ich die ganze Zeit bei Bewusstsein gewesen war, als ich unter dem Hubschrauber eingeklemmt war, und die Schmerzensschreie meiner Freunde mit anhören musste? Wusste sie, dass ich zu schwach gewesen war, um sie zu retten? Ein zu schlechter Pilot, um uns alle zu beschützen?

Sie waren alle gestorben, und ich saß auf einer Gala und trank Alkohol, als wäre alles in bester Ordnung. Sie waren tot, während ich Hände schüttelte und für Fotos posierte. In meiner Brust öffnete sich dieser mir allzu vertraute tiefe Abgrund, und ich versuchte, ihn beiseitezuschieben, aber es funktionierte nicht. Mein Herzschlag beschleunigte sich, und ich entschloss mich, den Abgrund besser zu füllen als zu ignorieren.

Ich stürzte den letzten Rest Chardonnay hinunter, bevor ich mir ein Bier bestellte. »Möchtest du auch noch etwas?«

Nach einem Moment verlegenen Schweigens antwortete sie: »Nein, ich vertrage nicht so viel.« Sie errötete tief, hob ihr volles Glas und schüttelte den Kopf. »Nachdem ich das letzte Mal Wein getrunken habe, bin ich in einen Pharmakonzern eingebrochen und habe mich in Handschellen wiedergefunden. Nicht mein hellster Moment.«

»Wir hatten alle schon solche Momente.« Ich machte es mir bequem, froh, dass sie ehrlich geantwortet und nicht in meinen wunden Punkten gebohrt hatte.

»Wirklich? Ich kann mir schwer vorstellen, wie du dich bei so einer dummen Aktion erwischen lässt.« Sie kicherte und trank noch einen Schluck Wein.

»Im Trainingslager gab es einen Drill-Sergeant, der eine absolute Nervensäge war – über das normale Maß dieses Jobs hinaus. Wir haben sogar Mordpläne geschmiedet, und uns vorgestellt, seinen Körper danach im Moor verschwinden zu lassen. Ich glaube, wegen meines familiären Hintergrunds war er sogar noch schlimmer.«

Ich nickte dem Kellner zu, als er das Bier neben mir abstellte. »Er war ein seltsamer Typ. Manche Menschen müssen immer ihr Handy oder einen Labello dabeihaben. Er war besessen von seinem Deo. Nachdem wir uns eines Abends betrunken hatten, kam mir ein brillanter Einfall.«

»Ach wirklich?« Sie grinste.

»Warum so überrascht?« Ich lachte. »In einem meiner Pakete von zu Hause war ein Roll-on-Muskelentspanner. Es war ziemlich einfach, die Etiketten abzuknibbeln.« Ich zog das Etikett meiner Bierflasche ab und riss es in kleine Fetzen. »Sie zu tauschen war noch einfacher. Er konnte tagelang seine Arme nicht hängen lassen.«

Sie zuckte zusammen und verschränkte die Arme, als stellte sie sich vor, es wäre ihr passiert. »Wurdest du erwischt?«

»Ich war zu betrunken, um mich daran zu erinnern, dass mein Name mit schwarzem Edding auf dem Roll-on stand.« Ich lachte. »Am nächsten Tag musste ich mit einem Riesenkater die Fahrzeuge meiner Kompanie mit meiner Zahnbürste schrubben.«

Ihr Lächeln betonte auf wunderschöne Weise ihre Augen. »Trotzdem ist das kein echtes Verbrechen.«

»Das stimmt.« Ich leerte die Bierflasche. »Vielleicht ändert sich das ja, wenn ich mehr Zeit mit dir verbringe.«

»Ein Verbrechen kann ich nicht versprechen, aber vielleicht eine Klage. Mit all diesen Nagelpistolen, die überall auf Baustellen herumliegen und nur darauf warten, dass ich darüber stolpere.« Sie schaute von unserem Tisch weg und konzentrierte sich auf die Tanzenden.

Ich stellte mein Bier ab und sah zu den herumwirbelnden Paaren hinüber. »Ist dein Freund da drüben? Der dich zum Weinen gebracht hat?«

»Willst du mich verpetzen, wenn er da ist?« Sie erwiderte

meinen Blick und runzelte die Stirn. Aha, sie war also immer noch sauer, weil ich ihrem Vater von diesem Mistkerl Nate und seinen Plänen, sie flachzulegen, erzählt hatte. »Und nein. Ein Politiker ist der Letzte, mit dem ich gerne ausgehen würde.«

»Und nach was für einer Person suchst du dann?« Ich nickte einem Kongressabgeordneten zu, der in unsere Richtung winkte. »Nach einem Hippie? Einem Astronauten? Jemandem von Greenpeace?«

»Für so was habe ich keine Zeit.« Sie zog die Augenbrauen zusammen und die Nase kraus. Ich hatte das seltsame Bedürfnis, die kleinen Linien mit meinen Fingern glatt zu streichen.

»Bist du zu sehr damit beschäftigt, die Welt zu retten?« Ich zog eine Augenbraue hoch.

»Das musst du gerade sagen.« Sie schnaubte und stellte ihr fast volles Glas auf den Tisch. Ihre Hand zitterte ein wenig, und ich fragte mich, warum sie so aufgebracht war. »Du denkst also, ich stehe auf Greenpeace-Typen. Wie sieht denn deine Traumfrau aus? Athletisch? Ein Filmstar? Falsche Brüste?«

»Du hast Theaterschauspielerinnen und Frauen mit Vaterkomplex vergessen.« Ich prostete ihr zu. Ich bekam immer noch nicht das Bild von ihr als Elfenkönigin aus dem Kopf.

»Das hätte ich wissen sollen.« Sie lächelte und senkte die Wimpern. »Du liebst es, den Helden zu spielen.«

»Immerhin bin ich nicht mit Politikertöchtern ausgegangen. Hast du dich überhaupt mit jemandem verabredet, der kein Washington-Schnösel war?«

»Ich habe mich durchs Buffet probiert.« Ihre Wangen liefen leicht rot an, aber sie wandte den Blick nicht ab. »Aber ich halte mich normalerweise von Leuten fern, die im Rampenlicht stehen. Davon habe ich selbst schon genug.«

»Du willst sagen, du magst normale Jungs?«

»Das Yin zu meinem Yang.« Ihr Lächeln wurde breiter. »Ein Ausgleich für meinen Wahnsinn.«

»Und hast du viel Zeit für Rendezvous, Maddie?« Ich sah mich im Saal um, bevor ich meinen Blick wieder der Frau vor mir zuwandte.

Sie schnaubte. »Nein. Ganz und gar nicht.«

»Nur Arbeit und gar kein Vergnügen? Was ist noch mal dein Hauptfach? Ich glaube, die Rettung der Welt kann man nicht studieren.«

»Kann man wohl. Umweltwissenschaften.« Sie trank einen Schluck Wein. »Mit dem Schwerpunkt auf Nachhaltigkeit.«

»Nachhaltigkeit? Zum Beispiel in der Landwirtschaft?«

»Klar. Wasser, Energie und Nahrungsquellen.«

»Klingt, als bräuchtest du einen Superheldenumhang, sobald du den Abschluss hast.«

»Ich darf mir bei der Abschlussfeier einen aussuchen.«

»Das ist schon bald, oder?«

Sie nickte. »Noch ein Jahr und dann geht der Ernst des Lebens los.«

»Tja, und jetzt musst du deine letzten Sommerferien mit mir verbringen.« Aus irgendeinem Grund, den ich nicht verstand, musste ich bei diesem Gedanken lächeln.

»Habe ich ein Glück, was?« Sie kicherte.

»Das ist nett.« Ich lachte leise und deutete auf unseren Tisch. Sie hatte mich von der Anspannung abgelenkt, die auf meinen Schultern lastete.

»Die Wohltätigkeitsgala?« Sie sah sich irritiert im Saal um.

»Ich meine unser Gespräch. Ich kann mich nicht daran erinnern, wann wir zum letzten Mal zusammengesessen und uns unterhalten haben.« Ich lehnte mich zurück. Das stimmte ehrlich gesagt nicht ganz. Beim letzten Mal hatte ich geschrien und gebrüllt und nicht geredet.

Sie sah mich mit großen Augen an. Ein unbehagliches Schweigen breitete sich zwischen uns aus, und ich verspürte das Bedürfnis, es zu brechen.

»Ich meine, du bist eine der wenigen, die versteht, wie langweilig diese Veranstaltungen sein können.« Ich machte eine vage Handbewegung. »Du verstehst diesen ganzen Wahnsinn.«

»Das haben wir noch nie, nicht ernsthaft.« Ich konnte sie angesichts der Geräuschkulisse um uns herum kaum verstehen.

»Was?«

»Du hast gesagt, dass du dich nicht daran erinnern kannst, wann wir zum letzten Mal zusammengesessen und uns unterhalten haben.« Sie räusperte sich und sah mich an. »Wir haben nie richtig zusammengesessen und uns unterhalten. Wir haben uns angeschrien, aber nie wirklich miteinander geredet.«

»Klar haben wir das.« Ich zuckte unangenehm berührt mit den Schultern.

»Nein, haben wir nicht.« Ein kleines Lächeln umspielte ihre Lippen. »Wir haben nur wegen Kampagnen oder zu Pressezwecken miteinander gesprochen. Ansonsten haben wir nur für Fotos nebeneinandergestanden, oder du hast dich über meine Klamotten lustig gemacht.«

»Das stimmt nicht.« Ich kratzte mich am Hals. »Wir haben geredet.«

»Nein, aber mit einer Sache hast du recht.« Sie legte den Kopf schief, und ihr Lächeln wurde noch breiter.

»Womit denn?« Ich beugte mich nach vorn und bewunderte, wie das Lächeln ihre Augen zum Leuchten brachte.

»Es wäre schön, einen Freund zu haben, der das alles nachempfinden kann.« Sie sah sich im Saal um, und mit einem Mal erlosch ihr Lächeln. »Nicht viele Menschen verstehen, was es bedeutet, wir zu sein, und was wir alles in Kauf nehmen müssen.«

»Nein, das stimmt.« Ich schaute über meine Schulter, um zu sehen, was Maddie abgelenkt hatte.

Die menschliche Version von Barbie steuerte auf uns zu, und fast alle Männer im Saal drehten sich nach ihr um. Ihr rotes Kleid war hauteng und brachte ihr falsches blondes Haar zum Leuchten. Ihre dank der turmhohen High Heels schwingenden Hüften zogen ein außergewöhnliches Ausmaß an Aufmerksamkeit auf sich.

»Ronnie.« Maddie sah die Frau mit einem perfekt einstudierten gelangweilten Gesichtsausdruck an.

»Maddie, schön Sie zu sehen.« Die Frau beugte sich nach vorn und tat so, als würde sie Maddie auf die Wange küssen. »Sie sehen absolut entzückend aus. Das Kleid ist ganz charmant.«

Ich mag ein Typ sein, aber das zweifelhafte Kompliment konnte man nicht überhören, auch wenn ich ihr nicht zustimmte. Während diese Ronnie ihre Kurven zur Schau stellte, war die Art, wie Maddies Kleid sie vage andeutete, mindestens genauso sexy.

»Danke, Ronnie. So viele Leute kommen zu diesen Veranstaltungen und ziehen sich wie Prostituierte an.« Maddie musterte die Frau und machte ein missbilligendes Geräusch. »Aber zu Ihnen passt der Stil.«

»Wollen Sie mich nicht Ihrem Freund vorstellen?« Ronnie drehte sich zu mir um und hielt es offensichtlich nicht länger für nötig, nett zu tun.

»Oh, wie unhöflich von mir.« Die Verachtung in Maddies Stimme war unüberhörbar. »Jake, das ist Ronnie Irgendwas von Vox. Sie berichtet gerne über Dinge, die sie für wahr hält, und über viele andere, die es mit Sicherheit nicht sind. Ronnie, das ist Jake Simmon, der älteste Sohn der Vizepräsidentin, was Sie natürlich überhaupt nicht gewusst haben.«

»Veronica Whitmire. Es ist mir eine Ehre, Sie kennenzulernen, Jake.« Sie streckte mir die Hand entgegen, und ich drückte sie behutsam. »Sie sind ein wahrer Held.«

»Die Freude ist ganz meinerseits.« Ich versuchte, zu ignorieren, wie nachdrücklich sie meine Hand schüttelte.

»Ihr Auftritt heute Abend war exzellent.« Sie setzte sich auf den Stuhl neben Maddie und beugte sich nach vorn. »Eine großartige Rede.«

»Vielen Dank.« Ich lächelte und sah Maddie an. Sie beobachtete Ronnie mit kaum verhohlener Abscheu. Während ich mich wieder der Blondine zuwandte, fragte ich mich, was zwischen ihnen vorgefallen sein mochte.

»Wollen Sie etwas Bestimmtes, Ronnie?« Maddie kniff die Augen zusammen. »Vielleicht einen Kommentar?«

»Klar. Ein Zitat wäre toll, aber ein Tanz wäre sogar noch besser.« Sie lächelte mich unter ihren Wimpern hervor an.

»Mh, ich schulde Maddie einen Tanz, aber dann wäre ich frei.« Ich trank noch einen Schluck und musterte die Reporterin. Ich war vielleicht etwas eingerostet, aber sie baggerte mich definitiv an.

»Tut mir leid, aber meine Tanzkarte ist schon voll.« Maddie nahm ihr Glas und lächelte Veronica an. »Jason Franks und ich müssen noch etwas besprechen, und dann habe ich auch Leo einen Tanz versprochen. Das bedeutet jedoch, dass Richard Tanner ebenfalls einen Tanz erwartet.«

Stirnrunzelnd sah ich Maddie an. »Jason? Senator Franks Sohn? Dieser Aufreißer?«

»Traurigerweise ist das ein häufiger Charakterzug unter Politikersöhnen.« Sie klemmte sich die Handtasche unter den Arm. Autsch. Ich war ziemlich sicher, dass die Spitze mir galt. »Du weißt doch, wie es ist. Die Politik lässt Menschen zu interessanten Bettgenossen werden. Wir sehen uns dann auf der Baustelle.«

Sie drehte sich um und verließ den Tisch, ohne sich noch einmal umzusehen. Franks Miene hellte sich auf, als hätte er im Lotto gewonnen, und ich runzelte die Stirn. Wollte sie ihm zu verstehen geben, dass sie miteinander schliefen? Oder dass sie ihn ertrug, weil er ihr politisch von Nutzen war? Aber die Maddie, an die ich mich erinnerte, spielte keine politischen Spiele. Hasste sie mich so sehr, dass sie sich lieber von diesem Mistkerl begrapschen ließ? Wenn es ums Tanzen ging, hatte ich ihr stets einen Ausweg eröffnet. Die Regel, mit allen zu tanzen, war ihr immer zuwider gewesen, und ich hatte es nie schlimm gefunden, mit ihr eine schnelle Runde auf dem Parkett zu drehen.

Hatten wir währenddessen nicht geredet? Ein Witz über die Idioten, die uns fotografierten, oder über den fetten Botschafter, der ihr, der Vegetarierin, einen Tierschädel geschenkt hatte. Bestimmt hatten wir uns unterhalten. Nicht nur über Politik.

»Also, was ist mit dem Tanz?« Veronica beugte sich noch ein bisschen weiter vor, um mir ihr Dekolleté zu präsentieren.

»Wissen Sie, ich bin gerade nicht in der Stimmung zu tanzen.« Ich konzentrierte mich auf die Frau mir gegenüber. Ehrlich gesagt, wollte ich nur noch weg von hier. »Möchten Sie immer noch ein Zitat?«

»Ich würde gern über Sie berichten.« Ronnie legte den Kopf schief. »Eine Story oder ein Interview darüber, wie Sie zurechtkommen. Ich stelle mir vor, dass es ganz schön hart ist.«

»Wissen Sie, hart ist ein interessantes Wort.« Ich schnappte mir ein Weinglas von einem der vorbeikommenden Kellner und reichte es ihr. Vielleicht könnte ich heute Abend ein bisschen Dampf ablassen. »Ich würde Ihnen gern zeigen, wie ich zurechtkomme. Wann hätten Sie Zeit?«

»Heute Abend wäre wundervoll.« Sie warf einen kurzen Blick auf Maddie, die mit Franks tanzte. Das Arschloch hatte die Hände zu tief auf ihren Rücken gelegt, und ich sah, wie sie sie wieder zurück auf ihre Taille schob. Veronica räusperte sich leise. »Falls Sie keine anderen Verpflichtungen haben, meine ich. Meine Wohnung ist nur ein paar Blocks entfernt.« Sie beugte sich nach vorn und senkte die Stimme. Sie streckte die Hand aus und fuhr mir über den Ärmelaufschlag.

Ich sah kurz zu Maddie, die mit Franks tanzte, bevor ich mich wieder der Sexbombe neben mir zuwandte, die mir ihr üppiges Dekolleté entgegenstreckte. Der letzte Sex war einfach zu lange her, um dieses Angebot auszuschlagen.

Ich leerte mein Bier und schnappte mir ihre Hand. »Klingt nach dem perfekten Ort, um sich besser kennenzulernen.«

Als wir das Gebäude verließen, achtete ich darauf, mich nicht nach Maddie umzudrehen. Obwohl ich keine Ahnung hatte, warum das von Bedeutung war.

5. KAPITEL

MADDIE

»Also hat dich dein Vater nicht nach Guantanamo geschickt?«, fragte Phoebes Stimme aus meinem Handylautsprecher.

»Das hier ist viel schlimmer.« Ich wickelte ein Haargummi um das Ende meines geflochtenen Zopfes und sah in den Spiegel.

Das hier war ich. Keine modischen Kleidchen, kein Small Talk. Ich hatte keine Stunden vor dem Spiegel verschwendet, während mir jemand die Haare eindrehte. Ausgeblichene Flecken auf den Knien meiner Lieblingsjeans, ein langärmeliges T-Shirt mit RETTE EINEN BAUM, BESTEIGE EINEN HOLZFÄLLER auf der Vorderseite und zurückgekämmte, geflochtene Haare – das war für mich das perfekte Outfit.

»So schlimm kann es nicht sein. Vielleicht hat er sich verändert.« Ihre Stimme klang optimistisch, aber andererseits war sie immer optimistisch. Das war eins der Dinge, die ich an ihr liebte, auch wenn es mich manchmal in den Wahnsinn trieb.

»Er ist immer noch Jake Simmon. Er mag ein bisschen anders aussehen, aber er ist immer noch ein unerträglicher Kerl.« Ein dämlicher Kerl. Ein echt heißer und dämlicher Kerl.

»Du wirst Menschen helfen, und vielleicht musst du gar nicht so viel mit ihm zusammen arbeiten. Du kannst für Fotos posieren und dann irgendwas mit einem Hammer kaputtschlagen.« Sie lachte. »Das ist wie eine Therapie.«

»Du bist nicht besonders hilfreich, Phoebe.«

»Tut mir leid. Aber sieh es mal positiv. Du musst keine schicken Kleider tragen oder jede Menge langweiligen Small Talk machen. Du kannst deine Lieblingsarbeitsschuhe anziehen und ansonsten hinter den Kulissen bleiben.« Ihre Stimme nahm einen betont munteren Ton an. »Und ich hatte schon erwähnt, dass du irgendwas mit einem Hammer kaputtschlagen kannst, oder?«

Ich nahm das Handy und schaltete den Lautsprecher aus, damit niemand, der zufällig vorbeikam, unser Gespräch hörte.

»Ich wünschte, ich könnte mit dir nach Südafrika reisen.« Beim Anblick meines Spiegelbildes runzelte ich die Stirn.

»Ich werde nur auf einem anderen Kontinent die Arbeitsschuhe anziehen. Unsere Familienurlaube sind nie besonders entspannend.« Ihre Stimme klang müde. »Nur Arbeit, kein Vergnügen.«

»Meinetwegen musst du nicht so tun, als wärst du deprimiert.« Ich schnaubte. »Du liebst es, das weiß ich.«

»Ich hab's versucht«, seufzte sie. »Versprich mir nur, dass du dir während meiner Abwesenheit Mühe gibst, auch die positiven Seiten zu sehen. Es ist nicht alles nur schlecht.«

Damit hatte sie so was von recht. Ich würde nicht mit jemandem tanzen müssen, das war ein Vorteil. Was hatte ich mir dabei gedacht, Jake zu sagen, ich würde mit Jason Franks tanzen? Jason war ein lüsternes Arschloch. Ich konnte ihn nicht ausstehen. Und trotzdem redete ich ständig idiotisches Zeug, wenn ich in Jakes Anwesenheit den Mund aufmachte. Heute jedoch nicht. Heute würde ich mich zurückhalten und mich darauf konzentrieren zu helfen. Abgesehen davon war es offensichtlich gewesen, dass er mit dieser Tussi Ronnie ins Bett steigen würde, als sie gemeinsam gegangen waren. Wenn ich in seiner Gegenwart wieder keinen Ton herausbrachte, würde ich mich daran erinnern, dass er genauso wie jeder andere Typ war: ein geiler Bock, der auf falsche Brüste und sexy Kleidchen stand.

Wenn falsche Titten und enge Fummel Ronnie glücklich machten, war das ihre Sache. Ich konnte es nur nicht ausstehen, dass sie beides benutzte, um weiterzukommen. Oder vielleicht lag es auch daran, dass sie mit zweien meiner Exfreunde geschlafen hatte, um an Informationen über mich heranzukommen. Keiner von ihnen hatte etwas Interessantes preisgegeben, aber sie hatten Ronnie auch nicht von der Bettkante geschubst – was sie mir nur zu gern unter die Nase gerieben hatte.

»*Das* willst du anziehen?« Meine Stiefmutter stand im Türrahmen und sah mich stirnrunzelnd an.

Ich atmete tief ein und beendete meinen Ausflug in die Vergangenheit.

»Ich muss Schluss machen, Phoebes. Sag Bescheid, wie es dir da drüben ergeht.«

»Pass auf dich auf, Maddie.« Sie legte auf, und ich legte das Handy auf meine Kommode.

»Ich werde auf einer Baustelle arbeiten. Was soll ich sonst anziehen?« Ich hob die Arbeitsstiefel neben meinem Bett auf.

»Ich dachte, du würdest Familien interviewen und in der Presse über sie berichten.« Sie kam zur Kommode und nahm die Carhartt-Jacke, die ich tragen wollte.

»Genau genommen helfen wir dabei, die Häuser zu bauen, die diese Familien brauchen. Das ist eine gute Gelegenheit, aktiv etwas zu tun.« Ich setzte mich auf einen Stuhl und zog einen Stiefel an.

»Das hört sich gut an.«

Ich sah Abigail überrascht an. »Findest du?«

»Ja, finde ich.« Mit einer Grimasse hob sie eins meiner College-Sweatshirts auf, faltete es und legte es auf die Kommode.

»Ihr bietet der Presse etwas, während ihr zugleich die Aufmerksamkeit auf die Truppen lenkt, die sie wirklich gebrauchen können. Gar kein schlechter Plan. Viel besser als das, was Jakes Mutter geplant hatte.«

»Mh.« Ich hob den anderen Stiefel auf und zog ihn an.

»Es tut mir leid wegen der Hunde. Diese Praxis ist eine Schande.«

In ihrer Stimme schwang aufrichtiges Mitgefühl mit. »Dein Vater hat gesagt, dass du einen Gesetzesentwurf vorlegen willst.«

»Ich denke darüber nach.« Während ich den Stiefel zuschnürte, sah ich sie misstrauisch an.

»Du solltest es tun.«

Abigail war in mein Leben getreten, als ich noch so jung war, dass ich eine Mutter brauchte, aber alt genug, um eine neue abzulehnen. Meine Teenagerjahre waren nicht schön gewesen. Besonders weil mein Vater mir kurz nach der Hochzeit erzählt hatte, dass Abigail schwanger war.

Sie hatte mir Tampons erklärt und sich um unser Team gekümmert, als ich Volleyball gespielt hatte. Aber sie war nicht meine Mutter. Und trotz all der Dinge, die sie für mich getan hatte, hatte sie nie versucht, die Lücke zu füllen, die meine richtige Mutter hinterlassen hatte. Sie *konnte* diese Lücke nicht füllen. Während meine Mutter ruhig, geduldig und ein totaler Hippie gewesen war, war Abigail das komplette Gegenteil.

Ich hatte stundenlang lernen müssen, wie man den perfekten Sitzplan erstellte und was man in der Öffentlichkeit nicht sagte. Was mich betraf, hatte sie immer genau das getan, was man von ihr erwartete, aber nicht mehr. Ich hatte Jahre gebraucht, um zu verstehen, dass sie nicht das war, was ich als Kind gebraucht hätte, aber sie war genau die Richtige für meinen Vater. Sie war ganz anders als meine Mutter – und als ich.

Abigail war ehrgeizig. Sie hatte meinem Vater ein Ziel und eine Richtung eröffnet, auf die er hinarbeiten konnte.

»Auch wenn du draußen arbeitest, könntest du ein wenig Make-up tragen. Die Presse wird da sein.«

Außerdem war sie unfassbar eitel.

»Ich trage kein Make-up, nur damit es mir das Gesicht hinunterlaufen kann und mir in die Augen tropft, während irgendjemand Fotos macht.« Ich kontrollierte das Haargummi an meinem Zopf und straffte die Schultern. »Ich gehe zur Arbeit, ich will niemanden beeindrucken.«

»Es ist deine Aufgabe, zu beeindrucken, Maddie.« Sie streckte die Hand nach mir aus und strich mir ein paar Haare aus dem Gesicht. »Du bist die Tochter des Präsidenten.«

»Nein, heute nicht.« Ich nahm mir eine Baseballkappe. »Heute bin ich nur eine Verbrecherin, die Sozialstunden ableistet.«

»Du liebe Güte, Maddie, lass das bloß niemanden hören.« Sie folgte mir aus dem Zimmer. »Das ist kein Witz. Du hättest deinem Vater eine Menge Probleme bereiten können. Das ist dir bewusst, oder?«

»Was willst du?« Ich ging in die Küche des Wohnflügels und nahm mir eine Flasche Wasser.

»Ich möchte, dass du dich endlich wie eine Erwachsene benimmst.« Sie verschränkte die Arme über ihrem grauen Lieblingsanzug.

»Ich trage die Konsequenzen für mein Handeln.« Ich sah sie stirnrunzelnd an.

»Wie wäre es denn mal damit, an die Konsequenzen zu denken, *bevor* du etwas Dummes tust?« Sie presste die Lippen zu einer dünnen Linie zusammen und funkelte mich an. »Ich musste meine Welthungertour absagen, um dafür zu sorgen, dass du hier nicht aus der Reihe tanzt.«

»Das wäre nicht nötig gewesen. Es tut mir leid, dass du gedacht hast, du müsstest auf mich aufpassen, aber ich versichere dir, dass ich so etwas Dummes nicht noch einmal machen werde. Abgesehen davon weiß niemand davon. Alle gehen davon aus, dass ich helfe, nicht, dass ich Sozialstunden ableiste.« Schuldbewusst ließ ich die Schultern hängen. Selbst wenn Abigail und ich immer gut miteinander auskamen, wusste ich, dass sie sehr hart dafür gearbeitet hatte, mehr Aufmerksamkeit auf den Welthunger zu lenken.

»Oh, sie wissen Bescheid.« Sie schob die Zeitung auf der Kücheninsel zu mir herüber. »Jemand hat es ausgeplaudert.«

Ich sah auf die Zeitung und zerquetschte fast die Wasserflasche in meiner Hand.

»Präsidententochter verhaftet«, las ich vor und überflog den Artikel, bevor ich überprüfte, wer der Autor war. »Dieser verdammte Hurensohn!«

Veronica Whitmires Name prangte für alle Welt sichtbar unter dem Artikel. Ich würde Jake Simmon mit bloßen Händen umbringen. Oder vielleicht mit einer der Nagelpistolen, über die ich gestern Abend gewitzelt hatte. Ich würde ihnen einen echten Grund geben, eine Story über mich zu veröffentlichen.

»Abigail …«

»Nein, sag nichts. Es war nur eine Frage der Zeit.« Sie schüttelte den Kopf. »Deshalb bin ich ja hier.«

»Wer kümmert sich um die Tafel?« Mühsam schluckte ich meinen Ärger hinunter – der konnte warten. Mein dämliches Verhalten hatte ein wirklich wichtiges Projekt beeinträchtigt.

»Die Vizepräsidentin kümmert sich um mein nächstes Ziel. Danach sehen wir weiter. Ich will nicht mitten über dem Atlantik herausfinden, dass du eine Bank ausgeraubt hast.« Sie sah auf die Uhr. »Ich lasse dich nun deinen Job erledigen. Ich treffe mich mit dem lilarischen Botschafter, um die Ankunft des Prinzen und der Herzogin vorzubereiten.«

»Wann kommen sie?« Mit diesem Themenwechsel konnte ich mich anfreunden.

»In sechs Wochen? Acht? Ich schaue im Kalender nach. Davor muss ich mich noch um jede Menge Dinge kümmern. Ich weiß, dass du offizielle Abendessen nicht magst, aber ich würde es begrüßen, wenn du bei diesem dabei sein könntest. Die Herzogin ist nur ein paar Jahre älter als du.«

»Klar.« Ich stimmte ohne Weiteres zu, weil ich mich schuldig fühlte, ihre Tour beeinträchtigt zu haben. »Irgendwie abgefahren, eine Herzogin, die aus den USA stammt, ins Weiße Haus einzuladen.«

»Klingt so, als sollte eigentlich *sie* unsere Gastgeberin sein, stimmt's?« Abigail zog eine ihrer perfekten Augenbrauen hoch.

»Ja.« Mein lahmes Lächeln überzeugte uns beide nicht.

»Gut, dann sehen wir uns später.«

»Warte.«

Sie hielt inne und sah mich an.

»Es tut mir wirklich leid. Du hast recht. Ich habe die Konsequenzen nicht bedacht, und es tut mir sehr leid, dass du hierher zurückkommen musstest. Mir ist absolut klar, wie wichtig deine Arbeit ist.«

»Danke.« Sie legte den Kopf schief und musterte mich eindringlich. »Du ähnelst Helena sehr. Sie hätte auch eher um Entschuldigung als um Erlaubnis gebeten.«

Als sie hinausgegangen war, stand ich einen Moment einfach da und wusste nicht, was ich von ihrer Bemerkung halten sollte. Sollte das ein Kompliment sein? Eine Beleidigung? Vermutlich eine Beleidigung.

Aber warum hatte sie so getan, als würde sie meine Mutter

kennen? Sie hatte meinen Vater doch erst nach ihrem Tod kennengelernt.

Ich konnte mich kaum auf die Fahrt zur Baustelle konzentrieren. Tony hatte mich in einen Wagen gepackt, und ich hatte ihm überhaupt nicht zugehört. Mein Gehirn sprang hin und her zwischen dem Kommentar meiner Stiefmutter und der Wut darüber, dass Jake mich für Sex mit einer Reporterin verraten hatte.

Es sollte mich nicht überraschen, dass Jake mich den Wölfen zum Fraß vorgeworfen hatte. Er verpetzte mich gern, wenn ich etwas falsch gemacht hatte. Aber das war selbst für ihn ungewöhnlich. Ich hatte gedacht, wir hätten uns am Abend vorher gut unterhalten. Und wäre der Artikel nicht ausgerechnet von seiner kleinen Eroberung geschrieben worden, hätte ich gar nicht darauf geschlossen, dass er dahintersteckte. Aber wahrscheinlich hatte ihn die Zeit bei den Marines wirklich verändert – und zwar nicht auf eine gute Art, wie ich gehofft hatte.

Als ob das alles nicht schon schlimm genug wäre, rief Cruella an, und ich musste mit ihr durchgehen, was ich der Presse sagen würde. Wenn ich die Medien den ganzen Tag ignorieren würde, würden deren Geschichten nur noch schlimmer werden. Bei der Presse konnte man sich darauf verlassen, dass eine Überschrift wie diese wie eine Lawine außer Kontrolle geriet.

Als ich auflegte, hatten wir die Stadt hinter uns gelassen. Der Wagen fuhr durch einen Vorort mit blühenden Kirschbäumen und Menschen, die auf den Bürgersteigen joggten. Ich öffnete das Fenster, um etwas frische Luft zu schnappen, und wurde mit lauten Rufen und Geschrei belohnt.

»Kommt das von der Baustelle?« Ich sah zu Tony hinüber.

»Ja.« Er beugte sich vor, um durch die Windschutzscheibe nach vorn zu schauen. »Sie warten seit heute Morgen um vier.«

»Wer, die Freiwilligen?« Ich machte einen langen Hals und sah aus dem Fenster. »Scheiße. Das ist wegen des Artikels.«

Übertragungswagen von Nachrichtensendern parkten entlang der Straße, und ich wäre am liebsten in meinem Sitz versunken. Ich zog mir die Baseballkappe tiefer in die Stirn und atmete tief durch. Tja, das hatte ich wohl verdient. Trotz des Weins an besagtem Abend hatte ein Teil von mir sehr genau gewusst, dass es eine dumme Idee war, in ein Gebäude einzubrechen. Eine richtig dumme Idee.

»Ich bin so dämlich«, murmelte ich.

»Wie bitte?« Tony sah mich selbstzufrieden an.

»Du hast mich schon verstanden.« Ich straffte selbstbewusst die Schultern, als wir an den Pressewagen vorbeifuhren. »Ich bin dämlich. Ich hätte nicht versuchen sollen, diese Hunde zu befreien. Es war nicht richtig, dir zu entwischen.«

»Ist dir jemals in den Sinn gekommen, dass ich hätte helfen können?« Tony sah noch selbstzufriedener aus. »Wenn jemand in das Gebäude reingekommen wäre, ohne erwischt zu werden, dann wohl ich.«

»Soso. Und du hättest mir geholfen, wenn ich dich gefragt hätte?«

»Ich habe nicht gesagt, dass ich dir geholfen hätte. Ich wollte wissen, ob du darüber nachgedacht hast, mich zu fragen.« Sein Grinsen war so breit, dass seine Grübchen zum Vorschein kamen. »Ich hätte dich eingesperrt.«

»Und genau deshalb habe ich nicht gefragt.« Ich verdrehte die Augen. Tony war vierzehn Jahre älter und behandelte mich wie seine kleine Schwester. Was einerseits gut war und andererseits ziemlich schlecht. Er war nicht so steif wie die Schlipsträger der Leibwache des Präsidenten, besonders abseits der Öffentlichkeit, aber das hieß auch, dass er weit mehr als seine Pflicht tat, wenn es darum ging, die Typen abzuchecken, mit denen ich mich verabredete. Über diesen Witz mit dem Vater, der sein Gewehr auf der Veranda reinigte, wenn dein Date vorbeikam, konnte Tony nur müde lächeln. Wenn du einem Typen auf den Zahn fühlen willst, ob er es wirklich ernst mit dir meint, ist das viel einfacher, wenn du einen Spezialagenten an deiner Seite hast, der erklärt, dass er Ahnung vom Foltern hat, während er den armen Kerl anstarrt, der es gewagt hat, dich um ein Date zu bitten.

Ich glaubte nicht, dass Tony jemals Menschen gefoltert hatte, aber so genau wollte ich es eigentlich auch gar nicht wissen. Phoebe hat viel Zeit damit verbracht, darüber nachzudenken, aber nur weil sie im ersten Studienjahr in Tony verknallt gewesen war. Soweit ich wusste, hatte sie nie den Mut aufgebracht, ihn danach zu fragen – erst recht nicht, nachdem sie seine Langzeitfreundin getroffen hatte, die eine verdammt gute Anwältin war.

»Bereit?« Der humorvolle Ausdruck war aus seiner Miene verschwunden. Er musterte mein Gesicht, und ich wusste, dass er den Befehl zum Umkehren geben würde, wenn ich zögerte.

»Irgendwann muss ich die Suppe ja auslöffeln«, sagte ich. »Ist Jake da?«

»Er ist schon vor uns angekommen.« Er streckte die Hand aus und klopfte zweimal ans Autofenster.

Ein anderer Bodyguard öffnete die Tür, und Tony stieg zuerst aus. Als ich herauskletterte, achtete ich darauf, ein freundliches Gesicht zu machen. Schon zu Beginn der Wahlkampfkampagne meines Vaters hatte ich herausgefunden, dass ich ein ziemlich unfreundliches Gesicht machte, auch wenn ich einfach nur neutral dreinschauen wollte. Deshalb musste ich mich bei öffentlichen Auftritten sehr konzentrieren, sonst wirkte ich, als wäre ich stocksauer. Trotzdem gab es viele Fotos von mir, auf denen ich aussah, als wollte ich jemanden erstechen. Und weil ich auf Fotos selten gut rüberkam, musste ich ständig über meinen eigenen Schatten springen, um eine freundliche Fassade aufrechtzuerhalten.

Ich winkte den Kameras kurz zu und war erleichtert, als eine ältere Dame mit einem Werkzeuggürtel und einem Klemmbrett auf mich zukam. Sie hatte ihre dunklen Haare straff nach hinten gebunden, und ihre Jeans hatte Flicken auf den Knien.

Das war eine Frau nach meinem Geschmack.

»Hi, ich bin Trina Scott.« Sie streckte mir die Hand entgegen, und ich schüttelte sie.

»Ich bin Maddie. Vielen Dank, dass wir helfen dürfen, Trina. Es ist sehr beeindruckend, wie viel Sie bereits geschafft haben.« Ich hatte am Abend vorher eine E-Mail vom PR-Team mit einem Überblick über alle wichtigen Leute bekommen. Trina Scott hatte einen Masterabschluss und ihr eigenes Unternehmen geleitet, bevor sie das gemeinnützige Projekt Returning Combat Veterans Affairs (RCVA) aufgebaut hatte.

»Vielen Dank. Ich kann ganz gut Leute herumscheuchen.« Die Frau drückte sich das Klemmbrett an die Brust.

»Sieht so aus, als würden die Freiwilligen Ihnen das nicht übel nehmen.« Ich bemerkte die Gruppe von Menschen in der Nähe der Betonplatte, die Werkzeuge sortierten und Holzstapel aufschichteten. »Haben Sie viele regelmäßig wiederkehrende Helfer?«

»Wir haben ein paar, aber ich glaube, die Gruppe ist heute wegen Ihnen und Mr Simmon so groß.« Trina drehte sich zu Jake um, der mit einigen Journalisten sprach.

»Sorgen wir also dafür, dass wir sie sinnvoll einsetzen.« Ich stemmte die Hände in die Hüften. »Ich werde kurz die Medien begrüßen, aber dann gehöre ich ganz Ihnen.«

»Das könnten Sie bereuen«, rief einer der älteren Männer in meine Richtung.

»Halt die Klappe, Kremdenski!« Trina erhob die Stimme. »Vergraul sie nicht. Willst du ihre Arbeit auch übernehmen?«

»Ich bleibe einfach hier und halte mich raus.« Der Mann zeigte auf einen Transporter und lächelte gutmütig.

»Mh-mh. Lass dich besser nicht noch einmal bei einem Nickerchen erwischen.« Sie zwinkerte mir zu. »Das ist der Polier. Er hält sich für einen Komiker. Viel Glück mit den Geiern. Ich habe meinen Beitrag schon geleistet.«

Jake beschäftigte die Kameras, aber ich wusste, dass die Schlagzeilen nur hässlicher werden würden, wenn ich jetzt kein Statement abgab. Ich beneidete ihn um seine Ungezwungenheit vor all diesen Leuten, die ihn beurteilten und nach Schwachstellen suchten. Bei ihm sah das so einfach aus, wohingegen ich mich ständig ans Lächeln erinnern musste.

»Maddie, warum haben Sie das getan?«

»Wollten Sie damit ein politisches Zeichen setzen?«

»Ist es wahr, dass die Polizeibeamten Ihnen Handschellen angelegt haben?«

Ich biss die Zähne auf eine Art zusammen, von der ich hoffte, dass sie freundlich wirkte, und sah Jake nicht an, als ich vortrat. Mich an ihm zu rächen stand ganz oben auf meiner Liste. Der perfekte Jake Simmon würde dafür bezahlen, dass er seinem Betthäschen mein Geheimnis verraten hatte.

»Hallo David.« Ich lächelte ein paar der Reporter an, die ich kannte. »Wie geht's Ihrem Sohn, Mary?«

»Es geht ihm gut. Er spielt Fußball. Können Sie sich das vorstellen?« Die Frau schob sich die Brille hoch und lächelte.

»Wie alt ist er, zwei?« Ich tat so, als wäre ich schockiert. »Ist das nicht ein bisschen früh?«

»Er ist sechs«, schnaubte sie. »Aber er trägt immer noch den ausgestopften Adler mit sich herum, den Sie ihm geschenkt haben.«

»Oh je, sechs? Ist das schon so lange her?« Ich schüttelte den Kopf.

»Geht schnell.«

»Na gut, stellen Sie mir Ihre Fragen.« Ich ließ die Schultern in gespielter Müdigkeit hängen. »Ich weiß ja, dass Sie nur darauf warten.«

»Haben Sie wirklich versucht, in einen Pharmakonzern einzubrechen, um Hunde zu retten?«, fragte Mary mit einem kleinen Lächeln.

»Ja.« Ich richtete mich gerader auf, damit alle wussten, dass es mir ernst war. »Trotz meiner guten Absichten war das, was ich getan habe, falsch. Ich habe für alle Schäden bezahlt, die ich Sabre Pharmaceuticals zugefügt habe, und ich werde meine gesamte Freizeit der Freiwilligenarbeit opfern. Nach vielen Gesprächen mit meinem Vater und den Verantwortlichen bei Sabre ist mir klar geworden, dass mein Einsatz in Wirklichkeit meinen Zielen geschadet hat. Deshalb werde ich in Zukunft den Rechtsweg einschlagen.«

»Haben Sie schon einen Gesetzesentwurf eingereicht?« Eine neue Journalistin beugte sich nach vorn und schob David zur Seite. David verdrehte die Augen, und irgendjemand murmelte etwas über Neulinge.

»Noch nicht, aber das ist eins meiner Ziele. Sabre hat diese Woche sechsundzwanzig Hunde, vierzehn Katzen und Dutzende Nagetiere eingeschläfert. Selbst wenn ich es geschafft hätte, diese armen Tiere zu retten, wären die meisten von ihnen leider nicht dazu in der Lage gewesen, ein Leben außerhalb eines Käfigs zu führen.« Ich holte tief Luft. Jetzt gab es kein Zurück mehr. »Mein Ziel ist es, Tierversuche zu stoppen, bevor sie überhaupt beginnen.«

»Haben Sie schon einen Sponsor?« David eroberte sich seinen Platz zurück.

»Noch nicht, aber hoffentlich bald.« Ich hob die Hände. »Das ist alles, was ich heute zu diesem Thema sagen werde. Jetzt freue ich mich darauf, die Ärmel hochzukrempeln und dabei zu helfen, einem unserer Helden ein neues Zuhause zu bauen.«

»Aber …« Die neue Journalistin versuchte, sich wieder nach vorn durchzukämpfen, und David positionierte sich so, dass sie nicht vorbeikam.

»Wissen Sie, wer dieses Haus bekommen wird?« David hob die Stimme. Man wurde nicht leitender Redakteur einer renommierten Zeitung, wenn man nicht wusste, wann man gewisse Fragen stellte und wann nicht.

»Noch nicht, aber wir treffen die Familie hoffentlich in ein paar Wochen.« Jake stellte sich neben mich, und ich zwang mich, nicht zurückzuweichen. »In der Zwischenzeit freuen wir uns über jede helfende Hand. Ist jemand anwesend, der weiß, wie man Waschbecken anschließt?«

Es gab ein paar Lacher, und die Gruppe löste sich langsam auf.

»Wie wäre es, wenn ich Ihnen meine Klempnerfähigkeiten im Tausch gegen ein Exklusivinterview anbiete?« David legte den Kopf schief, die Augen auf Jake gerichtet.

»Ich weiß nicht, David, müssen wir anschließend jemanden engagieren, der Ihre Arbeit wieder ausbügelt?« Jake zog die Augenbrauen hoch.

»Neben dem Studium habe ich für einen Bauunternehmer gearbeitet.« David zuckte mit den Schultern. »Ich habe keine Ausbildung, aber ich beherrsche einige der Routinearbeiten.«

»Schreiben Sie dem Koordinator eine E-Mail, dann verabreden wir etwas.« Jake streckte den Arm aus und schüttelte dem Journalisten die Hand.

»Na ja, ich würde Ihnen gern dasselbe anbieten, aber ich würde wahrscheinlich das Haus zum Einsturz bringen.« Mary lachte.

»Es gibt viele andere Möglichkeiten, um sich zu engagieren«, bot ich an.

»Ich denke darüber nach. Es würde mir gefallen, für eine gute Sache zu arbeiten.« Sie winkte mich zu sich heran. »Im Vertrauen, wie geht es Ihnen?«

»Mir geht's gut. Es ist mir nur peinlich.« Ich vertraute Mary, aber ich wusste auch, dass ich mit dem, was ich in der Öffentlichkeit sagte, vorsichtig sein musste.

»Falls es Ihnen ein Trost ist, ich fand Ihren Einsatz ziemlich mutig. Dumm, aber mutig.« Sie tätschelte mir den Arm, und ich lachte.

»Dumm auf jeden Fall«, stimmte ich zu.

»Wenn Sie Hilfe bei dem Gesetzesentwurf brauchen, sagen Sie mir Bescheid. Ich kann eventuell ein paar Gefallen einfordern.«

»Bieten Sie mir etwa einen Deal an?« Ich runzelte die Stirn. Mit Journalisten befreundet zu sein, war gefährlich. Aber ich hatte Mary schon immer gemocht. Als wir uns zum ersten Mal begegneten, hatte sie gerade ihr Kind bekommen, und mir gefiel dieses innere Leuchten einer jungen Mutter bei ihr.

»Nein, auch wenn ich gefeuert werde, wenn ich mir ein Interview durch die Lappen gehen lasse.« Sie lächelte, und die Brille rutschte ihr ein wenig die Nase hinunter. »In den fünfzehn Jahren, die ich bei der *Post* bin, habe ich eine Menge Kontakte geknüpft, und ehrlich gesagt hasse ich den Gedanken, wie diese armen Geschöpfe misshandelt werden. Kein Tier sollte so etwas erleiden müssen.«

Ihre Augen schimmerten feucht, und sie legte sich die Hand auf den Bauch.

»Mary Peterson, gibt es etwas, das Sie mir sagen wollen?« Ich sah ihre Hand bedeutungsvoll an.

»Oh Gott. Nun … ja, aber es ist noch sehr früh.« Sie lächelte.

»Herzlichen Glückwunsch!« Ich umarmte sie, senkte aber die Stimme. »Aber jetzt fühle ich mich, als würde ich Ihre Schwangerschaftshormone ausnutzen.«

»Oh, nutzen Sie sie ruhig aus.« Sie wedelte mit der Hand vor uns herum. »Die können ja ruhig für etwas gut sein.«

»Danke, Mary.« Ich drückte sie noch einmal kurz. »Bitte grüßen Sie Ihre Familie von mir.«

»Passen Sie auf sich auf, Maddie.«

»Ja, Ma'am.« Ich sah ihr nach, als sie zu einem Fotografen ging.

»Nun, das lief doch gar nicht so schlecht.« Ich hörte Jakes warme Stimme direkt an meinem Ohr und zuckte vor Schreck zusammen.

»Verdammt, Jake. Schleich dich nicht so an.« Ich holte tief Luft. Das Herz klopfte mir bis zum Hals, und ich war mir ziemlich sicher, dass das nicht an meiner Wut auf ihn lag. Aber ich war sauer, rief ich mir in Erinnerung. Richtig sauer. Ich war nur nicht blind.

»Ich habe mich gar nicht angeschlichen.« Er verschränkte die Arme, und seine Augen funkelten belustigt. »Ich stand die ganze Zeit hier.«

»Na toll. Auf der Suche nach noch mehr Geheimnissen, die du ausplaudern kannst?« Ich musste mich sehr zusammenreißen, um ihm nicht mit dem Zeigefinger in die Brust zu piken. Ich konzentrierte mich auf die Ohrstöpsel, die an einem Kabel um seinen Hals baumelten.

»Was?«

»Spiel nicht den Unschuldigen, Jake. Lass mich am besten

einfach in Ruhe. So zu tun, als wären wir Freunde, ist Zeitverschwendung. Besonders wenn du direkt danach zu deiner neuen Freundin rennst und ihr all meine Geheimnisse verrätst.« Ich beugte mich zu ihm und musste mich sehr zügeln, um ihm nicht in aller Öffentlichkeit eine Standpauke zu halten. »›Niemand anderes versteht wirklich unser Leben. Es ist schön, jemanden zum Reden zu haben.‹ Bla, bla, ich bin ein Riesenarsch, bla, bla, bla.«

»Du glaubst, ich hätte den Journalisten von deiner Begegnung mit den Cops erzählt?« Die Wut brodelte sichtbar unter der Oberfläche seiner höflichen Maske.

»Mal überlegen … Du gehst mit Journalistenflittchen Nummer eins nach Hause, und am nächsten Tag veröffentlicht sie alle schmutzigen Details meiner Dummheit. Also ja, ich glaube, du warst so heiß darauf, mit ihr zu schlafen, dass du ihr genau das gegeben hast, was sie wollte.« Ich ging weg, aber er blieb an meiner Seite.

»Du hast recht. Ich habe ihr genau das gegeben, was sie wollte.« Kalte Wut schwang in seiner Stimme mit, und mein Magen machte einen unangenehmen Sturzflug. »Allerdings wurde dein Name dabei nicht erwähnt.«

Ich errötete tief und unterdrückte die Kälte, die in meinem Magen aufstieg. »Wie auch immer, Jake. Erzähl's deiner Journalistin. Sie wird eifersüchtig sein, wenn sie herausfindet, dass du David ein Exklusivinterview versprochen hast.«

»Du bist gerade die Einzige, die sich eifersüchtig anhört.«

Ich erstarrte mitten im Schritt, drehte mich zu ihm und sah ihn an. Er hatte genau die Worte verwendet, die ich ihm vor all den Jahren an den Kopf geworfen hatte. »Du bist so arrogant! Ich zeige das Offensichtliche auf, und zu deiner Verteidigung behauptest du, ich sei eifersüchtig? Auf wen? Auf dich? Reiß dich zusammen, Jake! Wenn ich mit jemandem schlafen wollte, wärst du der Letzte auf meiner Liste. Nein, du würdest es nicht mal auf die Liste schaffen.«

»Das behauptest du jetzt, aber ich kann mich gut daran erinnern, wie du mich früher angesehen hast.« Er verschränkte die Arme vor der Brust, und mir klappte die Kinnlade herunter. »Du hast gesagt, dass wir nie miteinander gesprochen haben, aber ich erinnere mich daran, dass du in meiner Gegenwart kein Wort herausbekommen und mich nur mit diesen großen Augen angestarrt hast.«

»Wow. Afghanistan hat dich wirklich in ein Arschloch verwandelt.« Ich bemerkte Tony im Augenwinkel und bedeutete ihm, zu verschwinden. »Egal was ich vor Jahren von dir gehalten habe, das hat jetzt keine Bedeutung mehr. Du bist auch nur ein Aufreißer. Du hast mich den Wölfen zum Fraß vorgeworfen, nur um jemanden zu vögeln.«

»Du kommst immer wieder darauf zurück, dass ich mit Ronnie geschlafen habe, aber Tatsache ist, dass ich ihr nicht von deinem betrunkenen Ausrutscher erzählt habe. Ehrlich gesagt waren wir viel zu beschäftigt, um über irgendwas zu reden.« Er stolperte ein wenig, und ich hätte fast – fast – die Hand ausgestreckt, um ihn zu stützen, aber ich hielt mich zurück. Es geschähe ihm recht, auf dem Hintern zu landen, diesem dummen, arroganten Arsch.

»Wer sonst sollte ihr davon erzählt haben? Veronica Whitmire ist die schlechteste Journalistin in Washington.« Ich verschränkte die Arme vor der Brust. Scheiß auf meine Körpersprache. Wenn uns jemand beobachtete, konnte er denken, was er wollte. Es gab keinen Grund, so zu tun, als würden wir uns mögen. »Du hast ihr einen Freifahrtschein geschenkt. Dank dir krebst sie nicht mehr am Fuße der Karriereleiter herum, sondern bekommt jetzt zahlreiche Storys.«

»Ich bin mir sicher, ich bin nicht der Erste, der ihr eindeutiges Angebot angenommen hat.« Seine Kiefermuskeln waren angespannt, und er beugte sich zu mir herunter.

»Oh, da hast du recht. Voll ins Schwarze getroffen. Sie hat das *alles* auch den meisten meiner Exfreunde angeboten. Da steht sie drauf, Jake. Sie ist nichts anderes als ein besseres Callgirl. Der Unterschied ist nur, dass man ihr am nächsten Morgen kein Geld auf den Nachttisch legt, sondern Geheimnisse.« Ich beugte mich auch nach vorn und senkte die Stimme. »Zumindest haben meine Exfreunde ihr keine Scheiße über mich erzählt. Sie hatten einfach eine heiße Nacht und gut war's.«

»Scheiße.« Er rieb sich das Kinn und sah kurz zum Himmel hinauf. »Davon wusste ich nichts.«

»Mir doch egal, Jake.« Ich wollte weggehen, aber er hielt mich an der Schulter fest. »Meine Exfreunde sind bedeutungslos. Entscheidend ist, dass *du* mich verraten hast.«

»Ich habe Ronnie nichts von dir und der Polizei erzählt.«

»Spar's dir einfach.« Ich schüttelte den Kopf.

»Hör mal, das meine ich ernst. Ich wollte einfach nur ein bisschen Dampf ablassen. Das ist alles.« Er runzelte die Stirn. »Wir haben nicht viel miteinander geredet. Sie muss schon vor unserem One-Night-Stand davon gewusst haben.«

»Ja, klar.« Es machte mich krank, wie unbekümmert er darüber sprach, dass er mit Ronnie geschlafen hatte.

»Ich meine es ernst, Maddie. Das hätte ich dir nicht angetan. Und alles, was ich gestern Abend gesagt habe, war genauso gemeint. Die meisten Menschen können unser Leben nicht nachempfinden. Ich würde dir nicht in den Rücken fallen.« Er fuhr sich mit der Hand durch die Haare. »Ehrlich gesagt, bin ich heute extra früher gekommen, um die Journalisten abzulenken, als ich in den Nachrichten davon erfahren habe.«

Ich blinzelte irritiert. Er hatte versucht, mir zu helfen? Wenn es nicht Jake war, wer sonst hatte noch von der Sache gewusst?

Und warum hätte derjenige ausgerechnet Ronnie die Story geben sollen, wo es so viele andere Journalisten gab?

»Du hast mich schon mal verpetzt, Jake«, erinnerte ich ihn.

»Ich habe dich nicht *verpetzt*, Maddie.« Er stöhnte. »Das ist Jahre her, weißt du? Und damals habe ich nur versucht, dich vor dem kleinen Scheißkerl und seinem Vater zu schützen.«

»Um Punkte bei deiner Mutter zu sammeln? Monatelang musste ich mir anhören, wie toll du bist und wie dumm ich bin.« Ich ballte die Fäuste. »Ich wollte nur eine Weile mal ein normales Mädchen sein, Jake, nicht die Tochter des Präsidenten. Wie du eben selbst gesagt hast: ein bisschen Dampf ablassen.«

»Er hat dich nur benutzt«, erklärte Jake. Sein Blick verdüsterte sich, und ich fragte mich, wie weit sein Heldenkomplex reichte. War er immer noch sauer darüber?

»Ich bin nicht blöd, Jake. Ich wusste, dass er mich benutzte. Ich *wollte* benutzt werden.« Ich starrte ihn an und hob die Hände. »Ich wollte nicht länger unsichtbar sein. Mein Wunsch war, dass es ein einziges Mal nur um mich ging.«

»Du bist nicht unsichtbar.« Er zog die Augenbrauen zusammen. »Und du hattest etwas Besseres verdient als diesen Trottel.«

»Es ist vorbei. Ich hätte es gar nicht angesprochen, wenn du es nicht getan hättest.« Dieses Gespräch bereute ich mehr als meine Verhaftung. Ich hätte nicht preisgeben sollen, warum ich damals mit dem Sohn des Senators geschlafen hatte.

»Ich habe niemandem von deiner Verhaftung erzählt. Das hier ist anders. Und egal, was du denkst, ich habe vor all den Jahren nicht davon profitiert, deinem Vater von dieser Sache zu erzählen, und ich musste dein Geheimnis nicht verraten, um mit Veronica zu schlafen.«

»Du bist so ein eingebildeter Arsch.« Ich murmelte eine

Menge Unsinn, hauptsächlich Schimpfwörter, von denen ich nicht wollte, dass die Medien sie mir in den Nachrichten von den Lippen ablasen.

»Ich mag eingebildet sein, aber du weißt, dass ich ehrlich bin. Ich habe dir nicht verheimlicht, wer dich vor all diesen Jahren verraten hat, und ich würde auch jetzt nicht lügen.« Er richtete sich etwas auf. »Das kannst du mir glauben, Maddie.«

Ich runzelte die Stirn und musterte ihn mit zusammengekniffenen Augen. Er hatte in mehr als einer Sache recht. Er hatte niemals verschwiegen, dass er von meinem nächtlichen Treffen erzählt hatte, und er brauchte meine schmutzigen Geheimnisse nicht, um mit einer Journalistin zu schlafen. Keine Frau der Welt würde Jake von der Bettkante stoßen. Sie müsste bescheuert sein. Gleichzeitig fragte ich mich jedoch, wie bescheuert Jake eigentlich war, weil er mit Ronnie geschlafen hatte.

»Ich hoffe, du hast deine Gurke eingewickelt«, brach es aus mir heraus.

»Was?« Er riss die Augen so weit auf, dass ich befürchtete, sie könnten ihm aus dem Kopf fallen.

»Bevor du sie in ihr Salatdressing getunkt hast. Wer weiß, welche Pilze man sich bei ihr einfängt.« Meine Wangen brannten heiß.

Er lachte laut und ansteckend, und ich war schockiert darüber, dass so ein Lachen von ihm kam. »Keine Sorge. Ich habe meine eigene Frischhaltefolie mitgebracht.«

»Gute Idee.« Ich fand den Gedanken ekelhaft, dass er Ronnie tatsächlich gevögelt hatte, aber dann fiel mir ein, dass er ja die letzten Jahre weg gewesen war und sie nicht hatte ertragen müssen.

»Hör mal, wir werden ziemlich viel zusammenarbeiten. Es wäre schön, wenn wir gut miteinander auskämen.« Er beugte den Kopf hinunter, um mir in die Augen zu sehen. In seinen warmen braunen Augen lag eine eindringliche Bitte. »Du bringst mich zum Lachen, Maddie, und das habe ich in den letzten Jahren sehr zu schätzen gelernt. Freunde?«

»Nein.« Ich schüttelte den Kopf. Konnte ich ihm vertrauen? War er wirklich extra früher gekommen, um mir vor der Presse beizustehen? »Ich glaube nicht.«

»Gestern Abend dachte ich, wir wären auf dem Weg, Freunde zu werden.« Er musste gespürt haben, dass ich nachgeben würde, denn sein Lächeln wurde breiter. »Du hast mich vor meiner Mutter gerettet, und ich bin hergekommen, um dich vor der Presse zu retten. Das machen Freunde doch so, oder?«

»Jake – nein.« Ich schüttelte den Kopf. Er hatte mich verraten. Ich konnte mir nicht vorstellen, dass Veronica die Story von jemand anderem hatte, oder?

»Na komm schon, MadLibs.« Ein Anflug seines jungenhaften Charmes blitzte auf, und ich verdrehte die Augen.

Er hatte Ronnie gevögelt, mich beschuldigt, eifersüchtig zu sein, und jetzt wollte er, dass wir Freunde waren. Warum geriet ich überhaupt in Versuchung?

»Du bist auf Bewährung.« Die Worte kamen mir über die Lippen, bevor ich länger darüber nachdenken konnte.

»Bewährung? Damit kann ich leben.« Er nickte, und ein listiges Grinsen breitete sich auf seinem Gesicht aus.

»Und ich war nicht eifersüchtig.« Ich pikte ihm in die Schulter.

»Ach komm, du warst ein bisschen eifersüchtig.« Er richtete sich auf, und sein Grübchen zeigte sich kurz.

»Nicht mal ein winziges bisschen.« Ich sagte es ein bisschen zu nachdrücklich, und sein Grinsen wurde noch breiter. »Und wenn ich herausfinden sollte, dass du mich an Veronica verraten hast, werde ich dir das Leben zur Hölle machen.«

6. KAPITEL

MADDIE

Am anderen Ende der Leitung klingelte und klingelte es. Ich musste mich beherrschen, nicht laut zu fluchen. Auf der Baustelle waren immer noch jede Menge Leute unterwegs, und ich wollte keine Szene machen. Ich hatte eine Nachricht von einem der privaten Tierheime erhalten, bei denen ich während des Semesters ehrenamtlich arbeitete. Sie hatten zu wenig Leute, und jemand hatte einen Vorratsschuppen verwüstet.

»Jonah«, sagte ich, als der Anrufbeantworter piepste. »Das Tierheim braucht ein paar helfende Hände. Ruf mich an.«

Abgesehen von Phoebe war Jonah einer der wenigen, mit denen ich mich an der Uni angefreundet hatte. Er war ruhig und reserviert, konnte aber sehr gut mit Tieren umgehen. Ich hoffte, dass er helfen konnte.

Ich steckte das Handy in die Gesäßtasche und starrte in die Ferne. Wir packten für heute zusammen, daher könnte ich noch zum Tierheim gehen und ein paar Stunden dort arbeiten, bevor ich zusammenklappte. Die Zwinger mussten sicher ausgemistet werden, und die Tiere brauchten ihre Medizin. Flora, die Besitzerin, hatte vermutlich alle Hände voll zu tun, sonst hätte sie mich nicht angerufen.

Ich schaute auf meine Hände hinab und zog wegen der Blase am Daumen eine Grimasse. Ich musste mir ein Pflaster besorgen, damit sie sich nicht entzündete.

»Alles in Ordnung?« Jake nahm sich einen Pappbecher vom Wasserspender und goss sich ein. Er ließ den Kopf in den Nacken sinken und stürzte den Inhalt des Bechers hinunter. Sein dreckiges Shirt spannte sich über seiner verschwitzten Brust, und ich folgte den harten Linien seiner Muskeln mit den Augen.

»Äh, ja. Ich muss nur noch zu einer Freundin fahren und ihr helfen.« Ich riss den Blick von ihm los und schaute zu Boden, als wäre ich völlig fasziniert von den Dreckklumpen, die ich mit der Stiefelspitze anstieß. »Eins der Tierheime hatte letzte Nacht einen unfreundlichen Besucher.«

»Was ist passiert?« Jake setzte sich auf die Bank und legte den Arm über den Wasserspender.

»Ich muss einer Freundin aushelfen.«

»Warte.« Er hob die geräuschunterdrückenden Kopfhörer und zog die Ohrstöpsel heraus, die er zusätzlich trug. »Tut mir leid, ich habe dich nicht verstanden.«

»Ein paar Idioten haben die Türen rausgerissen und einige der Container geklaut. Letzte Nacht hat es geregnet, daher sind viele Vorräte zerstört worden. Sie brauchen ein paar Leute, die wissen, wie man mit den Tieren umgeht, und sie versorgen, während andere die Schäden beseitigen.« Er reichte mir einen Becher Wasser, und ich nahm ihn entgegen. »Ich werde wohl rübergehen und die Medikamente verteilen, um wenigstens ein bisschen zu helfen.«

»Überstunden machen dir nichts aus, was?« Jake schüttelte den Kopf.

»Ich kann nicht einfach Nein sagen.« Ich sah ihn an. »Sie brauchen Hilfe.«

Ein lauter Knall hallte über die Baustelle, und Jake zuckte zusammen und duckte sich. Ich blieb stocksteif stehen, und die Situation brannte sich in mein Gedächtnis ein. Ich wusste nicht warum, aber beim Anblick seiner Miene zuckte ich unwillkürlich zusammen. Er brauchte mehrere Sekunden, bevor er sich wieder unter Kontrolle hatte, und mich ansah.

»Du klingst langsam fast wie ich.« Sein Lachen war schwach, aber ich ging darüber hinweg.

»Das ist ein furchterregender Gedanke.« Ich runzelte die Stirn.

»Ich will damit nur sagen, dass du absagen könntest, aber das wirst du nicht tun.« Er streckte die Beine aus, stöhnte und rieb sich das Bein dort, wo die Prothese befestigt war. »Wann gehen wir los?«

»Ich glaube, ich fahre jetzt los. Ich muss nur noch Trina Bescheid sagen.« Ich trank meinen Wasserbecher leer und warf ihn in den Mülleimer. »Ich habe mein Werkzeug schon zusammengepackt.«

»Lass mich schnell meine Sachen wegräumen, dann können wir meinen Pick-up nehmen.« Er stand auf und verzog das Gesicht.

»Was?« Ich sah ihn an, als wäre er verrückt.

»Du brauchst Hilfe.« Er zuckte mit den Schultern. »Also helfe ich dir.«

»Nein, schon in Ordnung. Ich komme klar.« Ich schüttelte den Kopf etwas zu heftig, und mein Zopf schlug mir ins Auge. Ich verzog das Gesicht und blinzelte gegen die Tränen an. »Autsch.«

»Hier.« Jake presste mir etwas aufs Auge. »Kein Problem. Das machen Freunde doch so, oder?«

»Du bist immer noch auf Bewährung«, sagte ich in scharfem Ton und schlug seine Hand weg. Da bemerkte ich, dass er sein T-Shirt hochgezogen hatte, um mir die Tränen abzuwischen, und dabei eine Menge seines durchtrainierten Bauchs entblößte.

»Dann muss ich mich eben beweisen.« Er lächelte mich an, und ich runzelte die Stirn.

Ich musste aufhören, in Jake Simmons Gegenwart dumme Dinge zu tun. Genau genommen sollte ich mich gar nicht erst in Jake Simmons Gegenwart aufhalten. Wenn ich ihn ansah, verwandelte sich mein Gehirn in Wackelpudding. Wenn ich mich mit ihm unterhielt, machte das zwar Spaß, aber mir fehlten gleichermaßen oft die Worte. In der Gegenwart dieses Mannes konnte ich nicht klar denken, und er vögelte sich fleißig durch ganz Washington. Es fehlte mir gerade noch, dass wir mehr Zeit miteinander verbrachten, während er versuchte, mein Freund zu sein. Das machte die Sache nur komplizierter.

»Nein, nein, nein. Ich komme sehr gut alleine klar.« Ich wedelte mit den Händen, als wären all diese Neins nicht deutlich genug.

Er streckte wieder sein T-Shirt nach meinem Gesicht aus. »Hör auf, so herumzufuchteln, sonst bekommst du noch mehr Dreck ins Auge. Halt still, Madeline.«

Als er meinen richtigen Vornamen benutzte, erstarrte ich. Selten verwendete jemand meinen vollen Namen, und als er es tat, passierte etwas Seltsames mit meinem Bauch. Er tupfte an meinem Gesicht herum, während ich zu ignorieren versuchte, wie mein Puls angesichts seiner körperlichen Nähe in die Höhe schoss.

»Also, in zehn Minuten bin ich wieder da. Dann gehen wir die Welpen füttern und so weiter.« Er ging zu einem Werkzeugkasten und das ›und so weiter‹ hing zwischen uns in der Luft.

Es gab so viele schöne Dinge, die ich mir unter ›und so weiter‹ vorstellen konnte – und genau da lag das Problem. Es war mehr als ein Problem – es war eine rot blinkende Alarmleuchte. Ich brauchte Jakes Hilfe, aber ich wollte sie nicht brauchen.

Wenn er ebenfalls dort war, würde ich mich wahrscheinlich mit einer Spritze für einen der Hunde stechen. Wenn das mal kein Problem war.

Trina sah kurz von ihrem Papierkram hoch, winkte mir zum Abschied und brüllte dann jemanden wegen der Bauholzkosten an. Ich schaute auf mein Handy, aber Phoebe hatte sich immer noch nicht zurückgemeldet. Der Personenschützer, der mir heute zugeteilt war, wartete auf meine Entscheidung, als Jake zu mir trat.

Freundschaftlich drückte er mir mit seiner warmen Hand die Schulter und führte mich zu seinem Pick-up. Er legte sein Werkzeug auf die Ladefläche, dann öffnete er mir die Beifahrertür. Er kletterte auf den Fahrersitz, drehte den Schlüssel und fummelte an der Klimaanlage herum. Kühle Luft kam aus den Ventilatoren, und ich seufzte erleichtert. Es war den ganzen Tag über heiß und drückend gewesen.

»Wohin fahren wir?«, fragte er und startete den Motor. Ich gab ihm die Adresse und rieb mir das Gesicht. Mir war heiß, ich war müde und brauchte dringend ein Bad.

»Ich hab ein paar Flaschen Wasser im Kühlschrank hinten.« Jake fuhr von der Baustelle. Wie üblich eskortierte uns eine schwarze Limousine.

Ich schaute zur Rückbank und entdeckte den orangenen Minikühlschrank mit den kalten Wasserflaschen. Ich schnappte mir zwei, drehte mich wieder um und erwischte Jake dabei, wie er meinen Po musterte. Meine Wangen begannen zu glühen, und ich atmete tief durch. Genau das war das Problem daran, Zeit mit Jake zu verbringen. Wenn er nicht auch interessiert wirken würde, wäre es viel einfacher, die Schwärmerei, die ich offensichtlich entwickelt hatte, abzuschütteln.

»Hier, bitte.« Ich gab ihm eine Flasche und öffnete meine.

»Danke.« Er lächelte und drehte die Verschlusskappe seiner

Flasche ab. Offensichtlich war es ihm nicht peinlich, dass ich ihn erwischt hatte.

»Wahrscheinlich sollte ich mich bei dir bedanken.« Ich runzelte die Stirn und trank einen Schluck Wasser. »Ich hatte mich schon darauf eingestellt, die Zwinger alleine auszumisten.«

»Zwinger ausmisten. Ja, das macht alleine keinen Spaß.« Er zog die Nase kraus. »Eigentlich klingt das unter keinen Umständen nach Spaß.«

»Stimmt. Es gibt achtzehn Hundezwinger, sechs Hundewiesen und mehrere Katzen.« Vielleicht wäre ein bisschen Hilfe gar nicht so verkehrt. Besonders wenn das bedeutete, dass Jake durch Hundekacke stapfen müsste. »Und sie nehmen natürlich auch Reptilien auf.«

»Reptilien?« Sein Blick schoss zu mir.

»Ja, die Leute können sie einfach abgeben. Flora nimmt sie auf und versucht, sie in ein neues Zuhause zu vermitteln. Das ist besser, als wenn die Leute sie einfach in der Natur aussetzen. Die meisten der Reptilien wissen nicht, wie man dort überlebt.« Ich zuckte mit den Schultern. »Und wir wollen nicht, dass sie verwildern. Sie könnten die Oberhand gewinnen und die einheimischen Arten ausrotten. Dann ist es schon besser, sie ins Tierheim zu geben.«

»Oder man könnte sie gar nicht erst kaufen.« Jake schüttelte den Kopf.

Ich zuckte mit den Schultern. »Kinder sehen das anders.«

Mir jagten Reptilien keine Angst ein, aber nicht jeder mochte sie. Viele unterschätzten, wie viel Arbeit sie machten.

Ich hatte das Gefühl, die Stille füllen zu müssen, und schaltete die Musik an. Ein Song von *Mumford and Sons* erklang, und ich sah Jake überrascht an.

»So was hörst du?«

Er zuckte mit den Schultern. »Mir gefällt's.«

»Ich hätte dich als Country-Fan eingeschätzt.« Ich lehnte mich zurück und beobachtete, wie die Straßen vorbeiflogen.

»Ich mag ziemlich vieles.« Er lächelte mich an, bevor er sich wieder auf die Straße konzentrierte. »Das hängt von meiner Laune ab.«

»Und welche Laune braucht es für *Mumford and Sons*?«

»Ich hatte ein bisschen Heimweh.« Er zuckte die Achseln.

»Virginia?«, fragte ich.

»Ja. Washington hat einiges zu bieten, aber ich vermisse das weite Land. Manchmal engt mich die Stadt ein.« Er ließ die Schultern kreisen, als laste das Gewicht der ganzen Stadt in diesem Moment darauf.

»Das kann ich verstehen.« Ich nickte. Auch ich vermisste mein echtes Zuhause. »Wir leben hier in der Hauptstadt, und alles ist so schnell und laut, stimmt's? Als ich das letzte Mal in Colorado war, kam ich mir vor wie in einer anderen Welt.«

»Genau.« Er hob die Wasserflasche. »*Mumford and Sons* machen alles ein bisschen leichter.«

Ich beobachtete ihn, während wir fuhren, und fragte mich, wann er zum letzten Mal zu Hause gewesen war und sich entspannt hatte. Ich war zuletzt vor über einem Jahr in Colorado gewesen. Der Gedanke daran versetzte mir einen Stich in die Brust. Ich konnte nicht an mein Zuhause denken, ohne es mit meiner Mutter in Verbindung zu bringen.

»Ich frage mich, ob das Wetter sich dort schon verändert hat.« Ich rieb an der Dreckkruste an meinen Fingern.

»Ich wette, dort ist es kühler als hier«, sagte er.

»Bestimmt.« Ich runzelte die Stirn. »Ich sollte bald mal wieder hinfahren. Mit ein paar Blumen für meine Mutter.«

»Machst du das immer noch?«

»Nicht so oft wie ich sollte.« Schuldgefühle stiegen in mir auf, und ich schluckte sie mühsam hinunter.

»Du weißt, dass ihr das nicht wichtig wäre.« Er streckte die Hand aus und drückte meine, bevor er sie wieder ans Steuer legte.

»Danke.« Seine Berührung war so süß und sanft gewesen. »Ich glaube, dieser Akt ist mehr für uns, die wir noch hier sind. Um uns selbst zu beweisen, dass wir sie nicht vergessen.«

Er nickte, sagte aber nichts. Ich fragte mich, auf wie viele Gräber er schon Blumen gelegt hatte. Ein Teil von mir wollte mehr über seine Zeit bei den Marines und den Unfall herausfinden, doch im Grunde wusste ich, dass das aus vielerlei Gründen falsch wäre.

Den Rest der Fahrt schwiegen wir, und ich entspannte mich. Ich musste beim Musikhören eingenickt sein, denn erst, als Jake mich leicht an der Schulter schüttelte, bemerkte ich, dass wir beim Tierheim angekommen waren.

»Bist du dir sicher, dass du noch arbeiten willst? Du siehst erschöpft aus.« Sein besorgtes Gesicht war meinem ganz nah, und ich blinzelte heftig.

»Was?« Ich setzte mich auf und rieb mir die Augen. »Mir geht's gut.«

»Du kannst nicht aufhören, stimmt's?« Er streckte die Hand aus und strich mir ein paar Haare aus dem Gesicht.

»Das musst du gerade sagen«, grummelte ich. Niemand hatte mir je unterstellt, kurz nach dem Aufwachen ein freundlicher Zeitgenosse zu sein. »Warum bist du so nah an meinem Gesicht?«

»Ich dachte, ich müsste Dornröschen vielleicht wach küssen.« Er setzte sich wieder hin und lächelte so breit, dass ich all seine Zähne sehen konnte.

»Nach deiner eigenen Aussage kann ich nicht Dornröschen sein. Ich sehe erschöpft aus, erinnerst du dich? Du kannst dir deine Küsse also sparen.« Es machte mich verlegen, wenn er mit mir flirtete, deshalb wurde ich schnippisch. »Tut mir leid, du hilfst mir, und ich bin mürrisch. Ignorier mich einfach.«

»Oh, das werde ich.« Er lachte leise, während er aus dem Pick-up stieg. »Und selbst müde und mürrisch bist du immer noch eine Schönheit.«

Ich wusste nicht, was ich darauf erwidern sollte. Seine Bemerkung brachte meine Haut zum Glühen, und ich fragte mich, warum es Jake immer wieder gelang, mich mit ein paar Worten so in Verlegenheit zu bringen. Seine lässigen Kommentare hauten mich einfach um. Seufzend öffnete ich die Tür, stieg aus und streckte mich.

»Maddie!« Flora kam aus der Haustür gerannt. Der Hund Puz war ihr dicht auf den Fersen. »Gott sei Dank. Die neuen Freiwilligen sind zu nichts zu gebrauchen. Einer von ihnen hat den Hunden Katzenfutter gegeben, und ich musste sie zurückschicken, damit sie ihnen das Futter wieder wegnehmen.«

»Das hat ja bestimmt gut funktioniert.« Ich schüttelte den Kopf. »Flora, das ist Jake Simmon. Er hat uns seine Hilfe angeboten.«

»Die können wir gut gebrauchen.« Flora schob sich die Cateye-Brille hoch auf den Kopf und schüttelte Jake die Hand. »Schön, Sie kennenzulernen, Jake.«

»Ich helfe gern.« Jake sah Puz an, der unten an seiner Hose schnüffelte. »Ich bin wohl nicht der Einzige, dem ein Bein fehlt.« Puz war ein Pudelmischling, der bei einem Autounfall ein Hinterbein verloren hatte. Er war so schwer verletzt gewesen, dass die Arzthelfer ihn Puzzle getauft hatten. Auch nachdem er über den Berg war und er sein Bein verloren hatte, blieb der Name. Er schien passend, da ihm schließlich ein Teil fehlte.

»Oh, wir bekommen viele Tiere mit fehlenden Gliedmaßen, aber Puz hat noch nicht sein endgültiges Zuhause gefunden.« Sie lächelte auf den Hund hinab. »Sitz, Puz.«

Der zottelige Pudelmischling setzte sich neben Jake und sah Flora mit schief gelegtem Kopf an. Puz war ein mittelgroßer Hund ohne besondere Merkmale, abgesehen von seinen großen Augen und dem freundlichen Wesen. Dass er Jake mochte, überraschte mich nicht. Flora bildete Service-Hunde aus, und Puz hatte in der Zeit bei ihr zu Hause viel gelernt und mitgenommen.

»Suchen Sie nach einem Hund, Jake?« Flora lächelte ihn an. Sie war zu lange dabei, um hoffnungsvoll zu schauen, aber ich konnte sehen, wie es in ihrem Kopf arbeitete.

»Nein. Ich habe zu wenig Zeit für einen Hund.« Jake schüttelte den Kopf. »Das wäre ihm gegenüber nicht fair.«

»Sie wären überrascht, wie sie sich einen Platz in ihrem Leben erobern«, erklärte Flora. »Na gut, wenn Sie sich jemals einen Hund anschaffen möchten, sollten Sie einen aus dem Tierheim in Erwägung ziehen.«

»Auf jeden Fall«, stimmte er zu.

»Ich muss zum Schuppen zurück. Wir haben eine Menge Vorräte verloren, und ich muss zum Großhandel.« Flora strich sich über die ergrauenden Haare und seufzte theatralisch. »Ich bin nur froh, dass wir hauptsächlich Futter und keine Medikamente verloren haben. Die sind drinnen eingeschlossen.«

Flora eilte zurück, und wir folgten ihr. »Dreizehn, sieben und sechs brauchen Insulin. Zwanzig braucht ein Antibiotikum. Oh! Und zwei Katzen haben eine Blasenentzündung. Danke, dass du uns hilfst, Maddie. Ich kann den neuen Leuten bei diesen Dingen nicht vertrauen.«

»Kein Problem«, sagte ich.

»Sie kriegen ja noch nicht mal das Füttern richtig hin!« Flora schnappte sich ein Klemmbrett und schob es in meine Richtung. »Um die Hundewiesen draußen kümmert sich jemand, aber die Zwinger müssen alle sauber gemacht werden.«

»Keine Sorge, Flora. Wir kümmern uns darum.« Ich drehte die völlig aufgedrehte Flora in Richtung Tür, aber Puz folgte ihr nicht. Sie sah zum Hund, der neben Jake saß, und runzelte die Stirn, bevor sie wieder Jake ansah. »Na gut. Bleib hier. Das bedeutet nur, dass ich dich heute Abend nicht baden muss.«

Ich sah erst Puz an, der sich an Jakes Bein lehnte, und dann Jake. Sein Gesicht war ruhig und gelassen, deshalb verstand ich nicht, warum Puz sich so verhielt, als würde Jake gleich irgendeine Art von Anfall erleiden. Vielleicht hatte der Hund spontan Gefallen an Jake gefunden. Vielleicht war Jake einer dieser Menschen, den Tiere einfach sofort mochten.

»Ich behalte ihn im Auge, Flora.« Ich winkte ihr zu. »Geh, bevor deine Helfer noch mehr Dummheiten anstellen.«

»Du hast recht. Man weiß nie, was sie für Katzenfutter halten.«

Als sie weg war, gab ich Jake ein paar Aufgaben und machte mich daran, die Medikamente auf der Liste am Klemmbrett zu verabreichen. Ich musterte jedes Tier genau, um sicherzustellen, dass es keine Probleme hatte, für die man den Tierarzt rufen musste. Die ganze Zeit behielt ich heimlich Jake und Puz im Blick. Der Hund folgte ihm überallhin und ließ ihn nicht aus den Augen.

Während wir die Aufgaben abarbeiteten, dachte ich darüber nach, was das wohl zu bedeuten hatte. Puz könnte Jakes Heimweh spüren, aber die Reaktion des Hundes war ziemlich intensiv. Natürlich war Puz kein voll ausgebildeter Therapiehund. Er hatte nur einen Teil des Trainings aufgeschnappt, während er bei Flora gelebt hatte.

Vielleicht mochte Puz Jake einfach. Es wäre nicht das erste Mal, dass ein Hund sich seinen Menschen aussuchte, anstatt andersherum. Tatsächlich funktionierte das sowieso am besten. Mit diesem Gedanken ging ich wieder an die Arbeit.

»Das ist wirklich gut.« Jakes tiefe Stimme lenkte meine Aufmerksamkeit zur Rückseite des Gebäudes. Als ich einen dumpfen Schlag und dann lautes Lachen hörte, stand ich auf, um nachzusehen. Er versuchte doch wohl nicht gerade, eine Freiwillige zu verführen? Das wäre ein fieser Schlag in die Magengrube. Besonders weil ich so beeindruckt davon war, wie er ohne mit der Wimper zu zucken die Zwinger sauber gemacht hatte.

»Nein, lass das. Ach, komm schon«, sagte Jake. Er klang fröhlich, und ich zögerte. Wollte ich ihn wirklich mit einem Mädchen sehen, mit dem ich am nächsten Tag wieder zusammenarbeiten musste? »Hör auf, mich abzulecken.«

Ich runzelte die Stirn.

»Hör auf, hab ich gesagt.« Seine Stimme wurde ernst und dann sanft. »Okay, okay. Ich muss mich sowieso dringend waschen.«

»Was zur Hölle machst du da?« Ich bog um die Ecke und sah, wie er auf dem Boden saß und mit Puz raufte. »Oh.«

»Was ist los?« Jake sah zu mir hoch, und Puz machte es ihm nach. »Alles in Ordnung bei dir?«

»Äh. Ja. Tut mir leid. Ich, äh, wusste nicht, was du hier machst.« Ich rieb mir die Hände an der Hose ab.

»Hast du schon gesagt.« Jake zerzauste Puz das Fell auf dem Kopf. »Das Kerlchen hier wollte ein bisschen Aufmerksamkeit.«

»Puz ist ein toller Hund, und er scheint dich sehr zu mögen.« Ich lehnte mich an die Betonwand.

»Er ist in Ordnung.« Jake zuckte mit den Schultern, wie es Typen machen, wenn sie dir zustimmen, das aber nicht zugeben wollen.

»Hast du zu Hause in Virginia Hunde?«

»Einige der Pferdetrainer haben welche, aber wir hatten nie einen Haushund. Dafür waren wir zu oft unterwegs.« Jake hielt

Puz fest, damit er ihm in die Augen schauen konnte, bevor er ihm die Lippen hochschob und seine Zähne begutachtete. Während der Untersuchung wedelte Puz mit dem Schwanz. »Er hat einen kleinen Unterbiss.«

»Das passiert manchmal.« Ich verdrehte die Augen. »Viele Leute zahlen viel Geld für Hunde, die mit Unterbiss gezüchtet wurden.«

»Ich habe nicht gesagt, dass es schlecht ist. Nur eine Feststellung.« Jake schüttelte den Kopf.

»Warum nimmst du ihn nicht mit nach Hause?«

»Ich kann mich nicht um einen Hund kümmern. Mein Garten ist kaum einen Meter fünfzig im Durchmesser.« Er kraulte Puz hinter den Ohren. »Und ich bin dauernd unterwegs.«

»Du könntest ihn erst mal testweise nehmen. Wenn es nicht funktioniert, kannst du ihn zurückbringen.«

»Dann würde ich mich wie ein Arschloch fühlen.« Er schüttelte den Kopf. »Besser er bleibt hier, damit ihn eine Familie adoptieren kann.«

»Na gut, sag Bescheid, wenn du deine Meinung änderst.« Ich gab mir keine Mühe, meine Enttäuschung zu verbergen. Puz war ein toller Hund, aber ich wusste, dass Leute von den möglichen Gesundheitsproblemen abgeschreckt wurden, mit denen er vielleicht im Alter zu kämpfen hätte.

»Warum nimmst du ihn nicht?« Jake sah mich an, und ich bemerkte, wie er Puz die Hand in den Nacken legte.

»Abigail ist allergisch.« Ich zuckte mit den Schultern. Es hatte eine Zeit gegeben, als ich ihr das übel genommen hatte. Aber sie konnte schließlich nichts dafür. »Ich habe noch keine eigene Wohnung, also kann ich auch keine Tiere haben.«

Jake stand vorsichtig auf und verzog das Gesicht, als er das Gewicht auf die Prothese verlagerte.

»Tut es noch weh?« Ich deutete mit dem Kopf auf sein Bein.

»Manchmal.« Er rieb sich das Knie.

»Zum Beispiel nach einem langen Tag auf der Baustelle und vielen schmutzigen Hundezwingern?« Ich unterdrückte die aufsteigenden Schuldgefühle. Er hatte darauf bestanden mitzukommen. Ich hatte ihn nicht darum gebeten.

»So ungefähr.« Er ließ den Kopf kreisen. »Eine heiße Dusche bringt das leicht in Ordnung.«

»Flora ist schon gegangen. Dann werde ich mal abschließen.« Ich ging zur Rezeption. Draußen war es dunkel, was bedeutete, dass wir stundenlang gearbeitet hatten.

Ich machte ein paar Notizen und klebte den Zettel an den Computermonitor, damit er nicht übersehen wurde. Eine der Katzen bereitete mir Sorgen, aber es war nicht so dramatisch, dass man sich sofort darum kümmern musste. Es gab ein paar Formulare, die unterschrieben werden mussten, und ich stellte die Papiere für Puz zusammen. Es konnte nicht schaden, sie Jake mit nach Hause zu geben. Mein Bauchgefühl sagte mir, dass sie perfekt zusammenpassten, und das hatte nichts mit ihren fehlenden Beinen zu tun.

»Nimm die.« Ich schob Jake die Papiere über die Theke zu, während ich die Kreditkartenabrechnungen der Adoptionen des Tages addierte.

»Puzzle?«

Ich warf ihm einen Blick zu, bevor ich mich wieder der Arbeit zuwandte. »Ja, Puz. Diese Formulare brauchst du, wenn du dich dafür entscheidest, ihn mit nach Hause zu nehmen.«

»Ich habe dir doch gesagt, dass ich keine Zeit für einen Hund habe.« Trotz seiner Worte blätterte er die Formulare durch. »Warum haben sie ihn Puzzle genannt?«

»Weil ihm ein Teil fehlt.« Ohne aufzusehen zuckte ich mit den Schultern, heftete die Abrechnungen mit einer Büroklammer zusammen und schob sie in den Schlitz des Safes.

»Armer Hund.« Jake lachte leise. »Sag ihnen, dass du mehr bist, als die Summe deiner Teile, Puz.«

Er streckte die Hand nach Puz aus und kraulte ihn unter dem Kinn.

»Oh, ihm frisst jeder aus der Hand.« Ich legte den Kopf schief und lächelte strahlend. »Wenn du ihn nicht mit nach Hause nimmst, bringst du ihn dann bitte in seinen Zwinger?«

»Ich dachte, er wohnt bei Flora?« Jake runzelte die Stirn.

»Nur so lange, bis er gesund genug war, um adoptiert zu werden. Jetzt bleibt er hier bei den anderen. Flora verbringt eine Menge Zeit mit dem Training der Service-Hunde und kann nicht noch mehr hungrige Mäuler zu Hause gebrauchen.« Ich warf Jake den Zwingerschlüssel zu. Er fing ihn mit der rechten Hand. »Er ist in Nummer acht.«

»Na komm, Puz.« Jake lief den Gang mit den Zwingern hinunter.

Der kleine Hund folgte ihm mit wedelndem Schwanz. Ich spähte über den Rand der Theke und sah ihnen nach. Jake öffnete die Tür und bedeutete Puz hineinzugehen. Ich konnte mir nur zu gut vorstellen, wie er mit diesen riesigen braunen Augen zu Jake aufsah, während er sich auf dem Betonboden zusammenrollte.

Ich kaute auf meiner Unterlippe und hoffte, mein Plan würde aufgehen. Mein Bauchgefühl schrie förmlich, dass die zwei zusammengehörten und Jake sich einfach nur sträubte. Abgesehen davon könnte ich den Hund zurückbringen, wenn es nicht funktionierte, das wäre kein Problem. Puz hätte einen kleinen Urlaub vom Tierheim gehabt, und alles wäre wie zuvor.

Könnte ich einen Hund haben, hätte Puz schon längst ein Zuhause, aber das war kein Grund, ihn jetzt nicht glücklich zu machen.

»Verdammt.« Ich hörte das Flüstern und duckte mich hinter der Theke, um mein Lächeln zu verbergen. »Na komm, Puz.«

Ich nahm die Zettel von der Theke und stempelte die letzte Seite. Zusammen mit einem Stift legte ich sie auf den Tisch und tat so, als wäre ich beschäftigt.

»Hat er eine Leine?« Jake nahm den Stift und schrieb seine Daten auf das Formular.

»Ich habe eine, die du dir leihen kannst. Auf dem Weg in die Stadt kommen wir an einem Tierfachmarkt vorbei.« Ich nahm eine gelbe Leine und legte sie neben ihn.

»Du bist gefährlich, Maddie.« Jake sah mich an, und sein Grübchen blitzte auf.

»Ich weiß nicht, was du meinst.«

»Du bist gut. Manchmal glaube ich, du kannst gar nicht mit deinem Vater verwandt sein, und dann verlasse ich ein Tierheim mit einem dreibeinigen Hund und bin mir nicht sicher, wie das passieren konnte.« Er schüttelte lächelnd den Kopf. »Es ist offensichtlich, dass du die McGuire-Magie geerbt hast.«

»Aha.« McGuire-Magie? »Puz ist vollständig geimpft, und seinen Impfpass besorge ich dir noch. Er hat keine Allergien und kommt gut mit anderen Tieren und Kindern zurecht. Er ist stubenrein und läuft gut an der Leine. Darüber musst du dir also keine Sorgen machen. Wenn du sein Futter umstellen willst, würde ich es langsam angehen, damit sein Magen sich daran gewöhnen kann, aber ansonsten ist er ein sehr pflegeleichter Hund.«

»In Ordnung.« Er sah mich an, und seine warmen braunen Augen durchbohrten mich förmlich. »Gehen wir. Das ist deine Schuld, deshalb musst du mir helfen, die Sachen für ihn im Tierfachmarkt auszusuchen.«

»Klar.« Ich kam hinter dem Tisch hervor und legte Puz die Leine an. »Wofür sind Freunde da?«

Ich öffnete die Vordertür für Jake und Puz und bemerkte sein Lächeln, als ich ihn einen Freund nannte. Wenn Puz ihn mochte, dann konnte ich nicht länger an meinen Zweifeln festhalten. Außerdem hatte er gerade zwei Stunden lang Hundescheiße beseitigt, um mir seine Freundschaft zu beweisen.

7. KAPITEL

JAKE

Weiche, verschwitzte Haut drückte sich an meine Brust. »Jake.« Pralle Lippen lösten sich mit einem lustvollen Seufzer von meinen, und ich blickte in haselnussbraune Augen mit einem goldenen Rand. Als sich unsere Blicke kreuzten, traf es mich wie ein Schlag, und ich wachte keuchend auf.

Zum zweiten Mal in dieser Woche hatte ich davon geträumt, in Maddie McGuire zu sein und zu spüren, wie sie sich unter mir bewegte. Die eine Frau, die mich nur widerwillig ertrug, die eine Frau, die ich nicht haben durfte, verfolgte mich bis in meine Träume.

»Verdammt.« Ich griff nach dem Laken und kämpfte gegen den Wunsch an, es in Stücke zu reißen.

Ich durfte Maddie McGuire nicht haben, nicht einmal wenn mein Körper offensichtlich etwas anderes glaubte. Ich hatte gedacht, meine Hormone drehten durch, und es läge an der aufgestauten Lust, weil ich so lange weg vom Fenster gewesen war, aber selbst die Nacht mit der verdammt heißen Rothaarigen vor drei Wochen hatte nicht geholfen, ruhiger zu werden. Und auch die lockige Lobbyistin vergangene Woche hatte nicht dazu beitragen können. Seitdem ich wieder normal war – so normal, wie ich ohne mein Bein sein konnte –, hatte ich es mit allen Geschmacksrichtungen versucht. Aber nichts konnte das brennende Verlangen lindern, das ich für die braunäugige, scharfsinnige Frau empfand, die ich nicht haben durfte. Eine Frau, die ich nicht verdiente.

Nun ja, ich hatte jede Geschmacksrichtung probiert, außer noch einmal Ronnie. Ich hatte ihr gesagt, dass ich nicht an einer Wiederholung interessiert sei, aber sie meldete sich immer noch alle paar Tage und bot mir an, mehr und mehr für mich zu tun. Der Gedanke an den Schmerz in Maddies Gesicht wegen Ronnie hatte es mir unmöglich gemacht, auch nur ansatzweise interessiert an die langbeinige Journalistin zu denken. Ehrlich gesagt hatte ich in letzter Zeit auch kein Interesse für irgendjemand sonst aufbringen können. Nachdem ich mit Maddie im Tierfachmarkt die Sachen für Puz ausgesucht hatte, nahm ich andere Frauen kaum noch wahr. Ich hatte ein ernsthaftes Problem.

Maddie die letzten Wochen über zu beobachten, war faszinierend gewesen. Faszinierender, als ich erwartet hatte. Sie war aus ihrem Schneckenhaus herausgekommen und mittlerweile viel entspannter, wenn sie in der Öffentlichkeit reden musste. Bevor ich zur Offiziersschule gegangen war, hatte sie kaum einen Satz vor einer Kamera herausgebracht, ohne rot zu werden. Aber jetzt schien es, als hätte sie aufgehört, sich zu verstecken.

Sie versuchte nicht länger, die perfekte Tochter zu sein, sondern sie hatte einen Weg gefunden, ohne Entschuldigung sie selbst zu sein.

Und die Medien und die Öffentlichkeit fraßen ihr aus der Hand. Sie bezeichneten sie als erfrischend und ehrlich. Ihr mochte die Aufmerksamkeit egal sein, aber die Welt schien gar nicht genug von ihrer unverblümten Art zu bekommen. Die Leute liebten ihr offenes Wesen und dass sie mit jedem sprach, als wären sie einander gleichgestellt. Die Nachrichten und Zeitungen waren voll von ihren Fotos gewesen, wie sie schwitzte und Baumaterial auf der Baustelle hin und her schleppte. Sie war eine von ihnen.

Ironischerweise war sie genau das, was sich meine Mutter für ihre Kampagne von *mir* erhofft hatte.

Maddie war sich nicht zu schade für harte Arbeit. Sie mochte eine Washington-Debütantin sein, aber das hielt sie nicht davon ab, mit uns zu schuften, bis sie Blasen an den Händen bekam. Sie hatte bei keiner Aufgabe gezögert, die von ihr verlangt wurde. Ein paarmal hätte ich gern eine Pause eingelegt, aber weil Maddie nicht aufgehört hatte, hatte auch ich weitergemacht. Ich wollte mich nicht ausruhen, während sie sich auf der Baustelle abrackerte. In der Mitte der Woche war ich mehr als nur ein bisschen kaputt.

Ich streckte mich im Bett aus und verzog das Gesicht, weil meine linke Seite wehtat. Die Ärzte hatten alle Granatsplitter aus meiner Seite entfernt, aber das Narbengewebe schmerzte, wenn es im falschen Winkel gespannt wurde. Mit dem Narbengewebe konnte ich umgehen, aber die Phantomschmerzen in meinem Bein trieben mich oft in den Wahnsinn.

Ich hörte ein Kratzen, schaute hinunter und sah Puz mit seiner Leine in der Schnauze. Scheiße. Er musste raus, und es regnete.

Mit einem Stöhnen setzte ich mich auf und warf die Bettdecke beiseite. Ich brauchte ein paar Minuten, um mir das Bein kurz unter dem Knie zu massieren, bevor ich die Prothese anlegte. Vorsichtig stand ich auf, damit mein Körper seine Mitte finden konnte, und ging dann langsam in die Küche. Ich hatte das Stadthaus vor meiner Rückkehr nach Washington unbesehen gekauft. Schon bei dem Gedanken, wieder ins Haus der Vizepräsidentin einzuziehen, war mein Blutdruck in die Höhe geschossen.

»Na komm.« Ich befestigte die Leine an Puz' Halsband und

nahm ihn mit nach unten. Ich schnappte mir die fiesen kleinen Hundekotbeutel, auf die Maddie bestanden hatte, und nahm den Hund mit auf eine schnelle Runde um den Block.

Unter gar keinen Umständen hätte ich es ausgehalten, meine Mutter ständig zu sehen. Es war schon schlimm genug, dass ich täglich mit ihren Handlangern sprechen musste. Jeden Morgen kam jemand vom Wahlkampfbüro vorbei, um mich darüber zu informieren, wie die Dinge liefen oder dass sie mehr Zitate oder Pressetermine mit anderen verwundeten Soldaten für das Marketing benötigten.

Mir war klar, dass ich viel Gutes für meine Militärkameraden bewirkte, indem ich die Dinge auf die Art erledigte, wie meine Mutter es wollte. Natürlich war es an einigen Tagen einfacher, die positiven Seiten zu sehen, und an anderen war es beinahe unmöglich, nicht mit den Fäusten auf die Tischplatte zu schlagen, während mir gesagt wurde, was ich anziehen sollte und wann ich zu lächeln hatte.

Als wir den nassen Bürgersteig betraten, grunzte Puz und machte sofort einen riesigen Haufen neben den Blumenkübel meines Nachbarn.

»Mann, das ist ja ekelhaft.« Ich sammelte die Schweinerei auf und warf den kleinen Beutel in die nächste Mülltonne. Ich würde ihn nicht um den gesamten Block bis zu meiner Mülltonne tragen. »Keine Pizza mehr für dich.«

Als wir wieder am Haus ankamen, hatte Puz an jedes Haus, jeden Baum und jedes Straßenschild gepinkelt. Ich machte mir Sorgen, er könnte bei dem Tempo dehydrieren. Dann füllte ich seinen Wassernapf und gab ihm zu fressen, aber er ignorierte es und krabbelte zurück auf das riesige Kissen, das ihm als Bett diente, und schlängelte sich unter den Überwurf, den er mir von der Couch geklaut hatte. Ich nahm mir die Zeit, Rühreier zuzubereiten und ein Glas Orangensaft zu trinken, bevor ich mir die Arbeitsklamotten anzog. Als ich meine E-Mails abrief, erschien ein Agent des Secret Service vor meiner Tür, um mich zur Baustelle zu bringen.

»Ich komme heute Abend wieder, und die Haushälterin sieht heute Nachmittag nach dir.« Puz spähte unter der Decke hervor, und ich drohte ihm mit dem Zeigefinger. »Knurr nicht wieder ihre Handtasche an. Es ist nur eine Handtasche, kapiert?«

Der Hund schnaufte, schloss dann die Augen und zeigte mir damit, dass er mir nicht mehr zuhörte. Ich seufzte. Ich würde der Haushälterin ein Regal freiräumen müssen, damit sie ihre Sachen abstellen konnte. An ihrem ersten Tag nach Puz' Einzug hatte er die ganze Zeit ihre hellgelbe Straußenledertasche angeknurrt, und sie hatte sich Sorgen gemacht, er könnte sie zerfetzen. Ich konnte ihm deshalb keinen Vorwurf machen.

Moms Lakai wartete im Wagen, um mich über die heutige Reiseroute aufzuklären. Ich hörte kaum zu und nickte nur in angemessenen Abständen. Heute sollte die Familie vorbeikommen, die das Haus bekam, und die Medien würden dabei sein.

Ich rieb mir die schweißnassen Hände an der Jeans ab. Genau aus diesem Grund hatte ich zugestimmt, diese Arbeit für meine Mutter zu tun: Ich wollte die Familie kennenlernen, die von all dem profitierte – die anstehende Begegnung sollte mich nicht nervös machen. Immerhin hatte es aufgehört zu regnen.

Als wir ankamen, wartete bereits die Presse. Es war noch nicht mal acht Uhr morgens, und ich vermutete, dass einige von ihnen ihren Job in diesem Moment wirklich hassten.

»Ist die Familie schon da?« Ich musterte den Bürohengst mir gegenüber.

»Äh, nein.« Er wischte auf dem Display seines Handys herum. »Die Familie Holland kommt etwa dreißig Minuten nach uns.«

»Holland?« Mir schnürte sich der Magen zusammen. »Cyrus Holland?«

»Ja.« Er presste das Wort hervor und verdeutlichte mir damit, dass ich diese Tatsache hätte wissen müssen. »Ihre Mutter hat die Familie auf der Liste vorgezogen. Sie dachte, das wäre in Ihrem Sinne.«

Cyrus Holland war der einzige andere Überlebende meines Teams. Ich hatte ihn zuletzt in einem Krankenhaus in Deutschland gesehen, und seitdem hatten wir nicht mehr miteinander gesprochen. Er war gerade ein weiteres Mal operiert worden, während mir der Heimflug in die Staaten in einem Privatflugzeug bevorstand. Auf meiner Mission hatte er einen Arm und ein Bein verloren und eine Kopfverletzung erlitten. Während ich unter dem Wrack eingeklemmt gewesen war, hatte ich seine Schmerzensschreie gehört und wie er nach seiner Frau rief. Ihm in diesem Krankenhaus in die Augen zu sehen, war der schwierigste Moment meines Lebens gewesen.

Und jetzt würde ich ihn wiedersehen ... Vor einem Dutzend Kameras und Journalisten.

In dem Moment entpuppten sich das riesige Glas Orangensaft und die Pfanne voller Rührei als ziemlich schlechte Idee. Die Galle in meiner Kehle verspottete meinen früheren Appetit.

Das Blut hämmerte mir in den Ohren, und ich holte ein paarmal tief Luft und zählte bis zehn. Einer der Personenschützer öffnete die Tür, und mir blieb keine andere Wahl als auszusteigen. Ich winkte in die Kameras und ging dann langsam zu der Gruppe, die sich vor dem zukünftigen Hauseingang unterhielt. Angst schnürte mir die Kehle zu, und ich hätte am liebsten auf dem Absatz kehrtgemacht.

Aber ich war noch nicht an dem Punkt, an dem ich etwas zerschlagen wollte. Das bedeutete, dass ich das Steuer noch herumreißen konnte.

»Ein entzückendes Paar. Sie haben einen kleinen Sohn und ein Baby ist auf dem Weg.« Trina sah auf ihr Klemmbrett und ging die Aufgaben für die Freiwilligen durch. »Wir erwarten noch mehr Presse, aber mittlerweile sind wir ja daran gewöhnt.«

»Wegen Captain Knackarsch.« Eine der Freiwilligen tat so, als ob sie flüsterte.

»Also bitte, lasst meinen Hintern aus dem Spiel.« Ich hielt die Hände hoch und lächelte. Zumindest glaubte ich, ich würde lächeln.

»*Deinen* Hintern? Ich habe von Maddie gesprochen.« Die kleine Dunkelhaarige lachte. »Hast du diese Jeans gesehen?«

»Oh.« Ich beugte mich zurück. Wo war bitte das nächste Mauseloch?

»Hätten Sie gern einen Becher Wasser?«, bot der Polier Kremdenski an. »Um die Peinlichkeit hinunterzuspülen?«

Trina warf den Kopf zurück und lachte laut. Meine schlechte Laune besserte sich. Wenn man von so vielen guten Menschen umgeben war, ging das gar nicht anders.

»Nein, danke, es geht schon.« Ich schüttelte den Kopf und lächelte kleinlaut. »Wo wir gerade von unserer berühmten Kollegin sprechen – wann kommt sie?«

»Maddie ist schon seit zwei Stunden hier.« Trina deutete mit dem Kopf auf einen der Trucks. »Sie wollte, dass das Haus wohnlich wirkt.«

»Schwierig, wenn man kaum mit dem Trockenbau fertig ist«, brummte Kremdenski.

»Zwei Stunden?« Ich steckte die Hände in die Taschen und beobachtete, wie Maddie mit einer riesigen Kiste vom Truck zum Haus ging. »Was macht sie da?«

»Wir haben Muster zur Ansicht für die Familie ausgelegt. Nichts Ausgefallenes, aber sie hat darauf bestanden, dass sie sich Wandfarbe und Schränke aussuchen können.« Die kleine Frau, die mich vorhin geneckt hatte, sprach weiter. »Sie hat mich zu *Home Depot* geschickt, um Fußmatten zu besorgen.«

»Wow.« Ich beobachtete, wie Maddie vorsichtig die Stufen hinaufstieg und bemerkte die braune Matte vor der Türschwelle.

»Sie ist etwas ganz Besonderes, stimmt's?« Trina schnalzte mit der Zunge. »Ich bin mir ziemlich sicher, dass sie es einfach hinnehmen würde, dass ich sie Tag und Nacht durcharbeiten lasse. Allein vom Zusehen bekomme ich Lust auf einen weiteren Kaffee.«

»Wie wollen Sie mit der Familie Holland umgehen, wenn sie ankommt?« Ich wechselte das Thema, denn wenn ich Maddie noch länger beobachtete, wollte ich jede Menge Dinge tun, aber nichts davon hatte etwas mit Kaffee zu tun. Und auf derlei Gedanken durfte ich mich nicht gerade jetzt konzentrieren, während ich an der Grenze zu einer Panikattacke stand.

»Wir bringen sie direkt ins Haus. Die Presse kann danach mit ihnen sprechen.« Trina lächelte. »Ich habe gehört, dass er einer Ihrer Jungs ist.«

»Ich würde ihn nicht meinen Jungen nennen, aber ja, wir haben zusammen gedient. Bis heute Morgen wusste ich nicht, dass seine Familie das Haus bekommt.« Ich zählte zwischen den Atemzügen und hoffte, dass man mir die Anspannung nicht anmerkte. »Das letzte Mal habe ich ihn in Deutschland gesehen.«

»Ich habe in dieser Woche mehrmals mit seiner Frau gesprochen, und sie ist ein Schatz. Sie freut sich wahnsinnig, dass sie das Haus bekommen.« Trina legte den Kopf schief. »Sie haben ihr Zuhause verloren, direkt nachdem Cyrus zurück in die Staaten gekommen ist. Arztrechnungen, Jobverlust und so weiter. Sie konnten einfach nicht mehr mithalten. Eine echte Schande.«

»Wie haben sie es so schnell an den Anfang der Liste geschafft?« Mein Blick wanderte zur Straße. Es würde schon gutgehen. Auch wenn Cyrus mich hasste, es wäre nicht das erste Mal, dass ich ein paar Stunden mit jemandem arbeiten musste, der mich nicht leiden konnte.

»Weil er zweifach amputiert ist, standen sie sowieso schon relativ weit oben, aber als wir herausfanden, dass sie noch ein Kind erwarten, haben wir ein bisschen nachgeholfen.« Trina klopfte sich mit dem allgegenwärtigen Klemmbrett gegen den Oberschenkel. »Sie haben bei ihren Eltern in einer Dreizimmerwohnung in Norfolk gewohnt und brauchten dringend ihr eigenes Zuhause.«

»Wie ist seine Genesung bisher verlaufen?«

»Langsam, aber stetig. Er kann immer noch nicht arbeiten, ist aber guten Mutes und freut sich darauf, für eine Weile Hausmann zu sein.«

»Das klingt gut.«

Eine weitere schwarze Limousine steuerte auf die Baustelle zu.

In dem Moment schepperte es hinter dem Haus laut, und ich duckte mich schutzsuchend. Erst als sich jemand räusperte, ging mir auf, dass ich kurz davor war, den Verstand zu verlieren. Laute Geräusche lösten jedes Mal meinen Fluchtinstinkt aus. Ich musste mir Ohrstöpsel besorgen, wenn ich den Tag durchstehen wollte.

»Lächeln, Leute! Sie sind da. Sandy, sag Maddie Bescheid, dass es so weit ist.« Trina streckte die Hand aus und berührte mich an der Schulter. Sie sagte nichts, aber ich nickte, damit sie wusste, dass es mir gut ging.

Die Dunkelhaarige rannte zum Haus und verschwand darin. Ich beobachtete, wie der Wagen an der Bordsteinkante anhielt und einer der PR-Verantwortlichen die Tür öffnete und ein anderer einen Rollstuhl auf den Bürgersteig schob.

Eine hübsche blonde Frau stieg langsam aus dem Auto und half dann einem Kleinkind. Das Kind hielt sich an ihrer Hand fest, während die Frau mit der anderen Hand ihren unteren Rücken stützte. Jemand im Inneren des Wagens sagte etwas, das sie zum Lachen brachte, bevor sie den Kopf schüttelte.

Der Trottel, der mir heute den Tag über auf Schritt und Tritt folgen musste, deutete mit dem Kopf in ihre Richtung, und ich seufzte. Sie wirkten glücklich, und jetzt kam ich, warf sie den Kameras zum Fraß vor und zerstörte den Moment.

»Kyla?« Krächzend sprach ich die Frau an und räusperte mich dann. Ich erinnerte mich an ihren Namen, weil er sich an dem Tag in mein Gehirn gebrannt hatte, als ich unter dem Hubschrauber eingeklemmt gewesen war. Cyrus hatte nach ihr gerufen, bis er bewusstlos geworden war. Der Klang hatte mich in den Monaten danach bis in meine Träume verfolgt.

»Du lieber Gott, Cyrus! Er ist wirklich hier!« Die Frau drehte sich zu mir um und warf mir die Arme um den Hals. »Sie haben gesagt, dass du hier sein würdest, aber das konnte ich nicht glauben!«

»Ich freue mich, dich endlich kennenzulernen«, sagte ich. Ich umarmte sie vorsichtig und spürte, wie sich ihr Bauch gegen mich drückte.

»Jake?« Cyrus steckte den Kopf aus dem Wagen. Beim Klang seiner Stimme überkam mich Panik. »Scheiße, dafür hätten sie dich nicht herschleifen müssen, Mann!«

Vorsichtig kletterte er aus dem Wagen. Er trug eine Prothese, die an seiner rechten Schulter befestigt war, und eine andere kurz unter dem rechten Knie. Den Rollstuhl würdigte er keines

Blickes. Stattdessen kam er selbstbewusst auf mich zu und legte mir den gesunden Arm um den Hals. Der warme Ausdruck in seinen Augen überraschte mich.

Es fiel mir schwer, den Schmerz und das Grauen der Vergangenheit mit dieser kleinen Familie an diesem sonnigen Tag in Verbindung zu bringen.

»Schön, dich zu sehen, Mann. Ich war mir nicht sicher, ob ich dich nach Deutschland je wiedersehen würde.« Mit einem reumütigen Grinsen berührte er die Narbe auf seiner Wange. »Und nicht nur deshalb.«

»Ich freue mich auch, dich zu sehen.« Das Merkwürdige war, dass es trotz meiner aufgestauten Anspannung eine Erleichterung war, ihn lächeln zu sehen. »Willst du mich nicht deiner Familie vorstellen?«

»Kyla hast du ja schon kennengelernt, sie fällt jedem direkt um den Hals.« Er deutete grinsend mit der Hand auf seine Frau. »Und das hier ist Korbin. Er wird in einem Monat drei.«

»Genau rechtzeitig für die Ankunft seiner kleinen Schwester.« Kyla tätschelte sich den Bauch.

»Schön, dich kennenzulernen, Korbin.« Ich streckte dem kleinen Jungen die Hand entgegen, aber er versteckte sich hinter dem Bein seiner Mutter. Vor dem Hintergrund des Presserummels und all den Kameras konnte ich es ihm nicht verübeln. »Ich habe gehört, dass du dein eigenes Großer-Bruder-Zimmer bekommst. Bist du aufgeregt?«

»Laster!« Korbin spähte hinter dem Bein seiner Mutter hervor.

»Ich habe ihm ein Lkw-Zimmer versprochen.« Kyla errötete.

»Das klingt nach einem guten Plan.« Ich nickte. »Bist du bereit, dir dein neues Zuhause anzusehen? Es ist noch nicht möbliert, aber es wird bald fertig sein.«

»Ich komme mir vor wie in einer dieser Fernsehshows.« Kyla fächelte sich Luft zu. »Ich kann nicht glauben, dass wir ein Haus bekommen. Ich will nicht weinen, aber ich kann nichts versprechen.«

»Das ist wirklich großartig, Mann.« Cyrus schüttelte den Kopf. »Wir wissen das sehr zu schätzen.«

»Kommt mit, ich zeige euch das Haus und stelle euch der Crew der RCVA vor.« Ich steuerte auf das Haus zu und bedauerte, dass es noch keinen hübschen Rasen gab. Jetzt, da ich darüber nachdachte, sah es nicht besonders einladend aus. »Passt auf, hier liegen überall Nägel herum. Wenn wir fertig sind, sammeln wir sie alle ein.«

»Es ist wunderschön.« Kyla lächelte, und ihre Augen glänzten schon feucht.

»Sieh dir die Veranda an, Korbin. Es macht bestimmt Spaß, den vorbeifliegenden Flugzeugen von hier aus zuzusehen.« Cyrus zerzauste Korbins Haare.

Er humpelte noch deutlich, aber bei all den Verletzungen, die er erlitten hatte, war das schließlich auch kein Wunder. Eine Prothese anzupassen, dauerte seine Zeit. Ich hatte einfach Glück gehabt.

Aber sehr wahrscheinlich hatte ich davon profitiert, der Sohn der Vizepräsidentin zu sein. Die Ärzte hatten ihre Chance gewittert, mich als laufenden Werbeträger zu benutzen. Nicht alle Veteranen bekamen dieselbe Aufmerksamkeit oder kamen aus einer wohlhabenden Familie.

Maddie erschien an der Haustür und wippte auf den Fußballen. Beim Anblick der Familie strahlte sie über das ganze Gesicht.

Als würde sie sie schon ewig kennen, hüpfte sie die Stufen hinunter und umarmte Kyla, bevor sie sich Cyrus zuwandte und auch ihn in die Arme schloss.

»Ich freue mich so sehr, euch zu sehen.« Ihre Stimme war belegt.

Cyrus sah mich mit großen Augen an, bevor er mich lautlos fragte: »Wer ist das?«

»Maddie, vielleicht solltest du dich vorstellen, bevor du sie so überfällst.«

»Du meine Güte, das tut mir leid. Es fühlt sich für mich so an, als würde ich euch bereits kennen. Diese Akten von der RCVA sind ziemlich ausführlich. Gruselig viele Details, ehrlich gesagt.« Sie trat zurück und streckte Cyrus die Hand entgegen. »Ich bin Maddie McGuire. Es freut mich sehr, euch alle kennenzulernen.«

»Maddie McGuire?« Kyla sah von mir zu der energischen Frau vor ihr. »Die Tochter des Präsidenten? Cyrus, das ist die Tochter des Präsidenten!«

»Schuldig.« Maddie lächelte.

»Und das ist nur eins ihrer Vergehen«, murmelte ich leise vor mich hin. Ich wurde mit einem spitzen Ellbogen in den Rippen belohnt.

»Hey, diese Hunde brauchten Hilfe.« Cyrus lachte und knuffte mich in die Schulter. »Mach ihr nicht das Leben schwer. Abgesehen davon kann ich mich daran erinnern, dass du die Straßenhunde in Afghanistan gefüttert hast.«

»Cyrus, ich glaube, wir werden gut miteinander auskommen.« Maddie strahlte ihn an. »Und ich möchte darauf hinweisen, dass es keine Anklage gab. Na gut, ich kann nicht länger warten. Geht rein, und schaut es euch an. Wir lassen euch ein paar Minuten allein, bevor wir euch die Auswahlmöglichkeiten zeigen, die ihr habt.«

»Auswahlmöglichkeiten?« Kyla sah verwirrt aus.

»Wandfarben, Schränke und Bodenbeläge. Ich habe alle Muster in die Küche gelegt. So könnt ihr ein bisschen mitentscheiden, wie euer Zuhause aussehen soll.« Maddie stellte sich neben mich. »Na los. Ich kann es kaum erwarten, was ihr dazu sagt.«

Cyrus ergriff Kylas Hand, während sie die Stufen hinaufgingen, und ich nahm mir vor, dafür zu sorgen, dass das Geländer vor ihrem nächsten Besuch angebracht wurde. Hinter dem Haus gab es eine Rollstuhlrampe, aber er brauchte etwas zum Festhalten, wenn er das Haus an der Vorderseite betrat.

Ich hörte sie leise miteinander flüstern, als sie durch die Haustür gingen. Ich verdrängte meine Anspannung und sah auf Maddie hinab.

»Die Fußmatte war eine nette Geste.«

»Danke. Gestern Abend musste ich die ganze Zeit daran denken, dass eine Baustelle nicht wirklich wie ein Zuhause aussieht.« Sie zuckte mit den Schultern. »So ist es besser, weil sie dem Haus dann ein wenig ihren Stempel aufdrücken und es zu ihrem eigenen machen können. Aber ich kann mir nicht vorstellen, dass es sich gerade wie Nach-Hause-Kommen anfühlt.«

»Das war sehr aufmerksam.« Ich stupste sie mit dem Ellbogen an. »Für eine Verbrecherin.«

»Danke. Das ist wirklich süß, wenn Captain Knackarsch das sagt.«

»Ich dachte, das wäre *dein* Spitzname.« Ich runzelte die Stirn.

»Du bist aber leicht zu täuschen.« Sie schnaubte. »Obwohl ich in diesen Jeans wirklich gut aussehe.«

Sie wackelte ein bisschen mit dem Po, und mein Blut geriet in Wallung. Ich ließ den Blick über ihr staubiges Karohemd zu der dunklen Jeans wandern, die ihren Hintern betonte. Sie hatte recht. Beim Anblick dieser Jeans lief mir das Wasser im Mund zusammen.

Vor meinem inneren Auge blitzte das lebendige Bild aus meinem Traum auf, und ich musste ein Stöhnen unterdrücken. Vielleicht war es nur die Tatsache, dass ich sie nicht haben konnte, aber in diesem Augenblick wollte ich nichts lieber, als sie in eine dunkle Ecke zu ziehen, diesen perfekten Po mit beiden Händen zu packen und sie zu küssen, bis sie keinen Gedanken mehr daran verschwendete, mich auf den Arm zu nehmen.

Irgendetwas musste sich auf meinem Gesicht abgezeichnet haben, denn sie errötete, strich sich eine lose Haarsträhne hinters Ohr und blickte zurück zum Haus. Dass meine Reaktion sie verunsicherte, führte dazu, dass ich ihr unbedingt zeigen wollte, wie sehr mir gefiel, was ich sah.

»Ja, das tust du eindeutig.« Ich kam ein bisschen näher und senkte den Kopf zu ihrem Ohr. »Sehr gut.«

Ihr Blick schoss hoch zu mir, und ich beobachtete, wie sich ihre Pupillen weiteten. Die kleine Maddie war erwachsen geworden, und ich war nicht blind. Aber sie war nicht der Typ Frau für eine schnelle Nummer. Sie war der Typ Frau, der einen mit flüchtigen Blicken und in einem Kleid, das nicht mehr als eine Schulter entblößte, in den Wahnsinn trieb. Ihre Persönlichkeit zeigte sich in allem, was sie tat. Mit ihr hätte man nicht einfach nur Sex – obwohl ich mir ziemlich sicher war, dass auch der umwerfend sein würde. Mit ihr gäbe es lange Filmnächte, Popcornschlachten und nächtliche Unterhaltungen.

Maddie war der Typ Frau, mit dem man für immer zusammenblieb.

Und ich war nicht auf der Suche nach dieser Art von Beziehung. Im Moment konzentrierte ich mich auf die Gegenwart. *Für immer* existierte nicht in meinem Vokabular. Besonders nicht in Bezug auf jemanden, den meine Mutter auf die rote Liste gesetzt hatte.

»Wir müssen bald die Pressefotos machen.« Maddie leckte sich über die Lippen und beugte sich näher zu mir. Sie biss sich auf die Unterlippe, streckte die Hand nach meinem Gesicht aus und strich mir mit dem Daumen über den Mundwinkel. »Du hast da was.«

Meine Hand schoss nach oben, um mein Gesicht nach Sabber abzutasten. Ihr kehliges Lachen ließ mich rechtzeitig aufblicken, um ihr Zwinkern zu sehen, bevor sie die Treppe hochging, indem sie zwei Stufen auf einmal nahm.

»Du kleines Biest«, murmelte ich.

»Captain Knackarsch.«

Ich mochte nicht nach *für immer* suchen, aber verdammt, Maddie war ziemlich verlockend.

8. KAPITEL

MADDIE

Kyla hob eine der Farbkarten hoch und hielt sie ins Licht.

»Die gefällt mir wirklich gut«, sagte sie. »Was meinst du, Cyrus?«

»Mir gefällt sie auch sehr.«

»Wirklich? Wie wäre es stattdessen mit dieser hier? Die ist sehr elegant.« Sie hielt eine leuchtend violette Karte hoch und hob eine Augenbraue.

»Du hast recht.« Cyrus nickte und sah sich weiter Bilder von Kühlschränken in einem Magazin an. »Elegant.«

Ich biss mir auf die Lippe, um nicht loszulachen.

»Wir könnten die Bordüre auch in diesem Grünton machen.«

»Ja, das klingt – warte. Grün?« Er sah auf, und ich konnte das Lachen nicht länger unterdrücken. »Für die Bordüre?«

»Pass besser auf, sonst wird dein Haus noch so bunt wie ein Zirkuswagen.« Jake lehnte sich an eine Wand.

Mir war aufgefallen, dass er seit dem Presseinterview sein linkes Bein schonte, und auf der Baustelle gab es nicht besonders viele Stühle. Cyrus hatte schließlich nachgegeben und saß in seinem Rollstuhl, und für Kyla hatten wir einen Stuhl auftreiben können. Für uns blieb nicht mehr viel übrig.

»Der Bauunternehmer hat gesagt, ich muss die Elektrogeräte bis Montag aussuchen.« Cyrus runzelte die Stirn. »Ich will schließlich keinen leckenden Kühlschrank. Wenn mein Handyakku nicht leer wäre, würde ich online die Bewertungen lesen.«

»Wir haben noch das ganze Wochenende Zeit, Cy.« Kyla verdrehte die Augen.

»Es tut mir leid, dass es heute so lange gedauert hat, ihr seid bestimmt hundemüde.« Ich schaute zu Korbin, der im Kinderwagen eingeschlafen war. Mit einer Hand umklammerte er einen Wachsmalstift, während das Malbuch neben ihm auf den Boden gefallen war.

»Du musst dich doch nicht entschuldigen! Bist du verrückt?« Kyla sah mich mit großen Augen an. »Äh, tut mir leid. Du bist so normal, dass ich vergessen habe, dass du die Tochter des Präsidenten bist. Natürlich bist du nicht verrückt.«

Ich lachte. »In der Beziehung ist das letzte Wort noch nicht gesprochen.« Dann sammelte ich einige der Broschüren ein und steckte sie in einen großen Umschlag. »Ich lege euch meine Nummer dazu. Wenn ihr Fragen habt oder euch irgendetwas Sorgen bereitet, ruft mich einfach an. Diese Lieferanten neigen dazu, einen zu überfahren, wenn man kein Machtwort spricht.«

»Oh nein, alle waren sehr nett. Ich fühle mich fast schlecht, dass ich so lange brauche, um mich zu entscheiden. Ich weiß, dass noch viele andere auf ihr Zuhause warten.« Sie machte ein Geräusch zwischen Kichern und Schnauben. »Aber wenn mir jemand Probleme bereitet, rufe ich dich bestimmt an.«

»Das meine ich ernst. Sollte dir jemand das Leben schwer machen, bekommt er es mit mir zu tun.« Ich deutete einen Kinnhaken an.

»Das ist doch unglaublich! Das wäre ja so, als würde Prinzessin Kate den Installateur anrufen, weil mir der Toilettensitz nicht gefällt! Ich bin schon froh, dass ich überhaupt einen Toilettensitz habe.« Kyla hielt sich vor Lachen den Bauch. »Wer hätte gedacht, dass wir heute mit amerikanischem Adel abhängen?«

»Vergiss nicht die stundenlange Fotosession, bei der euch die Journalisten mit unangemessenen Fragen bombardiert haben.« Ich seufzte.

»Das war nicht so schlimm, aber mir graut es vor den Bildern. Die Schwangerschaft vermasselt mir meine Schokoladenseite.« Kyla stand auf und streckte sich.

»Jede deiner Seiten ist vollkommen.« Cyrus sah seine Frau voller Liebe an. »Und ich persönlich fand die Fragen, ob meine Männlichkeit noch funktioniert, sehr unterhaltsam.«

»Den Beweis haben wir genau hier.« Kyla rieb sich den Bauch.

»Da hast du verdammt recht.« Cyrus lachte.

»Ihr zwei seid großartig.« Ich hob die Hände. »Aber ich will wirklich nicht wissen, welche Positionen ihr ausprobiert habt, um schwanger zu werden.«

»Das ist wohl unser Stichwort.« Cyrus rollte nach vorn und nahm den großen Umschlag.

»Wir müssen Korbin wirklich zurück zu meinen Eltern bringen. Es ist schon fast fünf, und ich muss langsam mit dem Abendessen anfangen.« Kyla sah auf ihre Armbanduhr. »Ich mache Schweinekoteletts.«

»Dann müssen wir jetzt wirklich los.« Cyrus lächelte Jake an. »Du musst uns mal besuchen. Kyla kocht hervorragend.«

»Wir geben eine Einweihungsparty, wenn wir eingezogen sind«, kündigte Kyla an. »Das wird großartig, und ihr könnt euch anschauen, wie alles fertig aussieht.«

»Mag Korbin Hunde? Jake könnte Puz zum Spielen mitbringen.« Ich lächelte Jake selbstzufrieden an.

»Das habe ich in der Zeitung gelesen«, erklärte Kyla. »Du hast einen dreibeinigen Hund adoptiert!«

»Das ist Maddies Schuld.« Jake hob die Hände, als hätte er nichts damit zu tun.

»Ja, ich habe dich gezwungen, dich in den Pudelmischling zu verlieben und ihn mit nach Hause zu nehmen.« Ich verdrehte die Augen. »Ich habe vergessen, dir ein paar Schleifchen für seine Ohren zu schicken.«

»Ich werde ihm keine Schleifchen verpassen. Er ist ein Kerl.« Jake schüttelte abwehrend den Kopf. »Auf gar keinen Fall.«

»Ja, du musst den Hund mitbringen. Korbin wird ihn lieben.« Kyla lachte und flüsterte mir zu: »Und ich wette, ich kann irgendwo Schleifchen für seine Ohren auftreiben.«

»Na los. Diese Schweinekoteletts rufen schon nach mir.« Cyrus steuerte auf die Rampe an der Hintertür zu.

Kyla hob das Malbuch auf und steckte es neben ihrem Sohn in den Kinderwagen. »Danke noch mal für alles, was ihr für uns getan habt.«

»Bedank dich bei der RCVA. Sie ermöglichen das alles. Wir sind nur hier, damit die Öffentlichkeit darauf aufmerksam wird.« Ich zuckte mit den Schultern.

»Das ist auch wichtig. Wenn niemand weiß, dass es ein Problem gibt, kann man es nicht lösen.« Kyla sah zu Cyrus, der die Rampe hinunterrollte.

»Ist alles in Ordnung?« Kyla war so liebenswürdig, dass mir die Sorge auf ihrem Gesicht in der Seele wehtat.

»Normalerweise schon.« Ich sah ihr an, wie sie ihre Sorgen energisch beiseiteschob. »Wir haben schlechte Momente, aber dieses Haus ist eine große Hilfe. Es gibt uns etwas, worauf wir uns freuen können. Bei meinen Eltern zu wohnen ist nicht leicht, dort ist einfach nicht genug Platz.«

»Das kann ich mir vorstellen.«

»Den meisten Leute ist nicht klar, dass die wahren Verletzungen innen liegen, wo sie niemand sehen kann. Sie sind nicht körperlich.« Sie senkte die Stimme. »Sein Arm und sein Bein? Daran kann man sich gewöhnen, sie bremsen ihn etwas, aber irgendwann wird sich alles normalisieren, weißt du? Die anderen Verletzungen sind viel schwieriger zu heilen.«

Ich nickte und dachte über ihre Worte nach. Mein Blick wanderte zu Jake, der neben seinem Freund stand. Besaß er dieselben Narben unter der Oberfläche? Wenn es so war, versteckte er sie gut.

»Aber ich will niemanden runterziehen. Das war wirklich ein schöner Tag.« Sie lächelte strahlend. »Hast du Korbins Gesicht gesehen, als er sich sein Zimmer ausgesucht hat? Er war völlig aus dem Häuschen.«

»Er ist ein reizender kleiner Kerl.« Ich sah auf sein schlafendes Gesicht hinunter. »Und so clever.«

»Danke, er macht es mir leicht, jeden Morgen aufzustehen.« Kyla schob den Kinderwagen die Rampe hinunter und zur Vorderseite des Hauses. »Als ich das von Cy gehört habe, war es Korbin, der mich am Laufen gehalten hat.«

»Hört sich an, als hätte deine Familie viel durchgemacht.«

»Wir hatten Glück. Es hätte so viel schlimmer kommen können.« Sie lächelte, und ihr Gesicht bekam einen engelsgleichen Ausdruck. »Er ist hier bei uns. Deshalb glaube ich, dass wir sehr glücklich sein können.«

»Du bist eine starke Frau, Kyla.«

»Ach. Es geht immer nur darum, aus welcher Perspektive man etwas betrachtet.« Sie lächelte mich verschmitzt an. »Wo wir gerade von betrachten sprechen, mir ist aufgefallen, wie Jake dich ansieht.«

Als sie in Gelächter ausbrach, konnte ich nur ahnen, wie mir die Gesichtszüge entgleist waren.

»Äh, nein. Da ist nichts.« Ich schüttelte den Kopf. »Ganz und gar nicht. Das sind nur normale Blicke. Ehrlich gesagt, sind es wahrscheinlich genervte Blicke. Wir kommen nicht so gut miteinander aus.«

»Und jetzt weiß ich, dass ich recht habe.« Sie lachte leise. »Wenn du mal jemanden zum Reden brauchst, ich bin gern für dich da.«

»Äh, danke?« Ich runzelte die Stirn.

»Jederzeit.«

Nachdem wir sie zu ihrem Wagen begleitet hatten, ging ich zurück zum Haus, um zu überprüfen, dass alles ausgeschaltet und aufgeräumt war, damit die Teams morgen nicht hinter uns herräumen mussten.

Ich warf meine leere Coladose in den Müll, als ich hinter mir ein leises Scharren hörte. Obwohl der logische Teil meines Gehirns wusste, dass niemand an den Personenschützern vorbeikam, stieg Panik in mir auf. Ich wirbelte herum und schleuderte der Person hinter mir den Müllbeutel entgegen, dann angelte ich auf dem Boden nach einem zerbrochenen Kantholz.

»Was zur Hölle machst du da?« Jake schlug den schwarzen Sack beiseite.

»Wie zur Hölle kannst du dich mit einer Prothese so leise bewegen?« Ich warf das Holz nach ihm, während das Adrenalin noch durch meine Adern rauschte. »Solltest du nicht irgendwelche Geräusche machen, wenn du dich bewegst?«

Er schob das Kantholz mit dem Gehstock aus dem Weg. »Mir fehlt nur ein Bein, ich bin kein Zombie. Soll ich für dich Stöhnen und mit hängenden Armen herumlaufen?«

»Räuspere dich oder so. Schleich dich nicht einfach an Leute heran.« Ich wedelte mit den Armen in der Luft herum.

»Ich werde mir merken, mich das nächste Mal zu räuspern.« Er hob die andere Hand, in der er ein Sixpack hielt. »Friedensangebot?«

»Danke, aber ich trinke kein Bier.« Ich holte tief Luft und klopfte etwas Staub von meiner Jeans. »Bin nie auf den Geschmack gekommen.«

Er stellte das Sixpack auf einen der Arbeitstische und holte eine Flasche heraus. »Einem Freund von mir gehört eine kleine Brauerei, und das hier ist ein Ale, kein Bier. Es wird aus Äpfeln hergestellt.«

»Aus Äpfeln?« Ich schaute mir das Etikett an. »Ich wusste nicht, dass man Bier aus Äpfeln herstellen kann.«

»Ale, kein Bier. Möchtest du probieren?« Er reichte mir eine Flasche. »Ich verrate Tame auch nichts, falls du es nicht magst.«

»Dein Freund heißt Tame?« Ich nahm die Flasche entgegen.

»Es ist sein Spitzname.« Er öffnete die Flasche mit einem Ploppen und lehnte sich an den Block, der später einmal die Kücheninsel werden würde. »Er bekam ihn im Ausbildungslager.«

»Er war mit dir bei den Marines?« Ich sah die Flasche an, bevor ich zögernd den Verschluss aufschraubte. »Auch als Pilot?«

»Nein. Sondereinsatzkräfte.« Er trank einen Schluck.

»Also, wie bekommt man einen Spitznamen wie Tame?« Ich roch an der Flasche, bevor ich einen kleinen Schluck nahm. Es war nicht so schlecht wie die anderen Sachen, die ich probiert hatte.

»Da musst du ihn schon selbst fragen.« Er lachte leise. »Es steht mir nicht zu, diese Geschichte zu erzählen.«

»So ein Militärding?«

»So etwas in der Richtung.« Er deutete mit einem Nicken auf mein Getränk. »Was hältst du davon?«

»Nicht schlecht.« Ich legte den Kopf schief. »Schleppst du immer ein Sixpack Ale deines Freundes mit dir herum?«

»Ich habe einen von Moms Handlangern zu mir nach Hause geschickt.« Er rieb sich das Knie.

»Hattest du einen harten Tag erwartet?« Ich nahm noch einen Schluck.

»Ganz ehrlich? Ich wusste überhaupt nicht, was mich heute erwartet.« Er fuhr sich mit der Hand durch die Haare. »Ich habe Cyrus zum letzten Mal in Deutschland gesehen und …«

Schweigen breitete sich im Zimmer aus, und ich sah auf meine Schuhe hinab. »Ich kann mir kaum vorstellen, wie das gewesen sein muss.«

»Ich war mir nicht sicher, ob er womöglich verärgert sein würde, mich zu sehen. Damals musste ich ihn in Deutschland zurücklassen.« Er sah auf seine Flasche hinunter. »Er saß dort ohne Familie in einem Krankenhausbett fest, und ich war umgeben vom Secret Service und wurde mit einem Privatflugzeug ausgeflogen.«

»Und du hast gedacht, er würde dich dafür … was, hassen?«

Ich beobachtete, wie sich seine Kiefermuskeln verspannten, aber er sagte nichts.

»Jake, er kann dich nicht dafür hassen, dass deine Mutter die Vizepräsidentin ist.« Ich stellte das Ale ab.

»Oder aber es ist der perfekte Grund, um mich zu hassen.« Er zuckte mit den Schultern und trank die Flasche leer. »Ist auch egal.«

»Nein, ist es nicht. Für mich sah es so aus, als würdet ihr gut miteinander auskommen.« Ich nahm einen weiteren Schluck und musste zugeben, dass es mir immer besser schmeckte.

»Na ja, immerhin hat er nicht versucht, mich mit einem Müllsack und einem Kantholz zu ermorden. Das ist doch schon mal was.«

»Ach, halt die Klappe.« Ich lachte. »Du hast mich erschreckt.«

»Was für ein Glück, dass du so schlecht zielen kannst.« Er verlagerte sein Gewicht auf das andere Bein. »Du hättest mir einen Splitter verpassen können.«

»Für das Herumschleichen hättest du einen Splitter verdient.« Ich funkelte ihn an. »Ich hätte fast einen Herzinfarkt bekommen.«

»Eine Herde stampfender Büffel könnte sich an dich heranschleichen. Du warst völlig in Gedanken versunken.«

»Stimmt gar nicht. Ich wollte nur schnell aufräumen, bevor ich gehe.« Ich strich mir die Haare aus den Augen. »Ich habe gedacht, du wärst zusammen mit deinem Freund gegangen.«

»Du hast gedacht, ich würde dich in diesem Chaos allein lassen?« Er nahm den Müllsack und warf seine Flasche hinein. »Ich bin noch auf Bewährung, erinnerst du dich? Einen Freund lässt man doch nicht hängen. Natürlich bleibe ich hier und helfe beim Aufräumen.«

»Dann mach mal weiter.« Ich deutete auf das Wohnzimmer. »Die Journalisten haben ihren Müll überall liegen lassen.«

»Kriegen Müllmänner keine gelbe Warnweste oder so was?«

»Nein. Aber ich könnte einen Nagel am Ende deines Stocks festkleben, damit du den Müll aufpicken kannst.«

Er lachte. »Danke, aber darauf verzichte ich lieber.«

»Und, wie geht es Ari?« Ich wechselte das Thema, weil ich das Bedürfnis hatte, kein Schweigen aufkommen zu lassen. »Wir haben *Buffy* angeschaut, wenn wir Zeit dazu hatten.«

»Läuft die Serie immer noch?«, fragte Jake.

»Na klar. Man kann sie so ziemlich überall streamen.« Ich ging durch die Küche und stellte sicher, dass keins der Werkzeuge noch eingestöpselt war oder auf dem Boden herumlag. »Das ist ein Klassiker.«

Sein leises Lachen drang aus dem anderen Zimmer zu mir

herüber. »Ich bin wirklich hinterher, was Fernsehen und Filme angeht.«

»Ari kann dich auf den aktuellen Stand bringen. Wir sprechen ständig darüber.«

»Ist Ari alt genug, um das zu schauen?« Er hob den Müllbeutel auf und stopfte leere Becher hinein.

»Sie ist jetzt dreizehn.« Ich lachte. »Sie kann sich mittlerweile die meisten Filme alleine im Kino ansehen.«

»Na ja, in der Serie kommt ja ziemlich viel Gewalt vor, aber was ist mit Sex?«

Meine Wangen wurden warm, und ich schalt mich im Stillen. Er hatte mit Ronnie geschlafen. Vielleicht tat er es immer noch. Die Erwähnung des Wortes *Sex* sollte nicht dazu führen, dass mir am ganzen Körper heiß wurde.

Ich atmete tief durch und sammelte Papier auf.

»Maddie?«

Ach, Mist. Ich hatte seine Frage nicht beantwortet.

»Hm? Was?« Ich hielt den Kopf unten und betete für mehr Müll, der meine Aufmerksamkeit beanspruchte.

»Ich habe gefragt, ob die oft Sex haben.« Seine Schuhe tauchten in meinem Blickfeld auf, und ich sah langsam hoch.

»Oh, ähm, ja.« Ich schaute ihm in die Augen. »Aber noch nicht jetzt.«

Seine Augen weiteten sich ein klitzekleines bisschen, seine Nasenflügel bebten leicht, und mir fiel auf, wie meine Bemerkung geklungen haben musste.

»Ich meine, äh, ich hätte nichts dagegen …« Scheiße, das war noch schlimmer. »Ich verspreche dir, ihr die Augen zuzuhalten.«

»Wogegen hättest du nichts, Madeline?« Seine Stimmlage sank um eine Oktave, und mein Herz schlug schneller. Madeline, nicht Maddie oder MadLibs.

»Ich, äh … was?« Ich flüsterte fast, als er noch einen Schritt näher kam.

»Du hast etwas über Sex gesagt, glaube ich.« Er streckte die Hand aus und strich mir mit den Fingern eine Strähne aus dem Gesicht.

»Habe ich das? Ich meine, ja, habe ich. In der Serie.« Ich stolperte über die Worte. »Buffy! Darüber habe ich geredet. Ich hätte nichts dagegen, Sex mit … verdammt … ich meine, ich hätte nichts dagegen, es zu sehen … Scheiße, egal, was ich sage, es klingt verkehrt.«

»An Sex ist doch nichts verkehrt.« Seine Augen funkelten, und als er mein Kinn hob, bemerkte ich, dass seine Hand immer noch auf meinem Gesicht ruhte.

»Das, das … weiß ich.«

Er strich mir mit dem Daumen über die Unterlippe. »Warum fällt es dir dann so schwer, darüber zu sprechen?«

»Tut es gar nicht!« Ich konnte mich nicht rühren und stand stocksteif da. »Sex macht mir keine Angst.«

»Dann liegt es an mir.« Er senkte den Kopf zu mir herab, und ich schluckte den Kloß in meinem Hals herunter. »Ich mache dich nervös.«

Ich schluckte noch einmal, und mein Hals fühlte sich so rau an wie Sandpapier. »Nein, machst du nicht.«

»Doch, das mache ich.« Seine Hand rutschte in meinen Nacken. »Das habe ich schon immer.«

»Wie alt war ich, als du zur Offiziersausbildung gegangen bist? Siebzehn?« Ich versuchte, meinen rasenden Herzschlag zu beruhigen. »Ist doch nicht schlimm, wenn ich in deiner Gegenwart ein bisschen nervös war.«

»Also gibst du es zu?« Seine Augen blitzten, und sein Mund kam meinem ein bisschen näher.

»Ich gebe gar nichts zu.« Ich streckte das Kinn vor.

»Bist du jetzt nervös?« Er drückte sich an mich, und ich leckte mir über die Lippen. »Mache *ich* dich nervös?«

»Ja«, flüsterte ich und sah ihn unverwandt an.

»Ist das gut?« Seine Augen wurden ernst. »Oder mache ich dir Angst?«

»Du machst mir keine Angst, Jake.« Ich berührte seine Brust und bemerkte, dass meine Hand ganz ruhig war, obwohl mein Herz wie verrückt schlug. »Das hast du noch nie getan.«

»Du bist eine der Regeln, weißt du?« Seine Lippen bewegten sich auf meine zu, und ich sehnte mich danach, sie zu spüren.

»Regeln?«

»Eine der Regeln, an die mich meine Mutter auf der Wohltätigkeitsgala erinnert hat. Ich darf dich nicht wollen.« Sein Atem strich über mein Gesicht.

»Du … willst mich?«

»Ja.« Dieses eine Wort enthielt so viel ungezügeltes Verlangen. Er presste seine warmen Lippen auf meine, und mein Körper stand augenblicklich unter Strom.

Mit der Hand in meinem Nacken neigte er meinen Kopf, damit er mich besser küssen konnte, und ich schmiegte mich an ihn. Ich hatte so lange auf diesen Moment gewartet, und ich wurde nicht enttäuscht.

Der Kuss war nicht hastig, nicht schroff. Er war langsam, eine liebevolle Berührung unserer Lippen, während sich unser Atem vermischte. In diesem intensiven Augenblick wagten wir uns in unbekannte Gewässer vor, und was wir dort fanden, verstärkte nur unsere Entschlossenheit. Als seine Zunge über meine Unterlippe strich und um Einlass bat, öffnete ich seufzend die Lippen. Seine freie Hand strich sanft über meine Hüfte, bevor er sie auf meinen unteren Rücken legte und mich an sich zog.

Beim Gefühl seines harten Körpers an meinem wurde mir schwindelig. Jeder köstliche Zentimeter dieses Mannes war auf perfekte Art und Weise hart. Als sein Mund meinen liebkoste, schoss ein loderndes Feuer durch meine Adern. Unter seinen Berührungen erwachte ich zum Leben, und ich schlang ihm die Arme um den Hals, um so viel wie möglich von ihm zu spüren. All diese Jahre hatte ich mich genau danach gesehnt. Mit jedem Zungenschlag und jeder Berührung fühlte ich mich lebendiger und begehrter.

Er legte den Arm um meine Taille, und meine Füße hoben vom Boden ab. Ich keuchte, als er mich auf die unfertige Kücheninsel setzte. Dunkelbraune Augen sahen mich durchdringend an, während seine Hände nach unten glitten und meinen Po umfingen, bevor er sanft meine Beine spreizte, damit er dazwischen passte. Er drückte sich gegen meine Mitte, und als er mich fest umarmte, konnte ich ein Stöhnen nicht unterdrücken. Ich schlang ihm die Beine um die Hüfte und drängte mich noch enger an ihn, um das wachsende Verlangen zu befriedigen.

Er stöhnte in meinen Mund, und ich nutzte die Chance und knabberte an seiner Unterlippe. Das hatte ich schon immer tun wollen – sie fest zwischen meinen Zähnen spüren. Mit einer Hand packte er erneut meinen Po und presste seine Erektion an mich. Ich ließ den Kopf mit einem lustvollen Seufzer in den Nacken sinken, und keuchte mit geschlossenen Augen bei jeder seiner Berührungen lauter. Er löste mein Haargummi und vergrub seine Finger in meinen Haaren.

»Gott, du schmeckst so gut.« Seine Stimme war rau, schroff und jagte mir Schauer über den Rücken. Er strich mit der Nase an meinem Hals entlang, bevor er sanft an der Haut unter meinem Ohr knabberte. »Das hätte ich schon längst tun sollen.«

»Mehr.« Fordernd schob ich ihm die Jacke von den Schultern.

Er schüttelte sie ab und schob seine Hand unter mein weites Shirt, streichelte meine Haut und brachte das Feuer in meinen Adern noch stärker zum Lodern. Ich ballte die Fäuste in seinem Haar, und mein Verlangen wurde unerträglich. Ich hatte mich schon immer von ihm angezogen gefühlt, aber jetzt hatte ich die Büchse der Pandora geöffnet und war mir nicht sicher, ob ich jemals wieder in der Lage sein würde, sie zu schließen.

Je weiter sich seine Finger auf meinem Körper nach oben vorwagten, desto mehr verlor ich den Kontakt zur Realität. Ich gab mich dem Gefühl seiner Hände auf meiner Haut hin, dem Geschmack seiner Küsse, dem Gefühl seines harten Körpers an meinem.

»Maddie?« Tony rief meinen Namen.

Hastig löste ich mich von Jake, als hätte ich mich verbrannt. Ich wusste, dass meine Augen riesig sein mussten, und ich atmete heftig, während ich mir die Haare aus dem Gesicht strich.

»Maddie, dein Auto wartet, du solltest …« Tony hielt an der Tür inne und räusperte sich. »Ich bitte um Entschuldigung.«

Bevor ich etwas erwidern konnte, war er wieder in der Dunkelheit verschwunden.

»Verdammt.« Jake schloss die Augen und trat von mir zurück. Seine Enttäuschung war ebenso offensichtlich wie die Erektion in seiner Jeans.

Ich holte ein paarmal tief Luft und versuchte, die Hitze in meinem Gesicht durch pure Willensanstrengung zu verscheuchen. Jake streckte mir eine Hand entgegen, um mir von der Theke herunterzuhelfen. Dann richtete er sein Shirt, um die Beule in seiner Hose zu verstecken.

Ich sah ihm in die Augen, mein Atem ging immer noch unregelmäßig, und zog mir ebenfalls das Shirt zurecht. Seine Haare waren völlig durcheinander, und ich hätte sie gerne glatt gestrichen, aber das traute ich mich nicht. Jetzt, da sich mein

Blut langsam abkühlte, war ich mir nicht sicher, was das alles hier zu bedeuten hatte.

»Maddie.« Er kam auf mich zu.

»Tony hat recht. Ich werde im Weißen Haus erwartet.« Ich fuhr mir mit der Hand durch die unordentlichen Haare. »Wenn ich jetzt nicht fahre, komme ich zu spät zu einem Abendessen meiner Stiefmutter.«

»Bist du morgen hier?« Er kam noch einen Schritt näher.

»Morgen ist Samstag.« Ich lächelte. »Niemand wird morgen hier sein.«

»Stimmt.« Er sah mich eine Weile an, bevor sein berühmtes jungenhaftes Lächeln aufleuchtete. Er vergrub die Hände in den Taschen, und seine Schultern entspannten sich.

»Ehrlich gesagt, glaube ich, dass wir beide morgen Abend beim Staatsbankett sein werden.«

»Das habe ich ganz vergessen.« Er runzelte die Stirn. »Ich hasse diese Veranstaltungen.«

»Vielleicht wird es gar nicht so schlimm«, sagte ich. »Mh, ich glaube nicht, dass ich so etwas jemals über ein Staatsbankett gesagt habe.«

»Vielleicht hast du recht.« Er lächelte wieder. »Ziehst du wieder dieses Kleid an?«

»Kleid?« Ich legte den Kopf schief. »Das von der Wohltätigkeitsveranstaltung? Meine Stiefmutter würde mich umbringen.«

»Wie schade.« Er holte tief Luft, während er mich musterte.

»Etwas Rotes, Hautenges würde dir nicht besser gefallen?« Ich kaute auf meiner Unterlippe. Jetzt klang ich eifersüchtig und erbärmlich.

»Was *du* trägst, gefällt mir immer am besten.« Er kam noch einen Schritt auf mich zu.

»Und wenn Ronnie da ist?« Ich strich mir das Shirt glatt.

»Ich wusste doch, du bist eifersüchtig.« Er griff nach meiner Hand und zog mich an sich. »Seit diesem Abend habe ich sie nicht mehr gesehen.«

»Du hast meine Frage nicht beantwortet.« Ich runzelte die Stirn und sah zu ihm auf.

»Wenn Ronnie da sein sollte, werde ich sie gar nicht bemerken.« Er beugte sich herunter, bis seine Lippen meine streiften. »Ich werde viel zu sehr damit beschäftigt sein, dich anzusehen.«

9. KAPITEL

MADDIE

»Wow«, flüsterte Ari. »In Wirklichkeit ist er ja noch heißer. Das hätte ich nicht für möglich gehalten.«

Ich hielt die Hand vor den Mund, um nicht laut loszulachen. Alex d'Lynsal, Prinz von Lilaria, stand ein paar Meter von uns entfernt und sprach mit meinem Vater.

»Er ist verheiratet«, flüsterte ich zurück. »Und Vater.«

»Deshalb bin ich noch lange nicht blind.« Sie seufzte mit einem verträumten Ausdruck auf dem Gesicht. »Ich habe ihn soeben zu meinem Schwarm der Woche erwählt.«

»Schwarm der Woche?« Ich streckte die Hand aus und kniff ihr in den Arm. »Reiß dich zusammen, Simmon. Du sabberst ja schon.«

»Und Samantha! Eine echte Herzogin.« Ich machte mir ein bisschen Sorgen, sie könnte durchdrehen. »Sie sind ja so romantisch.«

»Das war's. Ich schicke gleich Bran nach dem Riechsalz.« Ich beugte mich hinunter, damit nur sie mich hören konnte. »Fall bloß nicht in Ohnmacht.«

»Untersteh dich«, knurrte sie. Sie sah sich über die Schulter und griff nach meinem Arm. »Das wird er nie vergessen. Er macht mir das Leben sowieso schon zur Hölle.«

»Ari«, ermahnte ich sie. Wenn jemand sie bei dieser Veranstaltung fluchen hörte, wäre sie in ernsthaften Schwierigkeiten. Obwohl ich in Bezug auf meinen Bruder mit ihr mitfühlte. Bran würde ihr das bis in alle Ewigkeit unter die Nase reiben, und genau deshalb hatte ich ihr mit ihm gedroht.

»Du weißt, dass es stimmt. Gestern …«

»Oh, pass auf. Sie kommen.« Ich richtete mich auf und schaffte es, mir *nicht* das Kleid glatt zu streichen. Meine Stiefmutter hasste es, wenn jemand das in der Öffentlichkeit tat. Sie fand, derjenige wirkte dadurch nervös und schwach.

»Madeline McGuire, meine Tochter.« Das Gesicht meines Vaters war ruhig und zufrieden. Zusammen mit den einflussreichsten Menschen der Welt in einem Raum war er vollkommen in seinem Element.

»Freut mich, Sie kennenzulernen.« Der Prinz ergriff meine Hand und verbeugte sich. Oh Gott, bei dieser Geste hüpfte mein Magen ein bisschen. »Ich bin Alex d'Lynsal und das ist meine Frau, Samantha of Rousseau.«

»Es ist mir eine Ehre.« Ich lächelte und hoffte, dass niemand bemerkte, wie ich errötete. Ari hatte recht. Der Prinz war im wahren Leben noch heißer.

»Es freut mich sehr, Sie kennenzulernen, Madeline.« Samantha schüttelte mir die Hand und zog mich zu sich heran, um mir ins Ohr zu flüstern: »Ich bin ein großer Fan davon, wie Sie in Gebäude einbrechen, um Tiere zu retten.«

Ich konnte nicht anders, ich musste einfach laut lachen. Sie mochte eine Herzogin sein, die Frau eines Prinzen und Mutter, aber ihre Augen funkelten verschmitzt. Und mir gefiel, dass sie eine natürliche Begabung zu besitzen schien, Menschen ihre Befangenheit zu nehmen. Ich fragte mich, ob sie das gelernt hatte oder ob sie schon immer so gewesen war.

»Und ich bin ein großer Fan Ihrer Arbeit im Naturschutz«, antwortete ich schließlich.

Neben mir hörte ich ein schrilles Kichern. Ich drehte mich

um und sah Ari mit großen Augen an. Von den Ohrenspitzen bis zum Kragen ihres eleganten Kleides leuchtete sie knallpink. Alex hielt ihre Hand und lächelte breit.

»Vergessen Sie nicht, dass Sie mir einen Tanz versprochen haben.« Er drückte ihre Hand, und sie errötete so heftig, dass ich befürchtete, sie würde einen Schlaganfall bekommen.

»Selbst die Königin von England war hin und weg von ihm, die arme Ari hatte keine Chance«, flüsterte Samantha. »Ich gehe besser und rette sie, aber wir sollten uns später noch unterhalten.«

»Das würde mich sehr freuen.« Ich lächelte und meinte es ausnahmsweise ernst.

Sie gingen weiter, um der Vizepräsidentin die Hand zu schütteln, und da spürte ich, dass mich jemand ansah. Ich hob den Blick und bemerkte, dass Jake mich beobachtete.

Mein Atem ging ein bisschen schneller, und ich berührte den Stoff meines Kleides. Wir hatten seit gestern Abend auf der Baustelle nicht mehr miteinander gesprochen. Zum ersten Mal seit sehr langer Zeit hatte ich stundenlang überlegt, was ich zu diesem Dinner anziehen sollte. Meine Stiefmutter hatte mir ein rotes Ballkleid geschickt, dass ich sofort verworfen hatte. Ich wollte nicht, dass er mich mit Ronnie, dem Reporterflittchen, verglich.

Nach mehreren Anrufen und Fotos, die ich an Phoebe geschickt hatte, hatte ich mich für ein elegantes dunkelgrünes Kleid entschieden, das mich an Grace Kelly erinnerte. Es hatte einiger aufmunternder Worte meiner besten Freundin bedurft, denn das Kleid zeigte mehr Dekolleté, als ich normalerweise trug. Der Rock umschmeichelte fließend meine Beine, ohne wie ein Cinderella-Kleid auszusehen. Das Oberteil war schulterfrei mit dezenten Trägern über den Oberarmen, wodurch es nicht zu gewagt wirkte. Trotz meiner Bedenken, ich könnte zu viel Haut zeigen, fühlte ich mich sexy. Fast begehrenswert.

Und so wie Jake seine Augen über meinen Körper wandern ließ, dachte er wohl genauso.

Prinz Alex mochte ein echter Prince Charming sein, aber er war nichts im Vergleich zu dem sexy Soldaten, der mich musterte. Meine Wangen wurden warm, und ich schenkte Jake ein kleines Lächeln. Jetzt, da ich dem Mann wieder gegenüberstand, der mir eine sehr lange, schlaflose Nacht bereitet hatte, spürte ich die Nervosität in meinem Bauch noch deutlicher.

Wir hatten gestern Abend einen intimen Augenblick geteilt, aber war das bereits alles gewesen? Mein hinterhältiger Verstand hatte sich immer und immer wieder um das Gefühl seiner Hände auf meinem Körper, seiner Lippen auf meinen gedreht. Wenn ich nicht in der Erinnerung schwelgte, wie sich sein Körper angefühlt hatte, zermarterte ich mir das Hirn über jedes seiner Worte, als wäre ich wieder ein Teenager.

Ich konnte ihn hier und jetzt nicht einfach danach fragen, was das bedeutete. Tausend Leute verfolgten jede unserer Bewegungen, auch wenn wir neben den anwesenden Mitgliedern des Königshauses wahrscheinlich nicht im Mittelpunkt der Aufmerksamkeit standen. Aber selbst wenn sich eine Gelegenheit ergeben würde, was sollte ich ihn fragen?

Ich atmete tief durch. Es war nicht wichtig. Ein Kuss hatte noch keine Bedeutung. Ein Kuss passierte, stand für sich, war nicht mehr als einfach nur ein Kuss. Zumindest bis jetzt.

Der Prinz streckte Jake die Hand entgegen, der den Blick von mir abwendete und etwas zu ihm sagte. Ich schaute weg und sah in diesem Moment, dass mich Jakes Mutter mit undurchdringlicher Miene beobachtete. Wenn meine Stiefmutter mir nicht jahrelang eingetrichtert hätte, wie man sich bei derartigen Anlässen verhielt, wäre ich gestolpert.

Stattdessen lächelte ich strahlend und folgte meinem Vater, als hätte ich nichts bemerkt. Gestern Abend hatte ich nicht wirklich verstanden, was Jake damit meinte, dass ich eine seiner Regeln sei – dass seine Mutter mich verboten hatte. Mir war immer klar gewesen, dass sie mich nicht mochte. Ich hatte einmal mit angehört, wie Virginia mit meiner Stiefmutter über Internate gesprochen hatte. Erst als Abigail eingeworfen hatte, dass sie mich für den Wahlkampf brauchten, war mir bewusst geworden, dass sie über mich gesprochen hatten.

Das merkwürdige, lästige Kind, dem man noch den letzten Schliff verpassen musste, war ich gewesen. Obwohl meine Stiefmutter Virginia nicht widersprochen hatte, hatte sie mich schuldbewusst angesehen, als sie aus dem Zimmer gekommen war und mich auf einem Stuhl neben der Tür bemerkt hatte. Keine von uns hatte jemals diesen Tag erwähnt, aber es hatte unsere Beziehung jahrelang belastet.

»Ich muss schon wieder neben Bran sitzen.« Ari sah zu ihrem Tisch. »Wann darf ich endlich an den Tischen der Erwachsenen sitzen?«

»Ich sitze normalerweise auch nicht bei den Erwachsenen.« Stirnrunzelnd schaute ich kurz auf die Tischkarten am großen Haupttisch.

Mein Herz setzte für einen Schlag aus. Ich saß neben Jake. Er sprach mit dem Prinzen und der Herzogin und lächelte herzlich. Für das Abendessen hatte er sich rasiert, wohingegen er gestern ein wenig stoppelig gewesen war. Es hatte ihm eine gewisse Verwegenheit verliehen, die ich nun vermisste.

Mir hatte das Gefühl auf meiner Haut gefallen.

»Möchtest du tauschen?«

Ich sah auf Ari hinab, überrascht, dass sie immer noch neben mir stand. Ich war zu sehr damit beschäftigt gewesen, von den Händen und Lippen ihres großen Bruders zu träumen.

Normalerweise blieben Ari und ich bei derartigen Anlässen zusammen. Ich liebte sie wie meine kleine Schwester, aber in diesem Augenblick waren meine Gedanken auf ein anderes Mitglied der Familie Simmon fixiert.

»Wie bitte?« Ich sah sie an und zog die Augenbrauen zusammen.

»Möchtest du tauschen? Du kannst neben Bran sitzen, und ich nehme deinen Platz neben Jake.« Sie sah mich mit großen Augen an und lächelte traurig. »Ich habe ihn seit seiner Rückkehr kaum gesehen, und ich habe ihn so vermisst. Du bist die ganze Woche mit ihm zusammen.«

»Netter Versuch.« Ich lachte. »Der einzige Grund, warum du mit deiner Mutter an einem Tisch sitzen willst, ist der Typ mit der Krone.«

»Ach, verdammt.« Ohne ein weiteres Wort machte sie auf dem Absatz kehrt und ging zu ihrem Tisch.

Ich beobachtete, wie sie ihren Stuhl neben Bran hervorzog und sich darauf fallen ließ. Sie würde etwas zu hören bekommen, wenn ihre Mutter sie dabei erwischte, dass sie so wenig damenhaft dasaß. Anders als ich waren Ari, Jake und ihre mittlere Schwester Caro alle zu Benimmkursen gegangen. Ari sollte sich hüten, bei einem Staatsbankett aus der Rolle zu fallen.

»Sie wird schon klarkommen.« Jakes leise Stimme strich über meine Haut.

Ich atmete tief ein, drehte mich um und setzte mein Politikertochterlächeln auf. »Ich fühle mich ein bisschen schuldig.«

»Weil du neben dem Prinzen sitzen darfst?« Er ließ seinen Blick über mein Gesicht, meine Schulter und meinen Ausschnitt wandern, bevor er zu Boden sah. »Weißt du, ich hätte nicht gedacht, ich würde irgendein Kleid lieber mögen, als das, was du neulich abends anhattest, aber jetzt ist das hier mein Favorit.«

»Danke«, sagte ich leise und konnte nicht verhindern, dass mir die Röte in die Wangen stieg. »Ari hat gesagt, sie wolle neben dir sitzen, weil ich dich in den vergangenen Wochen so mit Beschlag belegt habe.«

»Hat sie das gesagt?« Er lachte leise. »Ich werde es später wiedergutmachen, weil ich hoffe, dass ich heute Abend noch ein bisschen mehr Zeit mit dir verbringen kann.«

»Ist das so?« Ich zog eine Augenbraue hoch.

»Ja, das hoffe ich sogar sehr.« Er nahm meine Hand und führte mich zu meinem Stuhl direkt neben seinem. »Ist deine Tanzkarte schon voll, oder kannst du mich noch für einen Tanz dazwischen quetschen?«

»Hm. Ich muss mal nachschauen.«

Er zog den Stuhl für mich hervor. »Ich bitte darum.«

Wir mussten das übliche Tamtam ertragen, das zu diesen politischen Abendessen dazugehörte: Willkommensreden, Witze über Anwesende und natürlich das übliche Werben um eine gute Partnerschaft.

Normalerweise fiel es mir schwer, während dieser Veranstaltungen nicht vor Langeweile zu schielen, besonders bei den falschen Lobhudeleien, aber heute Abend stand ich unter Strom. Das lag nicht an den Reden über Einigkeit und Zusammenhalt, sondern an dem sexy Ex-Marine neben mir.

Wir saßen so eng nebeneinander, dass ich seine Körperwärme durch den Jackettärmel hindurch spüren konnte. Wenn ich die kleinen Härchen auf meinem Arm ansah, hätte ich schwören können, dass sie abstanden und in seine Richtung zeigten, als wollten sie die Distanz zwischen uns verringern. Als er den Arm auf dem Tisch bewegte und meinen versehentlich streifte, wäre ich beinahe aufgesprungen. Die Reaktion war völlig unverhältnismäßig, und ich rieb mir den Arm, um die Gänsehaut loszuwerden.

Überrascht sah ich ihn an und hoffte, dass niemand meinen Mangel an Gelassenheit bemerkt hatte. Jakes Kopf war meinem Vater zugewandt, aber seine Augen waren auf mich gerichtet. Hatte er die Erschütterung auch gespürt? Oder – und das war wahrscheinlicher – hatte er nur bemerkt, dass ich vor seiner versehentlichen Berührung zurückgezuckt war?

In einem Saal mit einigen der mächtigsten und berühmtesten Menschen der Welt wirkte Jake, als gehörte er dazu. Er war genauso gut aussehend wie der Prinz neben ihm und stand den Filmstars an den Nachbartischen in nichts nach. Groß, breitschultrig, mit dicken, welligen braunen Haaren, die er mittlerweile länger trug, und Augen zum Niederknien war er der attraktivste Mann, den ich jemals gesehen hatte.

»Samantha, wo ist Ihre hinreißende Tochter?« Meine Stiefmutter beugte sich vor, um die Herzogin an meinem Vater vorbei anzusprechen.

Ich sah auf den Teller mit Gemüse vor mir und versuchte, mich daran zu erinnern, wie er dort hingekommen war. Ich hatte noch nicht einmal das Ende der Reden mitbekommen, bevor das Essen serviert worden war.

»Sie ist mit meiner Freundin in der Botschaft.« Samanthas Lächeln wirkte angestrengt. Mir fiel auf, dass sie einen minimalen lilarischen Akzent angenommen hatte. »Ich fürchte, sie ist noch nicht wirklich bereit für ein Staatsbankett.«

»Haben Sie gesehen, was bei unserem Besuch des Premierministers in Kanada passiert ist?« Prinz Alex' Lachen war ansteckend.

»Ich habe dir gesagt, dass sie Magenprobleme hatte. Sie zahnt.« Samantha errötete.

»Oh nein.« Ich schnitt eine Grimasse.

»Es war überall.« Alex lachte, als wäre es völlig normal, sich auf Premierministern zu erbrechen.

»Und dann hat sie gelacht.« Sam bedeckte kurz ihre Augen. »Auf allen Fotos sieht man, wie der Premierminister entsetzt seinen Anzug anstarrt, während Martha sich kaputtlacht.«

»Ich bin mir sicher, dass er nicht verärgert war«, sagte mein Vater. »Er hat selbst fünf Kinder, oder? Es kann nicht das erste Mal gewesen sein, dass ihn ein Baby vollgespuckt hat. Das ist eine der Freuden der Elternschaft!«

»Abgesehen davon wäre es ein tolles Foto gewesen, wenn er es mit einem Lachen abgetan hätte. Seine Zahlen in den Umfragen könnten ein wenig Nachhilfe gebrauchen.« Meine Stiefmutter begann, ihren Salat zu schneiden. »Gab es nicht auch einen Vorfall mit einem Baby, als Sie zum ersten Mal nach Lilaria gekommen sind, Samantha?«

»Ich bin mir sicher, dass Ihre Reaktion aufrichtig war.« Ich lächelte die Herzogin entschuldigend an. »Ich erinnere mich an die Artikel über das Baby, das den Unfall hatte.«

»Vielleicht war das Karma.« Sie lachte. »Ich kann nicht glauben, dass die Story es bis in die USA geschafft hat.«

»Sie sind hier ständig in der Zeitung oder in den Nachrichten.« Ich schüttelte mitfühlend den Kopf. »Als Sie Martha bekommen haben, wurden bei uns Souvenirtassen, Puppen und alles Mögliche verkauft!«

»Das stimmt.« Meine Stiefmutter runzelte die Stirn.

»Es ist ziemlich seltsam, Miniaturpuppen des eigenen Kindes zu sehen.« Samantha zog die Nase kraus. »Ehrlich gesagt finde ich es ein bisschen gruselig.«

Abigail legte die Stirn in Falten und tupfte sich den Mund mit der Serviette ab, um ihren missbilligenden Blick zu verstecken. Das eigene Missfallen über etwas in der Öffentlichkeit kundzutun, hielt sie für unangemessen. Sie lebte nach der goldenen Regel: Wenn du nichts Nettes zu sagen hast, sag gar nichts.

Ich stimmte Samantha jedoch von ganzem Herzen zu. Eine bekannte Spielzeugmarke hatte eine Puppe nach mir benannt, und bei dem Gedanken daran wurde mir immer noch ganz anders. Es hatte sogar Kleider gegeben, die Outfits entsprachen, die ich bei wichtigen Anlässen getragen hatte. Wenn Chuckie bei Kindern für Albträume sorgte, kam der Anblick einer Puppenversion von mir selbst dem ziemlich nah. Hunderte Puppen, die so aussahen wie dein eigenes Baby, mussten der Albtraum jeder Mutter sein.

»Ach herrje, wie heißen gleich diese Wesen, die Kobolde oder so gegen Babys tauschen?« Mein Vater drehte sich um und sah die Herzogin an. »Kein Wunder, dass Sie es gruselig finden.«

»Genau! Wechselbälger!« Samantha zeigte auf meinen Vater und nickte energisch. »Das ist furchteinflößend.«

»Oh Gott.« Meine Stiefmutter sah auf, und echte Besorgnis zeichnete sich auf ihren Zügen ab. »So hatte ich das gar nicht betrachtet. Das muss Ihnen Albträume bescheren.«

Offensichtlich war sie heute Abend mitfühlend.

»Ich hatte tatsächlich Albträume, dass Leute Martha gegen eine dieser Puppen austauschen würden.« Samantha schüttelte den Kopf. »Das ist lächerlich, aber ich konnte nichts dagegen tun. Es ist einfacher jetzt, da sie so groß ist.«

»Und sie hört nie auf zu plappern«, fügte Alex hinzu. »Sie kommandiert uns ständig herum.«

»Eine geborene Prinzessin.« Mein Vater hob sein Glas und prostete ihm zu.

»Sie kann schon ein wenig sprechen, aber man weiß nie, ob es Englisch oder Lilarisch sein soll.« Samantha zuckte mit den Schultern. »Und wenn sie ein Wort nicht weiß, denkt sie sich etwas aus. Meistens zeigt sie dabei auf das, was sie will.«

»Ich würde sie gern mal kennenlernen.« Ich lächelte die

junge Mutter an. »Auf den Fotos, die ich gesehen habe, hat sie so wunderschöne Augen.«

»Die hat sie von ihrem Vater.« Samantha drehte sich um und sah ihren Mann mit einem kleinen Lächeln an. In ihrem Blick lag so viel Zärtlichkeit und Wärme, als hätte sie die Welt um sich herum vergessen.

Ich fragte mich, wie es sich wohl anfühlte, jemanden als Fels in der Brandung an seiner Seite zu haben. Ihre kleinen Blicke und Berührungen offenbarten, dass ihre Verbindung stark war. Dies war keine politische Partie oder Zweckheirat. Die beiden verband so viel Liebe, dass sie während des Essens praktisch das gesamte Weiße Haus erfüllte.

Und das war ein echtes Wunder. Die meisten der Menschen hier verbrachten den Großteil ihres Lebens damit, sich gegenseitig an die Gurgel zu gehen.

Das darf man nicht falsch verstehen. Mein Vater und meine Stiefmutter liebten sich, aber die beiden verband nicht diese allumfassende Liebe. Da war Wärme und Kameradschaft, aber es wirkte nie so, als bräuchten sie einander – es schien eher, als würden sie einander helfen. Es war sicherlich keine schlechte Beziehung, denn sie waren glücklich, aber für mich selbst wünschte ich mir etwas anderes.

Als hätte er meine Gedanken erraten, bewegte sich Jake neben mir, und ich sah in seine dunklen Augen. Sein durchdringender Blick warf mich ein wenig aus der Bahn, und es kam mir so vor, als suchte er etwas in mir, suchte nach etwas in meinen Augen. Ich bemerkte kaum, dass die Musik zu spielen begann und die Menschen sich erhoben und durch den Saal bewegten.

Aber das alles war nicht wichtig. Ich konnte die Augen nicht von Jakes abwenden.

Erst als mein Vater mit Samanthas Hand in seiner Armbeuge an mir vorüberging, dämmerte mir, dass alle am Tisch bereits aufgestanden waren. In einem Augenblick der Panik kam ich hastig auf die Füße. Jakes Augen leuchteten auf, und ein kleines Lächeln umspielte seine Lippen, als er meinen Arm nahm, sodass ich mein Gleichgewicht finden konnte.

Mit seiner großen, breiten Statur war er neben mir schwer zu übersehen. Ich selbst war mit knapp einem Meter achtzig in High Heels auch nicht klein, aber er überragte mich trotzdem.

Ich konzentrierte meine Aufmerksamkeit auf meinen Vater und die Herzogin. Sie schwebten über das Parkett, und ich beobachtete, wie mein Vater mit der jungen Frau scherzte, die die Herzen der Amerikaner erobert hatte. Ich hatte unzählige Fotos von ihr gesehen, auf denen sie mit Monarchen und Berühmtheiten auf der ganzen Welt tanzte, aber dennoch hatte ich den Eindruck, dass sie ein bisschen ehrfürchtig wirkte, mit dem US-Präsidenten im Weißen Haus zu tanzen. Wenn ich nicht so viele Jahre hier gelebt hätte, würde ich vielleicht genauso empfinden.

Samantha mochte Teil der Königsfamilie eines anderen Landes sein, aber sie war in Amerika geboren worden, und das Weiße Haus war das einzige wirkliche Schloss in den Vereinigten Staaten.

Nach der Hälfte des Liedes betraten auch Prinz Alex und meine Stiefmutter die Tanzfläche. Die Musik wurde vom Klicken der Kameras begleitet, und bestimmt fünfzig Handys waren auf die Tanzenden gerichtet. Das war ein Moment für die Geschichtsbücher.

Mein Vater schwenkte Samantha herum, und ihr Kichern wirkte ansteckend. Ich ließ die Augen durch den Saal wandern und bemerkte, dass alle Anwesenden lächelten. Es war egal, welcher Partei die Leute nahestanden, ob sie Enthüllungsjournalisten oder Stilberichterstatter waren, sie alle lächelten. Alle Augenpaare waren auf die Menschen in der Mitte des Saales gerichtet.

Abgesehen von den Augen der Sicherheitsleute.

Und Jakes. Er beobachtete weder die Tanzenden noch die Menschen um uns herum. Er beobachtete *mich*.

»Hast du schon auf deiner Tanzkarte nachgesehen?« Seine tiefe Stimme ließ mich erschauern.

»Das habe ich tatsächlich.« Meine Stimme klang ein wenig atemlos, und ich kämpfte gegen den verrückten Drang an, aus dem Saal zu rennen. Wir hatten schon tausendmal miteinander getanzt.

Trotzdem wusste ich, dass es diesmal anders sein würde. Ich wäre nicht die Präsidententochter, die mit dem Sohn der Vizepräsidentin tanzt. Diesmal wären es Maddie und Jake mitten in einem Ballsaal voller Menschen. Mit seinen Händen auf *meinen* Hüften, seinen Augen auf *meinem* Gesicht.

»Und?« Er zog die Augenbrauen hoch. »Ich sterbe hier gerade, MadLibs.«

»Wie bitte?« Ich legte den Kopf in den Nacken, damit ich ihm ins Gesicht sehen konnte.

»Ich habe gerade das schönste Mädchen im Saal um einen Tanz gebeten.« Er senkte die Stimme. »Und sie hat mir nicht geantwortet.«

Pure Freude stieg in mir auf, und ich versuchte, ruhig zu bleiben, konnte aber nicht verhindern, dass meine Wangen warm wurden.

»Das ist einfach nur gemein.« Ich wandte mich ihm zu und runzelte scherzhaft die Stirn. »Welches Mädchen würde so etwas tun?«

»Ein Mädchen, das zu gut für mich ist.« Seine Antwort war so ernst, so traurig, dass ich die Hand ausstreckte und seinen

Arm berührte. Das war kein Flirtversuch gewesen, er glaubte wirklich, dass ich nicht mit ihm zusammen sein sollte.

»Sie wäre sehr dumm, so zu denken.« Ich sprach die Worte leise aus.

»Sie ist eine Menge, aber dumm ist sie bestimmt nicht.« Er lachte leise, und ich bemerkte sofort die Veränderung in seiner Stimmung. »Sie ist mutig, rücksichtsvoll und geduldig.«

»Du hältst ja eine Menge von diesem Mädchen«, murmelte ich.

»Und weißt du, was das Beste daran ist?« Er kam einen Schritt auf mich zu und leckte sich über die Unterlippe. Mir wurde heiß, als ich mich daran erinnerte, wie sich diese Lippen auf meinen angefühlt hatten.

»Was?« Ich verwandelte mich auf der Stelle in eins dieser leichtsinnigen, albernen Mädchen, die an seinen Lippen hingen.

»Sie ist eine Verbrecherin.« Seine Augen blitzten amüsiert auf, und obwohl er ununterbrochen darauf herumritt, konnte ich nicht anders, als es auch lustig zu finden.

»Das lässt du auf meinen Grabstein eingravieren, stimmt's?« Ich nahm die Hand von seinem Arm und verdrehte die Augen.

»Über deinen Grabstein denke ich noch nach, aber ich habe es auf Flugblätter drucken lassen, die ich heute Abend verteile.«

»Ach, halt die Klappe.« Ich musste lachen.

»Miss Madeline? Würden Sie mir die Ehre eines Tanzes erweisen?«

Mit großen Augen drehte ich mich um zu Prinz Alex, der mich mit all seinem royalen Charme anlächelte. Ich fühlte mich wie von der Sonne geblendet, und wenn ich nicht so verrückt nach dem Mann neben mir gewesen wäre, hätte ich mich vielleicht mit Ari um ihren Schwarm der Woche gestritten.

Ich war mir der Blitzlichter nur zu bewusst, als der Prinz mir gegenüberstand.

»Ich …« Ich stotterte bei meiner Antwort. Konnte ich bei einem Staatsbankett Nein zu dem Ehrengast sagen? Ich sah Jake an und suchte nach den richtigen Worten.

»Ich wollte gerade mit Mr Simmon tanzen.«

»Ehrlich gesagt, gibt mir meine Mutter gerade ein Zeichen.« Jake drückte meine Hand. »Du wurdest begnadigt.«

Ich sah zur Vizepräsidentin hinüber, die gerade mit mehreren Leuten sprach. Ihre Adleraugen waren auf uns gerichtet, und trotz ihrer freundlichen Miene spürte ich förmlich, wie ihre Augen Laserstrahlen auf mich abschossen.

»Oh. In Ordnung.« Ich gab mir Mühe, nicht enttäuscht auszusehen. Mein Trostpreis war ein Tanz mit einem echten Prinzen, da war Enttäuschung nicht angebracht. »Danke, Alex.«

»Ich sollte Ihnen danken.« Mit einer geschickten Bewegung wirbelte er mich auf die Tanzfläche und machte mich damit ein bisschen atemlos. »Dort ist eine ziemlich hartnäckige Journalistin, die unbedingt mit mir tanzen will. Während ich normalerweise gerne meine Pflicht erfülle, hat sie eine Art am Leib, die mich irritiert.«

»Wäre es Ihnen lieber, sie würde die Veranstaltung verlassen?« Ich sah über seine Schulter und erblickte einen bekannten blonden Schopf am Rand der Tanzfläche.

»Das wird nicht nötig sein. Außer wenn Sie sehen, dass Samantha geradewegs auf sie zusteuert. Dann wäre es vielleicht sinnvoll, die Sicherheitsbeamten zu rufen, um die Journalistin zu beschützen.« In seinem Lachen schwang Stolz mit.

»Dabei würde ich sehr gerne zusehen.« Ich senkte die Stimme. »Diese besondere Journalistin ist mir nämlich ein Dorn im Auge.«

»Ah.« Er neigte verständnisvoll den Kopf. »Einige von ihnen schaffen es, einem unter die Haut zu gehen.«

»Mehr als nur auf eine Art«, seufzte ich. »Aber ich gebe mein Bestes, mich wenn möglich von ihr fernzuhalten.«

»Ich schulde Ihnen einen Gefallen«, erklärte er. »Wie kann ich mich bei Ihnen revanchieren?«

»Ich habe keine Ahnung.« Ich lachte. »Ich glaube nicht, dass mir jemals ein Prinz einen Gefallen geschuldet hat.«

Wir tanzten weiter durch den Ballsaal, und mir fiel auf, dass Alex ein so guter Partner war, dass ich nicht ein einziges Mal gestolpert oder aus dem Tritt geraten war. Ich sah mich unauffällig im Saal um und fragte mich, ob Ronnie sich jetzt, da der Prinz beschäftigt war, auf Jake stürzen würde. Aber gerade lachte sie über etwas, das die Vizepräsidentin gesagt hatte, und Eifersucht schnürte mir die Kehle zu.

»Er hat die Augen nicht von Ihnen abgewandt, seit ich Sie entführt habe«, sagte Alex.

»Entschuldigung?« Ich sah in funkelnde blaue Augen, und wenn mein Gehirn nicht von einem Paar brauner Augen besessen gewesen wäre, wäre ich vielleicht ganz aus dem Häuschen gewesen.

»Jake Simmon. Er hat nicht aufgehört, uns zu beobachten.« Alex drehte mich auf der Tanzfläche aus seinen Armen, bevor er mich wieder an sich zog. Ich war mir der applaudierenden Leute und der Blitzlichter bewusst, aber das war alles nicht wichtig. Er hatte erwähnt, dass Jake uns beobachtete. »Oder besser gesagt, er hat nicht aufgehört, Sie zu beobachten.«

»Oh.« Ich biss mir auf die Lippe und sah auf die Fliege des Prinzen hinab.

»Das hat nichts zu bedeuten.«

»Ich kenne diesen Blick gut, und er hat *immer* etwas zu bedeuten.« Alex beschleunigte seine Schritte nur so viel, dass wir an einer Gruppe weiblicher Zuschauer vorbeisausten. »Das ist der Blick eines Mannes, der gefunden hat, wonach er gesucht hat, und es jagen wird. Genau diesen Blick hatte ich auch, während ich Samantha umwarb. Die Journalistin hat keine Chance, seine Aufmerksamkeit zu erregen.«

»Das hat sie bereits«, erwiderte ich, ohne darüber nachzudenken. Alex hatte etwas an sich, dass es einem leicht machte, sich ihm zu öffnen. Vielleicht lag es daran, dass wir mehr gemeinsam hatten, als ich ursprünglich gedacht hatte.

Als junger Teenager hatte ich in den Klatschblättern über ihn gelesen, und als ich älter wurde, hatte ich mit Vergnügen seine und Samanthas Geschichte verfolgt. Eine der Hausangestellten hatte mir die Magazine unter das Kopfkissen gelegt. Es hatte sich angefühlt, als würde man einem Märchen zusehen, das Wirklichkeit wurde.

»Ah.« Er runzelte die Stirn und wandte den Blick ab. »Sind Sie und er ein Paar?«

»Nein.« Ich schüttelte den Kopf, war mir aber nicht sicher. »Zumindest waren wir das nicht, als es passiert ist.«

»Ich verstehe.« Er wirbelte mich wieder herum, und alle klatschten. »Also, ich kenne Sie noch nicht lange, aber wenn Sie nichts dagegen haben, werde ich Ihnen einen Rat geben.«

»Schießen Sie los.« Ich lächelte ihn an.

»Die Amerikaner und ihr Geschieße.« Er schüttelte den Kopf. »Männer können unfassbar dumm sein. Besonders wenn es um die Menschen geht, die ihnen wirklich wichtig sind.«

»Verstehen Sie mich nicht falsch, Eure Hoheit, aber das ist mir auch schon aufgefallen.« Ich lachte. »Anwesende natürlich ausgenommen.«

»Nein, Sie haben recht. Ich habe mehr als meinen gerechten Anteil an dummen Momenten gehabt.« Sein Blick wurde ernst. »Manchmal müssen wir Fehler machen, um zu verstehen, dass wir etwas Gutes gefunden haben.«

»Ich nehme an, das wird sich noch herausstellen«, antwortete ich. »Ich glaube, unser Lied ist fast vorbei. Senatorin Fletcher ist hinter uns, und ich glaube, es würde Ihnen gefallen, sich mit ihr zu unterhalten.«

»Wollen Sie meine Tanzkarte füllen?« Er lachte leise.

»Ich helfe nur einem Freund.« Ich tätschelte seine Schulter.

»Ich schulde Ihnen bereits einen Gefallen«, bemerkte er.

»Stimmt.« Und wenn er und Senatorin Fletcher sich gut verstanden, würde es für ihn noch schwieriger werden, seine Schulden zu begleichen.

»Sie sind clever.« Er sah mich anerkennend an. »Das haben Sie von Ihrem klugen Vater geerbt. Sie ist eine Pferdeliebhaberin, richtig?«

»Vielen Dank und ja, das ist sie.« Ich lächelte, aber nicht wegen des Kompliments. »Ich hätte Ihnen auch Senator Riley vorschlagen können.«

»Dann hätte ich mit ihm getanzt und über die Wale gesprochen, die er so sehr liebt.« Seine Augen funkelten.

»Und haben Sie über jeden hier im Saal ein Dossier auswendig gelernt?«

»Nicht über jeden, aber über die meisten.«

»Ganz schön bescheiden, was?« Ich lachte und achtete nicht darauf, wer uns zusah oder Fotos machte. In Alex' Gegenwart war man auch vor vielen Zuschauern entspannt.

»Nein, normalerweise nicht. Sie und Samantha können gemeinsam mein Ego betrauern. Sie würde sich schrecklich gern einmal ohne eine Million Zuschauer mit Ihnen unterhalten.« Schritt, Schritt, Drehung. Schritt, Schritt, Drehung. Er geriet nie aus dem Takt. »Vielleicht ein gemeinsames Abendessen vor unserer Abreise? Sie könnten Ihren Freund mitbringen.«

»Das wäre schön. Danke.«

»Sehr gern.« Er sah sich im Saal um. »Wie wäre es mit einem aufsehenerregenden Abschluss?«

»Wie meinen Sie das?« Aber meine Frage kam zu spät.

Mit der Sicherheit eines erfahrenen Tänzers wirbelte er mich durch den Saal, bevor er mich wieder zu sich heranzog und mich unter seinem Arm hindurch drehte. Bevor mein Gehirn zu dem Rest meines Körpers aufholen konnte, hatte er mich wieder an sich gezogen und beugte mich nach hinten. Das Lied endete genau in diesem Moment, und ich fragte mich, ob er das von Anfang an so geplant hatte.

Die Leute jubelten, und als er mich wieder hochzog, wusste ich, dass ich rot geworden war, aber es war mir egal. Mit Alex zu tanzen war vermutlich einer dieser Augenblicke, die ich nie vergessen würde. Ich wünschte, ich könnte in der Zeit zurückreisen und dem Teenager, der ich einst gewesen war, ein High five geben.

Er verbeugte sich leicht, bevor er meine Hand auf seinen Arm legte und wir auf Senatorin Fletcher zusteuerten. Sie war eine große Tierliebhaberin, und wenn ich meine Karten richtig ausspielte, hatte ich vielleicht gerade jemanden gefunden, der meinen Gesetzesentwurf gegen Tierversuche unterstützen würde.

»Senatorin Fletcher, darf ich Sie Ihrer Königlichen Hoheit, Prinz Alex, vorstellen?« Ich lächelte die ältere Frau an und war mir sehr bewusst darüber, dass sich die Leute über meine Entscheidung wundern würden. Wenn ich einen Ruf bei der Presse hatte, dann den, dass ich jegliche Art von politischen Schachzügen vermied.

Aber da ich angekündigt hatte, einen Gesetzesentwurf vorzulegen, musste ich auf das politische Training zurückgreifen, das ich erhalten hatte.

»Es ist mir eine Ehre, Eure Hoheit.« Sie reichte ihm ihre Hand. »Ich habe sehr viel über die Wohltätigkeitsarbeit von Ihnen und Ihrer Frau gelesen. Sie haben in Ihrem Land einiges erreicht und das Bewusstsein für den Naturschutz gefördert.«

»Vielen Dank.« Alex schüttelte ihr die Hand. »Bitte nennen Sie mich Alex.«

»Dann nennen Sie mich bitte Laura.« Sie lächelte, und ich fragte mich, ob sein Lächeln denselben Effekt auf sie hatte wie auf alle anderen. Sie wirkte so ruhig und gelassen.

»Laura, ich denke, wir haben eine Menge gemeinsam. Wäre es Ihnen recht, wenn wir beim Tanzen miteinander reden?«

»Nur wenn Sie versprechen, mit mir keine Rückbeuge zu vollführen.« Mit einem Lächeln legte sie ihm die Hand auf den Arm. »Ich bin nicht so biegsam wie Maddie.«

»Ich werde gut auf Sie aufpassen, gnädige Frau.«

Ich bemerkte ein Paar zusammengekniffener grüner Augen, die mich anstarrten, und berührte Alex' Arm, bevor er weggehen konnte. »Ich glaube, Ari wäre begeistert, wenn sie nach Senatorin Fletcher eine Tanzstunde bekommen könnte.«

»Ich werde nach ihr Ausschau halten.« Er zwinkerte mir zu.

Ich sah ihm nach, als er sie zur Tanzfläche führte, und alle anderen Frauen seufzten. Es war wirklich ein Vergnügen, ihn anzusehen, aber sein Verstand war noch schärfer als sein Aussehen. Ich drehte mich um und suchte nach Ari. Als ich sah, wie sie aus dem Saal hastete, beeilte ich mich, sie einzuholen.

»Ari, hast du kurz Zeit?« Sie sah über die Schulter, blieb aber nicht stehen. »Bitte, Ari?«

»Was denn?« Sie drehte sich so schnell um, dass ihr die Haare ums Gesicht flogen, und ich zögerte. Ich wusste, dass Ari dreizehn war, aber jetzt entdeckte ich zum ersten Mal eine Spur der Angst an ihr, die dieses Alter mit sich brachte.

»Ich wollte dich gerade um einen Gefallen bitten.« Ich ging einen Schritt auf sie zu und bemerkte erst in diesem Moment, wie sehr sie gewachsen war. Ich musste nicht sehr weit hinuntersehen, um ihr in die Augen zu schauen.

»Ist das dein Ernst? Erst bekommst du Jake. Jetzt hast du auch noch mit dem Prinzen getanzt. Was willst du denn noch? Meine Erlaubnis?« Sie beugte sich vor, und ihre Worte erschreckten mich auf merkwürdige Weise, weil sie dabei plötzlich lächelte. Es war, als wäre die Wirklichkeit seltsam verzerrt.

»Was machst du da?« Ich deutete auf ihr Gesicht. »Du lächelst, während du mich anschreist.«

»Mom mag es nicht, wenn ich in der Öffentlichkeit wütend aussehe.« Ihr Lächeln verrutschte ein klein wenig. »Ich möchte mich lieber nicht den Rest der Woche darüber belehren lassen.«

»Ah. Diese Lektion musste ich auch lernen.« Ich kam ein bisschen näher und war erleichtert, dass sie nicht zurückwich. »Es tut mir leid wegen Jake. Ich wusste nicht, dass sie mich seinem Projekt für die Sozialstunden zuteilen würden. Vielleicht möchtest du ja gern mal mitkommen und auch helfen? Dann könntest du ein bisschen Zeit mit ihm verbringen und würdest sehen, dass wir gar nicht so viel miteinander reden.«

»Ich kann vorbeikommen und mithelfen?« Sie riss die Augen auf.

»Klar. Wir brauchen jede Hand, die wir kriegen können, und ich weiß, dass Jake dich vermisst hat.«

»Woher weißt du das, wenn ihr nicht miteinander redet?« Sie kniff die Augen zusammen.

Verdammt. »Na ja, er hat es während des Essens erwähnt.«

»Aha.«

»Aber das ist nicht der Gefallen, um den ich dich bitten wollte. Prinz Alex hat mich gefragt, ob ich dich hole, damit er mit dir tanzen kann.« Hoffnung erhellte ihr hübsches Gesicht.

»Weißt du, es gibt so viele Leute, mit denen er tanzen *muss*, aber er wollte nicht versäumen, auch mit dir zu tanzen.«

»Wirklich?« Ihre Stimme wurde ein bisschen lauter, und mehrere Gäste neben uns sahen auf.

»Ja. Du musst am Rand der Tanzfläche stehen und bereit sein.«

»Das kriege ich hin.« Sie wollte zum Tanzparkett gehen, aber ich hielt sie am Arm fest.

»Du weißt, wie diese Dinge funktionieren, Ari. Jeder möchte ein Foto mit dem Prinzen und der Herzogin machen. Also hilf ihm, nach dir eine neue nette Tanzpartnerin auszuwählen, in Ordnung?«

»Kein Problem. Belinda ist hier, und ich weiß, dass sie eine gute Tänzerin ist.«

Belinda arbeitete beim Verfassungsgericht und war zufällig Aris Patentante. Sie war freundlich und sanft wie ein Engel und würde den Prinzen ebenfalls an jemand Nettes weiterreichen.

»Das ist eine sehr gute Idee von dir.«

Sie ging los, hielt aber wieder inne.

»Was ist los?« Ich sah mich besorgt um. War es jemandem gelungen, ihr Alex wegzuschnappen?

»Es tut mir leid, dass ich dich angeschrien habe.« Sie nestelte an ihrem Kleid herum.

»Ist schon in Ordnung, du hattest recht. Alex ist ein Traum.«

»Nein … ich meine wegen Jake. Er hat sich verändert. Ich mache mir Sorgen wegen ihm und dir … Ich sehe, wie er dich anschaut und wie er von dir redet. Er mag dich wirklich gern.« Traurigkeit schlich sich in ihren Blick, und ich musste sie umarmen.

»Wir passen alle auf Jake auf. Er hat eine Menge durchgemacht.«

»Die Leute haben immer darüber geredet, wie ihr zwei irgendwann erwachsen werdet und heiratet.« Ihre Lippen zitterten. »Aber ich bin noch nicht bereit, ihn schon wieder zu verlieren. Jedenfalls noch nicht.«

»Ach herrje, Ari!« Ich trat zurück, damit sie meinen überraschten Gesichtsausdruck sehen konnte. »Niemand redet übers Heiraten. Ich bin noch nicht mit der Uni fertig, und selbst wenn Jake mich mag, heißt das nicht, dass wir heiraten. Ich meine, das ist ein Riesenschritt.«

»Schon in Ordnung, wenn ihr heiratet. Ich hab dich lieb. Ich bin nur noch nicht bereit, okay?«

»Egal, was zwischen Jake und mir passiert, niemand wird ihn dir wegnehmen. Das ist unmöglich, weil er dich sehr, sehr lieb hat.« Ich drückte ihren Arm. »Okay?«

»Ja.« Die Musik erreichte langsam ihren Höhepunkt, und sie wischte sich über die Augen. »Oh mein Gott, ich muss los.«

Ihr Tonfall verwandelte sich augenblicklich in ein aufgeregtes Quietschen, und sie riss sich von mir los. Ich sah ihr nach, als sie sich am Rand der Tanzfläche positionierte und bemerkte, dass Jake mit der Herzogin tanzte. Sie lachten beide, aber während ich sie beobachtete, huschten Jakes Augen in meine Richtung, und mein Magen vollführte ein kleines Tänzchen.

»Nette Geste mit Fletcher.« Mein Vater trat neben mich, und ich zuckte vor Schreck zusammen.

»Danke, Dad.« Ich musste lachen. »Der Prinz wusste jedoch genau, was meine Absicht war.«

»Das überrascht mich nicht. Alex ist intelligent und versteht schnell. Er wird eines Tages ein guter König sein.« Er sah auf mich herab, und angesichts der Liebe in seinem Blick fühlte ich mich sofort wieder wie eine Zehnjährige.

»Ich habe dich vermisst.« Ich schlang ihm die Arme um die Taille und atmete den vertrauten Duft seines Aftershaves ein.

»Ich dich auch, Maddie.« Er zog mich enger an sich, und ich erlaubte mir einen Augenblick, in dem er nur mein Vater und ich nur seine Tochter war. »Bist du immer noch sauer auf mich, weil ich dich mit Jake zusammengesteckt habe?«

»Das ist meine eigene Schuld.« Ich zuckte die Schultern und löste mich von ihm, überrascht von dem verschmitzten Funkeln in seinen Augen.

»Die kleine Ari glaubt, dass es euch nichts ausmacht zusammenzuarbeiten. Tatsächlich klang es so, als hätte sie gesagt, dass ihr beide heiratet.« Er legte mir einen Arm um die Schulter, sodass ich ihm nicht wegrennen konnte. »Gibt es da etwas, das du mir gern erzählen möchtest?«

»Dad.« Ich runzelte die Stirn.

»Ich könnte es dem armen Jungen nicht verübeln. Du bist wunderschön, geistreich und dir dessen nicht im Geringsten bewusst.« Er beugte sich herunter und gab mir einen Kuss auf den Kopf.

»Das ist nicht wahr. Du sagst mir diese Dinge ständig.« Ich konnte nicht anders, als ihn anzulächeln.

»Trotzdem glaube ich, dass es nur eine Frage der Zeit war. Ich hätte euch eine härtere Arbeit übertragen sollen, damit ihr keine Energie mehr für andere Dinge übrig habt.« Seine Augen blitzten, und meine Wangen brannten.

»Dad! Könntest du bitte etwas leiser sprechen?« Ich sah mich um und war nicht überrascht, dass jeder in unserer Nähe uns beobachtete. »Jake und ich sind Freunde. Das ist alles.«

Ich biss mir auf die Lippe. Ich log meinen Vater nicht an. Niemals. Aber ›Freunde‹ war das Einzige, was ich mit Sicherheit sagen konnte.

»Wirklich? Das ist alles?« Seine Augen funkelten, und ich musste mich stark beherrschen, nicht die Augen zu verdrehen. »Wenn du sagst, dass das alles ist, dann ist das alles. Offensichtlich hat die kleine Ari die sehnsüchtigen Blicke und kleinen Berührungen beim Essen missverstanden. Und die schwebenden Herzchen über euren Köpfen waren auch von jemand anderem. Ich verstehe.«

Ich stellte mich auf die Zehenspitzen und küsste ihn auf die Wange, bevor ich flüsterte: »Präsident hin oder her, ich schwöre, es gibt ein Blutbad, wenn du nicht auf der Stelle aufhörst.«

»Das könntest du versuchen«, sinnierte er. »Oder du könntest es mir mit einem Tanz heimzahlen. Was sagst du, Schatz. Tanzt du mit deinem alten Herrn?«

»Ich verlange zwei Tänze, nicht weniger.«

»Ich hätte gedacht, du würdest besser verhandeln.« Er legte den Kopf in den Nacken und lachte, während er mich zur Tanzfläche führte. »Na gut, zwei Tänze und nicht weniger.«

Ich konnte besser verhandeln, als er glaubte.

Ich hatte gerade zwei Tänze mit dem wichtigsten Mann im Saal herausgeschlagen.

Meinem Vater.

10. KAPITEL

JAKE

Die Menge zerstreute sich langsam, aber es waren immer noch genug Leute da, um für einen hohen Geräuschpegel im Saal zu sorgen. All die lauten und teilweise betrunkenen Menschen schürten meine Ängste und Beklemmungen. Der Präsident und seine Gattin unterhielten ein paar Mitglieder des Repräsentantenhauses und deren Gattinnen mit Small Talk, aber meine Aufmerksamkeit galt der Gruppe, die an einem Tisch im hinteren Teil saß.

Maddie beugte sich kichernd zur Herzogin und flüsterte ihr etwas zu, während der Prinz mit einem der älteren Senatoren und einer Richterin des Verfassungsgerichts sprach. Maddie sah glücklich und unbekümmert aus, und ich liebte diesen Anblick. Ich war neidisch, dass ich ihn mit anderen Menschen teilen musste. Mittlerweile spukte sie nahezu ununterbrochen in meinen Gedanken herum. Seit Wochen konnte ich mich nicht mehr auf irgendetwas anderes konzentrieren.

Die Band spielte die Art von Musik, die den verbliebenen Gästen signalisieren sollte, dass es Zeit zum Aufbruch war, und die Uhr zeigte fast Mitternacht. Ich sah meine kleine Schwester an, die sich an meine Schulter gelehnt hatte, und lächelte. Sie mochte langsam erwachsen werden, aber sie spielte immer noch das Aschenputtel. Ich wollte sie hochheben und zu einem der Autos bringen, aber bevor ich aufstehen konnte, wachte sie auf.

»Was machst du?« Sie rieb sich die Augen und verschmierte ihr Make-up ein bisschen.

Mein Herz wurde schwer, als ich auf das Mädchen herabsah, das langsam zu einer Frau heranwuchs. Während meiner Zeit bei den Marines hatte ich sie so sehr vermisst. Unsere mittlere Schwester absolvierte gerade den Vorbereitungskurs fürs Medizinstudium an der Uni. Als ich noch zu Hause gewohnt hatte, war ich zu jung gewesen, um zu schätzen, dass ich kleinere Schwestern hatte, aber mittlerweile erkannte ich, was ich verpasst hatte.

»Ich wollte dich nach Hause bringen.«

Sie richtete sich auf und sah sich im Saal um. »Normalerweise fahre ich mit Mom zurück.«

»Sie ist in ihr Büro gegangen. Keine Ahnung, wann sie fertig sein wird.«

»Kein Problem. Ich kann bei Bran oder auf einem der Sofas schlafen.« Sie zuckte mit den Schultern.

»Bist du nicht ein bisschen zu alt, um bei einem Jungen zu übernachten?« Ich runzelte die Stirn und sah mich nach Bran um. Mit dreizehn war er mitten in der Pubertät und ich war mir nicht sicher, wie ich es fand, dass er sich in der Nähe meiner kleinen Schwester aufhielt. Besonders allein in der Nacht.

»Ih.« Sie zog die Nase kraus. »Das ist ekelhaft, Jake. Es ist *Bran*. Er ist ja kein richtiger Junge.«

Ich biss mir auf die Zunge und zuckte nur die Schultern. Bran war ein richtiger Junge in allen Belangen, die ich mir vorstellen konnte, aber ich glaubte nicht, dass meine Argumente etwas ändern würden.

»Ich möchte nicht, dass du auf einer Couch übernachtest. Ich kann dich nach Hause bringen.«

»Bleibst du heute Nacht hier?« Sie legte den Kopf schief.

»Nein. Ich fahre nach Hause. Ich muss mich um Puz kümmern.« Ein unerwarteter Vorteil an einem Hund war, dass man stets eine Entschuldigung dafür hatte, sich aus der Affäre zu ziehen.

»Dann ist das Benzinverschwendung.« Sie stand auf und streckte sich. »Ich fahre mit Beryl.«

»Beryl?« Meine Schwester hatte ein ganz neues Leben, über das ich nichts wusste, und so langsam bedauerte ich, nicht dabei gewesen zu sein, als sie es sich aufgebaut hatte.

»Meine Personenschützerin. Sie ist cool.« Ari warf sich die Haare über die Schulter. »Ich schreibe Mom eine Nachricht, damit sie Bescheid weiß.«

»Bist du dir sicher?« Ich runzelte die Stirn und stand auf. Ich sollte mich um sie kümmern, irgendjemand sollte sich um sie kümmern. Immerhin hatte sie eine Familie. »Ist Caro immer noch an der Uni?«

»Als ich das letzte Mal von ihr gehört habe, war sie auf der Farm. Ich bin mir aber nicht sicher, ob Mom das wusste. Sie hätte wahrscheinlich darauf bestanden, dass sie zu dieser Veranstaltung kommt.« Ari zuckte mit den Schultern.

Die Farm. Das war unser altmodischer Ausdruck für ein ausgedehntes Anwesen in West Virginia, auf dem unsere Familie Pferde züchtete.

»Na, dann wollen wir sie auch nicht verpetzen.« Caro hasste alles an Washington und hatte es schwer, sich gegen unsere Mutter durchzusetzen – sogar noch schwerer als Ari und ich.

»Das würde ich nie tun.« Ari seufzte, und es klang so viel reifer, als es sollte.

»Ich weiß, Monster.« Ich zog sie an mich, umarmte sie und beugte mich herunter, um sie auf den Kopf zu küssen. »Ich weiß.«

»Du solltest bald mal mit ihr reden, weißt du. Ich habe gehört, wie Mom neulich am Telefon mit jemandem über sie gesprochen hat. Ich glaube, sie will sie dazu bringen, sich beim Militär zu verpflichten.« Ari kniff die grünen Augen zusammen, und meine Hände umfassten ihre Schulter unwillkürlich fester. »Ich habe keine Ahnung, ob Caro überhaupt von Moms Plänen weiß.«

»Das wird nicht passieren, also mach dir keine Sorgen darüber.« Ich umarmte sie noch einmal.

»Da ist Beryl. Ich frage sie, ob sie mich nach Hause bringt.«

»Schreib mir, wenn du angekommen bist.« Ich sah sie ernst an.

»Gar nicht überfürsorglich, was?« Sie verdrehte die Augen, aber ein kleines Lächeln konnte sie nicht ganz verbergen.

»Geh jetzt und schlaf gut.« Ich schob sie in Richtung der Frau mit dem schwarzen Anzug. Die Agentin hatte dunkles Haar und war klein genug, um in einer Gruppe junger Frauen nicht aufzufallen – solange man die Waffe unter ihrer Jacke ignorierte und die Art, wie sie jede Person in Aris Nähe musterte.

»Sie vermisst dich.« Maddies Stimme war sanft.

»Ich weiß.« Ich beobachtete, wie sie sich neben mich stellte. »Hast du jetzt genug Verschwörungen mit deinen neuen Freunden geplant?«

»Ich habe ihnen gesagt, dass ich ein Versprechen einlösen muss.« Ein sanftes Lächeln umspielte ihre Lippen, und ich musste gegen das Verlangen ankämpfen, sie an mich zu ziehen und mein Gesicht in ihren Haaren zu vergraben.

»Und das wäre?« Ich konnte mich nicht zurückhalten und berührte die Haare auf ihrer Schulter.

»Wahrscheinlich packt die Band bald ein, aber ich glaube, wir haben noch Zeit für einen Tanz.« Sie sah mich mit diesen strahlenden braunen Augen an, die mich bis in meine Träume verfolgten, und mein Herz hämmerte in meiner Brust.

»Auf jeden Fall.« Ich reichte ihr meinen Arm und führte sie auf die Tanzfläche.

Ich nickte dem Orchester zu, und sie wechselten den Takt. Das Lied war ruhig, nicht zu schnell und nicht zu langsam. Hinter uns entstand etwas Unruhe, und ich bemerkte, dass sich der Prinz und seine entzückende Frau verabschiedeten.

Das bedeutete, dass die meisten Leute uns nicht beim Tanzen beobachten würden. Ich hob unsere Hände und legte ihr meine andere Hand auf die Hüfte. Ich tanzte nicht mehr so flüssig wie vor dem Unfall, aber ich war immer noch souverän.

Die Ärzte waren sich sicher, dass ich irgendwann in der Lage sein würde, alles zu tun, was ich auch vorher getan hatte, ohne irgendwelche Einschränkungen.

Ich sah in Maddies leuchtende Augen – die goldenen Flecken reflektierten das Licht und funkelten – und vergaß den Rest der Welt. Als unsere Körper sich zur Musik bewegten und die Töne unsere Seelen erreichten, fühlte es sich an, als wären wir die Einzigen im Saal. Es war eigentlich unmöglich, aber ich tanzte zum ersten Mal mit Maddie. Zum ersten Mal tanzte ich *wirklich* mit ihr.

Ich war mir nur zu bewusst, wie klein sich ihre Hand in meiner anfühlte und wie sie sich auf die Lippe biss und zur Seite sah, als wäre sie nervös. Ich würde nie mehr vergessen, wie sich ihre Taille unter meiner Hand anfühlte oder dass ich mich kaum hinunterbeugen musste, um ihr in die Augen zu sehen.

Wir machten keine angeberischen Tanzbewegungen, keine Drehungen oder Rückbeugen. Stattdessen schwebten wir gemeinsam dahin, während die Musik uns verband und unsere Körper eins werden ließ. Früher hatte ich großen Spaß daran gehabt, Frauen übers Parkett zu wirbeln, aber ich mochte mein Bein noch nicht auf die Probe stellen, und in diesem Augenblick wollte ich Maddie einfach nur ganz nah bei mir haben.

Diese Frau würde ich nicht von mir wegdrehen. Ihr Körper schmiegte sich zu perfekt an meinen.

»Du bist heute sehr still.« Sie sah mit leuchtenden Augen zu mir auf. »Müde?«

»Eigentlich nicht.« Ich war müde, aber sie in den Armen zu halten gab mir neue Energie.

»Keine Lust mehr, zu reden?« Sie drückte leicht meinen Arm, und ich fragte mich, was sie wohl dachte.

»Auf jeden Fall nicht über Politik.« Ich seufzte. »Zu viel Wichtigtuerei.«

»Dann rede mit mir über etwas anderes.« Sie lächelte, und mein Herz schlug ein wenig schneller.

»Ich würde dich lieber nur ansehen.« Ich streckte die Hand aus und berührte ihre Wange. Obwohl sie in Washington aufgewachsen war, lag so viel Unschuld in ihren Rehaugen. Bei der Wohltätigkeitsgala war sie mir wie eine Elfenkönigin vorgekommen, und jetzt verzauberten mich ihre Augen. Ihre Anwesenheit war wie ein magischer Balsam für meine Seele und mein Herz.

»Simmon, ich werde noch ganz rot.« Und das stimmte. Ihre Wangen röteten sich, und ich musste leise lachen.

»Worüber sollen wir uns denn unterhalten?« Ich räusperte mich. Ich würde über alles sprechen, was sie wollte, wenn sie dann in meiner Nähe blieb. Nach dem Abend im Weißen Haus als Vorzeigeobjekt meiner Mutter war ich angespannt, doch Maddie linderte diese Anspannung.

»Tja, ich weiß nicht. Welchen Film hast du zuletzt gesehen?« Ihre Wangen waren immer noch gerötet, und ich war auf merkwürdige Weise ein bisschen stolz, weil ich der Grund war.

»Ich war schon lange nicht mehr im Kino, aber bei ein paar Serien habe ich aufgeholt.« Ich sah hoch, als ich das charakteristische Klicken einer Kamera hörte. Das Prinzenpaar war gegangen, weshalb die Journalisten Zeit hatten, nach anderen Geschichten zu suchen. »Ich habe mir *Buffy – Im Bann der Dämonen* vorgenommen, weißt du?«

»Du wirst nicht enttäuscht sein«, sagte sie und lachte. »Und abgesehen von fernsehen, was hast du gemacht, seitdem du wieder in der Stadt bist und nicht mehr auf Wunsch deiner Mutter in der Welt herumstromerst?«

»Na ja, ich habe Physiotherapie und Arzttermine.« Ich runzelte die Stirn und wollte nicht erzählen, dass ich auch zur obligatorischen Psychotherapie ging. »Videospiele. Ich gehe oft ins Fitnessstudio. Und ich habe mit dem Schwimmen angefangen.«

»Schwimmen?« Sie runzelte die Stirn, und ich kämpfte gegen den Wunsch an, die kleinen Linien glatt zu streichen. Wir erregten schon genug Aufmerksamkeit, indem wir allein tanzten und die Journalisten ungestört dabei zusehen konnten.

»Schwimmen.« Ich lachte leise und rieb ihr mit dem Daumen über den unteren Rücken. »Das ist ein gutes Training.«

»Brauchst du dafür eine, äh, besondere Prothese?« Sie errötete noch stärker. »Das ist wahrscheinlich eine blöde Frage.«

»Ich habe schon viel schlimmere Fragen gehört.« Ich zog sie ein bisschen näher an mich. »Ich brauche keine Prothese, um zu schwimmen, aber ich habe eine für besonders anstrengende Aktivitäten.«

»Und willst du jetzt einen Marathon schwimmen?«

»Noch nicht. Ich habe gerade erst angefangen.«

»Ich wusste gar nicht, dass du so ein Fitnessjunkie bist.«

»Sport hilft mir, einen klaren Kopf zu bewahren«, antwortete ich. Das hatte ich nicht sagen wollen. Normalerweise erzählte ich den Leuten nur, dass ich gern aktiv war, mich gern bewegte. Wenn ich sagte, dass ich einen klaren Kopf bewahren musste, bot das Raum für Spekulationen über meinen mentalen Zustand, und das war das Letzte, womit ich mich auseinandersetzen wollte.

»Und dafür brauchst du Hilfe?« Sie legte den Kopf schief, und mir war klar, dass ich es vermasselt hatte. Sorgen verdunkelten ihre wunderschönen Augen, und ich hasste es, dass ich der Auslöser dafür war. Sie war die Einzige gewesen, die mich nicht mit Samthandschuhen angefasst hatte.

»Manchmal.« Ich zuckte mit den Schultern. »Wir alle brauchen doch ab und zu eine Auszeit.«

Die Musik verklang, aber ich wollte Maddie noch nicht gehen lassen. Sie sah mit einem sanften Lächeln zu mir auf, und ich verspürte wieder das Verlangen, sie an mich zu drücken, um dieser süßen, unschuldigen Frau ganz nahe zu sein.

»Danke, dass du mit mir getanzt hast.« Ich musste mich dazu zwingen, die Hände von ihrer schmalen Taille zu lösen.

Ihr melodisches Lachen erfüllte den Saal.

»Was ist so lustig?« Gemeinsam verließen wir die Tanzfläche.

Bevor sie antwortete, kaute sie auf ihrer Unterlippe. »Ich hätte nie gedacht, dass du jemals mit mir tanzen würdest, außer aus Pflichtgefühl.«

Überrascht von ihrer Bemerkung hielt ich inne. »Du glaubst wirklich, dass ich dich gehasst habe.«

»Ich glaube nicht, dass du mich *gehasst* hast.« Sie sah zu mir auf, und ich erkannte die Unsicherheit in ihrem Blick. »Ich glaube, ich war eine lästige Pflicht.«

Ich wollte ihr sagen, dass das nicht stimmte, dass ich mit ihr hatte tanzen wollen. Aber in Wahrheit war ich jung und blind gewesen.

»Ich war dumm, aber ich habe dich nicht gehasst.«

Ihr Lachen überraschte mich. Ich hätte erwartet, dass sie mir sagte, es sei schon in Ordnung.

»Tut mir leid.« Sie rieb sich mit den Fingern unter den Augen entlang. »Aber du bist heute der Zweite, der mir das sagt.«

»Was?« Ich konnte die Verwirrung in meinem Gesicht nicht verbergen.

»Dass du dumm bist.«

Offensichtlich muss meine Miene ziemlich komisch ausgesehen haben, denn sie brach wieder in Gelächter aus, und Tränen rannen ihr aus den Augenwinkeln. Sie hob einen Finger und stieß mir gegen die Schulter, bevor sie so heftig lachte, dass sie nach Luft schnappte.

Mit großen Augen schlug sie die Hand vor den Mund und lachte noch ein wenig heftiger. Trotz meiner Verwirrung war ihre Freude für mich wie ein Bad in der Sonne. Sie konnte mich dumm nennen, und trotzdem war ich immer noch von ihr verzaubert.

Sie war wirklich eine Elfenkönigin.

Ich wollte sie so unbedingt küssen, dass ich mir nicht sicher war, ob ich mich noch länger unter Kontrolle halten konnte. Ich verschränkte meine Finger mit ihren und zog sie durch die verbliebenen Gäste zu einem der großen Treppenhäuser, die in den zweiten Stock führten.

Immer noch kichernd folgte sie mir und raffte ihre Röcke wie Aschenputtel. »Wohin gehen wir?«

»Ich bin mir nicht sicher.« Ich spähte in den Gang, der zum Wohnflügel führte, und wandte mich in die entgegengesetzte Richtung.

Ich zog Maddie um eine Ecke und wartete lauschend, ob jemand in der Nähe war, aber abgesehen von den entfernten Stimmen der Menschen im unteren Stockwerk war nichts zu hören. Das Zimmer wurde vom sanften Licht der Tischlampen erhellt, die Schatten auf die gelben Wände des Wohnzimmers im Ostflügel warfen.

»Ich glaube, wir sind ein bisschen zu alt, um verstecken zu spielen«, flüsterte Maddie und berührte meine Brust.

»Das hängt davon ab, vor wem man sich versteckt«, antwortete ich. In meiner Stimme lag mehr als nur eine Spur von Verlangen. Ich drückte sie gegen die Wand und legte beide Hände an ihr Gesicht.

»Oh?« Sie riss die Augen auf, und sie schienen fast zu glühen in der dunklen Ecke, in der wir uns versteckt hatten.

»Oh.«

Ich beugte mich hinunter, um ihren Mund zu erobern, und stöhnte beinahe vor Erleichterung, als ich sie schmeckte. Sanfte Hände glitten meine Brust hinauf, unter mein Jackett und zeichneten die harten Linien nach. Ihre begierigen Lippen stellten meine Entschlossenheit auf die Probe, und ich ließ ihr Gesicht los, um sie näher an mich zu ziehen.

Als sie ihren ganzen Körper an mich drückte, schickte ihr leiser Seufzer einen Adrenalinstoß durch meinen Körper. Mit jeder Berührung, jeder Liebkosung schrumpfte der rationale Teil meines Gehirns.

Ich wanderte mit den Händen an ihren Seiten hinauf, bis meine Daumen die Unterseiten ihrer Brüste erreichten. Sie keuchte, und ich musste meine gesamte Willenskraft aufbringen, um meine Hände nicht weiter nach oben zu bewegen. Ich würde Maddie nicht gegen eine Wand im Weißen Haus vögeln. Ich meine, ich wollte sie wirklich. Aber nicht hier, nicht auf diese Art und nicht jetzt. Ich kämpfte darum, meine Hormone zu zügeln, und verlangsamte unseren Kuss. Jetzt war nicht die richtige Zeit für mehr. Ich musste herausfinden, was ich für Madeline McGuire empfand.

Ihre Augen waren dunkel vor Leidenschaft, als sie sich wieder an die Wand lehnte und zu mir aufsah. Sie leckte sich über die vom Kuss geschwollenen Lippen, dann lächelte sie mich schüchtern an. Selbst jetzt, nachdem ich so über sie hergefallen war, und mit geröteten Wangen, sah sie immer noch aus, als wäre sie einem Märchen entsprungen.

Was machte ich hier mit dieser Frau? Liebeskummer schien unausweichlich, und Kummer hatte ich schon genug. Und ich wollte Maddie ganz sicher keinen Schmerz bereiten. Ich verdiente es nicht, mit jemandem wie Maddie zusammen zu sein, nachdem der Rest meines Teams gestorben war, weil ich nicht gut genug gewesen war. Ich sollte es jetzt beenden. Ich sollte sie wegstoßen und sie daran hindern, meine Mauern einzureißen. Ich sollte sie in Ruhe lassen, damit sie jemanden fand, der sie verdiente.

Aber das konnte ich nicht – und da lag das Problem.

»Maddie?« Meine Stimme war viel tiefer als gewöhnlich, und ich räusperte mich.

»Ja?«

Meine Lippen gehorchten mir nicht. Ich war mir nicht sicher, was ich sagen sollte. Renn vor mir weg? Sollte ich sie bitten, mich zu nehmen? Sie vögeln, bis sie nicht mehr wusste, wo oben und unten war?

»Jake?« Sie runzelte besorgt die Stirn, und diesmal bremste ich mich nicht, sie zu berühren und die kleinen Linien zu glätten.

»Wir sollten morgen etwas unternehmen.« Ich hatte schon genug Probleme, aber offensichtlich musste ich die Liste noch um Liebesprobleme erweitern. Was dachte ich mir nur dabei, mich mit ihr zu verabreden?

»Was schwebt dir denn vor?« Sie musterte mich skeptisch.

»Äh …« Clever, Jake. Du hast sie ohne Plan um ein Date gebeten.

»Weißt du, seitdem ich hier wohne, war ich noch nie im Smithsonian. Ich habe es schon fast aufgegeben, jemals die

Dinosaurierskelette zu sehen.« Sie war ein Schatz, mir diesen Rettungsring zuzuwerfen.

»Was hältst du von Food Trucks?« Ich fuhr ihr mit dem Finger über den Arm, bevor ich unsere Finger verschränkte. »Ich habe einen Freund, der sich vor Kurzem selbstständig gemacht hat.«

»Auch ein Freund von den Marines?« Sie ließ ihre Hand in meiner, richtete aber mit der anderen meine Fliege.

»Navy.« Ich lächelte. »Wenn ich mich nicht irre, steht er neben dem Smithsonian National Museum of Natural History.«

Seit Afghanistan hatte ich Orte mit vielen Menschen nach Möglichkeit gemieden, weil sie mich nervös machten, aber für Maddie würde ich eine Ausnahme machen. Bei Gott, für diese Frau würde ich alles tun.

»Super«, sagte sie. »Museum und Food Truck. Klingt nach einem perfekten Plan für mich.«

»Wann soll ich dich abholen?« Ich hörte mich an wie ein verdammter Schuljunge. Ungeduldig und erbärmlich. Maddie brachte mich völlig aus dem Gleichgewicht.

»Soll ich bei dir vorbeikommen?« Sie sah mich vorsichtig an.

Der Gedanke, dass Maddie zu mir nach Hause kam, allein, ohne jemanden, der uns unterbrach, setzte meine Fantasie in Gang. Das war sicher nicht in ihrem Sinne, aber mein Gehirn stellte sich gern die Möglichkeiten vor.

»Wir können uns auch einfach am Museum treffen.« Sie kaute auf ihrer Unterlippe, und ihr Blick verriet Unsicherheit. »Ich könnte auch mit jemand anderem hingehen, wenn das nicht dein Ding ist.«

Während ich überlegte, wie ich sie verführen könnte, befürchtete sie, ich wollte das Date absagen.

»Du hast schon Ja gesagt. Du kannst nicht mehr abspringen.« Ich musste lächeln. »Tja, jetzt musst du wohl mit mir ausgehen.«

»Ein Date mit Jake Simmon«, sinnierte sie. »Ich bin mir nicht sicher, was ich davon halten soll.«

»Und ich habe eine Verabredung mit der Tochter des Präsidenten. Ich bin derjenige, der nervös sein sollte.« Ich lachte. »Komm kurz vor dem Mittagessen bei mir vorbei, dann essen wir brasilianische *Pasteis* und *Brigadeiros*, bevor wir uns die Dinosaurierskelette ansehen.«

»Und den Hope-Diamanten.« Ihre Augen leuchteten hoffnungsvoll.

»Ist der nicht verflucht?«

»So ein Quatsch! Den gibt es schon so lange, kannst du dir vorstellen, was der schon alles gesehen hat?«

»Du bist so ein Nerd«, neckte ich sie. »Wer hätte gedacht, dass Miss Rebell auch eine schräge Seite hat?«

»Wart's nur ab. Ich werde dich morgen mit unnützem Wissen zu Tode langweilen.« Sie wackelte mit den Augenbrauen.

»Ich freu mich schon drauf.«

11. KAPITEL

MADDIE

Klamotten waren nicht meine Stärke, und für Frisuren und Make-up hatte ich ebenfalls kein Talent. Ich bewegte mich so weit außerhalb meiner Komfortzone, dass ich mir wünschte, ich könnte meine Stiefmutter um Rat bitten, aber das hätte zu viele Fragen nach sich gezogen. Ich sah auf die enge Jeans und die High Heels hinunter, für die ich mich entschieden hatte, und schüttelte über mich selbst den Kopf.

Ich in High Heels. Freiwillig. Wer hätte das gedacht?

Zumindest hatte ich sie mit einem legeren Top und einem Blazer kombiniert, den ich mir vor Monaten von Phoebe geliehen und nie zurückgegeben hatte. Abgerundet hatte ich das Outfit mit ein wenig Schmuck, den ich über die Jahre angesammelt hatte – Dinge, die ich geschenkt bekommen hatte.

»Du siehst aus, als müsstest du dich übergeben«, sagte Tony.

»Danke, du siehst auch gut aus.« Ich schaute meinen Bodyguard durchdringend an.

»Du siehst immer gut aus, Maddie. Ich glaube nicht, dass du deswegen so aufgedreht bist.« Tony zuckte mit den Schultern. »Du bist ganz zappelig, und du schwitzt.«

Ich rieb mir über die Oberlippe und schnitt eine Grimasse. Dann streckte ich die Hand aus und drehte einen der Ventilatoren der Klimaanlage in meine Richtung, wühlte in meiner Tasche, zog ein Haargummi hervor und band mir einen Pferdeschwanz. Ich wollte nicht, dass mir bei meiner Verabredung die Haare am verschwitzten Gesicht klebten.

Ich holte tief Luft und lehnte mich in meinem Sitz zurück. Das war eine ganz schlechte Idee. Indem ich mich mit Jake Simmon traf, öffnete und entblößte ich mich auf eine Art und Weise, die mir Angst einjagte. Aber gleichzeitig war es auch aufregend und gab mir das Gefühl, etwas Besonderes zu sein.

»Jetzt grinst du dümmlich.«

Ich streckte Tony die Zunge heraus. »Na und?«

»Ich bemerke nur deine Stimmungsschwankungen.« Er lachte leise. »Normalerweise bist du nicht so angespannt.«

»Wann suchst du dir einen anderen Job?«

»Wer weiß? Vielleicht bleibe ich einfach bei dir und Jake und werde der Leibwächter für eure kleinen Babypräsidenten.«

Ich atmete so schnell ein, dass ich husten musste.

»Atmen, Maddie. Ich mache bloß Witze.« Tony streckte die Hand aus und klopfte mir auf den Rücken. »Tatsächlich habe ich Dahlia versprochen, mit ihr an die Westküste zu gehen, wenn dein Vater zurücktritt.«

»Die Westküste?«

»Sie hat dort Familie und möchte in ihrer Nähe sein, wenn wir Kinder bekommen.« Er zuckte mit den Schultern. »Ihre Familie hat dort viele Beziehungen, und ich werde keine Probleme haben, einen neuen Job zu finden.«

»Tony!« Ich sprang beinahe vom Sitz. »Dahlia ist schwanger?«

»Was?« Er riss die Augen auf und schüttelte heftig den Kopf. »Nein, noch nicht.«

»Warum nicht? Gibt's Probleme dort unten?« Ich warf einen Blick auf seinen Schritt, damit er sich unbehaglich fühlte.

»Herrgott, Maddie.« Ich sah zum ersten Mal, wie er rot wurde. »Nein, das ist nicht das Problem.«

»Woran hapert es dann?« Ich runzelte die Stirn.

»Ich wollte warten.« Er zuckte mit den Schultern. »Nur für den Fall.«

Mir drehte sich der Magen um, und ich sah aus dem Fenster. Er meinte, für den Fall, dass er getötet würde, während er mich beschützte. Hier saß ich und machte mir Sorgen wegen einer Verabredung, und Tony hatte sein ganzes Leben auf Eis gelegt, um meine Familie zu beschützen.

Wir hielten vor einem alten Backstein-Reihenhaus, an dessen Wänden Efeu emporrankte. Tony wollte die Tür öffnen, aber ich hielt ihn auf.

»Danke, Tony.«

»Ich öffne dir immer die Tür, Maddie.«

»Du weißt, was ich meine.« Ich drückte seinen Arm.

»Gern geschehen«, sagte er. »Und du musst nicht nervös sein. Du wirst ihn umhauen.«

Er sprang aus dem Wagen und öffnete meine Tür. Ich klemmte mir die Handtasche unter den Arm, stieg die Stufen hinauf und erinnerte mich daran zu atmen. Tony blieb in höflichem, aber sicherem Abstand am Fuß der Treppe stehen. Mit einem tiefen Atemzug hob ich die Hand, um an die Tür zu klopfen, aber da wurde sie auch schon aufgerissen.

»Hey.« Jake fuhr sich mit einer Hand durch die nassen Haare, und da erst fiel mir auf, dass er kein Shirt trug. Puz steckte den Kopf zwischen Jakes Beinen hindurch und bellte fröhlich.

»Hi.« Ich ließ die Augen über die durchtrainierten Muskeln seiner Brust und seines Bauches wandern. Ein dichtes Narbengewirr zog sich über seine linke Seite und verschwand im Bund seiner kurzen Sporthose. Er trug eine Prothese, die unten in ein metallenes C überging, und in einer Hand hielt er eine Zahnbürste.

»Du siehst toll aus.« Seine dunkle Stimme war heiserer als sonst.

Ich schaute auf und stellte fest, dass er mich ein wenig benommen ansah. Jetzt war ich froh, dass ich mir die Zeit genommen hatte, mich ein wenig aufzubrezeln.

»Ich glaube, ich bin etwas overdressed«, neckte ich ihn.

»Nein, du bist perfekt.« Er ging einen Schritt zurück, damit ich eintreten konnte. »Es tut mir leid. Ich habe verschlafen.«

Ich sagte nichts, weil ich nicht wusste, was ich davon halten sollte. Anscheinend war ich die Einzige, die wegen unserer Verabredung nervös war. Deshalb streckte ich die Hand aus und streichelte den Hund. Ich hatte ihn neulich im Tierheim vermisst, freute mich aber, dass er sich so gut eingelebt hatte.

Bis auf einen kleinen Tisch, auf dem Post und Kleingeld lag, war die Diele leer. An der Garderobe hingen mehrere Leinen für Puz.

Ich hatte irgendwie erwartet, dass sein Zuhause perfekt eingerichtet war, weil seine Mutter das während seiner Abwesenheit für ihn getan hatte. Es war erfrischend, nicht die verräterischen Zeichen eines professionellen Raumgestalters vorzufinden. Das bedeutete, dass es wirklich sein Zuhause war.

Abgesehen von ein paar Fotos in zusammengewürfelten Rahmen und einem großen Gemälde eines Tals mit einem Pferdestall umgeben von Bäumen waren die meisten Wände kahl. Ich war schon auf dieser Farm gewesen und nahm an, dass seine Schwester Caro das Bild gemalt hatte.

»Wie geht's Caro?« Ich drehte mich langsam im Kreis und nahm die Details von Jakes Zuhause in mich auf.

Die Couch war groß, aber nicht aus Leder, wie man es erwarten würde. Stattdessen hatte sie einen hellgrauen Stoffbezug und die perfekte Größe für ein Nickerchen. Eine Decke und ein paar Kissen lagen auf dem Boden verstreut. In einer Ecke gab es ein riesiges Hundebett mit einer eigenen Decke. Gamecontroller lagen auf dem Tisch vor dem großen Fernseher, und auf dem Holzboden neben einem gemütlich wirkenden Polstersessel stand eine Wasserflasche. Die Küche konnte ich nicht sehen, aber ich roch frischen Kaffee.

»Ich habe in letzter Zeit nicht viel mit ihr gesprochen«, antwortete Jake.

»Sie ist ziemlich beschäftigt mit ihren Seminaren.« Ich zuckte die Schultern. »Ich habe auch schon eine Weile nichts mehr von ihr gehört.«

»Ich nehme an, dass sie die Uni als Ausrede benutzt, um sich von hier fernzuhalten.« Er durchquerte das Zimmer, hob die Kissen auf und warf sie aufs Sofa zurück. »Entschuldige die Unordnung. Gestern Abend gab es einen Stromausfall, und mein Handy war leer, deshalb hatte ich keinen Wecker.«

»Mach dir deswegen keine Gedanken.« Ich deutete auf den Fernseher. »Ich schau ein bisschen fern, während du dich fertig machst.«

Er ging zu dem riesigen Sessel hinüber und wühlte zwischen den Kissen herum, bis er die Fernbedienung fand. Als ich mir sicher war, dass er es nicht bemerken würde, musterte ich eingehend die Narben an seiner Seite und auf seinem Rücken. Ich *wusste,* dass er schlimm verletzt worden war und dass er von Glück reden konnte, überlebt zu haben, aber mit dem Beweis seiner Leiden konfrontiert zu werden, war noch einmal etwas ganz anderes. Es war ein Wunder, dass er sich in so kurzer Zeit so gut erholt hatte. Es war ein Wunder, dass er überhaupt hier war.

»Die Bedienung ist ziemlich einfach.« Er drehte sich um, und ich sah schnell zu den Fenstern hinter ihm. »Das ist der Menüknopf.«

»Ich weiß, wie man mit einer Fernbedienung umgeht.« Ich lachte.

»Ich bin in einer Minute fertig.« Er sah zu mir herab und lächelte sanft. »Ich bin froh, dass du da bist.«

»Ja? Warum?«

»Es ist so entspannt mit dir.« Er zuckte mit den Schultern, als würde das alles erklären, aber ich hatte keine Ahnung, was er damit meinte.

»Und … ist das gut?« Ich sah ihn stirnrunzelnd an. Wegen ihm hatte ich Schmetterlinge im Bauch und stolperte über jedes Wort, das ich sagen wollte, aber er fand, mit mir wäre es entspannt.

Er kam näher, und plötzlich hatte ich seine Brust vor der Nase. Mit einem Finger hob er mein Kinn an, und seine Lippen strichen sanft über meine. Ich legte ihm die Hand auf die Brust und spürte seinen schnellen Herzschlag. Abgesehen von den Fingern an meinem Kinn und den Lippen auf meinen berührte er mich nicht.

Als er zurücktrat, hatten sich seine braunen Augen verdunkelt. »Ja, das ist gut.«

Bevor ich noch weitere Fragen stellen konnte, lief er schon die Treppe hinauf, indem er zwei Stufen auf einmal nahm. Ich hob die Finger an die Lippen und starrte auf die Stelle, an der er eben noch gestanden hatte. Vergessen war die Fernbedienung in meiner anderen Hand.

Noch nie hatte mich jemand so geküsst, mit so viel Zärtlichkeit und Ehrfurcht. Mein Herz hüpfte eine Weile in meinem Brustkorb, bevor ich mich von der Treppe abwandte und auf den großen Fernseher sah. Das Sofa war genauso gemütlich, wie ich es mir vorgestellt hatte, und ich versank tief in den Kissen. So tief, dass ich befürchtete, ich würde eine Strickleiter brauchen, um wieder hinauszuklettern.

Deshalb kickte ich die Schuhe von den Füßen und setzte mich auf meine überkreuzten Beine. So konnte ich aufstehen, ohne wie ein Entenküken mit den Armen zu rudern. Puz sprang neben mich und kuschelte sich an meiner Seite zu einem kleinen Ball zusammen. Nach den Hundehaaren auf den Kissen zu urteilen, kam das häufiger vor, deshalb schickte ich ihn nicht weg. Der Fernseher bot viel mehr Programme als meiner an der Uni, aber ich brauchte nicht lange, um etwas zu finden, das ich mir ansehen wollte.

Als ich ihn die Treppe hinunterkommen hörte, war ich völlig in *Die Goonies* vertieft. Ich liebte diesen Film. Er war meine Rettung, wenn ich krank war oder schlechte Noten bekommen hatte.

»Willst du erst essen oder …«

»Heeyy Juunnggs!«

Puz bellte laut, offensichtlich überrascht vom lauten Rufen aus dem Fernseher. In dem Versuch, den Ton leiser zu machen, fummelte ich an der Fernbedienung herum.

»*Die Goonies?*« Er lachte leise. »Den Film siehst du dir immer noch an?«

»Einmal Goonie, immer Goonie.«

»Ich erinnere mich daran, wie du den in der Air Force One geschaut hast. Du hattest eine Lebensmittelvergiftung, und dein Dad saß neben dir und las. Immer wenn du dich übergeben musstest, hat er den Film angehalten.«

»Oh, Gott. Ich hatte vergessen, dass du auch dabei warst.« Ich verbarg das Gesicht in den Händen. »Nicht unbedingt eine Geschichte, die ich normalerweise bei einem ersten Date erzählen würde.«

»Ein erstes Date«, sinnierte er. »Ich glaube, wir sollten bei einem ersten Date genau über diese Dinge reden. Erzähl mir noch etwas Peinliches.«

»Du kennst wahrscheinlich all meine peinlichen Geschichten, das ist ja das Schlimme.«

»Dann können wir den Teil überspringen.« Er streckte mir die Hand entgegen, um mir von der Couch zu helfen.

»Gut, denn ich glaube, von mir gibt es viel mehr peinliche Geschichten als von dir.« Ich schlüpfte wieder in die Schuhe und sah zu ihm auf. »So ziemlich alles, was ich getan habe, war peinlich.«

»Das stimmt nicht.« Er steckte sich das Handy in die Gesäßtasche.

Ich nahm meine Tasche und runzelte die Stirn. »Bei dir ist nie etwas schiefgelaufen. Im Gegensatz dazu habe ich ständig rumgestottert, und in Florida hat mich eine Möwe vollgekackt.«

»Sei brav, Puz. Ich komme bald wieder.« Jake kraulte den Hund hinter den Ohren. Als ich die Zuneigung in seinen Augen sah, wurde mir ganz warm ums Herz. Es freute mich, dass die beiden glücklich miteinander waren.

»Tschüs, Puz.« Noch bevor wir aus der Tür traten, war der kleine Hund bereits verschwunden, und ich vermutete, dass er sich wieder aufs Sofa gelegt hatte.

»Kann sein, dass es damals schwer für dich war, aber die Zeiten sind vorbei.« Jake öffnete mir die Tür, und ich ging vor ihm hinaus. Tony stand bei geöffneter Tür am Wagen, und ich bemerkte einen zweiten schwarzen Suburban hinter ihm. Glücklicherweise würden die meisten Leute in dieser Stadt wegen ein paar Personenschützern nicht mal mit der Wimper zucken.

»Was meinst du?« Ich rutschte auf den Rücksitz und wartete, dass er sich ebenfalls setzte.

»Die Leute lieben dich. Sie halten dich für erfrischend.«

»Pff.« Ich wedelte mit der Hand in der Luft herum, als

könnte ich damit seine Bemerkung wegwischen. »Du kennst trotzdem all meine peinlichen Geschichten.«

»Weißt du noch, als wir zu spät zu dem Interview auf dem Anwesen meiner Eltern gekommen sind? Ich habe allen erzählt, ich hätte beim Reiten die Zeit vergessen.« Er setzte sich neben mich, und ich versuchte auszublenden, wie nah er mir war.

»Das hatte ich ganz vergessen.« Ich schüttelte den Kopf. »Ich habe einen ziemlichen Anschiss fürs Zuspätkommen kassiert.«

»Das tut mir leid.« Er sah mich mit einem verlegenen Lächeln an. »Ich wollte niemandem verraten, dass mir mein Pferd abgehauen ist.«

»Dir ist dein Pferd abgehauen?« Ich musste lachen.

»Weißt du noch, dass wir ein Wettreiten gemacht haben und ich euch gesagt habe, dass ihr schon mal vorreiten sollt?« Er fuhr sich mit einer Hand durch die Haare.

»Ja. Ich dachte, du müsstest mal.« Ich zuckte mit den Schultern. Was das anging, waren Jungs im Vorteil.

»Bax wollte den Fluss nicht überqueren, also habe ich versucht, ihn zu zwingen.«

»Er hat dich abgeworfen?« Meine Augenbrauen wanderten vor Überraschung in die Höhe. Jake war ein exzellenter Reiter. Jeder in seiner Familie wurde praktisch auf dem Rücken eines Pferdes geboren.

»Ja, in hohem Bogen, und ich bin ordentlich auf dem Hintern gelandet.« Er schüttelte den Kopf. »Es hat höllisch wehgetan, und dann musste ich ihn auch noch einfangen. Ich konnte einen Monat lang nicht sitzen.«

»Hast du deshalb darauf bestanden, hinter den Stühlen zu stehen?« Ich kicherte. »Ich habe immer gedacht, du wärst einfach nur arrogant.«

»Es ist so erfrischend, zu hören, was du über mich gedacht hast.« Er runzelte die Stirn und rieb sich über das Kinn.

»Du machst es mir leicht«, erklärte ich.

Er lachte leise und stieß mich mit der Schulter an.

»Hat es an dem Abend nicht geregnet?«, fragte ich.

»Als ich endlich beim Stall ankam, sah ich aus wie das Monster aus dem Sumpf.« Er grinste breit. »Ich musste einen der Stallburschen bestechen, damit er die Klamotten mit mir tauscht. Das war ein weiterer Grund, warum ich mich nicht hingesetzt habe. Seine Hose war ungefähr drei Nummern zu klein, und ich hatte schon eine Naht gesprengt. Wenn ich mich hingesetzt hätte, hätte man meine Eier in den Nachrichten bewundern können.«

»Das wäre toll gewesen.« Ich lachte. »Ist dir eigentlich klar, wie viel nachsichtiger man mit mir gewesen wäre, wenn du aus Versehen deine Eier im Fernsehen gezeigt hättest? Ich wäre heute ein völlig anderer Mensch.«

»Dann bin ich aber froh, dass ich arrogant hinter dir gestanden habe«, witzelte er.

»Warum?« Ich schwankte, während sich der Wagen durch den Verkehr schlängelte.

»Zufälligerweise mag ich dich, so wie du jetzt bist.« Er sah mich ernst und durchdringend an, und mein Magen machte einen Satz, der nichts mit Tonys Fahrweise, sondern nur mit Jakes intensivem Blick zu tun hatte.

»Gut zu wissen.«

Den Rest der Fahrt schwiegen wir, und ich bemühte mich, nicht herumzuzappeln. Ich war mir immer noch nicht sicher, wie ich mich in Jakes Gegenwart verhalten sollte. Unsere gemeinsame Vergangenheit gab mir das Gefühl, dass ich mich entspannen und auf ihn einlassen konnte. Aber dann war da auch diese neue Facette, diese sexuelle Spannung und

Anziehung, die vorher nicht zwischen uns gewesen war und wegen der ich mich wie eine unerfahrene Zwölfjährige fühlte.

Unser Wagen hielt vor einem kleinen Park, an dessen Rand kleine Lieferwagen und Trucks in verschiedenen Größen und Farben standen.

»Der *Pasteis*-Wagen unter dem großen Baum gehört Shade«, sagte Jake.

Ich sah zu der langen Schlange hinüber, die sich vor einem blau-orangenen Wagen mit einem hellgrünen Vordach gebildet hatte.

Tony öffnete die Wagentür, und wir stiegen aus. »Den kann man ja gar nicht verfehlen.«

»Wenn du Shade kennenlernst, wirst du es verstehen.« Jake lachte leise und legte mir die Hand auf den unteren Rücken, während wir auf die Menschenmenge zugingen.

Ich erkannte mehrere Leute in der Schlange, Politiker und bekannte Lobbyisten, die alle auf ihre *Pasteis* warteten. Der Geruch, der aus dem Wagen strömte, ließ meinen Magen knurren.

»Hungrig?«, fragte Jake.

»Ich habe nicht viel gefrühstückt«, antwortete ich. Einer meiner Absätze versank im Rasen, und ich verlagerte das Gewicht auf die Zehen.

»Ich habe eine halbe Tasse Kaffee getrunken. Ich kann es kaum erwarten, in ein paar *Pasteis* zu beißen.«

»Bei der Schlange kann das wohl dauern«, bemerkte ich.

»Ach nein.« Er winkte einer kleinen Frau, die auf einen der Tische bei den Bäumen zeigte. »May lässt uns nicht warten.«

»May?« Das musste die kleine Frau sein, die uns gewinkt hatte.

Ich setzte mich an einen der Picknicktische und hob ein Blatt auf, das vom Baum gefallen und auf der Tischplatte gelandet war.

»Seine Schwester. Sie schickt uns jemanden mit Essen vorbei.« Er setzte sich mir gegenüber und stützte die Arme auf den Tisch. »Das ist einer der Vorteile, wenn man Shade persönlich kennt.«

»Werde ich diesen berüchtigten Shade denn irgendwann kennenlernen?« Ich drehte das Ahornblatt zwischen den Fingern.

»Berüchtigt ist gut.« Jake schüttelte den Kopf.

»Du sprichst von diesem Typen, als wäre er ein unglaubliches Phänomen.«

»Phänomen. Das gefällt mir.« Die tiefe, heisere Stimme ließ mich auf der Bank herumwirbeln, und ich beobachtete aus dem Augenwinkel, dass unsere Agenten alle eine Hand an ihre Waffen legten.

Als ich dem Berg von einem Mann, der neben dem Tisch stand, in die Augen sah, konnte ich ihre Besorgnis verstehen. Der Mann, der Shade sein musste, war ein paar Zentimeter größer als Jake und kahl wie eine Billardkugel. Er hatte einen Dreitagebart, und über seinen großen, auffallend grünen Augen lagen dicke schwarze Augenbrauen. Seine Arme waren mit Tattoos bedeckt, die in Drachenköpfen auf seinen Handgelenken endeten. Das schwarze Shirt unter der schmutzigen Schürze wirkte ein wenig zu eng.

»Shade.« Jake stand auf und klopfte dem kräftigen Mann auf den Rücken. »Ich wusste nicht, ob du heute arbeitest.«

»Ich arbeite jeden Tag.« Der Hüne stellte das Tablett vor uns hin und wischte sich die Hand an der Schürze ab, bevor er sie mir entgegenstreckte. »Freut mich, Sie kennenzulernen.«

»Ebenfalls.« Ich schüttelte ihm die Hand und bestaunte die schiere Größe des Mannes. Wenn man einen Eimer grüne Farbe über ihm ausgießen würde, könnte er als Hulk durchgehen. Als extrem heißer Hulk.

»Shade, das ist Maddie McGuire. Ich habe ihr von deinen *Pasteis* vorgeschwärmt. Maddie, das ist Gabriel Silva Vitriono.«

»Nennen Sie mich Shade, das passt schon«, sagte er. Mit einem Schulterzucken schob er das Tablett näher. »Ich weiß, dass Jake es gern scharf mag, aber May hat gesagt, dass er in Begleitung ist, deshalb habe ich euch eine Auswahl zusammengestellt.«

»Das riecht köstlich«, sagte ich. »Ich habe gar nicht gemerkt, wie hungrig ich bin.«

»Du wirst nicht enttäuscht sein.« Jake nahm ein *Pasteis* und biss hinein. Etwas Soße lief ihm seitlich aus dem Mund, und er fing sie mit dem Daumen auf.

»Du warst schon immer ein Chaot, Alter. Blamier dich nicht vor deinem Date«, brummte Shade mit seiner tiefen Stimme. »Sie hat Klasse.«

Ich wollte lachen und verschluckte dabei aus Versehen ein Stück Salat. Shade klopfte mir mit seiner Riesenpranke auf den Rücken, bis ich Luft bekam. Ich konnte mir Jake nicht als Chaot vorstellen, aber vielleicht war er im Dienst mit den Jungs entspannter gewesen.

»Sie haben ein nettes Lachen, wenn Sie sich nicht gerade am Salat verschlucken.« Shade lächelte mich an, und sein einschüchterndes Gesicht wirkte plötzlich äußerst attraktiv.

»Halt dich zurück, Shade.« Jake sah seinen Freund gespielt finster an.

»Nicht meine Schuld, dass ich Augen im Kopf habe, mein Freund.« Shade hob die Hände, lächelte mich aber an. Ich wurde rot und sah auf mein *Pasteis*. Er stand auf und rieb sich die Hände. »Ich geh wieder an die Arbeit, bevor May herkommt und mich an den Ohren hinter sich herschleift. Ich lasse euch ein paar Servietten für den Neandertaler hier bringen und etwas zu trinken, falls Sie sich noch einmal am Salat verschlucken.«

»Danke, Shade. Hat mich gefreut, Sie kennenzulernen.« Ich lächelte ihn an und verstand, warum sein Spitzname Shade war. Er war so riesig, dass er einen Schatten warf, der einen tatsächlich vor der Sonne schützen könnte.

»Es war mir ein Vergnügen, *Bela.* Kommen Sie gern jederzeit wieder.« Er wandte sich ab, sodass Jake sein Gesicht nicht sehen konnte, und wackelte mit den Augenbrauen.

»Shade«, knurrte Jake. Aber diesmal war ich mir nicht so sicher, ob es freundlich gemeint war.

»Ich geh ja schon, mein Freund, ich geh.« Er verließ unseren Tisch und steuerte mit einem herzhaften Lachen auf seinen Food Truck zu. »Bis bald, *Bela.*«

»Interessanter Mann.« Ich sah ihm nach, und auch die Köpfe aller anderen Frauen drehten sich in seine Richtung. Er hatte eine dunkle, gefährliche Aura, die extrem anziehend wirkte. »Ich nehme an, sein Name ist ironisch gemeint. Ein Witz?«

»Oh, genau, er ist ein Witz.« Jake starrte seinem Freund finster hinterher. »Aber er macht wirklich gute *Pasteis.*«

»Das stimmt.« Ich nahm einen weiteren Bissen. »Die sind köstlich.«

»Seine einzige ausgleichende Eigenschaft.«

»Ich dachte, ihr seid Freunde.« Ich zog eine Augenbraue hoch.

»Wir sind Freunde. Aber das heißt nicht, dass ich ihm nicht ab und zu an die Gurgel gehen möchte.« Er starrte düster in die Richtung, in die Shade gegangen war.

»Ach, sei nicht eifersüchtig.« Ich tätschelte seinen Arm. »Ich bin mir sicher, du machst auch gute *Pasteis.*«

Ich konnte ein zufriedenes Grinsen nicht unterdrücken. Es war gut zu wissen, dass Jake Simmon wegen mir ein kleines bisschen eifersüchtig werden konnte. Er sah mich verlegen an und lächelte.

»Es sind nicht die *Pasteis,* die mir Sorgen bereiten«, erklärte er.

»Die *Pasteis* sind das Einzige, was dir Sorgen bereiten sollte.« Ich biss wieder in mein Mittagessen und seufzte. »Denn sie sind vorzüglich.«

Den Rest der Mahlzeit aßen wir schweigend und lauschten dem Wind, der durch die Bäume strich. Nach einer Weile sammelten wir unseren Müll ein und gingen zurück zu den wartenden SUVs.

Das Museum war wie immer gut besucht. Am Sonntagnachmittag waren stets viele Familien und Gruppen anwesend. Unsere Personenschützer ließen sich ein bisschen zurückfallen, aber man konnte nicht übersehen, dass sie uns folgten. Weil wir erst so spät losgefahren waren, blieben uns nur ein paar Stunden, um uns alles anzusehen.

»Wo möchtest du anfangen?« Jake reichte mir einen Plan.

Eifrig faltete ich ihn auseinander, um die Bilder zu überfliegen. Ich freute mich sehr darauf, das Museum anzusehen. Ich liebte Geschichte und zu lernen, wie Dinge entstanden waren, sich veränderten und die Welt über die Jahre beeinflusst hatten. Wenn man nicht berücksichtigte, wie etwas begonnen und sich entwickelt hatte, konnte man das Ergebnis betrachten und denken, es wäre Magie. Nur wenn man alle kleinen Teile des Puzzles zusammensetzte, erkannte man das gesamte Bild.

Ich sah auf zu dem Afrikanischen Elefanten in der Mitte des Museums. Nicht mehr lange und diese faszinierenden Tiere wären von der Erde verschwunden. Kein Mensch würde den Grund wissen, solange er nicht herkam und sich anschaute, wie seine Vorfahren die Elefanten gejagt und ihren Lebensraum zerstört hatten. Diese Ausstellung würde in Zukunft die einzige Möglichkeit für Kinder sein, einen Elefanten zu sehen.

Es sei denn, jemand setzte sich für sie ein und veränderte etwas.

»Du wirkst geknickt«, sagte Jake. Er trat in mein Blickfeld und berührte mich an der Schulter.

»Was? Nein. Ich habe nur nachgedacht«, erklärte ich. »Ich glaube, wir sollten im Erdgeschoss beginnen und uns nach oben vorarbeiten.«

»Das klingt gut.« Er sah sich den Plan in meiner Hand an. »Die Säugetiere sind dort drüben.«

Ich musterte einen riesigen Löwen auf einem Sockel. »Was für ein großartiges Geschöpf. Es ist schrecklich, ihn hier ausgestopft zu sehen.«

»Ich habe mal eine der Kuratorinnen getroffen. Bei einem Dinner oder so«, sagte Jake. »Sie hat mir erzählt, dass viele der Tiere gestiftet wurden, nachdem man sie Wilderern abgenommen hatte oder sie eines natürlichen Todes gestorben waren.«

»Du willst nur, dass ich mich besser fühle.« Ich lächelte ihn dankbar an. »Aber ich weiß, dass viele der Tiere in Wirklichkeit Jagdtrophäen sind, die dem Museum gestiftet wurden.«

»Vielleicht«, stimmte er zu. »Aber viele der Ausstellungsstücke sind auch künstlich hergestellt – Rekonstruktionen, die zeigen, wie die Tiere im echten Leben aussehen würden. Außerdem gibt es viele Kinder, die nie die Möglichkeit hätten, eins dieser Tiere zu sehen, wenn es das Museum nicht gäbe.«

Ich blieb stehen und sah mir einen Orang-Utan hinter Glas an. Es beeindruckte mich, wie menschenähnlich er tatsächlich war. Diese Tiere verdienten unseren ganzen Respekt. Ich hoffte, dass diese Ausstellung Kindern wirklich mehr von der Welt zeigte und ein Bewusstsein dafür schuf, wie viel Einfluss ihr Handeln haben konnte.

Wir sahen uns alle Tiere an, und ich las jedes noch so kleine Schild. Ab und zu schubsten uns Kinder, die näher an die Ausstellungsstücke gelangen wollten, aber das schien Jake nicht zu stören. Vermutlich hatte er als Bruder von zwei jüngeren Schwestern besonders viel Verständnis für Kinder.

Erst als sich uns eine Gruppe Erwachsener näherte, bemerkte ich, wie er die Augen zusammenkniff und sich in sich selbst zurückzuziehen schien. Er blieb ganz nah bei mir, als hätte er Angst, jemand könnte mich verletzen. Ein paar Touristen zwängten sich an ihm vorbei, um ein Foto von einem Tiger im Sprung zu machen, und sein Kiefer verspannte sich sichtlich. Ich sah mich nach unseren Bodyguards um und bemerkte, dass Tony sich auf Jake konzentrierte, als wäre er die Bedrohung.

Ich verschränkte meine Finger mit seinen und zog ihn von der Gruppe weg zu einem anderen Ausstellungsstück, bei dem es nicht so voll war. Je weiter wir uns von den großen Gruppen entfernten, desto mehr fiel die Anspannung von Jakes Schultern ab. Ich hatte das in den letzten Wochen schon mehrmals beobachtet, wenn zu viele Menschen um uns herum waren. Er hatte sogar einmal die Baustelle während der Trockenbauphase verlassen, aber ich hatte vermutet, dass er etwas erledigen musste.

Als er mir mit dem Daumen zärtlich über den Handrücken strich, wusste ich, dass wir den schwierigen Moment gemeistert hatten. Seine Miene hatte sich entspannt, und seine Schultern waren auch wieder locker. Als ich darüber nachdachte, wie er sich umgeben von so vielen Menschen fühlen musste, meldete sich mein schlechtes Gewissen. Ich hätte das Museum nicht vorschlagen sollen, aber es war mir gestern Abend als Erstes in den Sinn gekommen.

»Was ist los?« Er beugte sich zu mir herunter, als wir uns Beispiele früher Humanioden ansahen.

»Ich hätte nicht vorschlagen sollen, irgendwo hinzugehen, wo so viele Menschen sind.« Stirnrunzelnd betrachtete ich die Tafel vor mir.

»Warum?«

Ich sah zu ihm auf und erkannte an seinen Augen, dass er die Antwort schon wusste. Ich erkannte außerdem, dass er die Antwort im Grunde nicht hören wollte. Das war eine der seltenen Gelegenheiten in meinem Leben, bei denen ich nicht meine Gedanken sofort aussprach, sondern zuerst überlegte, wie er sich bei meiner Antwort fühlen würde.

»Nach all dem Trubel gestern Abend hätte uns beiden eine Pause von so vielen Menschen bestimmt gutgetan.« Ich wollte Jake nicht anlügen. Das würde ich auch nicht tun, aber das bedeutete ja nicht, dass ich eine Antwort, die ihm offensichtlich wichtig war, nicht abmildern konnte. »Ich hatte vergessen, wie aufdringlich Touristen sein können.«

»Mir gefällt's hier.« Er zog mich an sich und legte mir den Arm um die Schulter. Unwillkürlich breitete sich ein albernes Lächeln auf meinem Gesicht aus.

»Klar, ich bin mir sicher, dass du schon immer mehr über Homo Erectus und die verschiedenen Klassifizierungen lernen wolltest.« Ich pikte ihn in die Seite. »Jetzt weißt du alle möglichen Details über Eugene Dubois und seine Expeditionen zur Erforschung unserer Evolution. Du bist bestimmt begeistert, dass ich dein Gehirn mit all diesen Fakten vollgestopft habe.«

»Ich verbringe Zeit mit dir, das macht mich glücklich.« Er lächelte auf mich herab, und mein Herz machte einen Hüpfer.

»Kein Wunder, dass du so ein Herzensbrecher bist. Sagst du das zu allen Frauen?«

»Ich sage es zu dir.« Seine Augen wanderten zu meinem Mund. »Niemand sonst ist wichtig.«

Meine Wangen glühten, und ich wandte mich der Beschreibung auf der Vitrine vor uns zu, um mich zu sammeln. »Du bist ein Süßholzraspler, Jake Simmon.«

»Du machst es mir leicht, Maddie. Ich muss einfach nur die Wahrheit sagen.« Er hob mein Kinn, drückte mir einen Kuss auf die Lippen und ließ mich spüren, was er mit seiner Zunge anstellen konnte. Ich war schon von anderen Männern geküsst worden, aber wenn Jake mich berührte, war es etwas anderes. Es fühlte sich an, als würde ich unter Strom stehen. Immer wenn sich unsere Haut berührte, erwachten Teile von mir, von denen ich nicht gewusst hatte, dass sie geschlafen hatten.

Als er sich von mir löste, stand jede Zelle meines Körpers in Flammen, und ich fühlte mich, als hätte ich seit Ewigkeiten nicht mehr geatmet. Am liebsten hätte ich mich an ihn geschmiegt und weitergemacht.

Tony räusperte sich, und ich sah mich verwirrt um. Unter Jakes Berührung hatte ich völlig vergessen, dass noch andere Menschen anwesend waren und wir uns in einem Museum befanden. Mehrere Leute hatten ihre Handykameras auf uns gerichtet, und ein kleiner Junge stand mit weit offenem Mund da, als einer unserer Bodyguards auf seine Familie zuging. Tony tippte auf seine Uhr, und Jake nickte.

»Äh, ich glaube, wir haben gerade für die morgigen Schlagzeilen gesorgt.« Ich sah zu Jake auf und nahm die Arme von seinen Schultern. Der Blitz einer Kamera ließ mich zusammenzucken. Ich mochte es nicht, überrascht zu werden.

»Tja, das ist nicht das erste Mal.« Er verschränkte seine Finger mit meinen und zog mich zu einer Tür. »Nur das erste Mal, dass wir es gemeinsam machen.«

»Wohin gehen wir?« Ich verlängerte meine Schritte, um mit ihm mithalten zu können.

»Wart's ab.« Er lächelte mich mit funkelnden Augen an.

Schnell stiegen wir die Treppen hinauf, und mir fiel auf, dass er seinen Gehstock nicht benutzte.

»Du hast in letzter Zeit deinen Stock gar nicht mehr dabei«, bemerkte ich. »Gibt's was Neues vom Arzt?«

»Die Arbeit auf der Baustelle war besser als die gesamte Physiotherapie, die ich im vergangenen Jahr hatte. Mein Arzt meinte, er wolle jetzt all seinen Patienten körperliche Arbeit verschreiben, um schneller Fortschritte zu erzielen.«

»Wenn überhaupt, dann werden sich die Patienten in der Physiotherapie wahrscheinlich nur doppelt so sehr anstrengen, damit sie nicht tagelang Gräben ausheben oder Rohre verlegen müssen.«

»Vielleicht ist genau das seine Absicht.« Jake lachte.

Als wir die nächste Etage erreichten, wurde es bereits leerer im Museum. »Sind wir zu spät? Machen sie gleich zu?«

»Ich glaube ja.« Jake steuerte auf die Schmuck- und Edelsteinabteilung zu.

»Würdest du lieber die Dinosaurier sehen? Ich glaube, ich habe unten unsere Zeit verschwendet.« Ich hielt ihn fest, damit er stehen blieb. Der Eingang zur Fossilienabteilung lag hinter uns.

»Wir nehmen uns Zeit.« Er lächelte und ging weiter.

»Aber …«

»Na los, Maddie. Wir wohnen hier, wir können wiederkommen und uns die Dinosaurier ein anderes Mal ansehen.«

»Du bist dir ganz schön sicher, dass wir ein zweites Date haben werden.« Ich konnte nicht anders, bei seinem unerschütterlichen Ego musste ich sticheln. »Wie kommst du darauf, dass ich Spaß habe?«

»Tja, also *ich* habe Spaß.« Er sah mich aus dem Augenwinkel an. »Und ich habe noch ein Ass im Ärmel.«

»Ein Ass im Ärmel?« Ich legte die Stirn in Falten.

Er lächelte auf mich herab. »Vielleicht mache ich keine guten *Pasteis*, aber ich kenne ein paar andere Tricks.«

Wir bogen um eine Ecke, und ich war überrascht, noch mehr Sicherheitsbeamte zu sehen. Mehrere Männer in Anzügen und eine Frau in einem Polohemd standen vor einer Vitrine.

»Was geht hier vor?« Ich sah mich stirnrunzelnd im Raum um. Hatte uns jemand bedroht? Es wäre nicht das erste Mal, dass mich eine Horde Agenten in eine Ecke pferchte, um mich zu beschützen.

»Erinnerst du dich daran, dass ich jemanden kenne, der hier arbeitet?« Jakes Augen glänzten in der besonderen Beleuchtung.

»Ja?«

»Das ist mein Ass im Ärmel.« Er führte mich zu der Vitrine, in der ein großer blauer Diamant lag.

Die Frau im Polohemd lächelte strahlend, als sie die Vitrine aufschloss.

»Ist das dein Ernst?« Ich wandte mich Jake zu.

»Wenn du dich trotz des Fluchs traust …« Er wackelte mit den Augenbrauen.

Ich lachte und schlang ihm die Arme um den Hals. »Du bist verrückt.«

»Hoffentlich auf gute Art.« Sein Lächeln wurde breiter.

»Das überlege ich mir noch.«

»Miss McGuire?« Die Frau an der Vitrine trug Handschuhe und hielt mir ebenfalls ein Paar entgegen. »Würden Sie ihn gern anfassen?«

»Ja«, hauchte ich. Ich reichte Jake meine Handtasche und nahm die angebotenen Handschuhe.

»Ich bin Sharon.« Die Frau streckte mir die Hand entgegen. Ich schüttelte sie, und die Handschuhe fühlten sich komisch an. »Sind Sie ein Schmuckfan, oder lieben Sie Geschichte?«

»Geschichte.« Ich blickte auf die Kette, die auf dem samtenen blauen Halter vor mir lag.

»Dann wissen Sie alles über den Fluch«, stellte sie fest.

Als ich sie ansah, lächelte sie. Sie glaubte auch nicht daran.

»Der Fluch befällt nur die Besitzer, ich habe also nichts zu befürchten.« Ich ließ die Augen über die funkelnden Facetten wandern. »Können Sie sich vorstellen, was dieser Diamant schon alles gesehen hat?«

»Er hätte bestimmt jede Menge zu erzählen.« Sharon bedeutete mir, näher zu kommen. »Na los. Er ist allerdings schwerer, als er aussieht.«

Ich schaute zu Jake zurück, bevor ich meine Aufmerksamkeit wieder dem Juwel vor mir widmete. Mit zitternden Fingern nahm ich den Stein von seinem Platz und hob ihn auf Augenhöhe. Der Diamant war deutlich schwerer, als ich erwartet hatte. Er war von einem wunderschönen tiefen Blau, das bis in die Ewigkeit zu reichen schien. Er hatte kleine Fehler, aber nichts konnte die Ehrfurcht mindern, die er hervorrief.

Der Stein war in Indien gefunden worden und hatte einst Marie Antoinettes Hals geschmückt, bevor er über Großbritannien in die USA gekommen war. Ich konnte mir kaum vorstellen, was er über die Jahre alles miterlebt hatte.

»Er ist fantastisch.« Ich hielt die Kette ins Licht. »Ich kann nicht glauben, dass ich gerade ein Stück Geschichte in den Händen halte.«

»Probier sie an.« Jake trat an mich heran.

»Oh, ich weiß nicht.« Ich sah zu Sharon. »Ich kann mich glücklich schätzen, dass ich sie halten darf. Es gibt nicht viele Leute auf der Welt, die das von sich behaupten können.«

»Du trägst einen Pferdeschwanz, es wird also nicht schwierig sein, sie anzulegen und wieder abzunehmen.« Sharon streckte mir die Hand entgegen. Vorsichtig gab ich ihr die Kette.

Fragend sah ich Jake an. Es konnte doch nicht wahr sein, dass ich wirklich die Kette mit dem Hope-Diamanten anlegen durfte?

Er zog mir die Handschuhe aus und schlüpfte selbst hinein. Dann trat er hinter mich, und ich hörte, wie er Sharon etwas zuflüsterte.

Bevor ich ihn fragen konnte, was er vorhatte, spürte ich das solide Gewicht der Kette auf meinem Dekolleté. Ich atmete lange aus und sah auf den Stein hinunter, der sich an meine Haut schmiegte. Ich hörte das Klicken eines Verschlusses und musste mich konzentrieren, um das glänzende Juwel nicht doch anzufassen.

Ich drehte mich um und sah zu Jake auf. Er beobachtete mich mit seinen braunen Augen, die ebenso unergründlich wirkten wie das Blau des Diamanten.

»Er steht dir.« Seine tiefe Stimme war kaum mehr als ein Flüstern.

»Ich fühle mich so … ich weiß nicht. Dekadent.« Ich lächelte ihn an und legte ihm die Hände an die Brust, um nicht den Diamanten anzufassen. »Danke.«

»Also bekomme ich ein zweites Date?«

Jemand hinter uns lachte leise, und ich lächelte.

»Ich glaube schon. Allerdings habe ich keine Ahnung, wie du das hier toppen willst.« Meine Hand zuckte in Richtung Kette, es gelang mir aber, sie nicht zu berühren. »Ich kann nicht glauben, dass ich den Hope-Diamanten trage.«

»Wo ist dein Handy?«

»Mein Handy?« Ich griff in meine Gesäßtasche und zog es hervor.

Er ging einen Schritt zurück und hielt das Handy hoch. »Ein Bild oder es ist nicht passiert.«

12. KAPITEL

JAKE

Ich verdiente eine verdammte Medaille. Sie sollte groß und blau sein. Genau wie meine Eier. Seit unserem Gute-Nacht-Kuss nach dem Besuch im Museum vor ein paar Tagen hatte ich Maddie nicht mehr berührt. Wir arbeiteten Seite an Seite an dem Haus für Cyrus und seine Familie und flirteten ungeniert, aber ich war ihr nicht zu nahe gekommen, wenn andere Leute uns hätten sehen können. Nachdem das Foto von Maddie und mir in der Washington Post abgedruckt worden war, hatte ich einmal mit meiner Mutter telefoniert und mich danach ihren Anrufen entzogen.

Der mediale Shitstorm, den unser Kuss im Museum hervorgerufen hatte, war wie ein Orkan, der uns mitriss. Wir konnten nirgendwo hingehen und nichts tun, ohne dass es eine Million weitere Spekulationen gegeben hätte. Ganz zu schweigen von den allgegenwärtigen Fotografen. Irgendeine Website zeigte auf ihrer Startseite ein Foto von mir mit halb geschlossenen Augen und offenem Mund. *Betrunkener Sohn der Vizepräsidentin bedrängt Präsidententochter.* Dafür musste man schon sehr sensationsgierig sein.

Und jetzt stand ich hier und kochte ein Abendessen für uns. Ich konnte nicht kochen, aber wie schwer konnte das schon sein? Ein Abendessen zu Hause erschien mir perfekt zu sein. Wir wären nicht von tausend Leuten umgeben, die uns erwartungsvoll angafften, und das Beste von allem: Wir wären allein.

Unglücklicherweise war mein perfekter Plan für das zweite Date in meiner Küche explodiert. Offensichtlich war es nicht so einfach, essen zu frittieren, wie das Rezept im Buch suggerierte. Und ganz sicher war es keine saubere Angelegenheit. Meine Haushälterin würde mich umbringen, und Puz leckte eifrig alles ab, was er mit seiner Zunge erreichen konnte. Abgesehen davon war es auch nicht ganz ungefährlich. Meine Arme waren voller Brandblasen. Ich hatte häufiger aufgeschrien, als beim Entfernen der Granatsplitter aus meiner Seite. Diese kleinen Ölspritzer brannten ziemlich fies.

Es klingelte an der Tür, und ich stöhnte. Offensichtlich waren mir die Asse im Ärmel ausgegangen.

In dem Versuch, den Rauch ein wenig zu lichten, lief ich zum Fenster, öffnete es und wedelte mit dem Küchenhandtuch in der Luft herum. Die Klingel hallte erneut durchs Haus, und ich warf das Handtuch auf den Tresen und ging Richtung Diele.

Als ich die Tür öffnete, entwich eine Rauchwolke in die klare Washingtoner Luft. Maddie wedelte mit der Hand vor ihrem Gesicht herum, dann lächelte sie mich an.

»Ach, Liebling, du hast gekocht.« Sie grinste mit ihren goldgefleckten Augen zu mir auf, und mein Herz machte einen gefährlichen Satz. Sie trug Jeans und T-Shirt. Ihre Haare waren wie so häufig zu einem Pferdeschwanz gebunden, den sie so mochte. Wie immer trug sie kaum Make-up und keinen Schmuck.

Sie sah umwerfend aus.

Puz rannte zwischen meinen Beinen hindurch zu ihr, und sie hob ihn hoch, küsste ihn auf die Nase und drückte ihn an die Brust. Ein Mann sollte nicht eifersüchtig auf seinen Hund sein, aber ich wünschte mir, sie hätte stattdessen mir einen Begrüßungskuss gegeben.

»Tja, ich hab's versucht.« Ich streckte die Hand aus und zog sie herein. »Hat nicht so gut funktioniert.«

»Darf ich fragen, was du verbrannt hast?« Sie ging direkt zu dem Fenster, das auf eine Backsteinmauer an der Rückseite des Hauses zeigte, und öffnete es. Puz sprang aufgeregt um ihre Beine herum.

»Schnitzel mit Kartoffelbrei. Na ja, ein Schnitzel für mich, und für dich habe ich versucht, Portobellopilze zu frittieren.«

»Du hast Pilze frittiert?« Sie lachte auf. »Du hast aber nicht versucht, den Kartoffelbrei zu frittieren, oder?«

»Den soll man gar nicht frittieren?« Ich riss die Augen auf.

»Jake …« Sie drehte sich um, sah mich an und kniff die Augen zusammen. »Ha, ha.«

»Ganz so blöd bin ich auch nicht. Ich weiß, dass man die Kartoffeln mit einem Löffel weich klopfen muss, bevor man sie in einem großen Topf kocht.« Ich streckte die Hand aus und zog sie an mich. Sie kicherte und legte mir die Hände an die Brust.

»Vielleicht sollten wir uns was bestellen.« Sie breitete die Finger auf meiner Brust aus, bevor sie sie ein wenig hineinbohrte. Sie erinnerte mich an ein Kätzchen, das mit den Pfoten etwas Interessantes abtastete.

Puz gab den Kampf um Aufmerksamkeit auf und verschwand. Guter Junge. Ich wollte etwas Zeit allein mit dieser Frau verbringen.

»Wenn du nicht bloß Kartoffelbrei essen willst, wäre das wahrscheinlich eine gute Idee.« Ich beugte mich hinunter und schnupperte an ihrem Nacken. Sie machte einen erfreuten Laut, und mein Schwanz regte sich in meiner Hose.

»Mir ist egal, was wir essen«, flüsterte sie. Ich war offensichtlich nicht der Einzige, der sich gewünscht hatte, endlich ungestört Zeit miteinander verbringen zu können.

Mir fielen so einige Dinge ein, die ich in meinem Mund haben wollte, aber diesen Gedanken behielt ich für mich. Stattdessen hob ich ihr Kinn und eroberte ihre Lippen. Seit Tagen hatte ich mich danach gesehnt, und ihr Geschmack ließ mich aufstöhnen. Ich zog sie noch etwas näher an mich und nahm mir, was ich brauchte. Einen Arm um meinen Hals gelegt, schmiegte sie sich an mich und krallte die Finger in mein Shirt.

Ich drückte sie an die Wand zwischen den Fenstern und schob ihr Shirt nach oben, damit ich ihre weiche Haut berühren konnte.

Sie keuchte, und der Laut entzündete ein loderndes Feuer in mir. Ich streichelte ihr mit den Fingerspitzen über die Seiten und dann über ihren Bauch.

Ihr Mund war ebenso hungrig. Sie knabberte an meiner Unterlippe, bevor sie sie mit der Zunge liebkoste. Maddie legte alles in diesen Kuss, und ich genoss es. Es gab keine Zurückhaltung, keine Geduld. Maddie küsste genauso, wie sie alles im Leben anpackte.

Es war genau das, was ich brauchte.

Ich ließ mich fallen, versank völlig in ihr. Sie war wie ein Frühlingstag nach einem erbarmungslosen Winter. Bei Maddie fühlte ich mich gut, ich musste mich nicht zusammenreißen. Sie gab mir großzügig, was ich brauchte, und wir spielten keine Spielchen und mussten nicht austesten, was der andere wirklich wollte.

Es war einfach Maddie. Ich wollte Maddie, und offensichtlich hatte ich das Glück, dass sie mich auch wollte.

Diese Erkenntnis jagte mir eine Heidenangst ein, aber ich ließ mich davon nicht bremsen. Stattdessen stolperte ich blindlings weiter und nahm so viel von ihr in mich auf wie möglich. Sie war mein Wasser, nachdem ich so lange durch die Wüste geirrt war.

Ich strich ihr mit den Händen den Rücken hinauf und fand ihren BH-Verschluss, bevor ich mit den Händen nach vorne wanderte und mit den Daumen über die Unterseite ihrer Brüste strich.

Sie holte Luft, was mir die Möglichkeit gab, ihren Mund noch tiefer zu erobern. Ihr Geschmack, ihre Berührungen und die Laute, die sie machte, legten sich wie ein verzauberter Nebel über mein Gehirn. Ich konnte nicht mehr klar denken.

Als sie sich an mich drückte und den Rücken durchstreckte, legte ich meine Hände an ihre straffen Brüste. Sie stöhnte an meinem Mund, und ich verlor jeglichen Sinn für die Realität. Jetzt gab es nur noch Maddie und die Gefühle, die sie in mir auslöste.

Getrieben von dem Wunsch nach mehr schob ich ihren BH hoch, damit ich die weiche Haut darunter berühren konnte. Ich knetete das feste Fleisch, während das Blut in meinen Adern kochte. Sie ließ den Kopf gegen die Wand hinter sich sinken, und ich nutzte die Gelegenheit, zog ihr das Shirt über den Kopf und streifte ihr den störenden BH ab.

Als ich sie schließlich entblößt hatte, sah ich auf sie hinab, und mit einem Mal war mein Kopf blutleer. Beim Anblick ihrer weichen, rosafarbenen Brustwarzen und den zarten Brüsten lief mir das Wasser im Mund zusammen. Sie schnappte sich mein Shirt, zog mich zu sich und presste ihre hungrigen Lippen auf meine. Ich legte eine Hand auf ihre makellose Brust und strich mit dem Daumen über ihre zarte Haut. Sie erschauerte, und ich tat es noch einmal.

Mein Schwanz presste sich gegen die Jeans und bettelte darum, aus dem rauen Stoff befreit zu werden. Mit jeder Liebkosung ihrer Lippen schrie jede Zelle meines Körpers lauter danach, sie auszuziehen. Sie zu nehmen. Sie zu besitzen.

Meine Hand schloss sich fester um ihre weiche Haut, dann kniff ich ihr sanft in die Brustwarze. Sie seufzte und schmiegte sich in meine Hand. Ich rollte die harte Knospe zwischen den Fingern, bevor ich ein bisschen fester zudrückte. Sie seufzte, und so tat ich es wieder, und sie wimmerte an meinem Mund und bohrte die Finger durch den Stoff in meine Brust. Ich nahm ihre zweite Brust in die Hand und genoss das Gewicht in meiner Handfläche. Mit den Fingern erkundete und massierte ich sie, während ich ihre kleinen sexy Laute genoss.

Sie zerrte an meinem Shirt und wollte es mir über den Kopf ziehen. Ich schnappte mir ihre Handgelenke und drückte sie mit einer Hand über ihrem Kopf an die Wand, während ich mit der anderen die Rückseite meines Shirts packte und es mir über den Kopf zog.

Mein Blick wanderte über ihren Körper, als ich es hinter mich warf. Ihre Jeans saß tief auf den Hüften und entblößte ihren flachen Bauch und die süße kleine Vertiefung ihres Bauchnabels. Ich konnte es nicht erwarten, meine Zunge darüber und noch viel weiter nach unten gleiten zu lassen.

Ich hielt ihre Hände immer noch über ihrem Kopf fest, und ihre Augen waren dunkel vor Verlangen.

»Ich schwöre, ich habe noch nie etwas Heißeres gesehen als dich, wie du mich gerade ansiehst.« Ich drückte mich an sie und genoss das Gefühl ihrer festen Brüste zwischen uns. »Ich will nicht, dass das jemals aufhört.«

»Dann küss mich noch mal«, flüsterte sie. Und ich gehorchte. Ich wollte nichts sehnlicher, als ihr jeden Grund zu geben, mich weiterhin so hungrig anzusehen.

Ich ließ ihre Hände nicht los und genoss es, wie ihre Brüste vortraten und die festen Hügel meine Haut kitzelten. Mit einem Bein schob ich ihre auseinander, damit ich mich enger an ihre heiße Mitte pressen konnte. Sie stöhnte laut in meinen Mund, und ihre Hüften drängten nach vorne.

Mit meiner freien Hand griff ich zwischen uns und öffnete den Knopf ihrer Jeans. Ihr kleines überraschtes Keuchen weckte meinen Schwanz, und ich presste mich mit kreisenden Bewegungen an sie, damit sie mein Verlangen spüren konnte. Sofort drängten ihre Hüften weiter nach vorn, rieben sich rhythmisch an mir, und ich ließ den Kopf auf ihre Schulter sinken.

»Ich will dich, Maddie. Ich dachte, ich könnte geduldig sein, aber das kann ich nicht.« Mit der Nase strich ich ihr über den Hals, und als sie erschauerte, knabberte ich an ihrem Ohr. »Ich möchte dich berühren, dich schmecken. Ich möchte in dir sein. Ich möchte dir dabei zuschauen, wie du kommst. Schenkst du mir das? Darf ich dich haben?«

Sie stöhnte, und ihre Hüften rieben sich erneut an meinen, sodass ich vor Vergnügen die Augen schloss. Als ich sie wieder öffnete, und ihrem Blick begegnete, durchfuhr es mich wie ein Blitz.

»Ja, nimm mich.« Ihre Worte waren so sicher, so stark, dass ich nicht zögerte. Ich zog ihren Reißverschluss herunter und schob ihr die Hand in die Hose. Weiche Seide und köstliche Wärme begrüßten mich.

Ich strich über den feuchten Fleck auf ihrem Höschen, bevor ich mit dem Daumen über ihre harte kleine Klit rieb.

»Oh, verdammt«, stöhnte sie. Sie wölbte sich mir entgegen und drängte sich an mich.

Mein Schwanz war bereits härter als jemals zuvor, und sie fluchen zu hören, während ich sie berührte, brachte mich fast um.

»Gefällt dir das?« Ich biss ihr ins Ohr, während ich ihre Hände immer noch über ihrem Kopf gefangen hielt.

»Ja.« Sie öffnete die Augen und sah mich direkt an. »Hör nicht auf.«

Das hatte ich auch nicht vor. Stattdessen senkte ich den Kopf, fing eine ihrer wunderbaren Brustwarzen mit dem Mund ein und strich mit der Zunge über die Spitze.

»Oh Gott!«

Ich sah auf und erwartete, dass sie die Augen geschlossen hatte, stattdessen sah sie mir zu, wie ich ihre weiche Haut mit der Zunge erkundete. Verdammt, diese Frau war perfekt.

Ich nahm den Kopf ein wenig zurück, damit sie meine Zunge sehen konnte, während ich sie leckte, und sie erschauerte vor Lust. Vorsichtig bewegte ich die Hand in ihrem Höschen, damit ich einen Finger tief in sie hineinschieben konnte, und vollführte mit dem Daumen kleine Kreise über ihrer Scham.

»Fuck, fuck, fuck.« Ihre Hüften schoben sich nach vorn, um mehr zu bekommen. Ich belohnte sie mit einem zweiten Finger, und ihr Stöhnen war Musik in meinen Ohren.

»Du hast ein unanständiges Mundwerk, Madeline.« Ich richtete mich auf und strich mit meinen Lippen über ihre, während ich meine Finger weiter vor- und zurückgleiten ließ.

»Du …« Sie seufzte und rang nach Atem. »Nur. Mit dir.«

»Mir gefällt's.« Ich beugte mich herunter und biss ihr in die Schulter, und sie fluchte leise. »Lauter, Maddie. Sag mir, was du möchtest, Süße.«

»Hör nicht auf, Jake.« Sie zog sich um meine Finger zusammen. »Ich will mehr.«

Ich stöhnte an ihrer Haut, weil das Verlangen, in ihr zu sein, so übermächtig war, und dennoch genoss ich jeden Augenblick dieser süßen Qual. Ich würde das hier so lange hinauszögern, wie ich nur konnte.

Ich ließ ihre Hände los und schob ihre Jeans und das Höschen eilig auf den Boden, dann sank ich auf die Knie. Mein

Blick wanderte über ihre entblößte Haut, über ihre Brüste, bis ich in ihre großen elfengleichen Augen sah. Langsam, damit sie genau wusste, was ich nun tun würde, öffnete ich den Mund und erkundete mit der Zunge die feuchte Region zwischen ihren Beinen.

»Jake.« Mein Name aus diesem Munde war pure Magie.

Ich beugte mich nach vorn, drückte die Lippen auf ihre Haut und ließ meine Zunge über die Stelle wandern, an der sie es am meisten zu genießen schien. Ihr lustvolles Keuchen und die geflüsterten Flüche waren meine Wegweiser.

Sie war süß, so süß, und ich konnte nicht genug bekommen. Alles an Maddie machte mich verrückt, aber das hier, mein Mund an ihrer Scham, war perfekt. Ihre Hüften drängten sich mir entgegen, und sie vergrub die Finger in meinen Haaren, während sie nach mehr verlangte.

»Mehr.«

Ich hob ihr Bein, legte es mir über die Schulter und entblößte mehr von ihrem süßen Fleisch für meine Erkundungen. Ihre Flüche wurden lauter, und ich glitt mit einem Finger in sie hinein, um ihn im Rhythmus ihrer Stöße zu bewegen. Sie ließ den Kopf zurücksinken und seufzte laut.

»Jake. Verdammt, das ist so gut. So gut.« Ich genoss den Strom schmutziger Wörter, die aus diesem zarten Mund kamen. Der Kontrast war berauschend. Ich war der Grund dafür und darauf mehr als nur ein bisschen stolz. »Oh Gott. Jake. Ich bin so kurz davor.«

Mit der freien Hand griff ich nach oben und knetete ihre Brust. Sie keuchte, und ihre Hüften schossen vor. Ich drückte die Zunge an ihre Klit, bevor ich daran saugte.

»Heilige Scheiße.« Der Fluch entschlüpfte ihren Lippen. »Verdammt. Das fühlt sich gut an. So gut. Hör nicht auf. Oh.«

Sie stöhnte atemlos, keuchte lustvoll. Ihre Hüften bewegten sich vor meinem Gesicht, ihre Finger waren in meinen Haaren vergraben, und sie raste dem Höhepunkt entgegen. Es gab keine süßeren Laute auf der Welt, als Maddies lustvolle Seufzer, die mich antrieben, und meinen Namen aus ihrem Mund, während die Lust ihre Sinne überwältigte.

Ich löste mich von ihrer Scham und behielt mit den Fingern den Rhythmus bei, kreiste mit dem Daumen darüber und drehte den Kopf zu ihrem Schenkel, damit ich die Zähne in der zarten Haut vergraben konnte.

Sie keuchte und bewegte die Hüften schneller.

Ihr Stöhnen war so laut, dass ich mich fragte, ob jemand sie hören würde.

»Komm für mich, Maddie.« Ich blies auf ihre Klit, bevor ich wieder daran saugte und sie mit der Zunge neckte. Meine Hand war ganz feucht, und ich nahm einen zweiten Finger dazu, um hinein- und herauszugleiten.

»Oh, verdammt. Ja. Jake. Oh Gott. Das ist gut.« Sie packte meine Haare noch fester, bis es beinahe wehtat, aber ich hörte nicht auf. Mein Schwanz würde einen blauen Fleck vom Reißverschluss meiner Hose bekommen, aber ich würde auf keinen Fall aufhören.

»Jake!« Sie kam heftig, zog sich um meine Finger zusammen, ihre Hüften schossen in die Höhe und stießen gegen mein Gesicht. Meine Hand war klatschnass, und ihr Körper zuckte vor Lust. Ich zog meine Finger heraus und schob meine Zunge in sie hinein, um auch noch den letzten Tropfen aufzufangen.

Sie stöhnte mit jeder Bewegung meiner Zunge, aber ihre Finger in meinen Haaren entspannten sich. Ich sah zu ihr auf, meinen Mund noch immer auf ihrer warmen Haut. Ihre Augen strahlten, und ihr Gesicht war völlig entspannt. Diese Elfenaugen folgten mir, als ich sie weiter leckte, wollten nichts verpassen.

»Wenn du so weitermachst, wirst du es gleich noch mal zu Ende bringen müssen.« Ihre heisere Stimme sorgte dafür, dass mein Schwanz schmerzhaft gegen meine Hose drückte. Ich nahm den Mund weg und rieb ihre Scham mit meinem Zeigefinger.

»Genau das habe ich vor.«

Ihre Augen wurden dunkel, und ich spürte, dass sie ihr Bein auf meiner Schulter anhob, um sich noch weiter zu öffnen. Ich beugte mich nach vorn, küsste sie und nutzte meine Lippen und meine Zunge, um sie über die Zufriedenheit ihres früheren Orgasmus hinauszutreiben.

»Wenn du damit weitermachst …« Sie stöhnte laut, als ich wieder an ihrer Scham saugte. »Ich glaube mein anderes … Bein. Oh, Scheiße. Es gibt gleich nach.«

Ich sah zu ihr hoch und war überrascht, dass sie ihre eigene Brust knetete.

»Ich halte dich«, murmelte ich und küsste die Innenseite ihres Schenkels hinab bis zum Knie. Vorsichtig schob ich ihr Bein von der Schulter und kam auf meine Füße. »Ich bin noch nicht fertig mit dir.«

Ihre Augen flackerten einen Moment unsicher, und ich befürchtete fast, sie könnte das hier für einen Fehler halten.

Als sie auf die Zehenspitzen kam, um ihre Lippen auf meine zu pressen, ließ ich mich von ihr küssen, bis ich kaum noch Luft bekam. Ihre festen Brüste drückten sich an meine Brust und reizten mich. Ich zog sie eng an mich, hob sie hoch und drehte uns zum Tisch in meinem Esszimmer. Dann schob ich die bescheuerten Platzdeckchen aus dem Weg und setzte sie ab.

Sie quietschte kurz wegen der kalten Oberfläche, küsste mich aber sofort wieder. Dann griff sie nach meiner Hose und zog am Knopf, sodass er sich öffnete. Ich ließ mich von ihr berühren und behielt die Hände bei mir, als sie meinen Schwanz aus der Jeans befreite.

Sie löste sich aus unserem Kuss, um meinen Schwanz anzusehen, und ihre Augenbrauen wanderten vor Überraschung in die Höhe. Sie streckte die Finger aus und berührte sacht die sensible Haut, bevor sie von der Eichel abwärts über den Schaft strich. Dann packte sie mich mit fester Hand, und ich atmete vor Verlangen scharf ein.

»Du bist gut ausgestattet, was?« Sie legte den Kopf schief und sah mich mit großen Augen an. Sie drehte die Hand, als sie an meinem Schwanz aufwärts entlangfuhr und dann wieder zurück nach unten glitt. »Alles an dir ist groß.«

»Willst du mein Ego streicheln, Maddie?« Ich musste schlucken, bevor ich den Satz herausbekam. Dann beobachtete ich, wie ihre hellhäutige Hand über mich glitt.

»Ich bemerke nur das Offensichtliche.« Sie beugte sich nach vorn und strich mit der Zunge über meine Brust. »Du wirst dem Anschein gerecht.«

»Ich will dich.«

Ich beugte mich vor und legte den Arm um ihren Po. »Ich habe ernst gemeint, was ich eben gesagt habe, Maddie. Ich möchte in dir sein und dir dabei zusehen, wie du kommst. Ich will dich vögeln, bis du nicht mehr aufrecht stehen kannst.«

»Wer hat hier das unanständige Mundwerk?« Sie sah mit ihren großen Augen und geröteten Wangen zu mir auf.

»Wirst du jetzt etwa wieder schüchtern?« Ich hob ihr Kinn, rieb meine Wange an ihrer und versuchte, mich auf alles andere zu konzentrieren als auf ihre Hand an meinem Schwanz.

»Nein.« Sie flüsterte das Wort und wandte mir das Gesicht für einen Kuss zu.

Ich drückte meine Lippen auf ihre, sodass sie die Spuren

ihrer Lust darauf kosten konnte. Zu meiner Überraschung leckte sie mir über die Lippe, bevor sie daran saugte.

»Ich mag meinen Geschmack an dir, Jake.«

Sie zog sich zurück und drückte meinen Schaft ein bisschen fester. »Mir gefällt der Gedanke daran, was du mit mir angestellt hast.«

»Verdammt, du machst mich fertig, Maddie.« Ich zog ihren Kopf zu mir und steckte ihr meine Zunge in den Mund. Sie saugte daran und neckte sie mit ihrer. Mit den Händen erkundete ich zugleich ihren Körper, spreizte ihre Beine und zog sie enger an mich. Mein Schwanz drückte gegen ihren Bauch, und ich stöhnte bei dem Gefühl. Sie nahm meine Hoden in die Hand und rieb mit dem Zeigefinger über den rauen Punkt genau dahinter. Sie spannten sich schmerzhaft an, und ich stöhnte erneut.

Abrupt unterbrach ich unseren Kuss, zog ihre Hände von meinem Schwanz und schüttelte den Kopf. »Du musst damit aufhören.«

»Warum?« Sie sah zu mir auf und löste das Haarband, das ihr die Haare aus dem Gesicht hielt.

»Es fühlt sich zu gut an.« Mein Atem ging schwer, als ich sie dabei beobachtete, wie sie die Haare schüttelte und ihr ein paar Strähnen über die festen Brüste fielen. »Ich will nicht in deiner Hand kommen, Maddie.«

»Du redest die ganze Zeit darüber, dass du mich vögeln willst, und so langsam werde ich ungeduldig, Jake.« Sie lehnte sich langsam auf dem Tisch zurück, und ich beobachtete, wie sie eine Hand zu dem süßen Punkt zwischen ihren Beinen bewegte. »Du unternimmst jetzt besser etwas.«

»Verflucht!« Mein Gehirn löste sich auf, und ich hatte meinen Verstand gerade noch genug beisammen, um ein Kondom aus meiner Gesäßtasche zu fischen.

»Ja, Jake. Fick mich. Jetzt.« Sie glitt mit zwei Fingern zwischen ihre Schamlippen, und mir blieb der Mund offen stehen.

Nicht in meinen wildesten Träumen hätte ich gedacht, dass die süße, unschuldige Maddie McGuire so eine Sirene war. Sie umkreiste mit den Fingern ihre Scham, während sie mit der anderen Hand ihre Brust knetete und sich dann in die Brustwarze kniff.

»Wer bist du?« Das Kondom in meiner Hand hatte ich völlig vergessen, als ich sie dabei beobachtete, wie sie sich selbst berührte. »Du siehst aus wie eine dieser Meerjungfrauen, die Männer in den Tod locken.«

Ihre Hand glitt über ihre Haut, und die feuchten Laute dabei erinnerten mich an meinen leidenden Schwanz. Ich streckte die Hand aus und streichelte meinen Schaft, während sie sich auf dem Tisch räkelte.

»Ich bin dasselbe Mädchen, Jake. Du hast mich nur nie gesehen.« Die wilde Elfenkönigin beobachtete mich. In ihren Augen spiegelten sich Gefühle wider, die ich nicht benennen konnte.

Jetzt sah ich sie – ganz sicher. Ich hatte noch nie etwas in meinem Leben so deutlich gesehen. Maddie. Das nervige Mädchen, mit dem ich als Teenager für Fotos posieren musste, war eine Sexgöttin. Ich hatte geahnt, dass sie trotz ihrer großen Rehaugen und den errötenden Wangen sexy sein konnte, aber verdammt, wenn ich geahnt hätte, dass mich *das* hier erwarten würde.

»Herrgott.«

Sie lachte. »Nein, nur ich.«

Ich riss die Verpackung auf und rollte das Kondom über meine geschwollene Eichel und dann über den Schaft. Ich war so hart, dass ich befürchtete, das Kondom könnte mir das Blut abschnüren.

»Das wird nicht sanft werden, Maddie, aber ich werde es wiedergutmachen.« Ich hob ihr Bein und zog sie zur Tischkante. »Ich will dich zu sehr.«

»Ich will es gar nicht sanft«, sagte sie.

Ich brachte mich in Position, und sie hob die Hüften, damit ich ein klein wenig in sie eindringen konnte. Ich zog mich zurück, rieb über ihre Scham und lauschte ihrem Stöhnen, bevor ich mich wieder an ihre Klit drückte. Sie seufzte und schloss kurz die Augen, bevor sie sie wieder öffnete, als ich in sie eindrang. Es war nicht sanft, aber ich hatte wirklich für eine Sekunde die Kontrolle verloren. Sie zog sich um mich zusammen, und ich vergaß zu atmen.

»Fuck«, flüsterte ich. »Fuck.«

Ich legte mir ihr Bein über die Schulter, damit ich so tief wie möglich in ihr versinken konnte. Ihre Augen wurden groß, sie öffnete den Mund und keuchte. Ich bewegte mich nicht, sah nur von ihrem Gesicht zu dem Punkt hinunter, an dem wir miteinander verschmolzen. Gott, ich hatte mich noch nie mit einer anderen Frau so gefühlt; als wären wir füreinander geschaffen. Es schien, als wäre sie nur für mich geboren worden, und ich war jahrelang ein blinder Trottel gewesen.

Mein Atem ging schwer, als ich mich in dem Moment verlor. Sie war eng und heiß und massierte mich, ohne sich zu bewegen. Meine Hände strichen über ihre Hüften und den Bauch, bevor sie auf ihrer Brust verharrten.

»Bist du bereit?« Ich berührte ihr Kinn sanft mit Zeigefinger und Daumen, damit ich ihre Augen deutlich sehen konnte.

»Schon lange.« Sie keuchte, als ich mich zurückzog und wieder in sie eindrang. »Ich hab nur auf dich gewartet.«

Idiot. Ich war ein verdammter Idiot gewesen.

»Das hat nun ein Ende.« Ich bewegte mich wieder, und sie hob ihren Rücken vom Tisch. »Oh Gott, du bist umwerfend.«

Sie keuchte. »Du machst, dass ich mich umwerfend fühle.«

Ich zog mich zurück und glitt wieder in sie hinein, während sie stöhnte. Ich fand einen Rhythmus, der funktionierte, und hielt sie an der Hüfte fest, während ich mit der anderen Hand ihre Klit liebkoste.

»Verdammt, du fühlst dich so gut an, Maddie.« Ich wollte sie berühren, überall. Und selbst das würde nicht genug sein, um mich zu befriedigen.

Nein, ich würde nicht eher befriedigt sein, bevor ich nicht jeden Zentimeter von ihr berührt, geküsst und geleckt hatte.

»Fester, Jake.«

Ich tat, was sie verlangte. Alles für meine Elfenkönigin.

Ich nahm sie hart, und der Tisch bewegte sich unter uns. Davon ließ ich mich jedoch nicht bremsen, und ihr Stöhnen wurde lauter. Mit durchgestrecktem Rücken wand sie sich auf dem Tisch, und ihre Hüften bewegten sich nur deshalb nicht, weil ich sie festhielt.

Ihre Brüste hüpften in ihren Händen, während sie sie liebkoste. Ich wollte sie auch berühren, hatte aber keine Hand mehr frei.

»Berühr deine Brüste, Maddie.« Sie kam meiner Bitte nach, und ich konnte mein Stöhnen nicht unterdrücken. »Das ist gut, knete sie für mich. Gott, ich möchte daran saugen.«

Sie knetete weiter, und als sie sie wieder freigab, hinterließen ihre Finger rote Spuren auf ihrer Haut. Ich wollte ihr gerade sagen, sie solle nicht aufhören, aber sie kam mir zuvor. Sie leckte sich die geschickten Finger, dann berührte sie ihre Nippel und strich mit den Daumen darüber. Ich stöhnte, und sie wiederholte es.

»Ah, verdammt, Maddie.« Mein Schwanz zuckte in ihr, und mir war klar, dass ich nicht mehr lange durchhalten würde.

Sie griff mit einer Hand zwischen uns und rieb ihre Klit.

Angesichts des Gefühls ihrer Finger, die sich dort zu schaffen machten, wo wir miteinander verbunden waren, verlor ich die Kontrolle. Meine Bewegungen wurden schneller, und ich raste dem Höhepunkt entgegen. Ich musste einfach in sie hineinstoßen, während sie sich unter mir bewegte und diese kleinen Laute von sich gab.

»Oh Gott. Ja.« Sie stöhnte, ihr Atem ging schnell und flach. »Fester, Jake.«

Ich gehorchte. Schweißperlen bildeten sich auf meiner Brust, als ich immer wieder in sie eindrang. Ihre Finger strichen über ihre Schamlippen, wo wir verbunden waren, bevor sie wieder ihre Klit streichelte, und ich nahm nichts anderes mehr wahr.

Ihr Körper versteifte sich auf dem Tisch, ihre Hüften bäumten sich wild auf, und ich war verloren.

»Fuck, Maddie.« Ich drang fest in sie ein, bevor ich sie eng an mich zog, dann ergoss ich mich in ihr. Ich konnte mich nicht mehr aufrecht halten, sank nach vorn und stützte mich auf meine Arme.

Sie sah zu mir auf, und in ihrem Blick lag so viel, was ich nicht verstehen konnte. Ich verlor mich in einem wirbelnden Strudel, schluckte und streckte die Hand aus, um ihr über die Wange zu streichen.

Mir fiel nichts ein, was ich sagen könnte. Kein einziges Wort.

»Jake?« Sie strich mir mit den Händen über die Arme.

»Ja?« Meine Stimme war rau, und ich räusperte mich.

»Der Tisch.«

Ihre Haare lagen um sie herum ausgebreitet, als wären sie zum Leben erwacht, während wir uns geliebt hatten. Das verblassende Sonnenlicht glänzte in ihren Augen, und eine sanfte Röte überzog ihre Wangen.

»Jake.« Sie drückte meine Schulter. »Der Tisch.«

»Was?« Ich sah hinunter und war erstaunt, dass der Tisch gut eineinhalb Meter von dem Platz entfernt stand, an dem wir begonnen hatten.

»Ich glaube, wir …«

Bevor sie den Satz beenden konnte, brach eins der alten Tischbeine durch, und wir landeten in einem Knäuel von Armen und verschwitzter Haut auf dem Boden. Puz kam bellend angerannt und schnüffelte um uns herum.

»… haben ihn kaputt gemacht.« Sie sah auf mich hinunter, denn sie war auf meiner Brust gelandet und fing an zu lachen.

Da bemerkte ich, dass ich mich auf gefährlichem Terrain befand.

Mein Herz hämmerte schmerzhaft in meiner Brust, auf eine Art, die nichts mit dem Tisch zu tun hatte, und ich zog sie zu mir herab, um sie zu küssen.

»Jake?« Sie löste sich von mir und sah mich mit einem seltsamen Gesichtsausdruck an. Puz schien sich für etwas an ihrem Kopf zu interessieren.

»Ja?«

»Stand der Kartoffelbrei auf dem Tisch?« Sie streckte die Hand aus und berührte etwas Verklumptes in ihren Haaren.

Jetzt musste ich lachen und schlang die Arme um sie.

13. KAPITEL

MADDIE

Mein Handy piepste auf dem Nachttisch, und ich schlug die Augen auf. Ich hob den Arm, um es auszuschalten, und stieß dabei mit dem Ellbogen gegen den Nachttisch.

»Verdammter Mist, das tat weh!« Ich hielt mir den Arm und sah auf den spektakulären blauen Fleck, der meine Haut verschönerte.

»Alles in Ordnung?« Ein schwerer Arm legte sich auf meinen Bauch, und trotz meines pulsierenden Ellenbogens fühlte ich mich ganz leicht und glücklich.

»Ja, mir geht's gut. Hab mir den blöden blauen Fleck gestoßen.« Ich wand mich ein bisschen, um an das Handy zu kommen, ohne seine Umarmung abzuschütteln.

»Dummer Nachttisch«, grummelte er. Ich hatte einen blauen Fleck am linken Arm – vom Ellbogen bis zu meinem Handgelenk. Jake hatte ebenfalls einen blauen Fleck abbekommen, der von seiner Schulter bis zur Pobacke reichte. Wir würden in den nächsten Tagen jede Menge Ibuprofen brauchen.

Ich nahm das Handy, wischte über den Bildschirm und bemerkte kaum, dass die übliche Passwortsperre nicht eingeschaltet war.

WAS GLAUBST DU EIGENTLICH, WAS DU DA GERADE MACHST?

Die Nachricht sprang mir direkt ins Auge, bevor ich eins und eins zusammenzählen konnte.

Scheiße.

»Äh, Jake. Das ist dein Handy.« Ich drehte mich zur Seite, um es ihm zu geben. »Tut mir leid, ich habe draufgeschaut, weil ich dachte, es wäre meins.«

Er brummte und hielt mir die Hand entgegen. »Schon gut.«

Ich gab es ihm, rollte mich wieder auf die Seite und zog die Decke enger um mich. Ich fühlte mich nackt, und das lag nicht an der fehlenden Kleidung. Die Öffentlichkeit wusste, dass wir zusammen waren. Irgendwie hatte Jakes Mutter herausgefunden, dass ich bei ihm zu Hause war. Ich sah mich im Zimmer nach einer Uhr um, konnte aber keine entdecken. Wie spät war es? Wir waren gerade erst eingeschlafen.

Jake blickte auf sein Handy, dann tippte er schnell auf das Display ein.

»Ich sollte gehen.« Ich wollte mich aufsetzen, aber er zog mich fester an sich.

»Bleib. Was wir tun, geht niemanden außer uns etwas an.«

Ich biss mir auf die Lippe und kämpfte gegen den Wunsch an, ihn zu fragen, was wir eigentlich hier taten. Seine Mutter hasste mich, und ich war eines dieser skandalösen Politikerkinder. Ich stammte aus erster Ehe und brach in Gebäude ein. Ich war eine tickende Zeitbombe.

»Nein, bitte schau nicht so.« Jake rollte sich auf mich und schob sich mit der Hüfte zwischen meine Beine. Als wir ins Bett gegangen waren, hatte er seine Prothese abgelegt.

Bevor er sie abnahm und an die Wand lehnte, hatte er keinen Augenblick gezögert. Ehrlich, es hatte mich überhaupt nicht gestört. Vielmehr war ich von seinen restlichen Ecken und Kanten fasziniert gewesen. Am meisten beunruhigten mich die Narben an seiner Seite und auf seinem Rücken. Nicht weil sie seine Schönheit beeinträchtigt hätten, sondern weil sie mich daran erinnerten, dass er um ein Haar nicht nach Hause gekommen wäre.

»Hör auf.« Er schnupperte an meinem Nacken, und ich spürte seinen warmen Atem. »Keine Gedanken. Keine Sorgen. Kein Garnichts.«

Es gelang mir, eine Hand zwischen uns zu schieben und seine beginnende Erektion zu liebkosen. »Kein Garnichts?«

»Den letzten Teil nehme ich zurück.« Sein Atem kitzelte mich am Ohr, und ich musste kichern. »Oh, mach das noch mal. Das gefällt mir.«

Als er mich an der Seite kitzelte, konnte ich das Lachen nicht zurückhalten. Ich wand mich, um frei zu kommen und mich an ihm zu rächen.

Er lachte kurz und laut, bevor er mir die Finger unter den Rippenbogen drückte. Ich zappelte und schlug um mich, dabei traf mein Fuß den Nachttisch, und die Lampe fiel mit lautem Krachen zu Boden. Er erstarrte, und in seinen Augen veränderte sich etwas. Sein Griff um meine Taille wurde schmerzhaft fest, und ich schnappte gequält nach Luft.

»Tut mir leid.« Ich sah zu ihm auf und hatte das seltsame Gefühl, als wäre er ganz woanders. »Jake?« Die Art, wie seine Augen auf etwas hinter mir fokussiert waren, verriet mir, dass er mir nicht hatte wehtun wollen. Ich war mir noch nicht einmal sicher, ob er sich überhaupt darüber bewusst war, dass ich noch bei ihm war.

Puz erhob sich von seinem Platz auf dem Boden und winselte leise, bevor er näher kam und die Pfoten auf den Rand der Matratze legte.

Jakes Atem ging langsam und flach, als wäre er verletzt. Ich erkannte Panik in seinen Augen, die vor zwei Sekunden noch nicht dort gewesen war.

»Jake? Habe ich dir wehgetan?« Ich streckte die Hand aus und berührte ihn an der Schulter, aber er zuckte vor mir zurück. Die Bewegung war so plötzlich und schnell, dass ich erschrak.

Er drehte sich auf den Rücken, setzte sich auf und richtete den Blick zum Ende des Bettes. Puz hüpfte neben ihn, lehnte sich an sein Herrchen und winselte leise.

Ich setzte mich langsam auf, zog die Decke hoch, um meine Brust zu bedecken, und presste die Hand auf mein schnell schlagendes Herz. Unsicher, was ich sagen sollte, saß ich still da, bis sich sein Atem zu beruhigen schien. Selbst dann rührte ich mich nicht. Verwirrung und Zweifel breiteten sich in meiner Magengrube aus. Niemand hatte erwähnt, dass Jake unter einer posttraumatischen Belastungsstörung litt, aber nun glaubte ich, dass es der Fall sein könnte. Ich wusste nur wenig aus dem Fernsehen und aus einigen Reden meines Vaters, aber dieser Stimmungsumschwung war definitiv ein Zeichen.

Nach einigen Minuten rutschte Jake zur Bettkante und sammelte seine Shorts vom Boden auf. Puz blieb nah bei ihm. Er zog sich an und befestigte seine Prothese. Ich gab mir Mühe, ihn nicht zu beobachten, und war besorgt, dass ich etwas in ihm ausgelöst hatte. In jedem Fall hatte ihn das Krachen der Lampe erschreckt.

»Lust auf Frühstück?« Er stand auf, ohne mich anzusehen.

»Klar.« Ich gab mir Mühe, meine Stimme unbeschwert klingen zu lassen, aber ich hatte immer noch Angst, mich zu bewegen. Ich wollte Jake nicht als verwundetes Tier sehen, aber irgendetwas brodelte in ihm, und er verströmte eine Energie, die mich verunsicherte.

»Mir geht's gut, Maddie.« Er drehte sich um, sah mich an, und seine Haut war ein bisschen zu blass, seine Augen ein bisschen zu dunkel. »Es tut mir leid, wenn ich dich erschreckt habe.«

»Ich dachte, ich hätte dir wehgetan.« Meine Stimme zitterte ein bisschen, und ich erkannte, dass ich Angst gehabt hatte wegen der plötzlichen Veränderung der Stimmung, in einem Moment, in dem ich so verletzlich gewesen war.

»Nein, Maddie, das hast du nicht.« Er holte tief Luft und fuhr sich mit den Fingern durch die Haare. »Na los. Lass uns was essen.«

Ich wickelte die Decke fester um mich. Ich wollte aufstehen, aber ich hatte nichts anzuziehen. Meine Kleider lagen noch unten, und ich scheute mich davor, ihm nackt zu folgen. Ich schwang die Beine über die Bettkante und hielt die Decke um meinen Körper geschlungen.

Da verhedderten sich meine Füße in dem seidigen Stoff und ich befürchtete schon hinzufallen, doch starke Hände fingen mich auf.

»Maddie.« Jake sagte meinen Namen leise, fast wie ein Gebet. Er zog mich an seine Brust und drückte mir die Lippen auf die Haare. »Es tut mir leid. Das passiert nicht oft. Manchmal … manchmal ist es schwierig, mich daran zu erinnern, wo ich bin.«

»Ich mache mir Sorgen um dich, Jake.« Ich schloss die Augen, weil sie sich feucht anfühlten. Puz lehnte sich an unsere Beine, und ich fragte mich, wen er beruhigen wollte.

»Das ist das Letzte, was ich will. Ich mag es, dass du mich nicht anders behandelst, Maddie. Fang jetzt bitte nicht damit an, okay?« In seiner Stimme schwang eine unüberhörbare Bitte mit. Er brauchte es, dass ich ihn behandelte, als wäre alles gut. Er brauchte die Normalität mit mir.

Das war eine wirklich große Aufgabe.

Mein Herz schmerzte, weil ich Jake helfen wollte. Ich wollte einen Weg finden, dass es ihm besser ging. Aber das war nicht das, worum er mich bat.

»Bitte? Behandle mich einfach wie immer.« Er zog sich nicht zurück, um mir in die Augen zu sehen, und mir war klar, dass er es vermeiden wollte, dass ich in ihnen etwas Schlimmes entdeckte.

»Ich behandle dich wie immer, Jake, aber nur wenn du mir versprichst, dass du mit jemand anderem redest.« Ich hob den Kopf und wartete darauf, dass er mir in die Augen sah. »Na ja, so normal, wie ich eben sein kann, wenn man bedenkt, was wir mit deinem Küchentisch angestellt haben.«

»Wenn du weiter solche Sachen machst, wie in meiner Küche, dann spreche ich mit wem du willst.« Sein Lächeln war schwach, aber es war da.

»Es geht nicht darum, was *ich* will. Es muss jemand sein, mit dem *du* sprechen willst. Im Ernst, Jake. Ich werde dich weiter arrogant nennen und dich damit aufziehen, dass du dein Bein abnehmen musst, um durch die Sicherheitskontrolle zu kommen, aber du musst mir versprechen, dass du jemanden zum Reden findest.«

Er schnaubte, und einige der dunklen Wolken in seinem Blick verzogen sich. »Ich muss mein Bein nicht abnehmen, um durch die Sicherheitskontrolle zu kommen.«

»Das solltest du aber! Wer weiß, was du da drin versteckst?« Ich zog eine Schnute. »Sie haben mich schon mit diesen kleinen Wundergeräten gescannt, bevor sie mich zu meinem Dad ins Pentagon gelassen haben. Aber du? Nein, *du* kannst einfach überall herumspazieren. Das ist doch gemein.«

»Das ist mein Mädchen.« Er fuhr mir mit den Fingern durch die Haare, aber sie blieben hängen.

»Au.« Ich hob die Hand an meinen Kopf.

»Vielleicht sollten wir den Kartoffelbrei aus deinen Haaren waschen, bevor wir runtergehen.« Er beugte sich herunter, hob mich hoch und warf mich über die Schulter.

»Jake!« Ich streckte die Hand aus und gab ihm einen Klaps auf den Po.

»Oh ja.« Er lachte leise. »Du weißt, was ich mag, Baby.«

Ich lachte so sehr, dass ich kurz grunste, was wiederum ihn zum Lachen brachte.

»Da bekommt man ja das Gefühl, einen Mops als Freundin zu haben.« Er setzte mich im Badezimmer ab und drehte das Wasser in der Dusche auf.

Mein Herz schlug schneller, und ich beobachtete ihn genau. »Einen Mops?«

»Du weißt schon, diese kleinen Hunde, die immer so schnaufen.« Er drehte sich zu mir um, wickelte mich aus der Decke und grunzte wie ein Schwein. Puz war uns ins Bad gefolgt und ließ Jake nicht aus den Augen.

»Freundin?« Ich leckte mir über die Lippen und bemühte mich, nicht allzu aufgeregt zu wirken.

Er hielt mitten in der Bewegung inne und ließ den Blick über mich wandern.

»Ja. Freundin.« Er hob mein Kinn, damit ich ihm in die Augen schauen konnte. »Du bist ein bisschen gemein zu mir, aber das ist schon okay, weil du so verdammt gut im Bett bist.«

»Und auf Tischen, nicht zu vergessen.«

»Und an Wänden.« Er zog die Decke beiseite und sah auf meine Brüste hinab. Nachdem er anerkennend geknurrt hatte, schob er die Decke wieder zurück auf ihren Platz. »Aber das ist nicht alles, was ich an dir mag.«

»Hm. Wir haben Bett, Tisch und Wände erledigt. Was bleibt denn da noch übrig?« Ich strich ihm über die Stoppeln am Kinn. »Mein scharfer Verstand ist eine Gabe.«

»Möchtest du gern Komplimente hören, Maddie?« Er streichelte meinen Nacken, und sein Daumen lag an meiner Herzschlagader.

»Ich dachte, das wäre ziemlich deutlich gewesen. Aber ja, es würde mir nichts ausmachen, auch die guten Sachen zu hören, da du ja schon darauf hingewiesen hast, wie gemein ich bin.« Ich wanderte mit den Fingern über seine Brust, achtete aber darauf, nicht die Narben an seiner Seite zu berühren. Ich wollte keinen weiteren Stressmoment provozieren, indem ich die Aufmerksamkeit auf die deutliche Erinnerung an seinen Unfall lenkte.

»Madeline McGuire, du bist ein leuchtender Stern an einem dunklen Nachthimmel.« Er legte die Hand an meine Wange und sah auf mich herab. »Du bist Balsam für die, die Linderung suchen. Du spielst keine Spielchen oder gibst vor, jemand anderes zu sein als du selbst. Das ist erfrischend. Du bringst mich zum Lachen und bist so unbekümmert, dass du allen die Befangenheit nimmst. Dein Filmgeschmack ist fragwürdig, aber du beschwerst dich nicht, wenn jemand anderes das Programm bestimmt. Du bist viel cleverer, als du selbst glaubst, und besitzt die Begabung, andere Menschen zu verstehen. Du gibst alles für die Dinge, die dir wichtig sind, und die Menschen, die du gernhast.«

Meine Augenbrauen wanderten mit jedem Satz weiter nach oben. So sah Jake mich? Er musste unter schlimmen Wahnvorstellungen leiden.

»Es könnte dir Probleme bereiten, wenn du dich auf mich einlässt. Du bist der Goldjunge, der perfekte Politikersohn, und ich wurde verhaftet, weil ich Hausfriedensbruch begangen habe.« Ich schüttelte den Kopf. Ich wünschte mir aus tiefstem Herzen eine echte Beziehung zu Jake, aber ich wurde das Gefühl nicht los, dass ich seiner Zukunft im Weg stehen würde.

»Du weißt, dass ich Probleme habe. Ich bin nicht mehr der Goldjunge, Maddie, und ich habe auch keine Lust, so zu tun. Außerdem bist du meiner Meinung nach die letzte Person, wegen der ich mir Sorgen machen sollte.« Er streifte mit den Lippen meine Wange.

»Was ist mit deiner Mutter?« In unserem Alter war das eigentlich eine lächerliche Frage. Aber wenn man bedachte, wer unsere Eltern waren, blieb es ein wichtiges Thema.

»Ich bin keine Schachfigur, die sie beliebig herumschieben kann.« Seine Kiefermuskeln verspannten sich. »Sie hat kein Recht zu entscheiden, wer mir wichtig ist.«

»Ich will nicht der Zankapfel zwischen dir und deiner Familie sein.« Ich schüttelte den Kopf.

»Die Einzige mit einem Problem ist meine Mutter, und das hat nichts mit dir zu tun, sondern liegt einzig und allein an ihrer Kampagne.«

Ich bemühte mich, meine Skepsis nicht zu zeigen, wusste aber, dass das nicht stimmte. Virginia Simmons konnte mich absolut nicht ausstehen. Mein Elternhaus war nicht gut genug für ihren Sohn. Meine Mutter kam nicht aus einer einflussreichen Familie. Mein Vater hatte sie kennengelernt, während er für seine Wiederwahl in den Senat Krankenhäuser und Schulen besuchte. Meine Mutter war gerade bei meiner Großmutter im Krankenhaus gewesen, und er hatte sich in die Art verliebt, wie sie die Menschen in ihrem Umfeld behandelte.

Meine Stiefmutter hatte den familiären Hintergrund, den Virginia für so wichtig hielt, und sie schwärmte für meinen Halbbruder, egal wobei er erwischt wurde. Aber ich? An mir war immer alles verkehrt.

»Maddie?« Jake legte mir beide Hände an die Wangen und brachte mich dazu, ihn anzusehen. Große Unsicherheit lag in seinem Blick. »Wir können es auch langsamer angehen lassen.«

»Nein.« Ich schüttelte den Kopf. Wie lange schon hatte ich mich nach den Gefühlen gesehnt, die Jake in mir hervorrief?

Bei ihm fühlte ich mich wie etwas Besonderes. »Ich möchte das hier – mit uns – versuchen.«

»Gut.« Ein strahlendes Lächeln breitete sich auf seinem Gesicht aus, kurz bevor er die Lippen auf meine presste. Das Verlangen in seinen Berührungen ließ meine Zweifel schnell verschwinden. Ich legte ihm die Hände auf die breiten Schultern, und die weiche Decke fiel raschelnd zu Boden. Seine Hände strichen über meine Arme, die Hüften und bis zum Po, bevor er mich näher an sich zog.

Ich presste meine Brüste gegen ihn und unterdrückte ein Seufzen. In der nächsten Sekunde umfasste er sie, knetete sie sanft und stöhnte.

Das Wissen, dass ich dieses Verlangen bei ihm auslöste, machte mich stark. Seine beeindruckende Erektion drückte durch seine Sporthose an meinen Bauch, und plötzlich gab es für mich nichts Wichtigeres auf der Welt, als ihn anzufassen. Ich wanderte mit den Fingern über seine Brust und strich über seine harten Bauchmuskeln. Mir gefiel, wie sie sich unter meiner Berührung anspannten.

»Runter damit«, sagte ich an seinem Mund und zog an seiner Hose.

»Jawohl, Ma'am.« Ich löste mich von ihm, damit er meinem Wunsch nachkommen konnte. »Ich glaube, ich habe es noch nie so sehr genossen, herumkommandiert zu werden.«

Seine Augen funkelten, als er die Hand nach mir ausstreckte, aber ich trat einen Schritt zurück, sodass er mich nicht erreichen konnte.

»Mh-mh.« Ich hielt einen Finger hoch und beschrieb einen Kreis. »Ich konnte dich gestern Abend gar nicht anschauen.«

Seine Augenbrauen wanderten in die Höhe, bevor sich sein Mund zu einem süffisanten Lächeln verzog. Er hob die

Hände und drehte sich vor mir langsam um die eigene Achse. Ich ließ meinen Blick über seine Brust- und Rückenmuskeln und seinen perfekten Po wandern. Ich hatte noch nicht viele männliche Hintern gesehen, aber ich war mir ziemlich sicher, dass Jakes ein erstklassiges Exemplar war. Definierte Muskeln zeichneten sich an seinen Beinen ab. Seine Prothese registrierte ich kaum. Als er die Drehung vollendet hatte, blickte ich auf eine noch beeindruckendere Erektion. Ich hatte nicht gelogen, als ich ihm gesagt hatte, dass er gut ausgestattet war. Jake war ein großer, muskulöser Mann, und sein Schwanz bildete keine Ausnahme – so enorm und dick, dass ich mich fragte, wie er in mich hineingepasst hatte.

»Gefällt dir der Anblick? Nicht ganz so, wie ich mal war.« Sein Lächeln verrutschte ein wenig, aber es war nicht nur sein Körper, der ein unbändiges Verlangen und eine beinahe schmerzhafte Sehnsucht in mir auslöste, sondern auch die Art, wie er mir gegenüber sein Herz öffnete. »Ich bin nicht mehr der makellose Junge.«

»Makellos ist langweilig. Ich mag den Mann, zu dem du geworden bist, viel mehr als den Jungen, der du einmal warst.« Ich trat vor und strich mit den Fingern über seine Brust bis hinunter zu den Narben. Ich zeichnete sie nach, erforschte sie und ließ keine Stelle aus. »Sie gehören zu dir, Jake. Das macht sie besonders.«

Die Wahrheit war, dass ich mir nicht sicher war, ob *mögen* das richtige Wort war. Mein Herz war kurz davor, die Klippen hinunterzustürzen, und ich wusste nicht, ob ich es überhaupt noch verhindern konnte.

»Ich verdiene dich nicht«, flüsterte er. Sein Blick verdunkelte sich, und mir war klar, dass er an ein Ereignis in der Vergangenheit dachte.

»Ich bestimme, wer mich verdient.« Meine Worte klangen

nachdrücklicher als beabsichtigt. Um die Schärfe in meinem Ton zu mildern, legte ich meine Hand auf sein Herz.

»Du machst es einem schwer, mit dir zu diskutieren«, sagte er. Er beugte sich herunter und gab mir einen Kuss auf den Kopf, bevor er sich zurückzog und mir über die Haare strich. »Komm, lass uns duschen. Dann mache ich uns Frühstück.«

»Vielleicht sollten wir uns Frühstück bestellen.« Ich lächelte ihn an.

»Du bist ja so witzig.« Er trat zurück, nahm die Prothese ab und hielt sich am Haltegriff fest, um in die Dusche zu steigen. Dann streckte er die Hand aus und zog mich hinein unter das warme Wasser.

Ich reckte mein Gesicht dem Duschstrahl entgegen, und das Wasser lief über meinen Körper. Als ich die Augen öffnete, sah ich, wie Jake mich mit hungrigem Blick musterte.

»Du weißt schon, dass du viel schmutziger bist, als ich dachte. Das wird eine Weile dauern.« Er nahm das Duschgel, gab etwas in seine Hand und schäumte es auf. Lächelnd strich er mir über die Schultern bis hinab zu den Brüsten. »Ja, das könnte eine Weile dauern.«

Er drehte mich mit dem Rücken zur Wand und lachte leise, als ich wegen der kalten Fliesen keuchte. Mit geschickten Händen verteilte er den Schaum auf meiner Haut, wanderte über meinen Bauch und dann den Rücken hinauf.

Ich schnappte mir das Duschgel von der Ablage. An ihm gab es auch ein paar Stellen, die dringend gewaschen werden mussten.

Später an diesem Morgen saßen wir auf dem Wohnzimmerboden und aßen das, was wir in seiner Küche noch gefunden hatten. Ich nahm das Messer aus dem Erdnussbutterglas und strich mir etwas davon auf eine Scheibe Toast.

»Das ist gar nicht so übel, weißt du.« Jake hatte uns zu Toast und einem gebratenen Spiegelei ein paar Erdbeeren aufgeschnitten. »Ich bin überrascht, dass ich noch so viel zu essen hatte.«

»Du könntest mal einkaufen gehen.«

»Ich gehe oft essen.« Er zuckte mit den Schultern und schob sich etwas Toast in den Mund.

Unwillkürlich musterte ich seine muskulöse Brust. »Und dann siehst du so aus?«

»Ich trainiere viel im Fitnessstudio«, erklärte er.

»Hm.« Ich glaubte nicht, dass er hauptsächlich wegen seiner Gesundheit ins Fitnessstudio ging. Wahrscheinlich musste er den Kopf freibekommen. »Tja, wenn du dich besser ernähren würdest, müsstest du vielleicht nicht so oft ins Fitnessstudio.«

»Bietest du mir gerade an, für mich zu kochen?« Er sah unter seinen dichten Wimpern zu mir auf.

»Äh, nein. Zumindest nicht Vollzeit. Aber wenn wir das nächste Mal zu Hause essen, könnte ich uns etwas kochen.« Ich trank meinen Orangensaft aus.

»Wie wär's mit heute Abend?« Er wischte sich die Krümel von den Händen, bevor er sich eine Erdbeere in den Mund steckte. Puz schnüffelte auf der Suche nach etwas Essbarem an den Krümeln.

»Das geht leider nicht.« Ich runzelte die Stirn. »Ich treffe mich mit Senatorin Fletcher.«

Bei dem Gedanken daran war ich plötzlich nicht mehr besonders hungrig.

»Wegen des Gesetzesentwurfs?« Er stützte die Ellbogen auf den Couchtisch und beugte sich vor. Weil er erwähnt hatte, dass er ungern über Politik sprach, hatte ich nicht sehr ausführlich davon erzählt.

»Ich bin mir nicht sicher. Sie hat mich angerufen und um ein Treffen gebeten.« Ich hoffte wirklich, dass das bedeutete, dass sie daran interessiert war, meinen Gesetzesentwurf zu unterstützen. Bisher hatte ich nur ein Notizbuch voller Ideen und keinen Plan, was ich damit anstellen sollte.

»Sie versteht ihr Handwerk und hat eine Menge Einfluss.« Jake lehnte sich wieder zurück, ließ die Schultern sinken und eröffnete mir einen großartigen Ausblick auf seine Brust.

»Ich brauche jemanden, der weiß, wie so was abläuft.« Stirnrunzelnd sah ich auf meinen Teller hinab. »Ich habe überhaupt keine Ahnung, wo ich anfangen soll.«

»Du bist die Tochter des Präsidenten, klar weißt du, was zu tun ist.« Jake steckte sich noch eine Erdbeere in den Mund.

»Nein, das weiß ich wirklich nicht.« Ich knibbelte an meinem Fingernagel. »Bis jetzt habe ich alles gemieden, was mit Politik zu tun hat. Ich musste googeln, um herauszufinden, wie das Gesetzgebungsverfahren überhaupt funktioniert.«

Ich hatte mein ganzes Leben lang einen großen Bogen um alles gemacht, was auch nur ansatzweise mit Politik zu tun hatte, und jetzt schämte ich mich dafür.

»Maddie, die meisten Leute müssten googeln, um herauszufinden, wie man einen Gesetzesentwurf einreicht.«

»Die meisten Leute sind aber nicht ich. Ich habe eine bescheuerte Entscheidung getroffen, und der einzige Weg, das wiedergutzumachen, gibt mir das Gefühl, direkt ins Kaninchenloch zu starren. So fängt es immer an.«

»Was fängt immer so an?« Er kniff die Augen zusammen.

»Leute versuchen, etwas Gutes zu erreichen, etwas zum Besseren zu verändern. Dann lassen sie sich mit dem Teufel ein, sodass schließlich ein völlig verwässerter Gesetzesentwurf abgesegnet wird, der nichts mehr mit dem Original zu tun hat, und letztendlich verändert sich gar nichts.« Ich lehnte mich an die Couch und kaute auf meinem Daumennagel herum. »Dann klopfen dir die Leute auf die Schulter, lächeln und tun so, als hättest du wirklich etwas erreicht, aber du hast nur deine Seele für etwas verkauft, was nie eintreten wird.«

»Sind wir heute vielleicht ein bisschen melodramatisch?« Jake griff unter dem Couchtisch nach meinem Knie und tätschelte es freundschaftlich.

»Das habe ich schon so oft beobachtet. Viele Leute in Washington sind mit einem großen Traum und unendlich viel Hoffnung gestartet.« Ich schüttelte den Kopf. »Schau sie dir jetzt an.«

»Du hast aber einen großen Vorteil.« Jake drückte mein Knie, bevor er es wieder losließ. »Du weißt, was dich am anderen Ende des steinigen Aufstiegs erwartet.«

»Genau. Es springt mir ins Auge.« Ich schob den Toast auf meinem Teller hin und her. »Trotzdem muss ich es versuchen.«

»Nein, musst du nicht.« Er beugte sich vor und nahm meine Hand. »Das macht dich besonders, Maddie. Als du bemerkt hast, dass du mehr tun musst, um diese Tiere zu schützen, hast du nicht gezögert. Du hast direkt losgelegt.«

»Im Moment bin ich mir da nicht mehr so sicher.«

»Nicht MadLibs McGuire.« Jake streckte die Hand über den Tisch hinweg aus und ergriff meine. »Maddie, wenn du dich einer Sache annimmst, kommt niemand mit irgendwelchem Unsinn durch.«

»Ich weiß nicht.« Ich holte tief Luft. »Aber du hast recht. Ich habe mich entschlossen zu springen, also gibt es kein Zurück mehr. Jemand muss sich für diese Tiere einsetzen.«

»Das ist mein Mädchen.« Sein Lächeln war aufrichtig und stand in krassem Gegensatz zu dem Schmerz, der sich vorhin auf seinen Zügen widergespiegelt hatte.

»Ich muss los.« Ich stand auf und nahm meinen Teller. Als ich nach seinem greifen wollte, nahm er stattdessen meine Hand.

»Lass alles stehen.« Er zog mich auf seinen Schoß und schlang einen Arm um mich. »Ich kümmere mich um das Chaos.«

»Hm. Was hast du mit dem Esstisch vor?« Ich ließ den Kopf an seine Brust sinken und lauschte dem gleichmäßigen Klopfen seines Herzens.

»Ich kaufe einen neuen. Du kannst mir beim Aussuchen helfen.« Er rieb seine Wange an meiner. »Das ist doch einer der Vorteile, wenn man eine Freundin hat, oder nicht?«

»Und wenn dir nicht gefällt, was ich aussuche?«

»Ernsthaft?« Er lachte leise. »Solange die Stühle robust genug sind, dass sie nicht unter mir zusammenbrechen, ist mir der Rest ziemlich egal.«

»Er wird stabile Beine brauchen.« Ich drehte mich, um ihn anzusehen.

»Stimmt.« Er kam mit seinem Mund näher an meinen. »Vielleicht ein paar Platzdeckchen zum Polstern.«

»Du solltest eine Liste machen.« Ich drückte ihm einen Kuss auf die Unterlippe.

Sofort legte er mir die Hände an die Wangen und erwiderte den Kuss. Als er sich schließlich von mir löste, seufzte er und sah enttäuscht aus.

»Na los, bevor du noch deinen Termin verpasst.« Er sah mich ernst an, bewegte sich aber nicht.

»Ich würde lieber mit dir einkaufen gehen.« Ich seufzte.

»Keine Chance.« Diesmal gab er mir einen sanften Schubs, und ich kletterte von seinem Schoß. Wir standen auf.

»Mein Wagen ist da.« Ich nahm meine Handtasche und stopfte mir das Handy in die Gesäßtasche.

»Ruf mich an. Ich will wissen, wie es gelaufen ist.« Jake drückte mir die Schultern.

»Wirklich?« Ich konnte meine Überraschung nicht verbergen.

»Ja, das ist dir wichtig.« Er küsste mich auf die Schläfe. »Und Puz interessiert sich auch sehr dafür.«

Ich hielt inne und wägte meine nächsten Worte ab. »Wirst du tun, worüber wir vorhin gesprochen haben?«

Ich wollte wissen, ob er sich wirklich jemanden zum Reden suchen würde. Ich *musste* es wissen.

»Ja. Ich suche mir jemanden.« Er kniff die Augen zusammen, aber er flippte nicht aus, und auch Puz bewegte kein Schnurrhaar.

»Dann werde ich dir Bescheid sagen.« Ich griff nach seinem Hosenbund und zog ihn zu mir heran, damit ich ihm einen dicken Kuss geben konnte, bevor ich die Tür öffnete und hinausflitzte.

Tony hatte frei, also fuhr mich heute eine andere Personenschützerin. Sie sagte nichts, also verlief die Fahrt schweigend, während mein Gehirn sich erst mit freudigen und dann mit dunklen Gedanken beschäftigte. Die Erinnerung an Jakes Hände auf meiner Haut und daran, wie zärtlich er mich an sich gedrückt hatte, als wäre ich das Allerwichtigste für ihn, ließ meine Seele vor Glück jauchzen. Dann kam der Absturz, als ich mich an das pure Grauen in seinem Blick erinnerte, weil die zerbrechende Lampe solch einen Lärm verursacht hatte.

Als wir am Weißen Haus ankamen, wusste ich nicht mehr, wo oben und wo unten war. Noch nie hatte ich mich in einer Beziehung so gefühlt. Ich hatte gerne Zeit mit meinen Exfreunden verbracht, mit Schmetterlingen im Bauch und dem ganzen Kram, aber da war nicht dieses Gefühl der Bedeutsamkeit gewesen – und nicht dieses Angstgefühl, es könnte etwas schiefgehen. Vielleicht lag es daran, dass mir in der Vergangenheit kein Mann derart wichtig gewesen war.

Ich war so in meine Gedanken versunken, dass ich keine Chance hatte, der Falle zu entkommen, die für mich aufgestellt worden war.

»Maddie, die Vizepräsidentin würde gern kurz mit Ihnen sprechen.«

Ich sah ihren Stabschef mit großen Augen an, bevor ich mich in der riesigen Eingangshalle nach einem Ausweg umschaute.

»Es tut mir leid, ich habe es eilig. Ich rufe sie später an.« Verdammter Mist. Ich hätte darauf vorbereitet sein sollen. »Tut mir leid, Zach. Ich muss wirklich los.«

»Nein, Ma'am, das geht nicht. Es ist dringend.« Er nahm mich beim Ellbogen und führte mich in Richtung des Büros, das die Vizepräsidentin nutzte, wenn sie sich im Weißen Haus aufhielt.

»Ich habe einen Termin.« Ich wollte mich aus seinem Griff befreien, aber er packte stärker zu.

»Ich bin mir sicher, das kann warten. Die Vizepräsidentin ist sehr beschäftigt, hat sich aber Zeit genommen, um mit Ihnen zu plaudern.«

»Lassen Sie meinen Ellbogen los, dann komme ich mit.« Ich riss mich los und registrierte, dass die Personenschützerin mir gefolgt war und sich nun zwischen uns stellte. »Wann wurden Sie zum Handlanger degradiert?«

»Sie traut niemand anderem, was dieses Treffen angeht.« Er wollte wieder nach meinem Arm greifen, aber meine Agentin hielt ihn auf.

»Sir, bitte behalten Sie Ihre Hände bei sich.« Sie war so groß wie ich, hatte braune Augen und kurze braune Haare.

»Herrgott, Maddie. Sie machen eine Szene.« Er ließ die

Hand sinken und sah mich finster an. »Mir gefällt das ebenso wenig wie Ihnen. Bringen wir es einfach hinter uns.«

Ich begegnete seinem Blick und suchte fieberhaft nach einem Ausweg. Rasch zog ich mein Handy aus der Tasche und sah auf die Uhr. Verzweifelt schickte ich schnell eine Nachricht an die einzige Person, die mich, abgesehen von meinem Vater, vor der Vizepräsidentin retten würde.

»Na gut, sie bekommt fünf Minuten.« Ich schob das Handy zurück in die Tasche und sah verstohlen zu meiner Agentin ohne Furcht und Tadel. Sie nickte kurz und trat zurück. Falls mein Plan nicht aufging, würde sie dafür sorgen, dass ich schnell wieder aus diesem Büro herauskam.

Ohne mich noch einmal nach Zach umzudrehen, ging ich zum Büro der Vizepräsidentin. Mit einem breiten Lächeln erwartete sie mich im Flur.

»Madeline, danke, dass Sie gekommen sind.« Sie legte mir eine Hand auf die Schulter und führte mich hinein, bevor sie die Tür hinter uns schloss. »Ich weiß, Sie sind sehr beschäftigt.«

»Nicht so beschäftigt wie Sie.« Ich runzelte die Stirn und wappnete mich gegen ihren Angriff. Sie mochte lächeln, aber ich kannte sie besser. Ich hatte die Nachricht gesehen, die sie Jake geschickt hatte.

»Möglicherweise.« Virginia setzte sich an ihren riesigen antiken Schreibtisch und faltete nach wie vor lächelnd die Hände. »Ich weiß, dass Sie an einem Gesetzesentwurf gegen Tierversuche arbeiten. Das ist eine Menge Arbeit. Bestimmt ist das Neuland für Sie.«

»Tatsächlich hätte ich nicht gedacht, dass ich das einmal machen würde.« Ich setzte mich auf den Stuhl ihr gegenüber und bemühte mich, nicht an irgendetwas herumzufummeln.

»Die größten Politiker sind in den Dienst ihres Landes getreten, weil sie sich dazu berufen fühlten, die Dinge zu verbessern. Ich bin nicht überrascht, dass Ihr Vater Ihnen sein Verlangen vererbt hat, Dinge zum Besseren zu verändern.« Ihre Worte waren ruhig und ermutigend, und ich sammelte mich und wartete auf den Hieb mit ihrem Teufelsschwanz. »Sie wären eine großartige Politikerin.«

»Danke, aber das ist nicht mein Ziel. Ich möchte nur die Tiere schützen, das ist alles.«

»Haben Sie jemanden gefunden, der Ihren Gesetzesentwurf unterstützt?« Ihr Lächeln glühte beinahe, und ich hoffte, sie bemerkte nicht, dass ich schwitzte. »Mehrere Leute, die Sie gern unterstützen würden, sind an mich herangetreten.«

»Seltsam, dass sie nicht zu mir oder meinem Vater gekommen sind.« Einatmen, ausatmen. Ich war noch nie in eine Prügelei geraten, aber in diesem Büro fand gerade ein geistiger Machtkampf statt, den ich nicht verlieren wollte.

Sie wedelte mit der Hand in der Luft herum, als wäre das keine große Sache. »Der Präsident ist beschäftigt. Sie wollten ihn wahrscheinlich nicht stören.«

»Virginia, wir wissen beide, dass das nicht stimmt. Ich habe keinen Zweifel daran, dass das Büro meines Vaters mit Anrufen von Leuten bombardiert wurde, die der Tochter des Präsidenten nur zu gern helfen würden. Wer fände es nicht erstrebenswert, wenn ihm der Präsident einen Gefallen schuldet?«

Sie lehnte sich zurück und legte den Kopf schief, ohne etwas zu sagen. Ich konnte weiter erklären, oder ich spielte ihr Spiel mit und saß die Sache aus. Ich sah auf die Uhr und lehnte mich ebenfalls zurück. Es blieben mir noch drei Minuten, bis man mich hoffentlich hier herausholen würde. Wenn sie diese drei Minuten mit einem Kampf der Blicke verbringen wollte, auch gut.

»Wahrscheinlich haben Sie recht.« Virginia nahm einen Stift und schrieb etwas auf ein Blatt Papier, bevor sie es mir über den Tisch hinweg zuschob. »Das sind die Leute, die mir am hilfreichsten erscheinen. Sie haben jede Menge politischen Einfluss und würden Ihnen gerne helfen.«

Ich schaute das Blatt Papier auf dem Tisch an und spürte, dass ich mich auf dünnes Eis begab.

»Was springt für Sie dabei heraus?« Ich verschränkte die Arme und ließ das Papier auf dem Tisch liegen. »Wollen Sie Ihren Namen auf meinem Entwurf?«

»Nein, die Anerkennung gebührt Ihnen. Für Sie wäre das ein tolles Sprungbrett. Das rebellische Kind wird rechtschaffen und trifft schwierige Entscheidungen, damit andere Kinder nicht in Versuchung geraten, das Gesetz zu brechen.« Sie hielt den Stift waagerecht zwischen zwei Fingern. »Sie stehen kurz davor, in die Fußstapfen Ihres Vaters zu treten. Die Menschen werden Ihnen in Scharen zulaufen.«

»Politik interessiert mich nicht.« Ich bemühte mich um eine gleichmäßige Stimmlage. »Ich möchte nur den Tieren helfen.«

»Natürlich. Wir alle wollen ihnen helfen. Ich habe neulich gegoogelt, was man ihnen antut. Es ist entsetzlich.« Sie schüttelte sich leicht. »Denken Sie trotzdem darüber nach. Selbst wenn Sie nicht in die Politik gehen, könnte dieser Entwurf Sie zum Sprachrohr dieser Tiere machen. Ich möchte nur helfen.«

»Ich frage mich immer noch, was dabei für Sie drin ist.« Mit zusammengekniffenen Augen musterte ich sie. »Auch wenn ich das Spiel nicht mitspielen möchte, kenne ich die Regeln. Was wollen Sie im Austausch für Ihre Hilfe?«

»Ich helfe Ihnen mit dem Gesetzesentwurf. Dafür werden viele Verhandlungen nötig sein, und in der Zwischenzeit lassen Sie mich Ihnen helfen, Ihr Image aufzupolieren.«

»Wie bitte?« Nur mein Haaransatz hinderte meine Augenbrauen daran, aus meinem Gesicht zu fliegen.

»Wenn Sie mit meinem Sohn zusammen sein wollen, dann müssen wir einige Veränderungen vornehmen.« Sie lächelte strahlend, und ich kämpfte gegen das Bedürfnis an, ihr an die Gurgel zu gehen.

»Ich werde mich für niemanden verbiegen.« Ich sah auf meine Fingernägel herab und gab vor, gelangweilt zu sein.

»Dann haben wir ein kleines Problem.« Die Vizepräsidentin richtete sich auf.

»Und was sollte das sein?« Ganz bewusst hob ich eine Hand und kaute an einem Nagel.

»Ich kandidiere für das Amt der Präsidentin, Madeline, und Sie sind keine angemessene Partnerin für meinen Sohn. Er muss mit jemandem zusammen sein, der über unzweifelhafte Integrität und Klasse verfügt.«

Autsch. Punkt für die Teufelin.

»Ihnen mangelt es an Schliff und Anmut. Ihr familiärer Hintergrund ist natürlich gut genug, aber nach Ihrem riskanten Ausrutscher …« Sie gab einen missbilligenden Laut von sich. »Ich hatte gehofft, das hier würde uns beiden zum Vorteil gereichen. Ich helfe Ihnen, und im Gegenzug machen Sie ein paar einfache Dinge, um die ich Sie bitte. Natürlich nichts Großes, ich will nicht, dass Sie sich für mich aussprechen. Aber es wäre nicht schlecht, wenn Sie mich hinter den Kulissen unterstützen. Die Presse liebt Sie offensichtlich, aber so wie Sie jetzt sind, können Sie nicht mit Jake zusammen sein.«

Ich starrte sie an, als wären ihr ein paar zusätzliche Köpfe gewachsen. »Jake ist erwachsen. Sie können ihm nicht vorschreiben, wen er in sein Leben lässt.«

»Das sollten Sie besser wissen.« Nun ließ sie die freundliche Maske fallen und spuckte förmlich Gift in meine Richtung. »Ich werde Präsidentin sein, Madeline. Als Frau bedeutet das, mein Haus muss makellos sein. Es darf keine schmutzige

Wäsche, keine Verfehlungen und kein Getuschel über die wilde Freundin meines Sohnes geben. Alles. Muss. Perfekt. Sein. Ich bin so kurz vor dem Ziel, das lasse ich mir von Ihnen nicht kaputtmachen.«

Es klopfte an der Tür, und ich ballte die Fäuste.

»Herein.« Virginia setzte wieder ihr Lächeln auf.

Ich schaute über die Schulter zu Reese, der unerschütterlichen Pressesprecherin meines Vaters. Sie nickte, sagte aber nichts. Sie kam auch nicht weiter ins Zimmer hinein und schloss auch nicht die Tür. Stattdessen deutete sie auf ihre Uhr, als wollte sie mich an etwas erinnern.

»Ich habe einen Termin.« Ich stand auf und vermied es, einen Blick auf die Liste mit den Namen zu werfen, mit der sie mich hatte bestechen wollen. »Entschuldigen Sie mich.«

»Natürlich.« Virginia stand auf und kam um den Tisch herum, um mir die Hand auf die Schulter zu legen. »Ich muss Ihnen nicht sagen, dass dieses Gespräch hier streng vertraulich ist. Wenn Sie meine Hilfe nicht annehmen, wird es Sie auf die eine oder andere Art teuer zu stehen kommen. Denken Sie dran, Madeline, ich gewinne immer. Sie können mit mir oder gegen mich spielen.«

Ich biss die Zähne so heftig zusammen, dass ich mir nicht sicher war, ob ich sie nach dem Verlassen ihres Büros wieder auseinander kriegen würde.

»Ich werde gar nicht spielen, Virginia.« Ich lächelte und tätschelte ihre Hand auf meiner Schulter. »Es hat mich gefreut, Sie zu treffen. Ich wünsche Ihnen eine großartige Woche.«

Ich drehte mich auf dem Absatz um, verließ das Büro und steuerte auf den Wohnflügel zu. Ich wollte so viel Abstand wie möglich zwischen mich und diese niederträchtige Person bringen.

»Danke.« Ich warf Reese einen Blick zu. Auch wenn sie

manchmal schwierig im Umgang war, setzte sie sich für mich ein, wenn ich sie brauchte. Vielleicht sollte ich nicht so hart zu ihr sein.

»Kein Problem. Ich lasse mir keine Gelegenheit entgehen, dieser Frau auf die Füße zu treten.« Mit einem Stirnrunzeln betrachtete sie die Papiere in ihren Armen. »Ich muss sagen, es hört sich so an, als hätten Sie ein größeres Problem, als aus ihrem Büro herauszukommen.«

Da hatte sie verdammt recht.

Die Vizepräsidentin hatte mir gerade den Krieg erklärt. Wenn ich mich nicht so verhielt, wie sie es sich vorstellte, würde ich mich vielleicht entscheiden müssen: mein Gesetzesentwurf gegen Tierversuche oder Jake.

14. KAPITEL

MADDIE

»Sie glauben wirklich, dass wir den Entwurf durchbekommen?« Ich sah zu Senatorin Fletcher hoch, die in ihrem Büro auf und ab ging.

»Aber ja doch. Mit dem, was wir erarbeitet haben, haben wir eine gute Chance.« Senatorin Fletcher schenkte mir ein Glas Wasser ein, ging um ihren Tisch herum und setzte sich in den Sessel neben mir. »Ich würde Ihnen gern sagen, dass wir den Entwurf auf jeden Fall durchbekommen, Sie müssen aber wissen, dass es keine Garantie gibt. Außerdem ist es ein langwieriger Prozess. Wir sind vielleicht in der Lage, ihn schnell durch das Repräsentantenhaus zu bekommen, aber der Senat ist viel langsamer.«

»Ich weiß.« Ich trank einen Schluck Wasser und bemühte mich, keine Grimasse zu schneiden. Von außen konnte es den Anschein haben, als ob Gesetzesentwürfe schnell verabschiedet würden, aber tatsächlich war es ein quälend langsamer Prozess.

»Maddie, wenn Sie damit anfangen, werden Sie es bis zum Ende durchziehen?« Senatorin Fletcher betrachtete mich eingehend und hielt eine Hand hoch, als ich schnell antworten wollte. »Ich weiß, dass es Ihnen wichtig ist, aber das hier könnte Jahre dauern. Kurz gesagt, Sie werden mit diesem Entwurf und dem Prozess verheiratet sein.«

Ich runzelte die Stirn und kaute auf der Innenseite meiner Wange. So betrachtet wirkte der gesamte Prozess ziemlich beängstigend. Ja, ich wollte die Welt für die Tiere und für alle anderen verbessern, aber wollte ich mich dieser Sache wirklich bis in alle Ewigkeit verpflichten? Ich war noch jung. Wer wusste schon, was das Leben in ein paar Jahren für mich bereithielt?

»Es ist in Ordnung, eine Weile darüber nachzudenken, aber wenn Sie sich sicher sind, müssen wir ein Meinungsforschungsteam bilden. Das wird uns helfen, einen Plan zu entwickeln, wie wir vorgehen wollen, und uns ein Gefühl dafür geben, wie die Menschen auf die Idee reagieren könnten.« Sie lehnte sich in ihrem Sessel zurück und trank einen Schluck aus ihrem Wasserglas. »Die Pharmariesen werden uns mit allen Mitteln bekämpfen. Niemand mag Veränderungen, besonders wenn sie einen Haufen Geld kosten.«

»Ja, der Gedanke kam mir auch schon.« Stirnrunzelnd sah ich auf mein Glas hinab. »Allerdings habe ich tatsächlich nicht bedacht, wie lange es bis zur Verabschiedung dauern kann. Mir war klar, dass man uns Steine in den Weg legen würde, aber über die Dauer des Prozesses habe ich nicht nachgedacht.«

Es konnte gut und gerne mehr als zwei Jahre dauern, um den Entwurf vor den Senat zu bekommen. Mein Vater wäre schon lange nicht mehr an der Macht, wenn der Entwurf auf dem Tisch des Präsidenten landete. Wenn er – allen Widrigkeiten zum Trotz – überhaupt so weit kommen würde.

Bei diesem Gedanken runzelte ich die Stirn noch mehr.

»Natürlich nicht. Sie haben immer noch ein Jahr an der Uni vor sich.«

»Es liegt nicht nur an der Uni.« Ich stellte das Glas auf den Tisch zwischen uns und benutzte dabei sorgsam den kitschigen Untersetzer. »Ich möchte ganz offen zu Ihnen sein.«

»Aha?« Die Senatorin kniff die Augen zusammen. »Ich bitte darum.«

»Virginia hat mich heute in ihr Büro gebeten, um mit mir über den Gesetzesentwurf zu sprechen.« Ich ballte die Fäuste. »Sie hatte eine Liste von Leuten, die dabei helfen würden, den Entwurf zu verabschieden.«

»Ich verstehe.« Senatorin Fletcher zog eine Augenbraue hoch. »Und was wollte sie im Gegenzug?«

»Dass ich nach ihrer Pfeife tanze.« Ich seufzte und lehnte mich ernüchtert im Sessel zurück. »Entweder lasse ich mir von ihr ein neues Image verpassen, oder ich kann nicht mit Jake zusammen sein. Sie hat mir deutlich zu verstehen gegeben, dass sie mich nicht billigen wird, wenn ich nicht einige große Veränderungen an mir selbst vornehme. Wie hat sie es noch ausgedrückt? Wenn ich nicht *mit* ihr spiele, spiele ich *gegen* sie.«

»Das ist aber ziemlich viel verlangt. Besonders wenn Ihre Beziehung so frisch ist, wie ich vermute.«

»Frisch ist eine Untertreibung.« Ich schüttelte den Kopf. »Ich werde mich nicht ändern, nur um sie zufrieden zu machen. Wenn ich das tun würde, verliere ich viel mehr, als ich gewinne.«

»Und Sie können nicht sicher sein, dass sie am Ende nicht doch gegen Sie stimmt, wenn es ihr besser passt.«

»Da ist was dran.« Ich beugte mich vor, stützte die Arme auf die Knie und verbarg das Gesicht in den Händen. »Ich könnte tun, was sie verlangt, und wäre am Ende trotzdem gekniffen. Aber wenn ich nicht mal versuche, mich mit ihr gut zu stellen, ist der Entwurf von Beginn an zum Scheitern verurteilt.«

»Da wäre ich mir nicht so sicher.« Die Senatorin rutschte auf ihrem Sitz nach vorn und tätschelte mir das Knie. »Die Vizepräsidentin hat zwar einen großen Einfluss, aber nicht genug, um der Öffentlichkeit etwas abzuschlagen, was sie fordert. In diesem Punkt haben Sie mehr Macht als sie.«

»Wie kann ich mehr Macht haben?« Ich ließ die Hände sinken und sah Fletcher überrascht an.

»Sie muss sich an denjenigen ausrichten, die ihr bei ihrem Aufstieg geholfen haben. Auch Virginia schuldet einigen Leuten einen Gefallen, und ich nehme an, dass die Liste noch länger wird, wenn sie für die Präsidentschaftskandidatur kämpft. Im Gegensatz dazu haben Sie – politisch gesehen – keine Schulden. Sie können die Leute davon überzeugen, ihre Repräsentanten unter Druck zu setzen, für Ihren Entwurf zu stimmen. Letzten Endes sollen wir schließlich so abstimmen, wie unsere Wähler es wollen.«

»Mir kommt es nicht so vor, als hätte ich die Oberhand.« Ich schnitt eine Grimasse.

»Oh, das wird nicht einfach. Es wird ein Kampf, aber ich glaube, wir können gewinnen.« Sie lächelte, und ihre Augen leuchteten auf. »Immerhin haben wir das Gute auf unserer Seite. Wir kämpfen für Benachteiligte. Und wenn ich eins über Amerikas Wähler gelernt habe, dann dass sie eine gute Story über Underdogs lieben.«

Hoffnung keimte in meiner Brust auf, und ich atmete zum ersten Mal tief durch, seitdem ich das Büro der Vizepräsidentin verlassen hatte.

»Dann los. Wir stellen ein Meinungsforschungsteam zusammen und retten die Underdogs.« Ich setzte mich auf und lächelte. Ja, ich war bereit, für die Rechte dieser Tiere zu kämpfen, weil sie es nicht selbst tun konnten.

»An die Waffen, meine Liebe. Wir ziehen in den Krieg.«

Als ich das Büro der Senatorin verließ, war es bereits dunkel. Mein Rücken tat weh, weil ich stundenlang über einen Tisch gebeugt Papiere durchgearbeitet hatte. Ich hatte so viele Zusammenfassungen gelesen und so viel im Internet recherchiert, dass meine Augen trocken waren und brannten. Es war viel Arbeit, ein Meinungsforschungssteam zusammenzustellen. Ich wollte nur Leute, denen ich vertrauen konnte, Leute, von denen ich wusste, dass ihnen die Tiere wirklich am Herzen lagen.

Mein Magen knurrte, als wir durch die dunklen Straßen fuhren, und ich bat darum, an einem Drive-in zu halten. Ich war zu hungrig, um zu warten, bis ich mir zu Hause etwas kochen konnte.

Als ich den lauwarmen Burger auf dem Rücksitz verschlang, zog ich mein Handy hervor und schrieb Jake eine Nachricht.

Ich: Fletcher ist dabei. Wir stellen ein Meinungsforschungsteam zusammen, und ich glaube, ich habe geheiratet.
Jake: Ein bisschen plötzlich, oder?
Ich: Sie hat gesagt, ich müsse mich langfristig an den Entwurf binden und dass das so etwas wie eine Ehe sei, die ich durchziehen muss. Jetzt bin ich also mit einem Gesetzesentwurf verheiratet.
Jake: Dann gratuliere ich dir und dem Herrn Gesetz.
Ich: Und wenn der Herr Gesetz irgendwann kleine Gesetze und Änderungsanträge haben will?
Jake: Das hättest du vielleicht klären sollen, bevor du mit ihm durchgebrannt bist.
Ich: Aber es war so schön. Ein riesiger Stapel Formulare und ein Whiteboard waren unsere Trauzeugen. Davon habe ich schon immer geträumt!
Jake: Du Glückliche.
Ich: LOL. Im Ernst, ich bin einfach froh, dass ich jemanden an meiner Seite habe, der weiß, was zu tun ist.
Jake: Ich wusste, sie würde helfen. Sie liebt Tiere.

Ich: Ich muss jemanden einstellen, der mich unterstützt. Es gibt so viel zu tun.
Jake: Jemanden einstellen? Schau dich an, Miss Wichtig. Sorg aber dafür, dass sie heiß ist.
Ich: Keine Sorge, das wird er sein.

Ich kicherte, als er mir ein Emoji mit aufgerissenen Augen schickte.

Ich: Wenn ich so drüber nachdenke, waren alle Mitarbeiter in Fletchers Büro heiß. Das ist wahrscheinlich ein Einstellungskriterium.
Jake: Toll, wenn man ganz oben ist. Ich frage mich, ob sie Lendenschurze tragen und Fletcher mit Trauben füttern.

Beim Gedanken an die ernsthaften Gesichter der Männer in Fletchers Büro musste ich lachen. Sie würden bestimmt wütend gucken und darauf achten, sie nur mit den besten Trauben zu füttern, während sie berechneten, in welchem Tempo sie ihr mit den Palmblättern Luft zufächeln mussten.

Ich: Was machst du gerade?
Jake: Ich sehe Puz dabei zu, wie er seinen Schwanz jagt. Willst du vorbeikommen und was essen? Abendessen plus Show!
Ich: Verlockend, aber ich habe gerade gegessen. Ich muss nach Hause und mich um ein paar Sachen kümmern.
Jake: Verdammt. War einen Versuch wert.
Ich: Einen dreibeinigen Hund dabei zu beobachten, wie er seinen Schwanz jagt, ist tatsächlich verlockend.
Jake: Willst du damit sagen, dass meine Kochkünste nicht verlockend sind?

Ich: Na ja, sagen wir mal, es ist gut, dass du wirklich hübsch bist.
Jake: LOL. Du nimmst kein Blatt vor den Mund, was?
Ich: Das magst du doch.
Jake: Ich glaube, das macht mich zum Masochisten.
Ich: Wenig überraschend.
Jake: Du hast wohl einen Höhenflug;)
Ich: Ich habe gute Laune.
Jake: Deshalb bist du fies zu mir. Ich verstehe schon …
Ich: Wäre es dir lieber, ich wäre brav?
Jake: Beinhaltet das Küsse und weniger Kleidung?
Ich: Das klingt jetzt aber wirklich verlockend.

Ich biss mir auf die Lippe. Nichts wäre mir jetzt lieber, als Jake auszuziehen und ein bisschen Zeit zwischen den Laken zu verbringen. Oder im Badezimmer. Oder vielleicht auf dem großen, gemütlichen Sofa.

Mein Gott, in nur einer Nacht hatte dieser Mann mich in eine Sexbesessene verwandelt.

Jake: Du stellst dir mich gerade nackt vor, stimmt's?

Ich lachte auf und prustete Cola durch den Wagen. Die Personenschützerin sah auf ihre Hose hinab und nahm sich eine Serviette, um sie sauber zu wischen.

»Es tut mir leid.« Ich nahm ein paar Servietten und versuchte, ihr Knie zu trocknen. »Bitte entschuldigen Sie, ich wollte Sie nicht vollspucken. Ich bin schrecklich.«

»Nicht schlimm, Miss McGuire.«

»Es tut mir wirklich sehr leid.« Ich suchte in meiner Essenstüte nach weiteren Servietten. »Man sollte mich besser nicht auf die Öffentlichkeit loslassen.«

»Ist wirklich nicht schlimm.« Sie lächelte. »Muss ja eine lustige Nachricht gewesen sein.«

Ich lachte und nickte, aber in Wirklichkeit stellte ich mir jetzt tatsächlich Jake nackt vor. Mein Display leuchtete auf.

Jake: Ich hatte recht.
Ich: Nein, aber ich habe meine Agentin mit Coke vollgespuckt.
Jake: Treffer!
Ich: Haha. Es ist spät. Geh ins Bett. Wir haben morgen viel zu tun.
Jake: Jawohl, Ma'am.
Ich: Ih, nenn mich nicht Ma'am.
Jake: Gute Nacht, MadLibs.
Ich: Gute Nacht, Goldjunge.

15. KAPITEL

JAKE

Es war nun schon zwei Wochen her, dass ich ausgeflippt war, während Maddie in meinem Bett lag. Ich machte mir immer noch Vorwürfe, weil ich sie erschreckt hatte. Der Anblick ihrer vor Angst aufgerissenen Augen und ihrer zitternden Unterlippe verfolgten mich. Ich würde Maddie nie wehtun, sie musste einfach nur ruhig bleiben.

Ach, Scheiße, ich wollte mir selbst in den Arsch treten. Punkt. Sie hatte mich nicht wieder gefragt, ob ich jemanden zum Reden gefunden hatte, aber es rumorte ständig in meinem Hinterkopf. Wenn ich zu dem Marinepsychologen ging, würde jede Diagnose für immer protokolliert werden. Ganz zu schweigen davon, dass es Pflichtlektüre für meine Mutter wäre.

Das wollte ich lieber vermeiden. Meine Mutter war die Letzte, die wissen sollte, dass ich nicht zu einhundert Prozent funktionierte. Ich konnte mir nur zwei Dinge vorstellen, die sie dann tun würde: mich unter ständiger Beobachtung wegsperren oder die Information verbreiten in der Hoffnung, dadurch noch mehr Unterstützer zu gewinnen.

Meine Finger schlossen sich fester um die Leine in meiner Hand.

Puz sah mit einem besorgten Winseln zu mir auf, und ich streckte die Hand aus, um seinen Kopf zu streicheln. Der

Hund hatte sich mühelos in mein Herz geschlichen, aber ab und an fragte ich mich, wie ich ausgerechnet an einen Pudelmischling geraten war. Neulich abends hatte Maddie ihm kleine rote Schleifen im Fell hinter den Ohren befestigt. Puz hätte es nicht egaler sein können, solange sie ihm Aufmerksamkeit schenkte, aber ich hätte sie beinahe herausschneiden müssen, weil ich nicht herausfinden konnte, wie man die Spangen wieder löste.

Kleine rote Schleifen an einem Pudelmischling sahen sehr nach Pudel aus. Ich war bei den Marines gewesen, und ein Pudel passte nicht unbedingt zu meinem Image. Nein, meine erste Wahl wäre ein Schäferhund oder vielleicht ein Labrador gewesen.

Stattdessen hatte ich mich in einen Pudelmischling verliebt, dem ein Bein fehlte, und in die Frau, die ihn für mich ausgesucht hatte. Wenn man bedachte, dass ich genau das eigentlich hatte vermeiden wollen, saß ich ganz schön in der Scheiße. Ich konnte nicht leugnen, was ich für Maddie empfand.

Puz hatte eine kleine Kröte entdeckt, die die Stufen vor unserem Haus hinunterhüpfte, und ich hielt seine Leine fest.

»Leck da nicht dran, Puz. Dann bekommst du fiese Bauchschmerzen.«

Der Hund blickte zu mir auf, und ich konnte ungelogen in seinen Augen lesen, dass er mir nicht glaubte.

»Ich meine es ernst, Puz. Die scheiden Gifte aus, um ihre Feinde fernzuhalten.«

Der Hund nieste und schüttelte den Kopf.

»Na gut, dann los, leck dran. Lerne es auf die harte Tour.«

Puz sah mich ernst an, dann ging er zwei Stufen hinauf und hob sein Hinterbein, um auf die Kröte zu pinkeln. Wir waren eine ganze Weile unterwegs gewesen, sodass er kaum noch ein Tröpfchen hervorpressen konnte.

»Ich habe damit nicht gemeint, dass du auf sie draufpinkeln sollst! Oh Mann. Verschwinde, Kröte!« Ich bewegte meine Schuhspitze auf den kleinen grünen Kerl zu, und er hüpfte in die Büsche. »Ist heute Vollmond? Was ist denn in dich gefahren?«

Puz nieste noch einmal, lief die letzten Stufen hoch und setzte sich neben die Haustür.

»Du bist fertig, ja? Alle Geschäfte erledigt?« Ich schüttelte den Kopf und kramte den Schlüssel aus meiner Tasche hervor. »Ich weiß nicht, warum ich mit dir spreche. Das fragst du dich wahrscheinlich auch, stimmt's? Wir sprechen ja nicht mal dieselbe Sprache. Sonst hättest du letztes Wochenende nicht versucht, das Eichhörnchen zu fressen.«

Puz hatte zwei Stiche an der Schnauze, wo das Eichhörnchen ordentlich zugebissen hatte. Er hatte alle Sitze in meinem Truck vollgeblutet, weil er auf dem Weg zum Tierarzt nicht stillhalten wollte. Dann hatte er jaulend auf dem Behandlungstisch gelegen, und die Arzthelferinnen hatten ihn bemuttert. Das kleine Biest hatte die Aufmerksamkeit genossen. Als sie fertig waren und ich die Rechnung bezahlte, war er aufgesprungen und herumgehüpft, als wäre nichts passiert.

Maddie hatte ihm an diesem Abend ein Spielzeugeichhörnchen mitgebracht. Ich musste den Quietscher herausschneiden und es dann wieder zusammennähen, um überhaupt etwas Schlaf zu bekommen. Glücklicherweise hatte sie das fehlende Quietschen bei ihrem letzten Besuch nicht bemerkt, oder sie plante vielleicht, ein neues zu kaufen, nur um mich zu ärgern. Das machte ihr offensichtlich Spaß.

Ich lächelte. Denn mir gefiel es auch.

Maddie trieb mich an, provozierte mich und ließ mich nicht zur Ruhe kommen. Sie schien außerdem über unendliche Geduld zu verfügen, wenn ich schwierige Tage durchmachte. Sie spürte, wo meine Grenzen lagen und wann sie sie nicht übertreten durfte. Mit ihr in meiner Nähe musste ich nicht so tun, als wäre ich makellos. Sie akzeptierte mich so, wie ich war.

Ich hatte keine Panikattacke oder angstbedingte Wutausbrüche mehr gehabt, seitdem wir so viel Zeit miteinander verbrachten. Vielleicht brauchte ich niemanden mehr, um darüber zu sprechen. Ich wollte all die schmerzhaften Erinnerungen gar nicht ausgraben und noch einmal durchleben, während sich jemand dabei Notizen machte.

Wäre das nicht kontraproduktiv?

Ich versorgte Puz für den Tag und ließ die Einkaufsliste für die Haushälterin auf der Kücheninsel liegen. Es war viel einfacher, ihr ein bisschen mehr zu bezahlen, damit sie das erledigte. Maddie hatte angefangen, eine Liste an der Tafel neben dem Kühlschrank zu führen, auf die sie Dinge wie Avocados, Nudeln und besondere Käsesorten schrieb. Mit Maddie einkaufen zu gehen, machte Spaß, weil sie wusste, was sie tat. Ich starrte nur uninspiriert in das Regal mit den Fertiggerichten und überlegte, welches wohl am besten für ein Mittagessen taugte.

Natürlich war das keine sehr gesunde Art der Ernährung, weshalb ich ab und zu bei den gesunden Restaurants in der Stadt aß. Aber seitdem Maddie und ich zusammen waren, stand das nicht mehr zur Debatte. Immer wenn wir gemeinsam ausgingen, bedrängten uns die Medien. Ich hoffte, das würde sich irgendwann legen.

Als es an der Haustür klopfte, schnappte ich mir meine Sachen, um zu gehen. Ich öffnete die Tür und erwartete jemanden von der PR-Abteilung mit einem Tagesplan, stattdessen sah meine jüngste Schwester zu mir hoch.

»Hey, Monster.« Ich umarmte sie. »Was machst du denn hier?«

»Heute ist Lehrerkonferenz, deshalb habe ich frei. Ich dachte, ich könnte beim Haus mithelfen.« Sie legte die Arme um meine Taille, drückte mich und sah zu mir auf. »Das ist ok, oder? Maddie hat gesagt, ich könnte mitmachen.«

»Ja, ich wusste nur nicht, dass du heute kommen wolltest.« Puz sprang um unsere Beine herum und versuchte, die Aufmerksamkeit meiner Schwester zu erregen. Er hatte sich auf den ersten Blick in sie verliebt. Er wedelte so schnell mit dem Schwanz, dass ich befürchtete, er könnte abheben. »Sag ihm besser Hallo, bevor wir gehen, sonst ist er den ganzen Tag beleidigt.«

»Da ist ja mein Großer!« Sie streckte die Arme aus und hob das kleine Fellknäuel hoch, während er ihr das Gesicht ableckte. »Ich habe dich auch vermisst. Ja, das habe ich. So vermisst!«

»Brauchst du noch was, bevor wir gehen?« Ich zog die Nase kraus, als er ihr die Zunge ins Ohr steckte. »Etwas zu trinken? Desinfektionsmittel für dein Gesicht?«

Sie lachte und setzte Puz auf den Boden, bevor sie ihm mit dem Finger drohte. »Sei brav, Puz. Sei brav, dann bringe ich dir nächstes Mal ein Leckerchen mit. Versprochen!«

»Er ist ein Hund, er ist nicht dumm.« Ich verdrehte die Augen, während sie wie mit einem Kind mit ihm redete.

»So redet man mit Hunden, Jake!« Sie boxte mich in den Bauch. »Stimmt's Puz? Man spricht mit ihnen, als wären sie süße kleine Kinder, weil sie genau das sind. Stimmt's?«

»Wenn du so weitermachst, muss ich kotzen.« Ich schob sie sanft zur Tür hinaus. »Geh und leg dich hin, Puz. Geh in dein Bett.«

Er sah mich an und nieste noch einmal, bevor er zu seinem riesigen Kissen ging. Sein kleiner Schwanz wedelte immer noch so heftig, dass es aussah, als könnte er gleich das Gleichgewicht verlieren.

»Warum niest er? Ist er krank?« Ari sah mich besorgt an.

»Die Stiche kitzeln.« Auf dem Weg zu meinem Pick-up legte ich ihr einen Arm um die Schulter. Unsere ständigen Begleiter vom Secret Service folgten nur wenige Schritte hinter uns.

»Armer Puz. Ich kann nicht glauben, dass du zugelassen hast, dass er von einem Eichhörnchen gebissen wird!« Sie funkelte mich an, als ich ihr die Beifahrertür aufhielt.

»Zugelassen? Machst du Witze? Ich konnte den Hund nicht von diesem kleinen Mistkerl fernhalten! Puz hat genau das bekommen, was er verdiente. Wieso ist das meine Schuld?«

»Du hättest ihn nicht so nah ranlassen sollen.«

Ich schloss die Tür und verdrehte die Augen, als ich zur anderen Seite des Wagens ging. »Das war in meinem Garten. Schließlich hab ich ihn nicht an der Leine zu dem Baum gezerrt und gesagt: Fass!«

»Woher soll ich das wissen?« Sie verschränkte die Arme, aber auf ihrem Gesicht lag ein kleines Lächeln.

»Hast du dich für die Arbeit am Haus entschieden, weil du mich bestrafen willst oder weil du mich vermisst? Also im Moment bin ich mir da nicht so sicher.«

»Geht nicht beides?« Ihr Lächeln wurde frech.

»Gott, die Pubertät ist wirklich eine Plage. Ich sollte allen schriftliche Entschuldigungen schicken, die ich in deinem Alter gepiesackt habe.« Ich lachte.

»Sie würden sie eh nicht lesen können. Deine Handschrift ist grässlich.« Sie streckte die Hand nach dem Radio aus und fummelte an den Knöpfen herum, bis sie einen Sender gefunden hatte, der ihr gefiel.

Wir verfielen in Schweigen, und ich dachte daran, wie sehr ich die Gesellschaft meiner Schwestern vermisst hatte. Sie brachten mich regelmäßig auf die Palme, aber das war schließlich auch ihr Job. Zugleich waren sie oft ein Trost, weil sie mich besser kannten als jeder andere. Ich musste ihnen nicht erklären, warum ich etwas dachte oder machte, weil sie meine Beweggründe schon kannten. Natürlich hielt es sie nicht davon ab, mich darauf hinzuweisen, wenn ich ihrer Meinung nach falschlag.

Trina schloss Ari in dem Moment in ihr Herz, in dem wir die Baustelle erreichten. Es dauerte nicht lange, bis sie einen Schutzhelm und ein Klemmbrett trug, genau wie die ältere Frau. Meine Schwester war geübt darin, Leute herumzukommandieren. Das machte sie schon seit ihrer Geburt. Wenn sie erwachsen war, würde nur ein starker Mann es mit ihr aufnehmen können.

Das Haus war bis auf ein paar Kleinigkeiten fast fertig. Wir mussten noch die Lichtschalter anbringen und die Farbe an einigen Stellen nachbessern. Eine der Glastüren zum Garten klemmte und musste neu ausgerichtet werden, aber alles in allem hatten wir eine Menge auf die Beine gestellt.

»Verrückt, wie schnell das alles ging.« Beim Klang von Maddies warmer Stimme drehte ich mich um und sah sie an. Ihre Elfenaugen glitzerten in der Morgensonne, und ich beugte mich zu ihr, um ihr einen schnellen Kuss zu geben.

Ich hätte den Augenblick gerne länger ausgekostet, aber schon jetzt waren jede Menge Kameras auf uns gerichtet.

»Guten Morgen.« Sie lächelte zu mir hoch.

»Guten Morgen.« Der Morgen wäre viel besser gewesen, wenn ich neben ihr aufgewacht wäre.

»Es tut mir leid, dass ich es gestern Abend nicht mehr geschafft habe. Ich war bis kurz vor elf im Büro von Senatorin Fletcher.« Sie runzelte die Stirn, und ich bemerkte die dunklen Ringe unter ihren Augen. »Es gibt so viele Vorschriften und so viele Dinge, die wir organisieren müssen. Alles muss von den Meinungsforschern untersucht werden! Welche Worte man verwendet, wenn man den Entwurf einreicht, wer ein geeigneter Sponsor für unsere Sache ist. Heute Morgen bin ich aufgewacht und dachte, ich müsste per Umfrage darüber abstimmen lassen, welche Jeans ich anziehe.«

Ich drehte sie um und musterte ihren Po in den Jeans, die sie trug. »Diese Meinungsforscher haben einen guten Geschmack.«

»Pst.« Sie lachte, musste dann aber gähnen.

»Warum nimmst du dir heute nicht frei?« Ich hob den Farbeimer hoch, den sie neben unseren Füßen abgestellt hatte. »Wir bessern heute nur die Farbe aus.«

»Mir geht's gut.« Sie rieb sich über das Gesicht. »Ich brauche nur einen Kaffee.«

»Maddie, wann bist du gestern Abend ins Bett gegangen?«

»Hm, kurz nach eins.« Sie zuckte mit den Schultern und streckte die Hand nach dem Farbeimer aus, aber ich hielt ihn außer Reichweite.

»Also erst heute Morgen, nicht gestern Abend.«

»Was willst du damit sagen, Simmon?« Sie kniff die Augen zusammen. »Es ist spät geworden, aber ich laufe einfach mit.«

»Eine Baustelle ist nicht der richtige Ort, wenn du kaum die Augen offen halten kannst.« Ich stellte den Eimer auf eine Bank und drehte sie in die Richtung, in der ihr Personenschützer stand. »Tony, Miss McGuire muss nach Hause.«

Der Agent hatte bereits Maddies Jacke in der Hand. »Ich habe dir gesagt, du sollst dir heute freinehmen. Du siehst erschöpft aus.«

»Verbündet euch nicht gegen mich.« Maddie riss ihm den Mantel aus der Hand und schlüpfte in die Ärmel. »Und danke für das Kompliment.«

»Es ist nicht seine Schuld, dass du diese Woche kaum Schlaf bekommen hast.« Ich strich ihr ein paar Haare aus dem Gesicht.

»Du weißt, woran ich gearbeitet habe, und es gibt noch so viel zu tun« Sie rieb sich wieder über das Gesicht. »Ich weiß gerade nicht mehr, wo mir der Kopf steht.«

»Die Senatorin wird dafür sorgen, dass dir die ganze Zeit jemand zur Seite steht.« Ich umarmte sie. Scheiß auf die Kameras und die Presse. Sie wussten ja schon, dass wir zusammen waren. Eine kleine öffentliche Liebesbekundung würde sie jetzt auch nicht mehr schockieren. »Ich habe außerdem eine Menge mehr Vertrauen in dich, als du es offensichtlich gerade selbst hast. Nichts hält Maddie McGuire auf, wenn sie sich etwas in den Kopf gesetzt hat.«

Sie schnaubte, und ich drückte ihr einen Kuss auf die Haare. »Mein kleiner Mops.«

»Idiot.« Sie lachte an meiner Brust.

»Mein kleiner Verbrecher-Mops.« Ich lachte leise und zuckte zusammen, als sie mir die Finger in die Rippen bohrte.

Sie ging auf die Zehenspitzen und zog mein Gesicht zu sich herunter, damit sie mich küssen konnte. Ihre warmen Lippen brachten mein Blut in Wallung, aber ich hielt den Kuss kurz und unschuldig. Sie musste nach Hause, um sich auszuruhen. Es gab keinen Grund hierzubleiben, wo sie sich unter Umständen verletzen könnte.

Maddie seufzte und machte sich los. »Ich rufe dich später an.«

»Das hoffe ich doch.«

»Na los, Maddie.« Tony deutete auf den Wagen.

»Sag Puz, dass ich ihm ein neues Eichhörnchen besorgt habe.« Sie zwinkerte mir zu, bevor sie zu dem schwarzen SUV hinüberging.

»Tony, sorgen Sie dafür, dass sie sich ausruht.« Ich ging auf den Mann zu.

»Ich sorge dafür, dass Maddie macht, was sie will.« Der Mann straffte die Schultern und musterte mich gründlich.

»Okay.« So musste es wohl sein. Tony war seit Langem Maddies Bodyguard, und ich erinnerte mich daran, dass mein Vater erwähnt hatte, wie ungewöhnlich ein so langfristiger Einsatz war.

Ich kniff die Augen zusammen und musterte den Mann vor mir. Er war älter als ich, aber immer noch top in Form. Ich konnte mir gut vorstellen, dass sich ein anderer Mann in Maddie verliebte. Sie machte es einem leicht. Ehrlich gesagt, war ich überrascht, dass ihr nicht Hunderte Kerle hinterherliefen.

»Was auch immer Sie denken, hören Sie auf damit. Maddie ist wie meine kleine Schwester.« Seine tiefe Stimme klang amüsiert. »Und ich passe auf sie auf, als wäre sie meine kleine Schwester.«

»Also stellen Sie sicher, dass meine Absichten ehrenhaft sind?« Ich rieb mir über den Nacken.

»So könnte man es ausdrücken.« Tony nickte. »Vermasseln Sie es nicht, Jake.«

Ich wusste nicht, was ich sagen sollte, also nickte ich nur.

»Jake! Ich darf die Nagelpistole benutzen!« Aris Stimme klang aufgeregt, und ich zuckte zusammen.

»Das war eins der Furcht einflößendsten Dinge, die ich jemals gehört habe. Na los, kümmern Sie sich um Ihre Schwester.« Tony nickte mir noch einmal zu, bevor er sich Maddies Wagen zuwandte.

Besorgt, Ari könnte aus Versehen jemanden abschießen, rannte ich zum Haus. Ich wollte wirklich nicht erklären müssen, wie meine Schwester es angestellt hatte, jemanden auf der Baustelle umzubringen.

16. KAPITEL

MADDIE

»Wo hast du die denn her? Die ist ja riesig.« Ich starrte mit aufgerissenen Augen zur Tür hinein.

»Genau das hat sie auch gesagt.« Cyrus saß lachend in seinem Rollstuhl.

Jake lehnte ebenfalls lachend an der Rückenlehne der riesigen Couch. »Du hast das Beste verpasst. Du hättest sehen sollen, wie wir versucht haben, das Ding ins Haus zu bekommen.«

»Habt ihr eine Wand eingerissen?« Die Couch war fast so groß wie das Wohnzimmer, es blieb gerade noch genug Platz für einen Couchtisch und einen Fernseher.

»Meine Tante hat sie uns zum Einzug geschenkt.« Kyla schwebte ins Wohnzimmer, und ich beneidete sie um ihr perfektes Aussehen. Sie wirkte nicht so, als würde sie jeden Moment ein Baby bekommen. Und dabei war es draußen heißer als in der Hölle.

»Tut mir leid, dass ich nicht rechtzeitig hier war, um zu helfen.«

»Irgendwie wirst du das schon wiedergutmachen.« Jake schlang die verschwitzten Arme um mich, und ich quietschte.

»Um dich mache ich mir keine Sorgen«, antwortete ich.

»Tja, also uns macht das auch nichts aus«, rief Kyla aus der Küche. Diese Frau war seit meiner Ankunft ohne Pause auf den Beinen.

»Wuselt sie schon den ganzen Tag so herum?« Ich sah Jake an.

»Ja. Wenn wir diese Energie abfüllen und verkaufen könnten, wären wir reich.«

»Das liegt am Nestbautrieb«, erklärte Cyrus. Trotz seines Witzes fiel mir auf, dass er Ringe unter den Augen hatte.

»Alles ok bei dir?«

»Mir geht's gut.« Er wedelte mit der Hand in der Luft herum. »Hab letzte Nacht nicht so viel geschlafen.«

»Aufgeregt wegen des Hauses?«

»Ja.« Er lächelte, aber das betonte nur sein blasses Gesicht.

»Also, wie kann ich euch helfen?« Ich blickte kurz zu Jake und bemerkte sein Stirnrunzeln. Er musterte seinen Freund besorgt.

»Am besten fragst du Kyla. Ich sage womöglich etwas Falsches.« Sein Lachen klang nun ein wenig ehrlicher. »Einer Mutter kommt man beim Nestbau besser nicht in die Quere.«

»In Ordnung. Dann nehme ich die Anweisungen direkt vom General entgegen.« Ich salutierte zum Spaß und machte mich auf die Suche nach seiner Frau.

Drei Stunden später saß ich auf dem Boden des Kinderzimmers und säuberte die Fußleisten. Mein Rücken tat weh, und ich würde bestimmt blaue Flecken an den Knien bekommen, aber es gab kein Staubkörnchen mehr auf irgendeiner Fußleiste in diesem Haus.

»Vielen, vielen Dank, Maddie. Ich kann mich nicht mehr so gut bücken und aufstehen.« Kyla reichte mir eine Wasserflasche, und ich warf das letzte Reinigungstuch in den Müllbeutel.

»Kein Problem.« Gierig trank ich das kalte Wasser. »Ich habe viele Tricks für meine erste eigene Wohnung gelernt.«

»Oh mein Gott. Ich wette, du hattest immer Hausangestellte.« Kyla bedeckte den Mund mit der Hand. »Und ich habe dich den Wölfen zum Fraß vorgeworfen! Fußleisten sind die Pest!«

Ich lachte. »Ich habe zwar noch nie Fußleisten geputzt, aber mein Zimmer musste ich auch selbst sauber halten. Am College habe ich im Studentenwohnheim geschlafen, da habe ich mir aber nie Gedanken über die Sauberkeit gemacht.«

»Es tut mir so leid, Maddie. Ich habe dich wie eine andere Soldatengattin behandelt.«

Mein Lachen verklang, und ich sah auf das Wasser in meiner Hand. Sie hatte recht. Während viele andere Leute in meinem Alter sich wie Erwachsene verhielten, lebte ich noch zu Hause bei meinem Vater, beging Dummheiten und ließ mich verhaften.

Und auch wenn ich es nicht laut aussprechen konnte, musste ich zugeben, dass ich neidisch auf das war, was Kyla und Cyrus sich aufgebaut hatten. Die Ehe war immer etwas gewesen, was ich mir erst für einen späteren Zeitpunkt im Leben vorgestellt hatte, aber seit ich mit Jake zusammen war, wurden andere Wünsche in mir geweckt.

»Ich habe das nicht so gemeint, wie es sich angehört hat.« Kyla kaute auf ihrer Lippe. »Das kam völlig falsch rüber.«

»Nein, ist schon gut. Du hast ja recht. Ich habe nicht viel Erfahrung mit dem echten Leben.«

Kyla setzte sich vorsichtig neben mir auf den Boden.

»Tu das nicht!«, protestierte ich.

»Pst. Ich habe dich verletzt, das konnte ich dir ansehen.« Sie legte mir einen Arm um die Schulter, zog mich an sich und umarmte mich. »Es tut mir leid. Du hast eine Menge Erfahrungen im echten Leben, die nichts mit Spinnweben und Fußleisten zu tun haben. Du weißt, wie man mit Würdenträgern spricht und was nach einer Kernexplosion passiert.«

Ich bekam mich fast nicht ein vor Lachen. »Du glaubst, ich wüsste, was zu tun ist, wenn eine Atombombe explodiert?«

Sie runzelte die Stirn, und süße kleine Falten zeigten sich auf ihrer Nase. »Na ja, ich hätte keine Ahnung, was ich tun sollte! Du bist die Tochter des Präsidenten. Ich dachte, du wärst in einen Notfallplan eingeweiht oder so.«

»Äh, nein. Ich würde mir mein Shirt vor den Mund pressen und versuchen, einen Agenten des Secret Service zu finden. Vielleicht wüssten die, was zu tun ist.« Ich konnte nicht aufhören zu lachen. »Wahrscheinlich würde ich voller Angst wie ein Idiot auf allen vieren herumkriechen. Ich meine, was würdest du machen, wenn eine Atombombe explodiert?«

»Ich würde *dich* anrufen!« Sie lachte. »Um herauszufinden, wie der Plan aussieht.«

Ich lachte noch ein bisschen, dann stand ich auf und streckte Kyla die Hand entgegen, um ihr aufzuhelfen.

»Du weißt schon, dass das hier ein ziemlich großer Schrank für ein Kinderzimmer ist.« Ich sah mir die Regalbretter an.

»Toll, oder? Ich hätte nie gedacht, dass ich mal in so einem Haus leben würde.« Sie streckte die Hand aus und strich über eines der Regale. »Ich fühle mich schuldig. Ist das verrückt?«

»Du solltest dich nicht schuldig fühlen, aber ich verstehe, was du meinst.« Ich streckte die Hand aus und berührte sie an der Schulter. »Fühl dich nicht schuldig, gib es einfach weiter, sobald du die Möglichkeit hast. Hilf mit, die Returning Combat Veteran Affairs zu unterstützen.«

»Das werde ich.« Ihre Stimme war leise. »Irgendwie werde ich mich eines Tages revanchieren.«

»Aber nicht jetzt. Jetzt wirst du deine berühmten Schweinekoteletts machen und mir von deinen Plänen für das Baby erzählen.« Ich folgte ihr aus dem Zimmer und in die Küche. »Habt ihr euch schon einen Namen überlegt?«

»Savannah.« Sie lächelte mich über ihre Schulter hinweg an und streichelte ihren runden Babybauch.

»Es dauert nicht mehr lange, oder?«

»Nein. Wir haben das Haus in letzter Sekunde bekommen.« Sie schnappte sich einige Lebensmittel aus dem Kühlschrank, bevor sie anfing, Kartons zu durchwühlen. »Siehst du die Töpfe in einem der Kartons?«

Ich stapelte Kartons um, bis ich einen mit der Aufschrift *Töpfe* fand und holte ein paar heraus. »Welche brauchst du?«

»Die zwei da und die kleine Kasserolle.« Sie nahm sie mir ab und ging zurück zum Herd. »Die Schweinekoteletts marinieren schon den ganzen Tag. Macht es dir etwas aus, mir beim Kartoffelschälen zu helfen?«

»Kein Problem.« Sie holte einen Beutel mit kleinen roten Kartoffeln und ein Messer hervor. Als ich klein war, hatte ich meiner Mutter immer bei der Zubereitung des Abendessens geholfen, aber das war schon lange her. Ich legte die Kartoffeln ins Spülbecken, um sie abzuwaschen, und begann, langsam zu schälen. »Das habe ich schon lange nicht mehr gemacht.«

»Oh, ist schon gut. Cyrus mag es, wenn sie noch ein wenig Schale haben.« Sie bewegte sich mit beneidenswerter Effektivität in der Küche. Die Grundlagen des Kochens beherrschte ich, aber Kartoffelbrei hatte ich nie besonders gemocht. Das würde ich ihr aber nicht sagen. Jake übrigens auch nicht.

Ich sah über die Schulter zu den Jungs, die einen Basketballkorb für Korbin montierten. Der Kleine schlief heute bei seinen Großeltern, so mussten sie sich keine Sorgen machen, dass er auf die Straße lief, während die Umzugshelfer im Haus ein und aus gingen.

»Apropos Cyrus, wie geht es ihm?« Ich bemühte mich um einen beiläufigen Ton, bemerkte aber, wie Kylas Hände zuckten. »Ich nehme an, ihr seid alle geschafft wegen des Umzugs.«

»Das ist einer der Gründe.« Sie sah kurz zum Fenster hinaus. »Er hatte ziemliche Rückenschmerzen. Wir haben es darauf geschoben, dass er wegen der neuen Prothese andere Muskeln benutzt, aber er hatte eine Computertomografie, und die Ergebnisse waren nicht so gut.«

»Oh Kyla, das tut mir so leid.« Ich drehte mich um und sah sie an.

»Wir wissen noch nichts Genaues, aber es sieht so aus, als bräuchte er noch weitere Operationen.« Ihre Miene war so angespannt, wie ich es vorher noch nie bei ihr gesehen hatte, und ich fragte mich, wie schlimm es wirklich war. Sie würde selbst einen Hurrikan fröhlich ankündigen.

Ich hielt mit dem Schälen inne. »Es muss deprimierend sein, wenn nach einer Operation schon so bald die nächste ansteht.«

»Ich habe immer vermutet, dass er noch mehr Operationen braucht. Als er aus Deutschland zurückkam, war er in einer schrecklichen Verfassung. Sie haben gesagt, dass seine Wirbelsäule schwer verletzt wurde und dass er deshalb später vielleicht noch mehr Probleme bekommt. Das ist einer der Gründe, warum ich darauf bestehe, dass wir den Rollstuhl überallhin mitnehmen. Er verlangt sich selbst zu viel ab.«

»Wann soll er denn operiert werden?« Ich nahm die nächste Kartoffel und konzentrierte mich darauf, mir nicht die Finger abzuschneiden.

»Sie wollten sie nächste Woche machen.« Kyra seufzte schwer. »Aber Cyrus will bis nach der Geburt warten.«

»*Kann* er denn noch warten? Oft wird es ja viel schlimmer, wenn man nicht sofort etwas unternimmt.« Ich vermutete, dass es noch schwieriger würde, die Operation durchzuführen, wenn das Baby erst mal da war.

»Sie haben gesagt, dass man ein bisschen warten könne, aber nicht mehr lange. Ich hoffe, dass er sich schnell erholt.« Sie sah sich im Zimmer um, bevor sie die Stimme senkte. »Ich schäme mich zuzugeben, dass ich mir ein bisschen Sorgen mache, wie ich es schaffen soll, mich um ein Neugeborenes und Korbin zu kümmern und Cyrus zu helfen.«

Die Knöchel an der Hand, mit der sie den großen Löffel hielt, waren weiß vor Anspannung. Sie war nicht nur ein bisschen besorgt, sie hatte Angst.

»Ich würde mich sehr freuen, wenn ich euch unterstützen darf. Und ich bin mir sicher, dass eure Eltern auch gern mit den Kindern helfen. Das ist doch so ein Großelternding, oder? Und wenn alle Stricke reißen, werden wir dir eine Haushaltshilfe besorgen.« Ich lächelte sie so beruhigend an, wie ich konnte. »Ich habe zwar nicht viel Ahnung vom Putzen, aber Wäsche waschen kann ich gut.«

Sie lachte und wandte sich wieder den Kochtöpfen zu. »Ich nehme dich beim Wort. Nach Korbins Geburt hätte ich beinahe aufgegeben, Wäsche in weiß, bunt und Kochwäsche zu sortieren.«

»Ruf mich einfach an, dann kümmere ich mich darum.« Ich betrachtete die Kartoffel, die ich massakriert hatte. »Wenn ich so weitermache, werden es nur halb so viele Kartoffeln werden, wie du geplant hast.«

»Autsch.« Sie nahm mir die Kartoffel aus der Hand und schüttelte den Kopf. »Das ist ziemlich traurig, Maddie.«

»Na ja, ich kann sehr gut Eier kochen. Aber ich nehme an, die gibt es heute nicht zum Abendessen, oder?«

»Tatsächlich habe ich alles für gefüllte Eier da.«

»Schau an, ich kann also doch etwas zum Abendessen beitragen!« Ich ging zum Kühlschrank und holte den Karton mit den Eiern hervor.

»In Ordnung, Chefkoch. Ich glaube es erst, wenn ich es sehe.« Kyla warf ihre Haare über die Schulter, und ich lachte.

Nach einem schönen Abend mit Freunden fuhr ich zufrieden mit Jake zu seinem Haus.

»Was hast du mit deinem Schweinekotelett gemacht?« Jake sah mich an.

»Eine Vegetarierin verrät nie ihre Geheimnisse.« Ich lachte leise.

»Ich dachte, das gilt für Zauberer.«

»In diesem Fall trifft es trotzdem zu.« Ich konnte mein selbstgefälliges Lächeln nicht verbergen. »Ehrlich gesagt, habe ich es Kyla verraten, bevor ihr reingekommen seid. Ich hatte gar keins auf dem Teller.«

»Hast du noch Hunger?«

»Nein, ich habe eine Riesenportion gefüllte Eier und Kartoffelbrei gegessen.«

»War der besser als meiner?« Er grinste von einem Ohr zum anderen.

»Na ja, deinen habe ich ja gar nicht probiert. Ich habe ihn nur anprobiert.«

»Hmm.« Seine Augen huschten in meine Richtung, und das Verlangen darin war nicht zu übersehen. »Und sonst hattest du nichts an, wenn ich mich recht erinnere.«

»Es sei denn, du zählst den spektakulären blauen Fleck mit.«

»Vielleicht sollte ich mir den mal ansehen und prüfen, ob er gut heilt.« Er legte mir die Hand auf den Oberschenkel.

»Ich wusste gar nicht, dass du auch Arzt bist.« Ich biss mir auf die Lippe, um nicht zu lächeln.

»Ich hätte nichts dagegen, den Doktor zu spielen.« Die Hand auf meinem Oberschenkel wanderte ein bisschen höher, dabei strich er mit dem Daumen über den inneren Saum meiner Jeans. »Wann war Ihre letzte Brustuntersuchung, Miss McGuire?«

»Das war so lahm, dass es wehtut.« Ich lachte.

»Gut, dass ich den Doktor nur spiele.« Seine Hand rutschte noch etwas höher, dann umkreiste er mit dem Daumen meinen Schritt.

Mir wurde heiß, und ich wusste, dass ich errötete, aber das war mir egal. Vielmehr spreizte ich die Beine noch etwas weiter, und seine Hand folgte willig meinem Angebot. Als er meine Jeans öffnete, holte ich tief Luft.

»Jake, jemand könnte uns sehen.« Aber ich bremste ihn nicht, als seine Finger in mein Höschen glitten. Mein Atem ging schneller, und ich biss mir auf die Lippe.

»Du bist ja schon feucht, Maddie.« Das Knurren in seiner Stimme jagte mir einen Schauer über den Rücken. Seine Finger strichen über meine Haut, und mir entschlüpfte ein Seufzer des Verlangens. »Zieh die Jeans etwas herunter, damit ich dich besser berühren kann.«

»Du baust noch einen Unfall.« Mein Keuchen klang unnatürlich laut in der Kabine des Pick-ups.

»Nein, werde ich nicht.« Er bog ab und verließ den Highway. »In der Nähe gibt es einen wenig bekannten Wanderweg.«

»Was ist mit dem Secret Service?« Ich stöhnte und biss mir auf die Lippe, während er mit dem Finger meine Scham umkreiste.

»Die werden uns schon in Ruhe lassen.« Er fuhr auf einen dunklen, leeren Parkplatz und parkte den Pick-up an einer abgelegenen Stelle. »Jetzt muss die Hose weg.«

Ich schnallte mich ab, bevor ich mir die Hose bis zu den Knöcheln schob. Er drehte mich auf meinem Sitz zu sich, dass ich ihm mit meinen Arbeitsschuhen im Schoß gegenübersaß. Mit geschickten Fingern schnürte er sie auf, warf sie auf den Boden und zog mir die Jeans ganz aus.

»Jake!« Ich rutschte etwas von ihm weg, weil ich befürchtete, uns könnte jemand sehen.

»Niemand wird uns sehen, Maddie. Der Secret Service wird schon dafür sorgen, dass man uns allein lässt.« Er hielt mich nicht fest, aber ich hörte auf, mich zu wehren. »Und ich will nicht die ganze Rückfahrt lang warten müssen. Ich will dich jetzt.«

Er fuhr mir mit den Händen die Beine empor und dann wieder hinab zu meinen Fesseln. Ich ließ die Knie zu den Seiten fallen und strich mir mit der Hand über den Bauch. Als ich mich selbst berührte, stöhnte er und beobachtete hungrig jede meiner Bewegungen.

»Meine Sirene.« Er schob mein Beine hinter sich und beugte sich nach vorn.

Als seine Zunge auf meine Finger traf, stöhnte ich. Er wusste genau, wie er mich zum Höhepunkt bringen konnte. Während ich mich weiter für ihn öffnete, leckte er langsam meine Schamlippen und strich dabei über meine Finger. Dann küsste er mich tief und innig, und ich wölbte mich ihm entgegen.

Ich hörte den Reißverschluss seiner Jeans, bevor ich die Hitze seiner Erregung an meinem Bein spürte. Ich öffnete die Augen, um zu sehen, wie er sich vom Schaft bis zur Eichel und wieder zurück streichelte. Ich griff in seine Haare, weil ich ihn nicht dort berühren konnte, wo ich es wollte.

»Oh ja, das ist es.« Ich bewegte mich in seinem Rhythmus und hob ihm meinen Schritt entgegen. Als seine Stoppeln meine zarte Haut kratzten, wimmerte ich. »Gott, du machst das so gut.«

Seine geschickte Zunge legte sich noch mehr ins Zeug, und ich seufzte laut auf. Wenn jemand zuhörte, wüsste er sofort, was gerade im Pick-up vor sich ging. Ich knetete meine Brust und beobachtete, wie sich sein Kopf zwischen meinen Beinen bewegte.

»Verdammt, Jake. Oh.« Ich ließ meine Brust los und hielt seinen Kopf fest. »Mach weiter. Wage es nicht aufzuhören.«

Vor meinen Augen explodierten Sterne, und ich streckte einen Arm aus, um mich am Armaturenbrett abzustützen. Er hob den Kopf und wischte sich übers Kinn.

»Du bist so wunderschön, wenn du kommst, Maddie.« Während ich noch nach Luft rang, packte er mich bei den Hüften und zog mich auf seinen Schoß. »Reite mich.«

»Hast du ein Kondom?« Ich schloss die Finger um seinen Schwanz, und er stöhnte laut.

»Ja. In meiner Tasche.« Er versuchte, hinter sich zu greifen, aber wir waren ein Knäuel aus Gliedmaßen.

»Ich nehme die Pille.« Ich sah ihm in die Augen, und er erstarrte.

»Bist du sicher?« Er umfing mein Gesicht mit den Händen. »Ich bin sauber. Ich habe einen Test gemacht, bevor wir zusammengekommen sind, aber wir können das Kondom benutzen.«

»Ich habe mich nach meiner letzten Beziehung testen lassen.« Ich verstärkte meinen Griff und streichelte seinen Schaft. Er stöhnte. »Das ist jetzt ein Jahr her.«

»Seitdem gab es niemanden mehr?« Seine Augen leuchteten voller Gefühl.

»Nur dich.« Ich positionierte mich über ihm, damit ich mich auf ihn setzen konnte.

Sein lautes Stöhnen war befriedigend. Er zog mein Gesicht zu sich und eroberte meinen Mund. Der Kuss setzte jede Faser meines Körpers in Brand. Es war unglaublich, wie seine Berührungen die Welt um uns herum verschwinden ließen.

Er füllte mich vollständig aus, und ich war überwältigt, wie etwas so Hartes sich in mir so sanft und vollkommen anfühlen konnte.

»Gott, du fühlst dich so gut an.« Jake küsste meinen Hals.

Ich fand nicht die richtigen Worte, um ihm zuzustimmen. Jake fühlte sich an, als wäre er für mich gemacht worden. Unsere Körper passten perfekt zusammen. Ich kam auf die Knie hoch, dann senkte ich mich wieder auf ihn hinunter, damit er mich auf genau die richtige Art ausdehnen konnte.

Er schob mir Shirt und BH hoch und nahm eine meiner Brustwarzen in seinen hungrigen Mund. Seine von der Arbeit rauen Finger packten meine Hüften, als ich mich auf ihm bewegte.

Ich ließ den Kopf in den Nacken fallen, als er meine Brust mit den Zähnen neckte und sich dann der anderen zuwandte. Mit der Zunge umkreiste er die Spitze, bevor er fest daran saugte. Eine Hand wanderte von meiner Hüfte zu meiner anderen Brust. Erst berührte er sie sanft, doch dann kniff er mir in die Brustwarze. Ich keuchte vor Verlangen und krallte die Finger in seine Haare.

»Verdammt, fühlst du dich gut an.« Er zog sich zurück und sah mir zu, wie ich mich bewegte. Ich drückte den Rücken durch, reckte ihm die entblößten Brüste entgegen, und er umfing sie mit seinen Händen. »Du bist so wunderschön, Madeline.«

»Du hast ganz schön lange gebraucht, um das zu bemerken«, keuchte ich.

»Ich war so dumm. So dumm.« Er packte mich bei den Hüften und drängte mich, mich schneller zu bewegen.

Ich beugte mich vor und stützte mich auf seinen Schultern ab. »Du kannst es nicht ändern.«

Er lachte, sein Schwanz vibrierte in mir, und ich schnappte nach Luft.

Seine wunderbaren Finger griffen zwischen uns und stimulierten die empfindliche Stelle, die mich so schnell zum Höhepunkt brachte.

»Oh, Gott. Ich komme gleich.« Mein unbändiges Verlangen beschleunigte meine Bewegungen.

Er schlang mir den freien Arm um die Taille und riss mich an sich. »Das ist gut. Komm für mich, Baby. Ich will sehen, wie du kommst.« Die Lust baute sich immer weiter auf, bis Funken in meinem Körper explodierten. Ich stöhnte, als mein ganzer Körper sich um Jake zusammenzog. Kurz darauf folgte er mir, und Welle um Welle seines Höhepunktes flutete mein Innerstes.

Er drückte den Kopf an meine Brust, und sein Atem ging stoßweise. Ich beugte mich vor und küsste seine Stirn, während meine Haare uns wie ein Vorhang einhüllten.

»Du hast mich ruiniert, Maddie.« Seine Stimme war rau vor lauter Gefühlen, als er zu mir aufsah. »Niemand wird je an das heranreichen, was du in mir auslöst. Niemand wird jemals den Vergleich mit dir aufnehmen können.«

Mir stiegen Tränen in die Augen, und ich zeichnete mit dem Finger seine Züge nach. Jetzt gab es kein Zurück mehr. Jake hatte mein Herz vollständig erobert.

Ich wollte ihm sagen, dass ich ihn liebte, aber ich wollte ihn nicht erschrecken. Ich wollte nicht, dass er wegrannte. Der Gedanke jagte mir Angst ein. Ich war mir nicht sicher, ob ich es verkraften würde, wenn er mich verließ. Ich hatte noch nie so für einen Mann empfunden und bezweifelte, dass ich es je wieder könnte.

17. KAPITEL

JAKE

»Dieser verdammte Aimbot!«, brüllte ich in mein Headset. »Der Typ hat den Schuss auf keinen Fall ohne Hilfe abgefeuert.«

Puz schnaufte neben mir auf der Couch, während ich Videospiele spielte.

»Kumpel, du hast auf freiem Feld gestanden. Du hättest dir auch ein oranges Zielkreuz auf den Kopf malen können«, sagte Cyrus.

»Er hat mich durch einen Baum erschossen, Cy. Einen Baum! Das Arschloch bescheißt uns.« Ich wartete darauf, dass mein Avatar neu startete, damit ich den Betrüger jagen konnte. »Wo ist er?«

»Ich habe nicht gesehen, wer dich erwischt hat.« Cyrus' Stimme in meinem Headset klang abgelenkt. »So ein verdammter betrügerischer Dreckskerl!«

»Ach, jetzt auf einmal!« Ich ließ meinen Charakter eine Bombe in einen Panzer werfen und beseitigte die ausschwärmenden Avatare.

»Nein!« Cyrus brüllte ohrenbetäubend in meinem Kopfhörer. »Nein!«

Seine Stimme überschlug sich in einem Haufen von Flüchen und Unverständlichem.

»Holland, was ist los?« Meine Muskeln verspannten sich,

und ich umklammerte verkrampft den Controller. »Holland! Bericht!«

Er gab keine Antwort, und mein Herz hämmerte in meiner Brust, während ich auf eine Antwort wartete.

»Alles in Ordnung, Captain.« Seine Stimme zitterte, und der Klang beruhigte meine Nerven ganz und gar nicht.

»Was ist passiert?« Ich starrte am Fernseher vorbei und dachte an Cyrus' Gesicht, als wir den Basketballkorb für seinen Sohn aufgebaut hatten.

»Fragst du dich manchmal, warum wir dieses Spiel spielen?« Seiner Stimme nach zu urteilen war er nicht bei der Sache und mit den Gedanken ganz woanders.

»Manchmal. Ich schätze, wir wissen warum.«

»Ja.« Er schwieg, und ich sah seinen Avatar mitten auf einer Straße stehen. »Wir wurden dort gefickt.«

»Ja, viele von uns.« Ich schluckte und versuchte, die Nerven zu behalten, als die Erinnerungen hochkamen. Ich war mir kaum bewusst, dass Puz neben mir leise jaulte.

»Ich muss noch mal operiert werden« Seine tiefe Stimme brach, und er räusperte sich.

»Hab ich gehört.« Ich legte den Controller weg und ballte die Fäuste.

Ich hörte Cyrus angestrengt atmen und kämpfte darum, ruhig zu bleiben, ruhig zu klingen.

»Wann hört es endlich auf?« Cyrus' Stimme war ein bisschen zu laut. »Ich will nicht noch mehr meiner selbst verlieren. Sie wollen meine Wirbelsäule an drei Stellen versteifen. Das heißt noch ein Jahr Physiotherapie. Noch ein Jahr, in dem Kyla sich um mich kümmern muss, als wäre ich eins der Kinder.«

»Nein, Mann. So schlimm wird es schon nicht. Außerdem hast du eine große Familie, die euch nur zu gern hilft, und du wirst schnell wieder auf den Beinen sein.«

»Versuch nicht, mir Scheiße zu erzählen, Simmon. Würde es dir gefallen, wenn dir deine Frau die Windeln wechseln muss?« Seine Stimme klang leicht hysterisch.

»Holland, reiß dich zusammen. Kyla macht das nichts aus. Die Operation wird dir helfen, sie wird es nicht schlimmer machen.« Puz legte mir eine Pfote aufs Bein, und ich kraulte ihm gedankenverloren das Ohr. »Beim letzten Mal hast du dich doch auch schnell erholt. Das ist eine einfache Operation, Wirbel werden oft versteift.«

»Fragst du dich manchmal, warum es uns erwischt hat? Warum unser Hubschrauber abgeschossen wurde? Warum wir überlebt haben, während alle anderen gestorben sind?«

Galle stieg in meiner Kehle auf. »Ja, Cy. Das habe ich mich oft gefragt, aber das bringt nichts. Wir werden nie eine Antwort bekommen. Wir müssen einfach weitermachen.«

Zur Antwort erhielt ich nur Schweigen, und Panik schnürte mir die Kehle zu.

»Cyrus, bist du noch da?«

»Ja, ich bin hier, Mann.« Ich hörte ihn tief einatmen. »Tut mir leid. Ich muss ein anderes Spiel finden.«

»Ich habe neulich das Lego-Hobbit-Spiel gekauft.«

»Kumpel, deine Freundin macht einen Nerd aus dir.« Cyrus lachte, und ich atmete die Luft aus, die ich angehalten hatte.

»Tja, wenn du etwas Harmloseres willst, ich glaube, es gibt auch ein Spiel mit flauschigen kleinen Tieren. Sie tanzen, und man kann sie füttern und so.«

»Leck mich, Simmon. Ich kämpfe lieber gegen Zwerge und Drachen. Also nehmen wir den Hobbit, und ich mach dich dabei fertig.«

»*Ich* wusste noch gar nicht, dass es da Zwerge und Drachen gibt. Also wer ist hier der Nerd?«

»Ich habe deine Freundin darüber sprechen hören.«

»Fick dich, Holland.« Ich lächelte und war erleichtert, dass er wieder etwas normaler klang.

»Nein danke, Mann. Du bist nicht mein Typ.« Er lachte leise. »Ich muss Schluss machen. Kyla wird mir die Leviten lesen, wenn sie bemerkt, dass ich die Spielekonsole aufgebaut habe, aber noch nicht das neue Kinderbett.«

»Du Pantoffelheld.«

»Du musst es ja wissen. Bis dann.« Sein Avatar verschwand vom Bildschirm, und ich atmete tief durch. Puz leckte meine Hand und sah mit seinen großen Hundeaugen zu mir auf.

»Ein Pudel. Warum musstest du ausgerechnet ein Pudel sein?« Ich hob seine Ohren an und ließ sie wieder fallen. »Du hast Glück, dass du niedlich bist. Aber wenn du irgendwem verrätst, dass ich das gesagt habe, werde ich es abstreiten.«

Ich untersuchte seine Stiche und hob dann seine Lippe, um die Zähne zu kontrollieren. Puz drückte mit der Pfote gegen meine Hand. »Nicht meine Schuld, wenn du dir von einem Eichhörnchen den Hintern versohlen lässt. Die Fäden müssen bald gezogen werden, sonst wächst deine Haut drüber.«

Er hob den Kopf, als wäre er schockiert.

»So schlimm ist das nicht. Es dauert nur ein paar Sekunden.« Ich wuschelte ihm durchs Fell, und er drehte sich auf den Rücken, damit ich ihm den Bauch kraulen konnte. »Du bist ein kleiner Schmusebär, weißt du das? Ich könnte dir die Fäden auch hier ziehen, aber weil du den Tierarzt lieber magst, bringe ich dich dorthin.«

»Unterhältst du dich immer so ausführlich mit Puz?« Maddie kam in einem meiner T-Shirts die Treppen hinuntergehüpft.

Ich schaltete die Spielekonsole aus und warf Headset und Controller auf den Tisch.

»Sei nicht traurig, dass er *dir* nicht antwortet.« Ich stand auf, ging in die Küche und sie folgte mir. »Das thailändische Essen wurde geliefert, während du unter der Dusche warst.«

»Gott sei Dank. Ich sterbe vor Hunger.« Sie holte Teller für uns aus dem Schrank.

Ich beobachtete, wie sie auf die Zehenspitzen ging, um an die Gläser heranzukommen, und mein Shirt an ihren Oberschenkeln emporrutschte. An diesen Anblick könnte ich mich gewöhnen.

»Also, was sehen wir uns an?« Sie warf mir einen Blick über die Schulter zu, während sie Essen auf ihren Teller löffelte.

Ich trat von hinten an sie heran und schlang ihr die Hände um die Taille. Dann beugte ich mich herunter, küsste sie in den Nacken und lächelte, als sie sich wand, um sich von mir zu lösen. In den vergangenen Wochen hatte ich unter anderem herausgefunden, dass sie direkt unter dem Ohr extrem kitzelig war.

»Was willst du denn sehen?« Mir war es egal, was im Fernsehen lief, solange Maddie bei mir war.

»Es gibt eine neue Fantasyserie auf Netflix, die ich unbedingt sehen will.« Sie schaufelte sich eine ordentliche Portion Reis auf den Teller. »Mit Drachen und Schwertkämpfen und umwerfenden Jungfrauen, die nicht gerettet werden wollen. Da freue ich mich schon drauf.«

»Okay, aber nächstes Mal suche ich was aus.« Ich sah auf sie herab und bemühte mich, nicht das Gesicht zu verziehen. Fantasy war nicht unbedingt mein Lieblingsgenre.

»Ach, komm schon. Ich glaube, das wird dir auch gefallen.« Sie reichte mir einen Teller.

Ich häufte mir jede Menge leckere Sachen darauf und trug ihn ins Wohnzimmer, bevor ich zurückging, um uns Getränke zu holen.

»Mit wem hast du gespielt?« Maddie setzte sich im Schneidersitz auf die Couch und griff nach dem Teller.

»Cyrus«, sagte ich.

»Es klang so, als hättet ihr euch gestritten.« Sie schob sich mit den Stäbchen Essen in den Mund.

»Nicht ganz.« Ich trank einen Schluck aus meiner Bierflasche. Das hier war gefährlich nah an den Themen, über die ich mit Maddie nicht sprechen wollte. »Ich glaube, er hatte eine Art Episode.«

»Hmm.« Sie runzelte die Stirn und nahm ihr Weinglas. »War es schlimm?«

»Sie sind nie gut.« Ich zuckte mit den Schultern und stopfte mir Essen in den Mund. Um die Anspannung zwischen meinen Schulterblättern zu lösen, kreiste ich mit den Schultern.

»Aber manche Episoden sind schlimmer als andere, oder?« Sie wandte sich wieder ihrem Essen zu. Mir war klar, dass sie ihre Worte vorsichtig wählte, weil sie mir nicht auf die Füße treten wollte, und das ärgerte mich.

»Maddie, du hast gesagt, dass du mich nicht mit Samthandschuhen anfassen würdest.« Ich zeigte mit den Stäbchen auf sie.

»Das mach ich ja gar nicht. Ich versuche nur, vorsichtig herauszufinden, was Cyrus durchgemacht hat.« Sie verdrehte die Augen, und seltsamerweise fühlte ich mich dadurch besser. »Kyla hat gesagt, dass es ihm nicht so gut geht.«

»Das Spiel hat etwas ausgelöst, und er ist nervös wegen der Operation.« Ich zuckte mit den Schultern. »Wir haben entschieden, uns ein anderes Spiel zu suchen.«

»Er will mit der OP bis nach der Geburt seiner Tochter warten.« Sie schob das Essen auf ihrem Teller hin und her. »Ih, hier ist ein Stückchen Huhn in meinem Reis. Mach das weg.«

Sie streckte mir ihren Teller entgegen, und ich pickte das Stück heraus und steckte es mir in den Mund. »Lecker.«

Sie erschauerte und wendete sich wieder ihrem Gemüse zu. »Ekelhaft.«

»Wann hast du zum letzten Mal Fleisch gegessen? Vielleicht würde es dir ja schmecken.«

»Es geht nicht darum, ob ich es mag oder nicht. Es geht darum, dass ich mich wegen der Tiere schlecht fühle.« Sie schüttelte den Kopf. »Nein danke, ich bleibe bei meinem Gemüse. Aber zurück zu Cyrus. Weißt du, ob er wegen seiner Episoden zum Arzt geht? Ich glaube, Kyla macht sich Sorgen.«

»Wir müssen alle ab und zu zum Militärpsychologen. Das gehört zum Standardverfahren.«

»Wie oft musst du hin?« Sie pickte erst eine Karotte und dann ein Stück Ananas von ihrem Teller.

»Ich muss alle sechs Wochen zur obligatorischen Beurteilung.« Ich zuckte mit den Schultern. In mir sträubte sich alles gegen diese Unterhaltung, und ich kreiste mit den Schultern, um mich zu entspannen. Die Situation mit Cyrus hatte mich ziemlich aus der Bahn geworfen.

»Sprichst du gern mit ihm?« Sie trank noch einen Schluck Wein.

»Ich habe dir gesagt, dass ich jemanden finden werde, Maddie.« Ich bemühte mich, meine Frustration nicht zu zeigen.

»Tut mir leid.« Sie streckte die Hand aus und berührte mich am Knie. »Ich wusste nur nicht, wie das alles funktioniert.«

»Ich will nicht mit dir über diese Sachen sprechen, Maddie. Ich kann nicht.« Ich konnte ihr einfach nicht erzählen, was passiert war, was ich dort drüben getan hatte. Sie würde mich nie wieder so ansehen wie vorher, und das könnte ich nicht ertragen.

»Ist schon gut, Jake. Ich will ja gar keine Details wissen, okay? Danach werde ich dich nicht fragen. Ich wollte nur wissen, ob es dir gut geht.«

Die Sorge in ihrem Gesicht machte mich fertig.

»Ich habe noch nicht herausgefunden, mit wem ich sprechen kann. Mit dem Militärpsychologen kann ich nicht reden. Alles, was ich dort sage, würde man direkt an meine Mutter weiterleiten.« Ich seufzte und stellte den Teller ab. Mir war der Appetit vergangen. »Es kann niemand sein, der dem Präsidenten berichten muss.«

»Das klingt logisch.« Sie aß ungerührt weiter. »Soll ich dir beim Suchen helfen? Ich könnte mich umhören.«

»Nein.« Das Wort kam ein bisschen schärfer heraus als beabsichtigt. »Schon gut. Ich finde jemanden.«

Sie nickte, sah mir aber nicht in die Augen.

»Erzähl mir von deinem Gesetzesentwurf.«

»Ich will dich nicht zu Tode langweilen.« Sie wedelte mit den Essstäbchen in der Luft herum. »Ehrlich, im Moment ist es nur ein Haufen Routinearbeit.«

»Hast du schon viele Sponsoren gefunden?« Politiker sollten sich darum reißen, der Tochter von Präsident McGuire zu helfen.

»Ein paar.« Ein Schatten huschte über ihr Gesicht, und sie schaute auf ihren Teller hinunter.

»Ich hätte erwartet, sie würden Schlange stehen, um daran mitzuwirken. Immerhin bist du die Tochter des Präsidenten.«

»Leider nein.« Sie zog eine Grimasse und stellte ihren Teller neben meinen auf den Tisch.

»Das verstehe ich nicht. Wo ist das Problem?« Ich musterte aufmerksam ihr Gesicht.

Sie zuckte mit den Schultern. »Wir stellen uns gegen die großen Pharmakonzerne. Die haben jede Menge Geld, um Kampagnen zu finanzieren. Niemand will sie verärgern.«

»Ist das alles?« Etwas stimmte nicht, so als würde sie mir nicht alles erzählen.

»So gut wie. Ich meine, nicht alle wollen helfen. Mein Vater hat sich über die Jahre politische Feinde gemacht. Ich schätze, das ist Teil des Jobs.« Sie wedelte mit der Hand in der Luft herum. »Es wird am Ende schon klappen. Es ist nur eine Menge Arbeit.«

Ich wusste, dass sie mir etwas verschwieg, aber ich hatte nicht das Recht, weiter zu bohren. Ich hatte Geheimnisse, also durfte sie auch welche haben.

»Komm her.« Ich lehnte mich auf der Couch zurück und breitete die Arme aus. Sie rutschte zu mir und kuschelte sich an meine Brust. Dann griff ich nach der Fernbedienung und schaltete die Serie ein, von der sie gesprochen hatte.

In der ersten Szene liefen ein paar Teenager vor einem Brückentroll weg, und mir war sofort klar, dass ich die Sendung nicht mögen würde. Aber solange ich Maddie im Arm hatte, war mir das egal. Mit ihr war alles erträglich.

18. KAPITEL

JAKE

»Sechs Zentimeter«, erklärte Cyrus. »Wenn er in der nächsten Stunde nicht weiter aufgeht, machen sie einen Kaiserschnitt.«

Die Besorgnis in seiner Stimme war deutlich hörbar. Zu wissen, dass Kaiserschnitte regelmäßig auf der ganzen Welt durchgeführt wurden, machte es nicht weniger erschreckend. Der Gedanke, dass die Mutter meines Kindes auf einem Tisch aufgeschnitten wurde, um das Baby aus ihrem Körper herauszuholen, ließ mein Herz schneller schlagen, obwohl es mich nicht selbst betraf. Mein Blick schnellte zu Maddie, und ich biss mir auf die Innenseite meiner Wange.

»Alles wird gut, Cy. Ich wette, Kyla ist die Ruhe selbst.«

»Kyla hat überhaupt keine Angst. Sie malt gerade mit Korbin, als wäre sie nicht an hundert verschiedene Maschinen angeschlossen.« Er senkte die Stimme, und mir ging ein Licht auf.

Jedes Krankenhaus roch gleich. Antiseptisch und nach Reinigern, die kaum den Geruch von Blut überdecken. Ich konnte kein Krankenhaus betreten, ohne wieder an das Zelt in Afghanistan zu denken.

»Ist jemand bei dir?« Meine Finger schlossen sich fester um das Telefon. Vor meinem inneren Auge tauchten Bilder von weiß gekleideten Ärzten und Schwestern auf. Ich konnte mir das Piepsen der Maschinen und die seltsame Mischung der Gerüche von Blut, Erbrochenem und Reinigungsmitteln nur allzu gut vorstellen.

Als Maddie mich am Bein berührte, zuckte ich zusammen. Ihre Augen waren voller Sorge, und sie sagte lautlos: *Lass uns hinfahren.*

»Meine Eltern fliegen von Wisconsin hierher, und Kylas Eltern sind schon da, aber erschöpft. Sie liegt jetzt seit achtundzwanzig Stunden in den Wehen.« Ich hörte die Verzweiflung in seiner Stimme. »Wir sind alle müde. Ich kann nicht verstehen, warum sie so verdammt gut drauf ist. Sie sollte fluchen und Dinge an die Wand werfen.«

Maddie stellte pantomimisch dar, wie sie sich Essen in den Mund steckte, und ich nickte.

»Wir bringen euch was zu essen vorbei. Ihr braucht was Besseres als diesen Krankenhausfraß«, bot ich an.

»Nein, macht euch keine Umstände.«

»Wir kommen sowieso, also können wir euch auf dem Weg auch etwas besorgen. Sag mir, was du möchtest, sonst bringe ich einfach jede Menge Tacos mit.«

»Ich hasse Tacos, das weißt du genau.« Cyrus' Lachen war schroff, aber er lachte. »Burger wären super. Richtige Burger. Korbin mag aber keine sauren Gurken.«

»Sonst noch was?«

»Kyla kann nichts essen, und ihre Eltern haben eben erst gegessen.« Er bedeckte kurz den Hörer, dann war er wieder dran. »Ja, sie wollen nichts. Nur Korbin und ich. Ein guter, saftiger Hamburger wäre toll. Danke.«

Maddie beugte sich nach vorn und flüsterte dem Fahrer etwas zu.

»Kein Problem, Mann.« Ich legte auf.

»Wie geht's Kyla?« Maddie drehte sich zu mir.

Ich klopfte mir mit dem Handy aufs Bein. »Besser als Cyrus. Offenbar malt sie mit Korbin, aber sie braucht vielleicht einen Kaiserschnitt.«

»Kyla kann nichts aufhalten. Sie ist wie eine Naturgewalt. Sie besteht nur aus guter Laune und Lächeln.«

»Lächeln ist eine Naturgewalt?« Ich zog eine Augenbraue hoch.

»Ach, du weißt, was ich meine.« Sie lächelte mich an, als wollte sie damit beweisen, dass sie recht hatte, und es funktionierte. Ehrfurcht ergriff mich. Ihr grünes Kleid betonte ihre Augenfarbe.

Ich streckte die Hand aus und legte sie ihr an die Wange. »Ja, jetzt verstehe ich es.«

Sie errötete, und ich streichelte mit dem Daumen über ihre Haut. Dann beugte ich mich zu ihr, drückte meinen Mund auf ihren und wünschte auf der Stelle, wir müssten nicht ins Krankenhaus fahren. Sie schmeckte nach Honig, und ich wollte mich einfach nur an einem abgeschiedenen Ort in ihr verlieren.

Ich vergrub die Finger in ihren Haaren. Ihr sanftes Seufzen bot mir die Chance, ihre Unterlippe mit den Zähnen gefangen zu nehmen. Sie griff nach meinem Shirt und gab sich dem Kuss hin. Das war meine Maddie, alles oder nichts.

Als sie sich schließlich von mir löste, loderte Feuer in ihren Augen. Ich lockerte den Griff in ihren Haaren und streichelte ihren Nacken.

»Wir müssen mehr Zeit miteinander verbringen«, flüsterte sie.

Ich wusste genau, was sie meinte.

»Wir gehen bald auf eine anstrengende Wahlkampftour.« Ich küsste sie auf die Nase.

»Nicht besonders romantisch.« Sie verdrehte die Augen.

»Mit dir ist alles romantisch«, sagte ich.

Sie schüttelte den Kopf. »Wie schaffst du bloß immer diese Gratwanderung zwischen kitschig und sexy? Hätte das jemand anderes gesagt, hätte ich wahrscheinlich gelacht.«

»Das ist eine Gabe.«

»Es ist tatsächlich besonders.« Sie lachte leise. »Ich bin froh, dass sie das Baby bekommen, bevor wir aufbrechen. Macht Cyrus sich Sorgen?«

»Ich denke, Cyrus würde sich auch Sorgen machen, wenn Kyla einen eingerissenen Fingernagel hätte.« Ich verflocht meine Finger mit ihren. »Aber der Gedanke an einen Burger hat ihn etwas aufgemuntert.«

»Genau den besorgen wir jetzt«, erklärte Maddie. »Ich dachte, wir halten bei Shake Shack.«

Mein Magen knurrte. »Vielleicht sollten wir uns auch etwas bestellen.«

Sie klopfte mir auf den Bauch und lachte.

»Klingt gut.«

Als wir beim Krankenhaus ankamen, hatte ich meinen Burger und die meisten Pommes schon aufgegessen. Der Fahrer ließ uns und unsere Personenschützer beim Eingang aussteigen, und schließlich fanden wir die Geburtsstation.

Hier herrschte eine andere Stimmung als im Rest des Krankenhauses. Hoffnung lag in der Luft, und die Leute lächelten, aber die Gerüche waren dieselben. Überall eilten Schwestern und Ärzte hin und her. Mein Magen zog sich zusammen, und ich fing an zu schwitzen. Kein Wunder, dass Cyrus am Telefon ein bisschen panisch geklungen hatte.

»Kyla Holland?« Maddie ging zur Anmeldung. Sie musste meine Anspannung gespürt haben, denn trotz meiner Verbindung zu Cyrus übernahm sie die Führung.

»Sie wird für die Operation vorbereitet.« Eine kleine Frau

mit roten Haaren ging auf Maddie zu, und ihre Augen wurden groß. »Sie sind Maddie McGuire!«

»Ja, Ma'am.« Maddie schenkte ihr ein kleines Lächeln. »Können wir irgendwo warten?«

»Ja, der Rest der Familie Holland ist drüben beim Fernseher. Sie haben den Disneychannel für den kleinen Jungen eingeschaltet.« Ihre Augen wanderten zu mir, bevor sie unsere Personenschützer musterte. »Ich versuche, noch ein paar Stühle aufzutreiben.«

»Nein, vielen Dank.« Tony lächelte, und mir fiel auf, dass er das sonst nur selten tat. »Wir kommen zurecht.«

»Sagen Sie Bescheid, wenn Sie irgendetwas brauchen.« Die Krankenschwester sah auf Maddies und meine verschränkten Finger, und ihr Lächeln wurde breiter. Ich hatte völlig vergessen, dass wir uns noch immer an den Händen hielten. Mittlerweile hatten uns auch andere Krankenhausmitarbeiter bemerkt.

»Danke«, sagte ich.

»Maddie!« Korbin kam zu uns gerannt, dicht gefolgt von einer älteren Frau mit grauem Haar. In einer Hand hielt er einen roten Laster, und mit der anderen wischte er sich die Nase ab. »Schau mal, mein Laster!«

»Der ist ja toll!« Maddie kniete sich hin und bewunderte den Feuerwehrwagen.

»Es tut mir leid. Er war den ganzen Tag eingepfercht.« Die Frau hob Korbin hoch und setzte ihn sich auf die Hüfte. »Ich bin Karen, Kylas Mutter.«

Maddie stand auf und schüttelte ihr die Hand. »Ich bin Maddie, und das ist Jake. Wir sind Freunde von Kyla und Cyrus.«

»Es freut mich, Sie kennenzulernen. Kyla hält große Stücke auf Sie.« Die Frau lächelte uns erschöpft an. »Sie bereiten sie für den Kaiserschnitt vor.«

»Wie geht es ihr und Cyrus?« Maddie deutete auf einen älteren Mann, der auf einem Stuhl neben dem Fernseher schnarchte. »Haben Sie dort drüben gesessen?«

»Oh, ja. Das ist Frank, mein Mann.« Sie ging zu ihrem Stuhl zurück. »Entschuldigen Sie, die letzten zwei Tage waren ziemlich anstrengend.«

»Laster. Brumm!« Korbin wedelte mit dem Laster herum, und eins der Räder verhedderte sich in den Haaren seiner Großmutter.

»Oh, Korbin.« Sie griff nach dem Spielzeug und befreite das Rad. »Keine Laster in Omas Haaren.«

»'tschuldige, Nana.« Korbin strich ihr mit den Fingern über die Haare. »Schöne Haare.«

Karen lächelte ihren Enkel an.

»Macht es Ihnen etwas aus, wenn wir mit Ihnen warten?«

»Natürlich nicht.« Die Frau hob ein paar Sachen auf, die sie auf den Stühlen verteilt hatte. »Kyla ging es so weit gut. Sie kennen sie ja, sie lässt sich von Wehen nicht bremsen. Cyrus dagegen …«

»Was ist mit Cyrus?« Ich räusperte mich, überrascht, dass ich etwas gesagt hatte.

»Er hasst Krankenhäuser«, erklärte Karen. »Ich glaube, es hat ihn sehr gestresst, so lange hier zu sein.«

»Vielleicht hätten sie ihm etwas zur Beruhigung geben können?«, fragte Maddie.

»So was würde er nie nehmen.« Karen schüttelte den Kopf und wedelte verneinend mit der Hand. »Nur ein Anfall von Vaterangst. Er wird sich zusammenreißen und damit zurechtkommen. Schließlich ist er nicht derjenige, der jetzt operiert wird, stimmt's?«

Maddie lächelte, aber ich konnte sehen, wie sich die Rädchen hinter diesen riesigen Augen drehten. Sie machte sich Sorgen und war betroffen, wie schnell Cyrus' liebe Schwiegermutter ein ernst zu nehmendes Problem unter den Teppich kehrte. Entweder war es Cyrus gelungen, seiner entfernteren Verwandtschaft etwas vorzumachen, oder sie übersahen wirklich die Anzeichen dafür, dass etwas nicht stimmte. Sie wären nicht die erste Familie, die die Fassade einer PTBS nicht durchschaute.

Meine Gedanken waren in Aufruhr, während ich halb der Unterhaltung zwischen Maddie und Karen zuhörte und zwischendurch Korbins Fragen zu der Sendung im Fernsehen beantwortete.

»Er sieht normalerweise nicht so viel fern, aber das ist eine Notsituation.« Karen runzelte die Stirn, als Mickey Mouse einen Tanz vollführte.

Korbin hüpfte zur Musik herum, aber ich starrte ins Leere und dachte darüber nach, wie sich Cyrus wirklich fühlte, während seine Familie keine Ahnung zu haben schien, dass er ein sehr ernsthaftes Problem hatte.

War ich die richtige Person, die ihm sagen könnte, er solle sich Hilfe holen oder jemanden zum Reden finden? Vor dem Hintergrund, dass ich selbst noch keinen Therapeuten hatte, dem ich mich anvertrauen wollte, kam mir das unendlich heuchlerisch vor. Allein in Washington gab es Tausende von Psychiatern. Aber welcher von ihnen war vertrauenswürdig? Und woher sollte ich wissen, dass er mir wirklich helfen konnte und nicht nur ein Quacksalber war, der es auf das Geld von der Versicherung abgesehen hatte?

Ich wusste nicht, wie lange ich dagesessen hatte, mit Maddies Hand in der einen und der Papiertüte vom Burgerladen in der anderen Hand. Erst, als eine Glocke im Wartebereich läutete, hob ich den Blick.

»Was war das?« Ich sah mich um und bemerkte jede Menge aufgeregt lächelnde Gesichter.

»Das bedeutet, dass ein Kind geboren wurde.« Karen schüttelte Frank am Arm, bis er sich auf dem Stuhl bewegte.

»Keine Kaffeesahne«, murmelte er.

»Wach auf, Frank. Wach auf, du schläfst ja noch.« Karen schüttelte ihn noch einmal. »Die Glocke hat geläutet. Ich wette, Savannah ist jetzt auf der Welt.«

»Was?« Der Mann blinzelte wie eine alte Eule mit schiefer Brille. »Das Baby ist da?«

»Ich glaube ja!«

»Glauben? Du weißt es noch nicht?« Der Schnurrbart des Mannes erinnerte mich an ein Walross. Er hüpfte beim Sprechen, und ich wartete nur darauf, dass er ihn einsaugen und wieder ausspucken würde. »Warum hast du nicht gewartet, bis du dir sicher bist, bevor du mich weckst?«

»Tu wenigstens so, als wärst du ein bisschen aufgeregt!« Karen stieß ihn mit dem Ellenbogen an.

»Aber wir wissen noch nicht einmal, ob es überhaupt wegen ihr geläutet hat!« Frank sah uns an.

»Warten Sie auf einen Freund?«

»Auf Ihre Enkelin«, erklärte ich.

»Ach?« Er blinzelte und sah erst mich und dann Maddie an. »Oh. Sie sind Jake Simmon! Und die Tochter des Präsidenten. Entschuldigen Sie, meine Liebe. Ich komme gerade nicht auf Ihren Namen.«

»Ich bin Maddie.« Sie lächelte ihn an. »Würden Sie die Schwester gern fragen, für wen die Glocke geläutet wurde?«

»Ich bin mir sicher, sie werden uns Bescheid sagen, wenn es für uns war.«

Eine Frau in Schwesterntracht kam zu uns herüber und nickte uns zu, bevor sie sich an Kylas Eltern wandte. »Karen Philmont?«

»Ja, das bin ich.« Karen lächelte die Schwester an.

»Ma'am, Kyla möchte, dass Sie in den Operationssaal kommen.« Die Schwester lächelte nicht, und mir rutschte das Herz in die Hose.

»Ich dachte, es könnte nur eine Person bei ihr sein.« Karen sah ihren Mann verwirrt an.

»Ja, Ma'am. Auf dem Weg zum Operationssaal hatte Cyrus einen Unfall. Er wird wegen seines Rückens behandelt. Es sieht so aus, als müsste er heute ebenfalls noch operiert werden.«

»Oh mein Gott.« Karen schlug die Hand vor den Mund. »Geht es ihm gut?«

»Er hat ziemliche Schmerzen und bekommt Medikamente dagegen.« Sie streckte Karen die Hand entgegen. »Wir müssen uns beeilen. Kyla ist bereit für den Kaiserschnitt, und ich bin mir sicher, sie hätte Sie gern an ihrer Seite.«

»Natürlich.« Sie schob Frank ihre Handtasche zu und stand auf. »Pass auf Korbin auf. Ich sage euch Bescheid, sobald das Baby da ist.«

»Geh«, drängte Frank. »Sie braucht dich.«

»Ma'am, ist jemand bei Cyrus?« Ich stand auf und berührte die Schwester an der Schulter.

»Ich bin mir nicht sicher. Fragen Sie bei der Anmeldung, dort kann man Ihnen bestimmt sagen, wo er liegt.« Ihre Augen wanderten zu unseren Personenschützern.

»Danke.« Ich beobachtete, wie die Schwester Karen durch mehrere Türen führte, die ihnen eine andere Schwester per Buzzer öffnete.

»Bitte kümmern Sie sich um Cyrus. Seine Familie sitzt noch im Flieger, und mir gefällt der Gedanke nicht, dass er allein ist.« Frank stand auf und streckte mir die Hand entgegen, um sie zu schütteln. »Karen kann manchmal ein wenig blind sein, aber ich weiß, dass Cyrus gerade eine schwere Zeit durchmacht. Er braucht jetzt einen Freund an seiner Seite.«

»Ja, Sir.« Ich drehte mich auf dem Absatz um und ging zur Anmeldung, während Maddie sich von Korbin verabschiedete.

»Entschuldigen Sie«, sagte ich. Eine der Schwestern sah gelangweilt zu mir auf. »Könnten Sie mir sagen, wohin Cyrus Holland gebracht wurde?«

»Sind Sie mit ihm verwandt?«

»Nein, Ma'am. Wir sind befreundet. Wir haben zusammen in Afghanistan gedient, und ich bin wegen der Geburt seiner Tochter hier. Man hat mir gesagt, dass er einen Unfall hatte, und vielleicht hätte er gern jemanden bei sich.«

»Sie dürfen nicht in sein Zimmer, und ich darf Informationen nur an Familienangehörige weitergeben.«

Ich ballte die Fäuste und riss mich zusammen, um nicht auf die Theke einzuschlagen.

»Entschuldigen Sie, Ma'am.« Tony trat einen Schritt vor und hielt seine Dienstmarke hoch. »Der Sohn der Vizepräsidentin muss Mr Holland so schnell wie möglich sehen.«

Die Frau schaute störrisch drein und hob ihr Kinn. »Und wenn er der Präsident persönlich wäre. Wir dürfen nur Familienangehörige zu den Patienten lassen.«

»Ich rufe gern meinen Vater an und bitte ihn, mit dem Chef der Chirurgie zu sprechen.« Maddie trat an meine rechte Seite. »Aber ich glaube nicht, dass das wirklich notwendig ist.«

Der Mund der Schwester klappte auf wie der eines Fisches.

»Sie machen nur Ihren Job, aber Mr Hollands Familie wird erst in einigen Stunden eintreffen. Er braucht jetzt jemanden an seiner Seite. Seine Frau steht kurz vor einem Kaiserschnitt, und er leidet an PTBS. Ein bekanntes Gesicht würde ihm sicher sehr helfen.«

Ich sah Maddie an und war schockiert, dass sie einfach so in die Welt hinausposaunte, dass Cyrus an PTBS litt. Das ging

Fremde überhaupt nichts an. Jetzt würden sie Cyrus anders ansehen, ihn anders behandeln. Wie konnte sie damit nur so leichtfertig umgehen?

»In Anbetracht dessen, was sie mir gerade erzählt haben, verstehe ich, dass er einen guten Freund braucht.« Die Schwester stand auf und bedeutete mir, ihr zu folgen. »Ich denke, wir können einen von Ihnen zu ihm bringen.«

»Ich gehe.« Ich trat von Maddie weg.

»Bist du sicher?« Sie sah mich besorgt an.

Meine Wut brodelte direkt unter der Oberfläche, und ich vertraute mir selbst nicht, ruhig antworten zu können. Sieht sie mich wirklich so? Als hätte ich einen Schaden?

»Jake?« Sie ergriff meine Hand.

»Ich muss zu Cyrus.« Ich sah sie nicht an.

»Warte, Jake«, flüsterte sie. »Jake! Was hab ich falsch gemacht?«

»Du weißt nicht, ob er PTBS hat.« Ich senkte die Stimme. »Jetzt werden sie das in seine Akte schreiben. Jeder wäre in dieser Situation durcheinander. Seine Frau bekommt ein Baby, während er auf eine Operation vorbereitet wird.«

»Ich habe nur gedacht …«

»Hat Kyla dir gesagt, dass er PTBS hat?«

»Nein, aber er zeigt alle Symptome, und sie hat gesagt, dass er eine schwere Zeit durchmacht.« Sie war blass geworden und hatte die Augen aufgerissen. »Ich wollte nur, dass jemand bei ihm ist. An seiner Stelle hätte ich Angst.«

»Nun, ich gehe ja jetzt …« Ich atmete frustriert ein.

»Ich bin hier, wenn du etwas brauchst.« Sie biss sich auf die Unterlippe und konnte den Schmerz in ihren Augen nicht verbergen. »Ich schicke dir eine Nachricht, sobald wir etwas von Kyla und Savannah hören.«

»Danke.« Ich versuchte, meinen Ärger zu unterdrücken.

»Ich mag es nicht, wenn du böse auf mich bist, Jake.« Sie drückte meine Finger.

»Ich sage dir Bescheid, was mit Cyrus los ist.« Ich küsste sie flüchtig auf die Wange, dann drehte ich mich um und folgte der Schwester.

Als wir den Flur hinabeilten, zog sich mein Magen schmerzhaft zusammen, und ich zweifelte kurz, weil mir überwältigende Angst die Luft abschnürte. Vielleicht hätte ich auf der Entbindungsstation bleiben sollen, die voller Hoffnung leuchtete, anstatt mich in die Tiefen der Verzweiflung zu stürzen.

Ich warf einen Blick über die Schulter und sah, dass Maddie mir todunglücklich nachschaute.

19. KAPITEL

MADDIE

»Keine Fragen zu meinem Privatleben.« Ich sah die Fernsehmoderatorin an, die mir gegenübersaß.

»Sie sind eine Politikerin, Maddie. Sie haben kein Privatleben.« Die Frau schaute in einen kleinen Spiegel und frischte ihren Lippenstift auf. »Ihr Leben findet in der Öffentlichkeit statt.«

»Marilyn, ich bin keine Politikerin.« Ich schüttelte den Kopf. »Ich bin hier, um über das Projekt zu sprechen. Alles andere ist tabu.«

»Wir wollen doch nur hören, dass Sie glücklich sind, meine Liebe. Geben Sie der Öffentlichkeit, was sie will, und sie wird es Ihnen zurückzahlen, indem sie für Ihr kleines Projekt spendet.« Sie schaute mich unter ihren falschen Wimpern hervor an. »Benutzen Sie Ihre kleine Beziehung, um Ihr Vorhaben voranzutreiben.«

Ich bemühte mich, den aufsteigenden Ärger hinunterzuschlucken. Der Gedanke, etwas so Persönliches zu benutzen, um ein Ziel zu erreichen, war widerlich. Besonders weil sich die Dinge zwischen mir und Jake in letzter Zeit so … falsch angefühlt hatten. Er hatte so getan, als wäre alles in Ordnung, aber das war es nicht.

»Fünfzehn Sekunden«, rief einer der Regisseure. Marilyn warf Spiegel und Lippenstift in einen Korb unter ihrem Tisch.

Jemand zählte die letzten Sekunden herunter, und die Titelmusik erklang.

»Wir sind heute hier mit Maddie McGuire, der Tochter des Präsidenten. Zuletzt haben wir über das Hilfsprojekt berichtet, auf das Sie sich derzeit konzentrieren.«

»Ja, die Returning Combat Veterans Affairs.« Ich ignorierte die Monitore, die in unsere Richtung gedreht waren, damit wir unser Aussehen kontrollieren konnten. Nichts machte einen so verrückt, wie sich selbst bei einem Live-Interview im Fernsehen zu beobachten.

»Sie haben gerade das erste Haus fertiggestellt.« Die Moderatorin lächelte mich höflich an.

»Ja, die Familie konnte vor etwas über einer Woche einziehen.« Ich lächelte breit. »Es war eine sehr schöne Erfahrung und eine tolle Bestätigung, sie in ihrem neuen Zuhause zu sehen.«

»Eine Pressemitteilung hat gerade die Geburt ihres Babys verkündet. Waren Sie dabei?« Sie lächelte.

»Also, ich war im Krankenhaus und habe auf die gute Nachricht gewartet.«

»Stimmt es, dass der Vater einen Unfall hatte und deshalb die Geburt seiner Tochter verpasst hat?«

»Cyrus Holland ist ein mehrfach amputierter Veteran, und er musste operiert werden. Leider konnte man damit nicht länger warten.« Ich bemühte mich, ruhig sitzen zu bleiben. »Man hat mir gesagt, dass er sich gut erholt, genau wie seine Frau und ihr gemeinsames Baby.«

»Das freut mich. Nun, stimmt es, dass Holland mit ihrem Freund zusammen gedient hat?« Ihr freundliches Lächeln wirkte so unschuldig.

»Wenn Sie damit Jake Simmon meinen, dann ja, Mr Holland hat mit ihm in Afghanistan gedient.« Allmählich schmerzten meine Wangen, weil ich so angestrengt lächelte, und mein linkes Auge zuckte. Seit dem Krankenhausbesuch war es zwischen mir und Jake schwierig gewesen. Er wollte nicht darüber sprechen, aber ich wusste, dass ich ihn verärgert hatte.

»Machen Sie sich keine Sorgen, dass das wie Vetternwirtschaft aussehen könnte?« Das strahlende, übertrieben fröhliche Lächeln steigerte nur mein Verlangen, ihr eine zu scheuern.

»Jake und ich hatten absolut keinen Einfluss darauf, wer für das Haus ausgewählt wurde. Es gibt viele verschiedene Punkte, die bei der Entscheidung berücksichtigt werden. Mr Holland hat schwere Verletzungen erlitten, die ihn daran hindern, Vollzeit zu arbeiten. Die Tatsache, dass die Familie ein Kind hat, ein Baby auf dem Weg war und sie kein eigenes Zuhause hatten, hat zur Entscheidung beigetragen.«

»Aber vielleicht hat ja auch sein Name die Entscheider beeinflusst.« Sie beugte sich ein wenig vor, gierig darauf, aus nichts eine Story zu machen.

»Soweit ich weiß, war die Familie schon ausgewählt worden, bevor wir angefangen haben, das Projekt zu unterstützen.« Ich sah sie mit zusammengekniffenen Augen an. »Und ich wäre nicht weniger glücklich, wenn eine andere verdienstvolle Soldatenfamilie das Haus bekommen hätte.«

»Nun, ich muss Sie einfach fragen, wie die frische Beziehung zwischen Ihnen und Jake Simmon läuft. Fotos von Ihnen kursieren auf der ganzen Welt.« Auf dem Bildschirm hinter uns wurde ein Foto eingeblendet: Jake und ich, wie wir Händchen haltend einen Bürgersteig entlanggehen, gefolgt von einem weiteren, auf dem wir uns auf der Baustelle umarmen. »Die Leute lieben es, Sie zusammen zu sehen. Bevor Sie es sich versehen, werden Sie einen süßen Pärchenspitznamen bekommen.«

Ich kämpfte gegen den Würgereiz an, und mir war klar, dass mir das Lächeln verrutscht war, weil die Augen der Journalistin im nächsten Moment siegessicher aufleuchteten.

»Wir sprechen nicht in der Öffentlichkeit über unsere Beziehung.«

»Nur ein kleines Gespräch unter Frauen? Ganz unter uns, wie läuft es bei Ihnen?«

»Wissen Sie was, Marilyn? Erzählen Sie mir doch zuerst, wie *Ihre* Beziehung so läuft. Meine Geschichte gegen Ihre.« Das war gemein, weil sie – soweit ich wusste – mitten in einer Scheidung steckte.

»Oh, mein Leben ist so langweilig. Das interessiert doch niemanden.«

»Arbeitet Ihr Ehemann immer noch für NBC? Wie heißt er noch gleich?«

Wenn Marilyns Blicke hätten töten können, wäre ich auf der Stelle umgefallen. Ich hätte genauso gut einem Tyrannosaurus mit blonder Perücke gegenübersitzen können.

»Würden Sie gern über den Gesetzesentwurf sprechen, den Sie einreichen wollen? Verlässliche Quellen haben mir verraten, dass die Vizepräsidentin Ihren Standpunkt ablehnt. Sie befürchtet, einige Unternehmen könnten deswegen in Schwierigkeiten geraten.«

»Der Gesetzesentwurf ist noch im Anfangsstadium. Wir möchten dem Haus den bestmöglichen Entwurf zur Abstimmung vorlegen. Bisher ist noch kein Bestandteil spruchreif, deshalb weiß ich nicht, was die Vizepräsidentin ablehnen sollte. Es existiert noch nichts Offizielles, was sie ablehnen könnte.« Ich stützte die Arme auf den Tisch und lächelte.

»Vielleicht ist es ja nicht der Gesetzesentwurf, den sie ablehnt.« Marilyn beugte sich ebenfalls vor. »Wir alle wissen, dass die Vizepräsidentin es nicht mag, wenn Dinge in Unordnung geraten. Vielleicht ist sie nicht mit der Freundin ihres Sohnes einverstanden?«

»Ich bin mir sicher, dass unsere Vizepräsidentin niemals einen Gesetzesentwurf ablehnen würde, nur weil sie die Verfasserin nicht mag.« Ich schüttelte herablassend den Kopf.

»Dann ist die Vizepräsidentin mit Ihrer Beziehung zu ihrem Sohn einverstanden?«

»Das müssen Sie sie schon selbst fragen, Marilyn.«

»Das werde ich, Miss McGuire.« Angesichts des bösen Glitzerns in den Augen der Journalistin zog sich mir der Magen zusammen.

»Im Augenblick konzentriere ich mich hauptsächlich auf die Arbeit für die RCVA und deren Bemühungen, unseren Kriegsheimkehrern zu helfen. Diese Männer und Frauen verdienen unseren Respekt und brauchen unsere Hilfe.«

»In der Tat, eine sehr wichtige Sache. Der Link zur Website wird für Sie nun eingeblendet, liebe Zuschauer, und wir haben außerdem noch mehr Informationen auf der Website unserer Sendung.« Die Titelmelodie setzte ein.

»Bitte sehen Sie sich die Website an. Wir brauchen immer Freiwillige.« Ich lächelte strahlend.

»Wir sind gleich zurück mit einem aufsteigenden Star der Demokraten.«

Als wir nicht mehr live waren, sah Marilyn mich hasserfüllt an. »Sie sind ein echtes Miststück, McGuire. Sie wissen, dass ich gerade eine Scheidung durchmache.«

»Und ich habe Ihnen gesagt, dass ich nicht über mein Privatleben sprechen möchte. Ich habe nichts getan, was Sie nicht auch getan haben.« Ich griff nach dem Mikro und schaltete es aus, bevor ich es aus meiner Jacke zog. Ich beugte mich zu der Journalistin vor und senkte die Stimme. »Und Sie haben mich noch nicht als Miststück erlebt.«

»Wir werden sehen, wie Sie sich nach meinem Interview mit Vizepräsidentin Simmon fühlen.«

Ich ließ das Mikro auf den Tisch fallen und ging. Wenn ich das Studio nicht auf der Stelle verließ, würde ich meiner Akte noch eine Anzeige wegen Körperverletzung hinzufügen.

Ich streckte mich auf meinem Sitz und unterdrückte ein Gähnen. Bevor wir nach Boston und New York aufgebrochen waren, hatten wir allen Washingtoner Zeitungen Interviews gegeben. Ich konnte mich nicht mal an all die unterschiedlichen Sendungen erinnern, bei denen wir in den letzten Wochen gewesen waren.

»Wie lange noch?« Ich rieb mir die Augen.

»Noch sechs Stunden bis Washington, Ma'am«, sagte der Fahrer.

Ich sah zu Jake hinüber. »Sollen wir nicht einfach anhalten? Ich brauche ein Bett und etwas Vernünftiges zu essen. Kein Fast Food.«

»Das ist eine großartige Idee.« Jake ergriff meine Hand und küsste meine Finger. Die Wärme seines Kusses wirkte Wunder gegen die eisernen Fesseln, die meine Brust seit einiger Zeit einschnürten. »Ich glaube, ich bin nicht dafür gemacht, so lange auf dem Rücksitz eines Wagens zu sitzen.«

Er ließ meine Finger los und massierte sich das Knie. Da er heute seinen Gehstock benutzte, wusste ich, dass die langen Reisen allmählich Spuren bei ihm hinterließen. Wenn er sich regelmäßig bewegen konnte, ging es ihm besser. Normalerweise trainierte er jeden Tag.

»Nicht weit von hier gibt es ein kleines Hotel, Miss McGuire. Ihr Vater hat während einer seiner Kampagnen dort gewohnt, deshalb kennen wir bereits den Grundriss des Gebäudes.« Der Agent auf dem Beifahrersitz drehte sich um und sah mich an. »Dazu gehört ein kleines Restaurant, das ordentliche Hausmannskost serviert.«

»Das klingt doch super«, antwortete Jake.

»Sie waren mit auf einer Tour meines Vaters?« Ich lächelte den älteren Mann an.

»Ja, Ma'am. Bei seinem ersten Präsidentschaftswahlkampf.« Sein Lächeln war ehrlich. »Es war ein Geschenk, miterleben zu dürfen, wie er die Massen begeisterte.«

»Er hat dieses gewisse Etwas, das die Leute in seinen Bann zieht.« Ich schüttelte den Kopf. »Man kann es nicht erklären.«

»Ich würde sagen, der Apfel fällt nicht weit vom Stamm.« Er drehte sich wieder um und konnte meinen perplexen Gesichtsausdruck somit nicht mehr sehen.

»Ich glaube, du willst nicht, dass dein Gesicht so einfriert«, flüsterte Jake.

Ich wandte mich ihm zu und starrte ihn an. Er musste doch verstehen, dass ich schockiert war. Mein Vater konnte mit jemandem allein reden oder vor einem Saal mit tausend Leuten, und sie alle würden sich hinterher als etwas Besonderes fühlen. Selbst in den Debatten wirkten seine Gegner von seinem Charisma fasziniert. Diese Fähigkeit besaß ich nicht. Nein. Anstatt Fragen elegant auszuweichen, reagierte ich gemein und drehte den Spieß um, wie bei dieser Journalistin.

Jake beugte sich zu mir, und seine Lippen streiften mein Ohr. »Es ist dir nicht bewusst, aber die Leute laufen dir in Scharen zu. Du schaffst es, dass sie sich wohlfühlen, und behandelst sie nicht anders, als du die Königin von England oder den Papst behandeln würdest. Die Öffentlichkeit liebt, dass du eloquent bist, aber mit beiden Beinen auf dem Boden stehst. Ich habe einen Artikel in der New York Times gelesen, der dich die ›Stimme des Volkes‹ genannt hat.«

Ich lachte leise. Die Welt war in einem schlechten Zustand, wenn die Leute mich für ein Vorbild hielten.

»Aber ich weiß noch nicht einmal, was man bei einem Atomangriff macht.« Ich zuckte mit den Schultern.

»Das ist ziemlich weit hergeholt, selbst für dich.« Jake strich mir eine Haarsträhne aus dem Gesicht.

»Ich kann unmöglich ein Vorbild oder die Stimme des Volkes sein. Ich weiß nicht, wie man Spinnweben loswird, und hab auch keine Ahnung, was zu tun ist, wenn das Land vor einer Katastrophe steht.« Ich runzelte die Stirn.

»Sie bringen uns besser schnell ins Hotel. Ich glaube, die Tochter des Präsidenten erleidet gerade einen Nervenzusammenbruch.«

»Halt die Klappe.« Ich stieß ihn lachend mit dem Ellbogen an. Es war schön, dass er wieder mit mir herumalberte.

Das kleine Hotel war hinreißend. Neben dem Hotelgebäude gab es einen kleinen Anbau mit einem Restaurantschild über der Tür, und große Eichen boten jede Menge Schatten. Die Angestellten waren mehr als hilfsbereit und stellten uns und den Personenschützern, die mit uns reisten, einen kompletten Flur zur Verfügung. Es gab nur wenige andere Gäste, die sich aber zum größten Teil auf ihren Zimmern aufhielten.

»Haben Sie einen Fitnessraum?«, fragte Jake die Empfangsdame. Sie war jünger als ich und sah ihn mit einem verträumten Lächeln an.

»Ja, haben wir, Jake. Ich meine, Mr Simmon.« Sie errötete, und ich fühlte mit ihr. Jake konnte einen leicht in Verlegenheit bringen. »Er ist am Ende des Flurs im Erdgeschoss.«

»Ich werde mich ein bisschen hinlegen.« Ich stellte mich auf die Zehenspitzen und küsste Jake. In allen Hotels hatten wir für getrennte Zimmer bezahlt, obwohl wir nie beide benutzt hatten. Aber das war einfacher, als mit den Gerüchten umzugehen, wenn wir nur ein Zimmer gebucht hätten. »Ich glaube, ich kann meine Augen keine Minute länger offen halten.«

»Ich muss mich bewegen.« Er sah mir in die Augen, und ich bemerkte seine angespannten Kiefermuskeln.

»Klar.« Ich lächelte ihn an. »Weck mich, wenn du fertig bist, dann besorgen wir uns was zu essen.«

»Ruh dich aus, Maddie. Wir sind schon seit vierundzwanzig Stunden auf den Beinen.« Er beugte sich zu mir und küsste mich auf den Mundwinkel. »Ich muss ein bisschen Dampf ablassen.«

Ich gähnte. »In Ordnung. Ehrlich gesagt, will ich endlich diesen bescheuerten Anzug ausziehen und nur noch schlafen.«

Er schnappte sich unsere Koffer, und wir machten uns auf den Weg zu unseren Zimmern.

»Geht's dir gut?« Er hielt vor dem Aufzug und rieb sich das Knie.

»Mir geht's gut, Maddie.« In seiner Stimme schwang Verärgerung mit, und ich bemühte mich, nicht gekränkt zu sein. Nach den letzten Tagen waren wir beide müde und angestrengt. Ich konnte es nicht erwarten, bald wieder den Hammer zu schwingen und die Kameras zu ignorieren.

Vor meiner Tür zog ich die Magnetkarte hervor. Ich öffnete die Tür und schob sie mit der Hüfte auf, bevor ich die Hand nach meinem Koffer ausstreckte.

»Ruh dich aus.« Er gab mir einen Kuss auf den Kopf. »Ich hole dich nachher ab.«

»Bis später.« Ich zog den schweren Koffer ins Zimmer, aber Jake hielt die Tür mit der freien Hand weiterhin offen. »Mir geht es wirklich gut, Maddie. Das lange Sitzen im Auto war anstrengend für mich. Tut mir leid, dass ich dich angeschnauzt habe.«

»Jake, ich habe gefragt, weil ich mir Gedanken um dich mache und halte deshalb nicht weniger von dir.« Ich ließ die

Schultern hängen. »Ich darf mir Gedanken um dich machen, oder?«

»Ja«, sagte er und umarmte mich kurz. »Ich bin ein Arschloch, und Arschlöcher brauchen jede Menge Pflege und Geduld.«

»Wenn du mich fragen darfst, ob ich müde oder wütend bin, sollte ich das auch dürfen, oder? Das gehört zu einer Beziehung dazu. Man teilt seine Probleme und kümmert sich umeinander.« Ich rieb mir mit den Händen über die Arme. »Ich mag es nicht, wenn ich das Gefühl habe, dich nicht fragen zu dürfen, wie es dir geht.«

»Du hast recht, das funktioniert nicht.« Er hob mit einem Finger mein Kinn an. »Wo wir schon beim Teilen sind … Erzählst du mir, was zwischen dir und meiner Mutter läuft?«

Schockiert wich ich zurück. Ich hatte gehofft, er hätte nichts von diesem Interview mitbekommen. Ich zog den Blazer aus und warf ihn über die Rücklehne des Schreibtischstuhls. Dann schleuderte ich die Schuhe von den Füßen in eine Ecke des Raumes. »Ich bin müde und gereizt. Es tut mir leid.«

»Maddie.« Seine Stimme klang enttäuscht. »Du willst nur meine Probleme teilen, aber nicht deine. Das ist nicht fair.«

»So ist es nicht.« Stimmte das? War ich heuchlerisch? »Es ist keine große Sache. Du weißt, dass Journalisten immer auf der Jagd nach einer reißerischen Story sind.«

»Wir wissen beide, dass meine Mutter immer eine große Sache ist. Sie hat eine Art, sich einzumischen und dafür zu sorgen, dass sie im Mittelpunkt steht.« Sein Blick wurde hart. »Hat sie dir gedroht?« Er kam zu mir und ergriff meine Arme.

»Deine Mutter kann mir keine Angst machen, Jake.« Ich wollte mich von ihm abwenden, aber er verstärkte seinen Griff.

»Was hat sie getan, Maddie?«

»Sie hat ihre Hilfe angeboten.« Ich zuckte mit den Schultern.

»Was wollte sie als Gegenleistung?«

»Ist doch egal. Ich habe ihre Hilfe abgelehnt.« Meine Stimme wurde ein bisschen lauter, und ich ballte die Fäuste. »Ich mache keine Geschäfte mit dem Teufel.«

Ich erstarrte und riss die Augen auf.

»Guck nicht so.« Jake begann zu lachen. »Sie mag meine Mutter sein, aber selbst ich kann den Schwefelgestank nicht ignorieren.«

»Es tut mir leid, Jake.« Ich schüttelte den Kopf und rieb mir über das Gesicht. »Ich bin müde.«

»Ich auch.« Er legte mir die Hände auf die Schultern und massierte sie sanft. »Ich will nicht, dass du allein mit meiner Mom fertigwerden musst.«

»Es gibt nichts, womit ich fertigwerden muss, Jake. Ich habe Nein gesagt, und das war's.« Schon der Gedanke daran, dass sie mich verändern wollte, tat weh.

»Sie wollte, dass du mich verlässt, richtig?« Jake kniff die Augen zusammen und senkte die Stimme. »Sie hat den Gesetzesentwurf als Druckmittel eingesetzt, falls du dich nicht trennst.«

Ich sah über seine Schulter zu der offenen Zimmertür und dem ruhigen Flur.

»Ich möchte jetzt nicht darüber sprechen«, sagte ich. »Man könnte uns hören.«

»Es ist schwieriger, sich zu öffnen, als du dachtest, stimmt's?« Er runzelte die Stirn. »Ich versuche, mich zu bessern, aber du auch. Wenn ich so lange im Auto sitze, fühle ich mich eingesperrt, und damit komme ich nicht mehr so gut klar. Es bedeutet, dass mir dann schneller die Sicherungen durchbrennen.«

»Das wusste ich nicht … Es tut mir leid.« Ich schloss die Augen. »Ich sollte nicht so gereizt sein.«

»Ich glaube, wir haben es uns verdient, gereizt zu sein.« Er nahm meine Finger und führte sie zum Mund. »Schau uns an, da haben wir unseren ersten Streit.«

»Das ist wohl so was wie ein Meilenstein, schätze ich.« Ich verdrehte die Augen, musste aber lächeln. »Obwohl es kein wirklicher Streit war – so ohne Gebrüll und Geschrei. Ich habe noch nicht einmal ein Kissen geworfen.«

»Du hast ein paar Schuhe durch das Zimmer geschleudert.« Er nickte in Richtung Ecke. »Das zählt.«

»Aber ich habe sie dir nicht an den Kopf geworfen.« Ich zog eine Schnute. »Wenn ich gewusst hätte, dass das mein einziger Versuch ist, hätte ich besser gezielt.«

»Ich muss mir einen Helm besorgen, bevor ich dich das nächste Mal verärgere.«

»Du hast mich nicht verärgert, Jake.« Ich runzelte die Stirn. »Du hast meine Gefühle verletzt. Das ist ein Unterschied.«

Er sagte eine Weile nichts, und ich fragte mich, was er wohl dachte.

»Ich habe noch nie wirklich eine längere Beziehung gehabt, Maddie. Ich bin mit Frauen ausgegangen oder habe mich eine Weile mit ihnen getroffen, aber das war nichts Ernstes. Das hier ist neu für mich, und das bedeutet, dass ich Fehler machen werde. Ich werde dumme Sachen sagen und Dinge tun, die dich verärgern.« Er schlang mir die Arme um die Taille. »Aber ich verspreche dir, dass ich es nie mit Absicht mache, und ich will versuchen, aus meinen Fehlern zu lernen.«

Ich legte ihm die Hände auf die Brust und den Kopf an seine Schulter. »Ich werde geduldig sein, wenn du geduldig bist. Ich werde auch Fehler machen.«

»Jeder wäre reizbar nach all den Interviews und den ständigen Reisen. Morgen geht es uns bestimmt besser. Du ruhst dich aus, und ich lasse ein bisschen Dampf ab.« Er sah zu mir herab, und ich erwiderte seinen Blick. »Ich habe gehört, hier gibt es gute Waffeln.«

»Ich mag Waffeln.« Ich drückte ihm einen Kuss auf die Lippen.

»Ich weiß.«

20. KAPITEL

JAKE

Ich saß schon seit einer halben Stunde auf der Rudermaschine, konnte aber die Anspannung, die mich schon die ganze Woche begleitete, immer noch nicht loswerden. Ich hatte Cyrus vorhin eine Nachricht geschrieben, aber keine Antwort erhalten. Kyla wollte ich nicht belästigen, weil sie schon genug um die Ohren hatte. Mit dem Neugeborenen, einem Kleinkind und einem kranken Ehemann war sie mehr als ausgelastet. Als ich vor ein paar Tagen mit ihr telefoniert hatte, hatte sie bemüht fröhlich geklungen und als hätte sie alles im Griff, aber als sie mir von Cyrus Rücken erzählt hatte, war ihre Stimme mehrfach gebrochen und im Hintergrund hatte das Baby geweint.

Ich fühlte mich schuldig, obwohl ich wusste, dass beide Großelternpaare da waren, um zu helfen. Ich brauchte keinen Therapeuten, der mir sagte, dass der Grund für meine Schuldgefühle unser Unfall in Afghanistan war. Wenn ich ein besserer Pilot gewesen wäre oder die Männer am Boden bemerkt hätte, hätte ich den Unfall vermeiden können, der Schuld an Cyrus Verletzungen war, und der Rest unserer Truppe wäre noch am Leben.

Ich gab an der Rudermaschine auf und steuerte auf das Laufband zu. Obwohl ich lieber draußen lief, war das heute nicht möglich. Das Hotel lag an einer stark befahrenen Straße, und es war kalt und nass. Ich hoffte, auf dem Laufband lange und weit genug zu laufen, um meine Sorgen für eine Weile loszuwerden.

Die Tür ging auf, und ein paar Frauen betraten breit lächelnd den Fitnessraum. Bevor ich mich wieder dem Laufband zuwandte, nickte ich ihnen kurz zu. Ich steckte mir die Kopfhörer in die Ohren, machte aber keine Musik an, sondern wollte einfach nur in Ruhe gelassen werden.

Ich war in Gedanken verloren, daher registrierte ich das Blitzlicht einer Handykamera nur am Rande. Erst als einer der Personenschützer in meinem Blickfeld erschien, bemerkte ich, dass etwas nicht in Ordnung war. Die Miene des Agenten war angespannt, und er hustete in seine Hand. Ich reduzierte die Geschwindigkeit des Laufbands, bis ich nur noch langsam joggte. Dann zog ich meine Ohrstöpsel heraus. Als ich mich umsah, fiel mein Blick auf eine kurvige Dunkelhaarige in modischer Fitnesskleidung, die mich kokett anlächelte.

»Tut mir leid. Ich wollte die Maschine nicht in Beschlag nehmen.« Ich schaltete das Laufband aus und wischte die Griffe mit dem Handtuch ab. »Bitte sehr.«

»Ehrlich gesagt wollte ich fragen, ob Sie ein Foto mit mir machen würden. Bitte?« Sie lächelte mich an, und obwohl ich verschwitzt und müde war, nickte ich. Mir war beigebracht worden, die Öffentlichkeit zufriedenzustellen, und ein Foto dauerte nicht lange.

»Klar.« Ich stand da, während sie ihrer Freundin das Handy gab. Sie legte mir den Arm um die Taille und drückte den Kopf an meine Brust. Ich wartete geduldig, während ihre Freundin das Foto machte, konnte mir aber kein Lächeln abringen.

»Ich auch?« Die Freundin lächelte und stellte sich auf meine andere Seite, bevor ich etwas sagen konnte.

Sie hob die Kamera hoch und drückte wie ihre Freundin den Kopf an mich. Es klickte, sie kontrollierte das Bild und kicherte dann.

»Noch eins!« Ihre Hand wanderte meinen Rücken hinunter und landete tiefer an meinem Körper als angemessen war. »Nur noch eins! Machen Sie ein lustiges Gesicht!«

»Entschuldigen Sie.« Ich entfernte mich von den Frauen und nickte dem Personenschützer zu. »Ich muss jetzt gehen.«

»Ach, kommen Sie. Nur noch eins?« Sie lächelte zu mir hoch, aber ich war mit meiner Geduld am Ende.

»Nein.« Ich wandte mich ab, doch eine von ihnen hielt mich am Arm fest. Ich riss mich mit mehr Kraft los, als nötig gewesen wäre, und sie fiel gegen das Laufband.

»Hey!«

»Es tut mir leid«, sagte ich, beugte mich zu ihr und half ihr auf. »Sie sollten Leute nicht festhalten. Sie haben mich erschreckt.«

»Ich muss Sie bitten, den Raum zu verlassen.« Einer der Agenten trat zwischen uns.

»Ihnen gehört dieses Gebäude nicht!«

»Wir wollten nur ein Foto«, sagte die junge Frau, deren Hände so forsch gewesen waren. »Er muss ja nicht gleich ausrasten.«

»Sie haben Mr Simmon festgehalten. Das ist inakzeptabel.« Der Personenschützer zeigte auf die Tür. »Gehen Sie bitte zurück auf Ihre Zimmer.«

»Wir sind zum Trainieren hergekommen.« Die Dunkelhaarige stemmte die Hände in die Hüften.

»Agent Destin wird Sie zurück auf Ihre Zimmer begleiten.« Einer der Agenten trat vor und ergriff ihren Ellbogen.

»Hey!«

»Pst, Amanda.« Die andere schüttelte den Kopf, ihre Augen waren vor Schreck geweitet.

»Das ist doch verrückt!«

Ich lauschte, während ihre Stimmen auf dem Flur verklangen. Der leitende Agent sah aus der Tür, bevor er nickte.

»Sie sind in den ersten Stock gegangen. Die Luft ist rein.«

»Danke.« Ich nahm die Treppen, die am nächsten beim Fitnessraum lagen, und gelangte ohne weitere Zwischenfälle in mein Zimmer im dritten Stock.

Ich duschte schnell und zog mich an, immer noch zu aufgewühlt, um zu schlafen. Mein Magen knurrte, und ich entschied mich, etwas zu essen. Im Flur steuerte ich auf Maddies Zimmer zu, hielt aber inne. Ich hatte zwar gesagt, ich würde sie nach dem Training abholen, aber sie brauchte ihren Schlaf. Ich würde mir allein eine Kleinigkeit zu essen besorgen und vielleicht ein Spiel im Fernsehen an der Bar schauen.

»Gehen Sie aus, Sir?« Tony kam aus einem anderen Zimmer am Ende des Flurs, und ich sah ihn verwirrt an. Ich brauchte eine Sekunde, bis mir aufging, dass mich seine Zivilkleidung irritiert hatte.

»Ich wollte mir etwas zu essen besorgen.« Mit dem Kinn deutete ich zu den Treppen. »Haben Sie frei?«

»Obligatorischer Schichtwechsel.« Er zuckte mit den Schultern.

»Hungrig?«, fragte ich ihn.

»Ich hätte nichts gegen ein bisschen Gesellschaft einzuwenden.« Er nickte und begleitete mich.

In dem kleinen pubähnlichen Restaurant saßen nicht viele Leute. Auf dem Flatscreen in der Ecke über der Bar lief ein Footballspiel. Die Speisekarte war auf laminierten Karton gedruckt. Alles war nett und einfach.

»Ich bin Matt«, sagte der Kellner. Er drehte den noch freien Stuhl am Tisch herum und setzte sich. Er trug ein einfaches schwarzes Shirt und hatte sich einen Stift in den Kragen gesteckt. »Was möchten Sie trinken?«

»Ich nehme ein Soda.« Ich klopfte mit der Speisekarte auf den Tisch.

»Wasser«, sagte Tony.

»Alles klar. Haben Sie schon einen Blick auf die Karte geworfen?« Er nahm mir die Speisekarte aus der Hand und drehte sie um. »Hier sind die Tagesgerichte. Heute gibt es Shepherd's Pie, eins meiner Lieblingsgerichte.«

»Klingt gut.«

Tony bestellte einen Burger und drehte seinen Stuhl ein wenig, damit er das Footballspiel auf dem Fernseher verfolgen konnte.

»College-Football.« Er lehnte sich zurück.

»Vor Afghanistan habe ich selten Sport geschaut. Ich habe gern gespielt, aber nicht verstanden, warum man sich das im Fernsehen ansehen sollte.« Ich nickte dem Kellner zu, als er mein Soda vor mir abstellte. »Jetzt ist es eine angenehme Art, den Abend zu verbringen. So normal.«

Während des Essens sahen wir das Spiel an und lachten viel. Ich bestellte noch ein Soda und legte mein Bein auf den Stuhl neben mir. Es waren nur noch wenige Leute hier, und niemand beachtete uns, während wir das Spiel verfolgten und Unsinn redeten.

»Haben Sie das gesehen? Das war eine Fehlentscheidung!« Der Kellner warf sein Handtuch nach dem Fernseher. Tony lehnte sich zurück, und die vorderen Stuhlbeine hoben vom Boden ab, als er über den Typen hinter der Bar lachte.

Ich leerte meinen Teller und überlegte, ob ich noch eine Portion Zwiebelringe bestellen sollte, da klingelte mein Handy. Ich zog es aus der Tasche und drückte auf das grüne Symbol, um den Anruf anzunehmen.

»Hey, Kyla, wie läuft's?« Ich setzte mich wieder aufrecht hin.

»Jake?« Ihre Stimme war ganz anders als sonst, wenn wir miteinander sprachen. Die junge, fröhliche, quirlige Frau war weg. Stattdessen klang sie, als hätte ihr jemand die Seele herausgerissen.

»Kyla? Was ist los?« Ich beugte mich vor, und jeder Muskel in meinem Körper spannte sich an.

»Wo bist du? Ich kann Maddie nicht erreichen.« Ich hörte ein Schniefen und konnte mir vorstellen, wie sie sich die Nase am Arm abwischte.

»Ist Maddie bei dir?«

»Nein, sie schläft. Was ist los, Kyla? Ist bei dir alles in Ordnung?«

Tony ließ die Vorderbeine seines Stuhls zurück auf den Boden sinken, und ich sah ihm an, dass er wieder in seine professionelle Rolle schlüpfte. Er witterte Gefahr.

»Nein. Nein, bei mir ist nichts in Ordnung.« Ihre zitternde Stimme ließ meinen Puls in die Höhe schnellen. »Ist sonst jemand bei dir?«

»Kyla, sag mir, was los ist.« Sie machte mir Angst. »Ist dem Baby etwas passiert? Korbin?«

»Nein, nein. Savannah und Korbin geht's gut.« Sie schniefte ins Telefon. »Wir sind heute aus dem Krankenhaus nach Hause gekommen. Cyrus hätte sich mit einer ambulanten Krankenpflegerin treffen sollen.«

Ich hielt den Atem an und versuchte, ruhig zu bleiben, aber ich wusste einfach, dass sie mir etwas Schreckliches sagen würde.

»Er ist tot, Jake.« Ihren Worten folgte ein tiefer Klagelaut, der in ein Schluchzen überging. »Ich wollte nicht, dass du es aus den Nachrichten erfährst. Er ist gestorben.«

»Cyrus? Cyrus ist tot?« Die Luft entwich aus meiner Lunge, als hätte man mich geschlagen.

Ich saß da und hörte ihr Weinen, während ich fieberhaft überlegte, was passiert sein könnte.

»Kyla?«, fragte ich. Ihr Weinen war leiser geworden, und ich versuchte zu verstehen, was sie sagte.

»Er hat sich umgebracht. Warum hat er das getan?« Kylas gebrochene Stimme versetzte mir einen Stich mitten ins Herz. »Warum hat er mich verlassen?«

»Er hat Selbstmord begangen?« Ich krallte mich so krampfhaft an der Tischkante fest, dass meine Knöchel weiß wurden. »Was ist passiert?«

»Er hat gesagt, dass er ein Nickerchen machen will, und deshalb habe ich mich mit den Kindern draußen vor dem Haus aufgehalten.« Sie hickste. »Meine Mom war einkaufen gegangen, um noch ein paar Lebensmittel zu besorgen.«

Ich atmete tief durch und hatte dennoch das Gefühl, nicht genug Luft zu bekommen. Ich stand auf und lief auf und ab. Kyla redete, aber ich verstand nicht, was sie sagte. Nichts davon ergab Sinn.

»Ich verstehe das nicht.« Ich schüttelte den Kopf, um einen klaren Gedanken zu fassen.

»Er hat sich erschossen, Jake. Er hat einen Abschiedsbrief hinterlassen.« Sie räusperte sich und holte Luft. »Er hat geschrieben, dass er sich nicht um uns kümmern kann und keine Last sein will. Er war keine Last. Was habe ich nur getan, dass er gedacht hat, er wäre eine Last?«

»Du hast nichts falsch gemacht, Kyla.« Ich vergrub die Finger in den Haaren und zog daran. Sie waren so lang wie schon lange nicht mehr. »Hör mir zu. Das ist nicht deine Schuld.«

Ihr Schluchzen hallte in meinen Ohren wider, bis ihr jemand das Telefon abnahm.

»Jake?« Ich hörte die Stimme von Kylas Vater. »Jake, sind Sie das?«

»Ja, ich bin dran.« Ich blieb stehen und starrte die Wand an.

»Kyla wollte Sie nicht schockieren, hat aber darauf bestanden, Sie persönlich anzurufen.« Der ältere Mann hustete und räusperte sich. »Vor einer Weile sind Journalisten hier aufgetaucht, da hat sie Panik bekommen.«

Mir schnürte sich die Kehle zu, und ich starrte zur Decke hinauf. »Sie muss sich jetzt keine Sorgen um mich machen.«

»Sie wusste, dass es Sie sehr treffen würde.« Kylas Vater holte tief Luft. »Ist Maddie bei Ihnen?«

»Sie schläft.« Jemand versuchte, meine Aufmerksamkeit zu erregen, aber ich ignorierte ihn.

»Werden Sie zurechtkommen?« Der Mann senkte die Stimme.

»Ja, ja. Mir geht's gut. Kümmern Sie sich um Kyla.« Ich schluckte den Kloß im Hals hinunter. »Sagen Sie ihr, sie soll sich um uns keine Sorgen machen, und lassen Sie mich wissen, wie ich helfen kann.«

»Danke, Jake. Sagen Sie es Maddie?«

»Ja, ich sage es Maddie.« Kylas Vater legte auf, und ich starrte mein Handy an.

»Ich muss dringend mit dir sprechen.« Jemand berührte mich an der Schulter, aber ich sah nicht auf. »Jake, wir müssen eine Erklärung abgeben.«

Ich sah zu, wie mein Display dunkel wurde.

»Komm schon, Jake.« Martin, einer der Lakaien meiner Mutter, rüttelte mich an der Schulter. »Reiß dich zusammen, wir müssen uns beeilen.«

»Halt dich zurück, Martin.« Ich hörte Tony im Hintergrund.

»Wir müssen jetzt schnell reagieren. Wir können nicht darauf warten, bis er sich endlich zusammenreißt.« Martins Stimme wurde lauter. »Jake! Jake! Du musst dich zusammenreißen.« Seine Stimme wurde vom Klingeln in meinen Ohren übertönt. »Kein Wunder, dass er in der Wüste abgestürzt ist.«

Ich hörte, wie mein Handy gegen die Steinwand hinter der Bar knallte, ich hörte, wie Tony nach Verstärkung rief, und ich hörte, wie meine Fäuste auf Martin einschlugen, aber sonst hörte ich nichts. Da war nur noch das Klingeln in meinen Ohren, als ich den aufgeblasenen kleinen Scheißkerl zu Boden warf.

Jemand wollte mich zurückhalten, und Adrenalin schoss durch meine Adern. Irgendwo krachte es, ich hörte jemanden brüllen und polternde Schritte. Mein Blickfeld verengte sich, und ich ging in Verteidigungsstellung. Sie würden mich nicht kampflos überwältigen.

Ich schüttelte den Kopf heftig genug, um mein Gehirn durchzurütteln. Ich wusste nicht mal, wer eigentlich hinter mir her war, aber das war am Ende auch egal.

»Jake, alles ist gut.« Ich hörte eine vertraute Stimme, aber sie vermischte sich mit dem Klingeln und Brüllen.

Cyrus? Nein, Tony. Ein Personenschützer.

Der Geruch von Blut stieg mir in die Nase, und kurz darauf stank es plötzlich nach Rauch. Mir brannten die Augen, als die Erinnerung, wie ich unter dem Hubschrauber eingeklemmt war, vor meinem inneren Auge auftauchte. Ich glaubte, die Hitze des Feuers zu spüren, während Cyrus nach Kyla rief.

Etwas blockierte meine Arme, und ich kämpfte dagegen an, die Erinnerung, mich nicht bewegen zu können, war zu real, zu schmerzhaft.

»Jake?« Jemand rief meinen Namen, drängte sich in meine Gedanken, und ich zuckte zurück. Mein gesundes Bein blieb irgendwo hängen, und ich konnte mit der Prothese nicht mehr das Gleichgewicht halten. Ich fiel auf die Seite und hörte, wie etwas unter mir zusammenbrach. Mein Kopf schlug auf dem Boden auf, und ich sah doppelt.

»Sind Sie verletzt?« Die Stimme war über mir, aber ich konnte sie kaum verstehen. »Jake, sind Sie verletzt?«

»Bringen Sie ihn in sein Zimmer.«

»Rufen Sie einen Arzt.«

»Stopp!«, brüllte ich. »Kümmert euch zuerst um die anderen!«

Tony tauchte in meinem Blickfeld auf. »Jake, Sie sind nicht in Afghanistan. Verstehen Sie mich?«

Ich hörte auf zu kämpfen und sah zu dem Mann hoch. Nein, ich war nicht mehr in Afghanistan, aber es war immer noch alles meine Schuld.

21. KAPITEL

MADDIE

Ein lauter Knall weckte mich auf. Entfernt hörte ich streitende Stimmen, dachte aber, sie kämen aus einem Fernseher. Als ich schließlich die Augen öffnete, war es dunkel im Zimmer. Ich brauchte eine Minute, um mich zu erinnern, wo ich mich befand und warum ich immer noch eine Bluse trug. Ich richtete mich im Bett auf und wischte mir den Sabber ab, der auf meiner Wange halb getrocknet war.

Auf dem Tisch an der anderen Seite des Zimmers blinkte mein Handy, aber ich ignorierte es und ging erst mal ins Bad. Ich wollte gerade abspülen, als jemand an meine Tür klopfte. Jetzt hörte ich deutlich verärgerte Stimmen auf dem Flur. Hektisch sah ich mich im dunklen Zimmer nach meiner Hose um.

»Einen Moment!« Ich fand die Lampe und dann meine Hose und schlüpfte schnell hinein.

Wieder klopfte es, diesmal lauter.

»Maddie, wir brauchen dich.« Tonys angespannte Stimme ließ mich erschrocken aufsehen. Seitdem ich ihn kannte, hatte er mich noch nie um Hilfe gebeten.

Ich machte mir nicht mehr die Mühe, die Hose zuzuknöpfen oder meine Schuhe zu suchen, sondern riss die Tür auf und sah mehrere Bodyguards, die einen aggressiv wirkenden Jake umringten. Ein fieser blauer Fleck, der sich noch hässlich verfärben würde, zog sich über seinen Wangenknochen, und er humpelte, als wäre etwas mit seiner Prothese passiert.

»Ich habe gesagt, ihr sollt sie in Ruhe lassen.« Jake schlug mit der Faust gegen die Wand neben seiner Zimmertür.

»Jake?« Ich trat eilig vor, aber mehrere Agenten versperrten mir den Weg. »Jake! Was ist los?«

Er sah mich nicht an, starrte nur auf das Loch in der Wand. Ich war mir nicht sicher, ob er mich überhaupt gehört hatte.

»Maddie, hast du mit Kyla gesprochen?« Tony trat in mein Blickfeld, und ich registrierte überrascht, dass ihm Blut aus der Nase lief. »Hast du deine Nachrichten gelesen?«

»Wie bitte?« Meine Augen wanderten zu Jake, der nach wie vor die Wand anstarrte. »Was ist mit Jake passiert?«

»Hast du dein Handy gecheckt, Maddie?« Tony streckte die Hand nach mir aus.

»Lass sie in Ruhe.« Ich erkannte Jakes Stimme kaum wieder. Er klang wie ein Tier, wild und gefährlich.

»Bringt ihn in sein Zimmer.« Tony legte mir die Hand auf die Schulter und beugte sich herunter, um mir etwas ins Ohr zu flüstern. »Ich muss mit dir sprechen. Allein.«

Da brach im Flur eines kleinen Hotels mitten im Nirgendwo die Hölle los.

»Fass sie nicht an!« Hätte ich nicht gesehen, wie sich Jakes Lippen bewegten, hätte ich nicht geglaubt, dass das dunkle Grollen von ihm gekommen war. »Fass sie nicht an. Sie hat damit nichts tun!«

In der nächsten Sekunde war er den Agenten entwischt, schlug zwei bewusstlos und legte einen Arm um Tonys Hals. Einer der Männer schubste mich aus dem Weg, und ich taumelte gegen meine halb offene Zimmertür. Sie gab nach, und ich fiel in einem würdelosen Knäuel aus Armen und Beinen zu Boden.

Ich keuchte laut auf und berührte vorsichtig meinen Kopf.

Jake war wie ein Tier, sein unverständliches Gebrüll erfüllte den Flur, und die Qual in seiner Stimme verursachte mir eine Gänsehaut. Ich hatte schon erlebt, wie er ausgerastet war, aber noch nie so. Er wirkte völlig abwesend, als erlebte er etwas ganz anderes. Jemand warf sich von hinten auf ihn, und er prallte mit einem lauten Stöhnen gegen den Türrahmen und landete vor meinen Füßen. Er drückte sich noch einmal vom Boden hoch, dann fiel er zurück und blieb reglos liegen.

»Jake!« Ich kroch zu ihm, aber er bewegte sich nicht. Vorsichtig suchte ich sein Gesicht und seinen Kopf nach Verletzungen ab. »Tony! Er antwortet nicht.«

Panik stieg in mir auf, als ich Jakes Kopf in meinen Schoß legte und an meinen Fingerspitzen plötzlich Blut aus einem Schnitt an seiner Schläfe war.

»Holt einen Arzt.« Kontrolliert bellte Tony den Leuten im Flur Befehle zu. Mit erfahrenen Handbewegungen untersuchte er Jakes Kopf und Nacken. »Er ist bewusstlos, aber er kommt wieder in Ordnung.«

»Tony, was ist passiert?« Ich brauchte eine Sekunde, bis ich verstand, dass ich nicht klar sehen konnte, weil mir Tränen über das Gesicht liefen.

»Komm, wir bringen ihn in sein Zimmer, dann erkläre ich dir alles.« Tony und ein anderer Agent hievten den bewusstlosen Jake aus meinem Schoß hoch, bevor mir ein anderer aufhalf.

Sie legten ihn auf sein Bett, und einer der Bodyguards brachte Waschlappen und einen Eimer mit Eis. Ich stand etwas entfernt, unsicher, was ich tun sollte. Besorgt wegen möglicher weiterer Verletzungen an seinem Nacken und Kopf wollte ich nicht, dass sie ihn noch mehr bewegten, als sie es sowieso schon getan hatten.

»Sag mir endlich, was passiert ist.« Ich sah Tony durchdringend an, der noch einmal Jakes Kopf untersuchte.

»Kyla hat angerufen.« Tony sah zu mir auf, während er Eis an Jakes Schläfe drückte.

»Kyla?« Ich runzelte die Stirn, und mir wurde auf der Stelle übel. »Was wollte sie?«

»Soweit ich weiß, wollte sie dich zuerst anrufen, Maddie. Sie hatte Angst davor, wie Jake die Nachricht aufnehmen würde.« Tonys Blick war düster. »Cyrus hat sich heute das Leben genommen. Er wollte nicht länger eine Belastung sein.«

»Nein, sie sind gerade erst aus dem Krankenhaus entlassen worden. Alles war in Ordnung.« Ich schüttelte den Kopf. »Sie hatten einen Plan und Leute, die ihnen helfen wollten.«

»Manchmal kommt das nicht richtig bei den Leuten an. Cyrus war nicht nur äußerlich verletzt. Du hast doch auch bemerkt, dass er Dinge verheimlicht hat und manchmal deprimiert war.« Tonys Augen wanderten zu Jake, bevor er wieder mich ansah. »Genau wie Jake Dinge verheimlicht hat.«

»Aber warum hat er sich umgebracht?« Ich griff hinter mich, um mich abzustützen. Das Zimmer drehte sich, und Verzweiflung erfasste jede Faser meines Körpers. »Oh, Gott. Kyla und ihre süßen Kinder.«

»Ich habe telefoniert, und es sind Leute zum Helfen vor Ort und halten die Medien auf Abstand.«

»Die Medien? Diese verdammten Bluthunde schnüffeln schon dort herum? Das ist das Letzte, was die Familie gerade gebrauchen kann!« Mich überkam unbändige Wut.

»Beruhige dich, Maddie. Ich weiß, dass du ihnen helfen willst, aber du hast jetzt eine wichtigere Aufgabe.« Er sah mich mit zusammengekniffenen Augen an. »Du musst ruhig bleiben, für Jake. Er braucht dich jetzt, und so wie ich es einschätze, mag er es überhaupt nicht, jemanden zu brauchen.«

Ich sah Jake an, der auf der weißen Tagesdecke des Hotelbetts lag. Ich bedeckte meinen Mund mit der Hand, schloss die Augen und versuchte, mich zusammenzureißen.

»Er glaubt bestimmt, dass das alles seine Schuld ist.« Ich holte so tief Luft, wie ich konnte, und atmete wieder aus. »Cyrus war der Einzige aus seinem Team, der aus Afghanistan nach Hause gekommen ist.«

Tony nickte und sah zurück zu Jake. »Du kannst seine Schuldgefühle nicht lindern, aber du kannst für ihn da sein, während er das alles verarbeitet.«

»Er sollte mit jemandem reden. Ich habe ihm versprochen, ihn ganz normal zu behandeln, wenn er jemanden findet, mit dem er über das alles reden kann.« Ich setzte mich auf Jakes Bettkante und schlang die Finger um seine Hand.

»Der Arzt ist da.« Ein Agent steckte den Kopf zur Tür herein.

»Kennen wir den Typen?« Wir konnten nicht einfach irgendjemanden den Sohn der Vizepräsidentin untersuchen lassen.

Eine der Frauen aus dem PR-Team trat mit einem Stapel Unterlagen in der Hand vor dem Arzt ein. »Dr. Bonnette wurde darüber informiert, was passieren wird, wenn irgendein Detail seines Besuchs an die Öffentlichkeit gelangt. Er hat außerdem alle relevanten Sicherheitsformulare unterschrieben und ist nicht vorbestraft.«

»Danke, Nicole.« Ich stand auf und sah kurz die Papiere durch, bevor ich meinen Blick auf den Mann mit der Arzttasche richtete. Es war keine Ledertasche, wie man sie aus Filmen kannte, sie glich eher der eines Sanitäters: Sie war schwarz, über und über mit kleinen Taschen besetzt und platzte fast aus den Nähten. »Dr. Bonnette, vielen Dank, dass Sie gekommen sind.«

»Freut mich, dass ich helfen kann.« Der ältere Herr ging zum Bett und stellte die Tasche auf den Boden. »Können Sie mir sagen, was passiert ist?«

Bevor ich den Mund aufmachen konnte, warf Tony mir einen Blick zu und antwortete stattdessen. »Wir haben eine anstrengende Woche hinter uns, Doktor. Wir haben uns unten ein Spiel im Fernsehen angesehen und ein paar Bier getrunken, wollten nur ein bisschen Dampf ablassen. Offensichtlich ist die Sache ein wenig aus dem Ruder gelaufen, und Mr Simmons Prothese hat nachgegeben.«

»Ich verstehe.« Der Mann benutzte eine Taschenlampe, um Jakes Pupillen zu kontrollieren. »Und zu irgendeinem Zeitpunkt hat er sich dann den Kopf gestoßen. Die Wunde auf seiner Wange muss wohl nicht genäht werden, aber er bekommt sicher ziemlich viele blaue Flecken.«

Er steckte die Stiftlampe zurück in die Tasche und tastete dann vorsichtig Jakes Schädel ab, um zu kontrollieren, ob alles in Ordnung war.

»Ich werde seine Wunde säubern und ihm Medikamente gegen die Schmerzen verschreiben. Er wird sich elend fühlen, wenn er aufwacht.« Er wühlte in der Tasche und fand die Utensilien, die er brauchte. »Soll ich auch sein Bein untersuchen, wo ich schon mal hier bin?«

»Kann das warten, bis er aufwacht?« Ich beugte mich vor und beobachtete, wie der Arzt Jakes Wunde säuberte.

»Selbstverständlich. Meine Praxis ist nur die Straße runter, und ich kann in wenigen Minuten hier sein.« Der Arzt sah mich an und kniff die Augen zusammen. »Wurden Sie verletzt, Miss McGuire?«

»Was? Nein, mir geht's gut.« Ich wich vor ihm zurück.

»Entschuldigen Sie, dass ich das sage, aber Ihre Augen sind ganz rot, und Sie sehen aus, als hätten Sie einen schlimmen

Schock erlitten.« Er musterte mich mit scharfem Blick, und ich fühlte mich unwillkürlich nackt. Sein Blick war völlig nüchtern, als ob er spürte, dass wir ihm nicht alles gesagt hatten.

»Wir haben eine lange Pressereise hinter uns. Ich bin sehr müde.« Ich strich mir über die zerknitterte Bluse. »Ich war sogar zu müde, um mich umzuziehen, bevor ich ins Bett gegangen bin.«

»Viel Wasser, Ruhe und gutes Essen sollten Sie wieder auf die Beine bringen.« Er lächelte und erinnerte mich an einen altmodischen Arzt auf einem Gemälde von Rockwell.

»Danke, Dr. Bonnette.«

Er schloss seine Tasche und verließ das Zimmer. Ich setzte mich neben Jake und berührte seine Wange.

»Ich glaube, du solltest besser nicht hierbleiben, Maddie.« Tony stand an der Tür. »Vielleicht ist es nicht die beste Idee, hier zu sein, wenn er aufwacht.«

»Ich lasse ihn nicht allein in einem seltsamen Hotelzimmer aufwachen.« Ich sah meinen Bodyguard, den ich nun schon so lange kannte, durchdringend an. »Ich bleibe.«

»Du solltest zurück auf dein Zimmer gehen. Ich hole dich, wenn er aufwacht.«

»Ich liebe ihn«, erklärte ich. »Ich gehe nirgendwohin.«

Tony nickte. »Dann warte ich draußen.«

Nachdem er hinausgegangen war, schlich ich durchs Hotelzimmer und schaltete das Badezimmerlicht an, bevor ich alle anderen Lichter im Zimmer löschte. Es klopfte leise an der Tür, und mein Handy wurde darunter hindurchgeschoben. Ich hob es auf, erkannte den Namen meines Vaters und ging sofort dran.

»Daddy«, flüsterte ich.

»Geht's dir gut, mein Schatz?« Er war allein. Ich hörte weder Stimmen im Hintergrund noch das Rascheln von Papier.

»Ja.« Ich schniefte und ärgerte mich über mich selbst, weil ich fast angefangen hätte zu weinen, nur weil ich die Stimme meines Vaters hörte. »Jake allerdings nicht.«

»Habe ich gehört.« Er seufzte. »Ich glaube, es geht im schon eine ganze Weile nicht so gut.«

»Stimmt.« Ich schüttelte den Kopf, obwohl er mich nicht sehen konnte.

»Er hat es unglaublich gut vor allen verborgen. Mir wäre auch beinahe entgangen, was los ist.« Ich sah vor mir, wie mein Vater in die Ferne starrte und sich selbst die Schuld wegen Jake gab. »Ich hatte gehofft, die körperliche Arbeit würde ihm helfen, innerlich zu heilen.«

»Er braucht mehr als nur eine Beschäftigung.« Ich sah zu Jake, der regungslos dalag. »Das war schrecklich heute.«

»Hat er dich verletzt?« Die Stimme meines Vaters wurde schärfer.

»Nein, nein«, sagte ich schnell. »Er hatte eine Art Aussetzer, als er von seinem Freund gehört hat. Er … er …«

»Ich weiß davon.« In der Stimme meines Vaters schwang Schmerz mit. Ich wusste, dass jedes Soldatenleben schwer auf ihm lastete.

»Jake hat die Nachricht schlecht aufgenommen.« Ich rieb mir die Augen. »Richtig schlecht.«

»Wir werden ihm Hilfe besorgen, Maddie.« Mein Vater senkte die Stimme. »Liebst du ihn?«

»Ja«, schniefte ich. »Sehr sogar.«

»Dann sei geduldig. Das wird kein leichter Weg.«

»Ich weiß.«

»Ich persönlich glaube, dass du eine gute Wahl getroffen hast, Maddie. Jake ist ein anständiger junger Mann, der sich gut um dich kümmern wird, wenn er herausgefunden hat, wie er sich um sich selbst kümmern kann.«

»Bis dahin kümmere ich mich um uns beide.«

»Das ist mein Mädchen.« Ich hörte seinen leisen Atem am anderen Ende der Leitung. »Ich bin sehr stolz auf dich, Madeline. Du bist zu einer großartigen jungen Frau herangewachsen.«

»Danke, Daddy.«

»Ich werde mein Bestes tun, um Virginia in Schach zu halten, aber wenn es um ihren Sohn geht, kann ich nicht viel tun.« Diesmal klang sein Seufzen reumütig. »Sie wird eine überzeugende Präsidentin werden. Es ist eine Schande, dass sie keine ebenso überzeugende Mutter ist.«

»Nicht jeder kann so sein wie du«, neckte ich ihn.

»Ruh dich aus. Ich melde mich später wieder.«

»Hab dich lieb.«

»Hab dich auch lieb.« Er legte auf, und ich starrte eine Minute auf das Handy, bevor ich mich bewegte.

In dem Wissen, dass Tony es für mich weglegen würde, schaltete ich es aus und schob es unter der Tür zurück. Ich zog meine Hose aus, kletterte neben Jake ins Bett und kuschelte mich so dicht wie möglich an ihn.

Es mochten Stunden vergangen sein, während ich dort lag und den Mann hielt, den ich liebte. Ich schmiegte mich an ihn und hoffte, dass ich ihm ein Trost sein würde, wenn er schließlich aufwachte und sich mit der Realität konfrontiert sah. Meine Gedanken wanderten von Jake zu Cyrus und Kyla und ihren Familien. Der Schmerz, den ich in meinem Herzen verspürte, konnte nicht an das Leid heranreichen, was sie alle durchmachten. Ich dachte an die Fotos, die Kyla mir geschickt hatte: von Korbin, der seine kleine Schwester Savannah hielt, und von Savannah, die neben ihrem lächelnden Vater in einem Krankenhausbett lag.

»Ich habe so richtig Scheiße gebaut.« Ich hatte nicht bemerkt, dass Jake aufgewacht war, bis ich seine tiefe Stimme hörte. »Wenn ich den Hubschrauber kontrolliert hätte, wäre das alles nicht passiert.«

Ich schwieg und drückte nur fest seine Hand.

»Ich dachte, es wäre okay, wenn ich alles wiedergutmache und die Dinge in Ordnung bringe, die ich zerstört habe. Aber das ist unmöglich.« Seine Stimme brach. »Ich sollte die Verantwortung für mein Handeln übernehmen und herausfinden, was als Nächstes zu tun ist, aber ich weiß es einfach nicht. Ich weiß nicht, was ich tun soll, und ich kann es nicht wiedergutmachen. Es geht einfach nicht.«

»Schhh. Niemand verlangt von dir, dass du jetzt etwas wiedergutmachst, Jake.« Er schlang die Arme um mich und vergrub das Gesicht in meinen Haaren.

»Ich weiß nicht, was ich tun soll.« Sein Atem strich mir über den Hals.

»Halt dich an mir fest, Jake.« Ich küsste seine Schläfe, und er zog mich enger an seine Brust. »Halt dich an mir fest. Mehr musst du gerade nicht tun.«

Als mir sein gleichmäßiger Atem verriet, dass er fest schlief, ließ ich meinen Tränen freien Lauf. Denn erst als ich wusste, dass mein Schmerz ihn nicht verletzen würde, konnte ich loslassen. Ich weinte um den Mann, den ich liebte, um die Familie, die mir ans Herz gewachsen war. Ich weinte um Cyrus und den Schmerz, unter dem er gelitten haben musste.

Mein Herz weinte um jeden Einzelnen, der aus dem Krieg zurückkam und diese schreckliche Realität aushalten musste. Im Krieg gab es keine Gewinner. Jeder, egal auf welcher Seite, wurde auf irgendeine Art verletzt.

22. KAPITEL

MADDIE

Seitdem Jake an jenem Morgen aufgewacht war, hatte er nicht mit mir gesprochen. Das Schweigen war schlimmer als die Explosion in der Nacht davor, weil er sich in sich selbst zurückgezogen hatte.

Puz tanzte um unsere Füße herum, als wir Jakes Haus betraten, aber selbst seine Freude darüber, uns nach einer Woche wiederzusehen, wurde durch unsere ernste Stimmung gedämpft.

Nachdem er draußen sein Geschäft erledigt hatte, klebte Puz förmlich an Jake. Man konnte seine Besorgnis über Jakes düstere Stimmung nicht übersehen.

»Ich könnte uns etwas zu essen machen.« Ich steuerte auf den Kühlschrank zu und durchstöberte den Inhalt.

»Ich denke, du solltest gehen, Maddie.« Jakes Stimme war gleichmäßig und kontrolliert.

»Ich habe morgen nichts vor. Ich kann hierbleiben.« Ohne ihn anzusehen, wühlte ich weiter im Kühlschrank herum. Wenn ich ihn ansah, würde ich in tausend Teile zerspringen. Ich wollte nicht weggeschickt werden. Besonders dann nicht, wenn er so schrecklich litt.

»Nein, Maddie.« Er schloss die Kühlschranktür.

Ich wandte mich von ihm ab und öffnete stattdessen einen Schrank. »Vielleicht Suppe? Ach, ich glaube, du hast noch was von diesem fiesen Doseneintopf, den du so magst. Ich könnte noch Reis dazu kochen.«

»Maddie, sieh mich an.« Er klang so ruhig, so überzeugt von dem, was er mir sagen wollte. »Ich möchte allein sein.«

»Ich will dich nicht ansehen, Jake. Ich will nicht sehen, was auch immer dir ins Gesicht geschrieben steht.« Ich zog den Reis aus dem Schrank und ging zum Herd. »Ich möchte nur hier bei dir sein.«

»Du musst gehen.« Er drängte mich in eine Ecke mit den Schränken und hob mein Kinn.

»Nein.« Ich kniff die Augen zusammen und bemühte mich, meinen rasenden Herzschlag zu kontrollieren. »Ich bleibe.«

»Ich will aber nicht, dass du bleibst.« Seine Augen waren so dunkel, so voller Schmerz, dass ich alles gegeben hätte, um ihn zu berühren, zu umarmen. »Ich möchte, dass du gehst.«

»Das meinst du nicht so, Jake. Alleinsein ist jetzt keine gute Idee.« Der Beutel mit Reis in meiner Hand zitterte. »Es geht dir schlecht, und ich kann dir helfen.«

»Nein.« Er schüttelte den Kopf. »Du kannst mir nicht helfen. Es macht mich kirre, wenn du hier bist und dich in meinem Haus bewegst. Ich möchte dich nicht hierhaben.«

»Jake«, flüsterte ich. Das hatte wehgetan. »Das meinst du nicht so.«

»Hör auf, mir zu sagen, was ich meine«, blaffte er. »Ich weiß, was ich sage. Und ich meine es genauso, wie ich es sage. Ich brauche dich hier nicht, und ich will dich nicht hierhaben. Ich will nur meine Ruhe.«

»Du tust mir weh.« Ich hob eine Hand und legte sie auf meine Brust, um mein Herz zu trösten. Obwohl er mich nicht berührte, fühlte ich mich, als würde er mir das Herz zerquetschen. »Sag das nicht, Jake.«

»Geh.« Er ging einen Schritt zurück und löste meine Finger vom Reisbeutel.

»Nicht«, flüsterte ich. »Bitte, wirf mich nicht raus. Ich liebe dich, Jake. Ich liebe dich, und ich möchte bei dir sein.«

Sein Gesicht erstarrte kurz, als hätten ihn meine Worte in die Wirklichkeit zurückgeholt, aber dann legte sich wieder eine dunkle Wolke über seine Züge.

»Du liebst mich nicht, Maddie. Du kennst mich nicht einmal.« Er schlug die Schranktür zu und wandte sich ab. »Und jetzt geh.«

»Jake, du liebst mich auch. Ich weiß, dass du mich liebst.« Ich berührte ihn an der Schulter.

Er zuckte zurück, wirbelte herum und sah mich verärgert an. »Du weißt nichts über mich. Gar nichts. Du weißt nicht, wozu ich in der Lage bin oder was ich getan habe. Du weißt nicht, wie ich mich gerade fühle oder warum ich mich so fühle. Du liebst mich nicht. Und ich liebe dich nicht. Wir hatten Spaß miteinander, aber die Zeit ist um. Zieh weiter, und komm drüber weg.«

Ich wich zurück, als hätte er mich geschlagen. Tränen stiegen mir in die Augen. Puz, der zwischen mir und Jake hin und her schaute, jaulte leise.

»Das ist verdammt noch mal nicht fair, Jake. Nicht fair.«

»Das Leben ist nicht fair.«

»Nein, das ist es nicht.« Ich verschluckte mich an einem Schluchzer. »Du leidest. Du weißt nicht, wie du mit all diesen Gefühlen umgehen sollst. Das verstehe ich. Aber ich glaube dir nicht, dass du mich nicht liebst. Ich habe es in deinen Augen gesehen, und ich gebe nicht auf. Ich gebe dir Raum, aber ich gehe nicht weg, Jake. Was zwischen uns ist, wird nicht einfach verschwinden. Ich werde für dich da sein.«

Ich stellte den Doseneintopf auf die Theke und verließ die

Küche. Diese wenigen Schritte waren die schlimmsten, die ich je gegangen war. Ich wollte auf gar keinen Fall leise verschwinden. Ich wollte schreien und mit Dingen um mich werfen, bis Jake zur Vernunft kam, aber ich wusste, dass das am allerwenigsten funktionieren würde.

Deshalb ging ich direkt zur Tür und nahm auf dem Weg meine Jacke und meine Tasche mit. Ich öffnete die Tür, stolperte die Stufen hinunter und prallte gegen den Rücken eines Agenten.

»Mr Simmon hat darum gebeten, allein zu sein«, sagte dieser gerade.

»Ich bin seine Mutter«, erklärte eine Frauenstimme. »Und wenn das nicht gut genug sein sollte, dann bin ich die Vizepräsidentin dieses Landes. Und jetzt gehen Sie mir aus dem Weg.«

Ich wischte mir die Tränen aus dem Gesicht, bevor ich hinter dem Agenten hervortrat. »Er will niemanden sehen, Virginia.«

»Ich verstehe.« Ihre Augen wanderten über meine Tasche und meine Jacke. »Er hat endlich genug von Ihnen, deshalb vermuten Sie, dass er niemanden sehen will.«

»Ich vermute überhaupt nichts. Er hat sehr deutlich gemacht, dass er nicht belästigt werden will.« Ich stellte die Tasche ab und zog mir die Jacke an.

»Die eigene Familie kann dich nicht belästigen. Deine Familie ist für dich da, wenn deine Welt aus den Fugen gerät. Deine Familie hilft dir, schwierige Entscheidungen zu treffen.« Virginia kam näher und senkte die Stimme. »Sie gehören nicht zur Familie. Sie sind eine Ablenkung, eine Zeitverschwendung. Sie sind nicht besser als diese nuttige Journalistin, der ich Ihre Story verraten habe. Sie haben nur ein bisschen länger durchgehalten als sie.«

»Sie haben Veronica meine Festnahme gesteckt?«, zischte ich und wünschte mir, ihr Vergleich würde nicht so wehtun.

»Ja, das habe ich. Als ich bemerkte, wie Jake Sie angesehen hat, wusste ich, dass ich dem Unheil zuvorkommen musste, das Sie anrichten würden.« Bei ihrem Lächeln wurde mir übel, und ich befürchtete, mich in aller Öffentlichkeit auf dem Bürgersteig übergeben zu müssen. »Ich hatte gehofft, dass wir uns nicht mit Ihnen beschäftigen müssten, wenn er dieses Flittchen mit nach Hause nähme.«

»Sie haben mich den Wölfen zum Fraß vorgeworfen. Das kann ich sogar noch irgendwie nachvollziehen«, sagte ich. »Aber die Zuhälterin für Ihren eigenen Sohn zu spielen, ist schon richtig kranker Scheiß, Virginia.«

»Passen Sie auf, was Sie sagen, junge Lady.« Sie ging einen Schritt auf mich zu. »Ich tue, was für meine Familie das Beste ist.«

»Nein, Ihren Sohn in Ruhe zu lassen, wäre jetzt das Beste für Ihre Familie, aber deswegen sind Sie nicht hier.«

»Gehen Sie, Maddie. Sie können hier nichts mehr tun.« Ich schaute Jakes Vater an, der hinter ihr stand. Sein Blick war fest, aber in seinen Augen lag Schmerz. Ihn ohne seine Uniform zu sehen, überraschte mich, aber noch mehr überraschte es mich, ihn zusammen mit seiner Frau zu sehen. Wenig überraschend waren hingegen die Journalisten, die – ausgestattet mit Kameras – die Straße bevölkerten.

»Er braucht jetzt Menschen um sich, die ihn lieben.« Ich schüttelte den Kopf. »Sie werden alles nur noch schlimmer machen.«

»Wollen Sie damit andeuten, dass ich meinen Sohn nicht liebe?« Virginias Nasenflügel bebten.

»Ich deute gar nichts an. Ich sage es.« Ich zeigte mit dem Finger auf sie wie eine Hexe, die jemanden verflucht. »Sie sind nur wegen sich selbst hier. Sie würden Liebe nicht einmal erkennen, wenn sie Ihnen in die Nase beißen und nicht mehr loslassen würde. Was haben Sie vor, Virginia? Wollen Sie ihn hier herauszerren, damit er Fotos mit Ihnen macht? Wollen Sie so tun, als wüssten Sie irgendetwas über Cyrus und seine Familie? Sie hoffen doch, dass er zusammenbricht und etwas macht, das Ihnen einen Haufen Mitleidsstimmen einbringt. Sie sind nichts als eine egozentrische, machthungrige Schlampe.«

»Gehen Sie mir aus dem Weg, Maddie.« Virginia kniff die Augen zusammen.

»Ich stehe auf einem öffentlichen Bürgersteig. Sie können mir nicht ohne Grund sagen, ich solle gehen.«

»Ich schwöre, dass ich Sie festnehmen lasse, weil Sie ein Miststück sind.« Ihre Stimme wurde hart.

»Sie können mich nicht festnehmen lassen, nur weil ich die Wahrheit sage.« Ich stemmte die Hände in die Hüften.

»Wissen Sie, was ich tun kann? Ich kann den Gesetzesentwurf, den Sie einreichen, in der Luft zerfetzen. Vergessen Sie Ihren kleinen Entwurf.« Virginia leckte sich über die Lippen und strich sich eine Haarsträhne von der Schulter. »Er wird es niemals durch das Repräsentantenhaus schaffen. Und wenn Sie es wagen, sich noch einmal in Jakes Nähe zu zeigen, dann werde ich ihn einweisen lassen. Haben Sie mich verstanden?«

Ich wollte mich auf Virginia stürzen und ihr das Gesicht zerkratzen, aber irgendetwas Hartes hielt mich plötzlich wie ein stählerner Schraubstock fest.

»Tu's nicht, Maddie«, flüsterte Jake an meinem Ohr. »Gib ihr nicht, was sie will.«

Ein Schluchzer brach aus mir hervor. »Jake?«

»Geh.« Er schob mich zu Tony, sah mich aber nicht an.

»Jake …« Tony packte mich an der Schulter und drehte mich von der Szene auf dem Bürgersteig weg.

»Tu's nicht, Maddie.« Tonys Stimme war dicht an meinem Ohr. »Das ist genau das, was sie will.«

»Ruf deine Hunde zurück, Mom.« Jake stand mit aufrechter Haltung vor seinen Eltern. »Ich spiele eure Spielchen nicht mit. Ihr seid hier nicht willkommen.«

»Ich bin deine Mutter. Du kannst mich nicht rauswerfen.«

»Das kann ich, und das mache ich gerade.« Jakes Stimme war hart.

Tony führte mich zu einem schwarzen SUV und schob mich auf den Rücksitz, sodass ich den Rest von Jakes Worten nicht mehr hören konnte. Ich drehte mich um und wollte sehen, was geschah, aber in wenigen Sekunden waren wir außer Sichtweite.

Auf der gesamten Fahrt zum Weißen Haus verschleierten Tränen meinen Blick, während Tony neben mir saß und meine Hand hielt. Er sagte nichts, aber vermutlich hätte ich auch sowieso nichts gehört.

Als ich sicher in meinem Zimmer eingeschlossen war, lief ich auf und ab, weil ich etwas unternehmen wollte, aber keine Idee hatte, was.

Ich nahm mein Handy und wählte auswendig eine Nummer.

»Virginia wird unseren Gesetzesentwurf abschmettern.«

»Warum sollte sie das tun?«

»Tja, sie ist gerade nicht besonders gut auf mich zu sprechen.«

»Und wenn wir Ihren Namen runternehmen?« Die Stimme von Senatorin Fletcher war sanft. Wir glaubten beide an den Entwurf. Es war eine rein technische Frage.

»Ich weiß nicht, ob das funktioniert. Sie weiß ja, dass es mein Entwurf ist.« Ich dachte darüber nach. »Wahrscheinlich ist es am besten, wenn wir warten.«

Senatorin Fletcher seufzte. »Irgendetwas muss ihr tüchtig die Suppe versalzen haben.«

»Wir hatten einen sehr lauten Streit auf dem Bürgersteig vor Jakes Haus.« Meine Stimme brach bei seinem Namen, und ich schloss die Augen.

»Wie geht es ihm?«, fragte sie mitfühlend.

»Ich weiß es nicht. Nicht gut.« Ich kaute auf meiner Unterlippe.

»Das tut mir leid, Maddie.«

»Danke.« Mir tat es auch leid. »Ich melde mich.«

»Natürlich, meine Liebe.«

Sie legte auf, und ich warf das Handy an die Wand.

23. KAPITEL

JAKE

»Sie müssen sich bemühen, Jake, und um eine Besserung kämpfen.« Die Stimme des Arztes war tröstend, geduldig. »Haben Sie mit einem Ihrer Freunde gesprochen? Was ist mit Cyrus' Frau? Oder Ihren Schwestern?«

Ich wollte ihm eine reinhauen, also antwortete ich nicht. Woher ich wusste, dass der Mann ein Handlanger meiner Mutter war? Er hatte Maddie mit keinem Wort erwähnt.

»So viel Unruhe und Aufregung sind nicht gut für Sie. Wie können wir Ihnen etwas Gutes tun? Was wäre gut für Sie?«

Ich starrte ihn an und verschränkte die Arme. Mit diesem Trottel würde ich nicht sprechen. Es war mir egal, dass klassische Musik in seinem Wartezimmer lief und dass er mich ermutigte, ihm zu vertrauen. Meine Mutter hatte ihn ausgesucht, und das bedeutete, dass er ihre Marionette war.

»Jake, jemandem zu vertrauen, kann beängstigend sein, aber wir kriegen das zusammen hin.«

»Vertrauen?« Ich löste meine Arme und beugte mich vor. »Wie soll ich Ihnen vertrauen? Meine Mutter hat Sie ausgewählt. Wissen Sie, was das heißt? Das heißt, dass sie Sie kontrollieren kann, dass sie an unsere vertraulichen Gespräche herankommt und die Informationen mit dem Rest der Welt teilen kann.«

»Das ist nicht wahr. Sie haben sich das so zurechtgelegt,

damit entspricht es aber nicht der Wirklichkeit.« Der Arzt lehnte sich zurück und hielt seinen Stift zwischen den Fingern.

»Wirklichkeit«, schnaubte ich. »In Wirklichkeit haben Sie keine Ahnung, mit wem Sie es zu tun haben, Doc. Meine Mutter ist keine normale Mutter. Sie ist die Vizepräsidentin, und Sie sind ein Militärpsychologe. Alles, was ich Ihnen erzähle, landet innerhalb weniger Stunden auf ihrem Tisch.«

Er kritzelte etwas auf seinen riesigen gelben Notizblock. Das kratzende Geräusch zerrte an meinen Nerven und ich versuchte, ruhig zu bleiben.

»Ich würde Ihnen gern Medikamente verschreiben, aber wenn Sie sie nicht nehmen, wird es nicht funktionieren.«

»Und wogegen wollen Sie mir Medikamente verschreiben? Wir haben über nichts gesprochen. Sie haben keine Ahnung, wofür Sie mir Medikamente verschreiben sollten.« Ich grinste den Mann im weißen Kittel verächtlich an.

»Ich glaube, dass Sie an einer paranoiden Persönlichkeitsstörung leiden, die durch Ihre Depression verstärkt wird. Wenn wir die Depression lindern, wird sich der Rest ebenfalls verbessern.«

Ich stand auf und streckte mich, um ihm deutlich zu machen, wie wenig ich von seiner Diagnose hielt.

»Die Zeit ist um, Doc.« Ich ging zur Tür hinaus und sah nicht zurück. Selbst wenn ich geglaubt hätte, dass er ehrlich interessiert war oder mir helfen wollte, hätte ich mich ihm nicht anvertraut. Ein Militärarzt kam einfach nicht infrage. Einen zivilen Arzt konnte ich auch nicht zurate ziehen, weil ich meiner Mutter zutraute, dass sie auch eine rechtschaffene Person unter Druck setzen würde, um an die für sie wichtigen Informationen zu kommen. Ich würde nicht zulassen, dass meine Mom noch jemanden brach, nur weil sie unbedingt an die Spitze wollte.

Ich verließ das Gebäude und ging schnurstracks zu meinem Pick-up. Mittlerweile verzichtete ich immer öfter auf den Fahrdienst des Secret Service. In meinem eigenen Wagen fühlte ich mich besser, weil ich die Kontrolle hatte, wenn ich selbst fuhr. Ich wollte mich nicht so fühlen, als könnte ich mich nicht um mich selbst kümmern. Die Leute sollten mich nicht sehen und glauben, ich würde gefahren, weil ich krank war.

Und dank meiner Mutter glaubten eine Menge Leute, ich wäre ein bedauernswerter Krüppel. Das einzig Gute daran, dass sie der Welt offenbart hatte, dass ich unter PTBS litt, war, dass die meisten Journalisten nun Abstand hielten. Es war interessant zu sehen, dass einige von ihnen ein Gewissen hatten. Nicht alle, aber mehr als ich erwartet hätte.

Auf dem Heimweg kam ich an einer Gruppe von Leuten vorbei, die vor einem Tierfachgeschäft kostenlose medizinische Versorgung für Tiere aus dem Tierheim anboten. Aus dem Augenwinkel sah ich einen hellbraunen Pferdeschwanz und nahm den Fuß vom Gas. Während er über der Bremse schwebte, bemerkte ich, dass es nicht Maddie, sondern jemand viel Jüngeres war.

Ich trat aufs Gas und schalt mich für mein Zögern. Seit über einer Woche ignorierte ich Maddies Anrufe und Sprachnachrichten. Wenn sie alle paar Tage bei meinem Haus vorbeikam, versteckte ich mich wie ein trotziges Kind und drehte den Fernseher lauter, um ihr Klopfen zu übertönen. Ein Teil von mir wollte sie so unbedingt sehen, dass ich ihre Nummer schon tausendmal aufgerufen hatte, ohne sie wirklich zu wählen. Der Teil von mir, der mich zurückhielt, war stärker, dunkler. Ich wollte Maddie nicht vergiften.

Sie würde über mich hinwegkommen und sich in jemand anderen verlieben.

Ich umklammerte das Lenkrad so heftig und hätte beinahe

ein Stoppschild übersehen. Hastig trat ich auf die Bremse und biss die Zähne zusammen.

Das hasste ich mehr als alles andere in meinem Leben. Na ja, abgesehen von mir selbst. Sie hatte mir gesagt, dass sie mich liebte, und ich hatte sie weggeschickt, sie praktisch rausgeworfen.

Dann war meine Mutter über sie hergefallen. Wie ein erbärmlicher Feigling hatte ich hinter der Gardine zugesehen, wie meine Mutter die Frau fertigmachte, die ich liebte.

Bis ich es nicht mehr aushielt.

Ich konnte mich nicht daran erinnern, die Stufen hinuntergegangen zu sein, aber ich konnte mich daran erinnern, wie sich Maddie in meinen Armen angefühlt hatte, als ich sie weggezogen hatte. Ich erinnerte mich an die Tränen in ihren Augen, als ich ihr ins Ohr geflüstert hatte. Mir war nicht klar, wie ich es geschafft hatte, meine Mutter vor so vielen Leuten zurechtzuweisen, aber es musste an Maddie und an ihrem unerschütterlichen Glauben an mich gelegen haben, daran, wie sie mich ansah und mich immer nach meiner Meinung fragte.

Gott, ich vermisste sie so sehr, dass es körperlich wehtat.

Vor meinem Haus war ein Parkplatz frei, und es gelang mir so grade, den großen Pick-up hineinzumanövrieren.

Ich trat auf den Bürgersteig und sah ein Mädchen auf den Stufen vor meinem Haus sitzen. Für einen Sekundenbruchteil dachte ich, dass Maddie auf mich wartete, und ich war mir nicht sicher, ob ich sie erneut wegschicken könnte. Nicht von Angesicht zu Angesicht. Dann trat die junge Frau aus dem Schatten heraus, und ich sah, dass sie rote und nicht hellbraune Haare hatte.

»Caro?«

Meine Schwester stand auf und lächelte mich an. Sie musterte mich mit ihren strahlend grünen Augen und legte den Kopf schief. »Hast du kein Bügeleisen?«

Ich sah an mir herab und runzelte beim Anblick der zerknitterten Jeans die Stirn. Heute Morgen hatte ich sie einfach vom Boden gefischt, nachdem ich nach einer weiteren schlaflosen Nacht aus dem Bett gestiegen war.

»Bist du hergekommen, um an meinen Klamotten herumzunörgeln?«

Aber ehrlich gesagt war mir das völlig egal. Ich hatte meine Schwester vermisst. Ich schlang die Arme um sie und zog sie an meine Brust.

Sie ächzte unter dem Druck meiner Umarmung. »Ich habe dich in den Nachrichten gesehen. Ich dachte, Bigfoot würde durch die Innenstadt laufen, bis ich deinen Namen unten auf dem Bildschirm gelesen habe. Im Ernst, was soll das hier werden?« Sie löste sich aus meinen Armen und zog an meinem Bart.

»Au, das wächst in meinem Gesicht.« Ich schob ihre Hand weg.

»Und *warum* wächst das in deinem Gesicht?« Sie sah mich mit zusammengekniffenen Augen an.

»Weil ich mich nicht rasiert habe.« Ich kreiste mit den Schultern und ging die Stufen hinauf, um die Tür aufzuschließen. »Komm rein.«

Sie folgte mir und stellte ihre Tasche auf den Tisch im Flur. Puz sprang um unsere Füße herum, und sie setzte sich sofort auf den Boden und ließ ihn auf ihren Schoß krabbeln. Caro war schon immer tierlieb gewesen, deshalb überraschte mich das nicht.

»Jake, wenn du dich nicht rasieren willst, ist das okay für mich. Wenn du aussehen willst wie Hagrid aus *Harry Potter*, ist das auch okay für mich. Mir ist nur nicht klar, ob es auch für dich okay ist.« Sie drückte Puz an ihre Brust und sah zu mir auf.

»Was meinst du?« Ich drehte mich zu ihr um. Wir waren kaum im Haus, da warf sie mir schon den Fehdehandschuh vor die Füße. Sie schob Puz von ihrem Schoß und stand wieder auf.

»Dich. Ich meine dich.« Sie trat an mich heran und pikste mir mit dem Zeigefinger in die Schulter. »Dieses raue Dreitagebartding kriegst du ganz gut hin, aber als Bigfoot wirkst du ziemlich jämmerlich.«

»Ich will ja gar nicht Bigfoot sein.« Ich rieb mir über den Nacken.

»Was willst du dann sein?«

»Ich weiß es nicht!« Ich warf meinen Schlüssel auf den Tisch im Flur, und raschelnd flogen einige Papiere auf den Boden. »Verdammt, ich weiß nicht, was ich will.«

Caro beugte sich hinunter, hob die Papiere auf und legte sie wieder auf den Beistelltisch. Als sie aufstand, sagte sie nichts, sie beobachtete mich nur. Caro war meine mittlere Schwester und viel mitfühlender als Ari oder ich. Wenn sie es riskierte, hierher, in die Nähe unserer Mutter zu kommen, musste sie sich wirklich Sorgen um mich machen. Einmal mehr schnürten mir Schuldgefühle die Kehle zu.

»Ich weiß nicht, was ich tun soll.« Ich ging einen Schritt auf sie zu und nahm sie in die Arme. »Es tut mir leid, ich wollte dich nicht anschnauzen.«

Sie drückte mich. »Es muss dir nicht leidtun, Jake. Lass uns entscheiden, was du machen willst, und dann mach es.«

»Wann bist du so erwachsen geworden?« Ich zog mich zurück, um sie richtig anzusehen. Tatsächlich wirkte sie ziemlich erwachsen. Sie war schön, mit einer zarten kleinen Nase und strahlenden, intelligenten Augen. Ihre roten Haare schimmerten in der Sonne, die durch das Fenster in der Haustür fiel.

»Während du im Krieg warst.« Mit traurigen Augen musterte sie mein Gesicht ebenso wie ich ihres. »Du siehst müde aus.«

»Ich kann nicht schlafen.«

Ich steuerte auf die Küche zu, und sie folgte mir schweigend.

Eins der großartigen Dinge an Caro war, dass sie nie das Bedürfnis hatte, einen stillen Moment zu durchbrechen. Wenn sie sich dazu entschloss, mit jemandem über etwas zu sprechen, dann nur weil sie es für notwendig hielt. Ich vermutete, dass sie deswegen immer so gut mit den Pferden auf unserem Familienanwesen in Virginia zurechtgekommen war. Caro hatte jede freie Sekunde mit den Pferden verbracht. Als sie jünger war, hatte unsere Mutter sie dazu ermutigt, an verschiedenen Wettbewerben teilzunehmen. Vermutlich hatte sie gehofft, Caro würde auf dem olympischen Treppchen landen. Aber meine Schwester hatte sich nie wirklich für die Wettbewerbe interessiert. Ihr waren immer nur die Pferde wichtig gewesen und sonst nichts.

»Warum bist du nicht zur Beerdigung gegangen?«

»Herrgott, Caro. Lass mich erst mal einen Kaffee aufsetzen, bevor du mir die Leviten liest.« Ich löffelte gemahlenen Kaffee in den Filter und gab Wasser in die Maschine.

»Hast du etwas, was man zum Kaffee essen kann?« Caro öffnete den Schrank. »Da sind ja nur Cracker drin, Jake. Sonst nichts.« Sie holte das zerknitterte Paket hervor und hielt es mir unter die Nase.

»Ich war länger nicht einkaufen.« Das letzte Mal hatte ich mit Maddie vor der Pressereise Lebensmittel gekauft. Mein Herz zog sich bei der Erinnerung daran zusammen. Es war eine Ewigkeit her, dass wir normal miteinander umgegangen waren.

Als ob das Universum mich quälen wollte, meldete sich in dem Moment mein Telefon. Ich hob es hoch und wusste sofort, dass es Maddie war. Sie hatte aufgehört, mich anzurufen und mir dann Nachrichten auf der Mailbox zu hinterlassen. Sie kannte mich gut genug, um zu erraten, dass ich sie löschte, ohne sie abzuhören.

Sie hatte recht. Es tat weh, ihre Stimme zu hören.

Aber ihre Textnachrichten lasen sich wie ein Buch. Sie erzählte mir alles über ihren Tag, die neuen Freiwilligen bei der RCVA und über die Tiere im Tierheim. Die Nachrichten endeten immer damit, dass sie sich nach mir und Puz erkundigte und mir sagte, dass sie mich vermisste.

Ich legte das Handy weg, ohne den Text zu lesen, und nahm mir eine Kaffeetasse.

»Du bist nicht zur Beerdigung deines Freundes gegangen. Neben Maddie stand ein leerer Stuhl.« In Caros Stimme schwang kein Vorwurf mit. Sie äußerte nur eine Tatsache.

»Nein, bin ich nicht.« Ich sah meine Schwester an und hielt mich ausnahmsweise nicht zurück. »Ich konnte nicht, Caro.«

»Hast du seine Familie besucht? Ich habe ihr Foto in den Nachrichten gesehen. Sie wirken sympathisch.« Caro saß ganz ruhig da und hielt meinen Blick fest. »Sie könnten wahrscheinlich ein paar Freunde gebrauchen. Maddie ist alle paar Tage bei ihnen. Sie macht sich Sorgen, dass sie sie bedrängen könnte.«

»Das kann ich mir vorstellen.« Ich sah meine Schwester an. »Hat Maddie dich gebeten herzukommen?«

»Nein. Du hast meine Anrufe nicht angenommen, deswegen bin ich hier. Ich weiß, was Maddie so treibt, weil *sie* mit mir telefoniert hat.«

Ich knurrte, unsicher, was ich mit all diesen Informationen anfangen sollte. Ein Teil von mir war froh, dass Maddie ihre Freunde nicht im Stich gelassen hatte – so wie ich –, doch meine Schuldgefühle wurden dadurch nur noch größer.

»Ich hoffe, du willst keine Milch.« Ich warf einen kurzen Blick in ihre Richtung. »Denn wie du gesehen hast, habe ich überhaupt nichts da.«

»Ich trinke keinen Kaffee mehr.« Caro nahm mein Handy von der Arbeitsplatte. »Du solltest dein Handy wirklich mit einem Code sichern. Sie vermisst dich, weißt du?«

»Warum trinkst du keinen Kaffee mehr?« Ich sah sie nicht an, weil sie nicht bemerken sollte, wie sehr auch ich Maddie vermisste.

»Er hat meine Angstgefühle verstärkt.« Daraufhin drehte ich mich zu ihr um.

»Du … Angst?« Ich runzelte die Stirn. Caro war in unserer Kindheit ein sensibles, nervöses Mädchen gewesen, aber ich hatte nicht gewusst, dass sie so sehr gelitten hatte.

»Ja.« Sie setzte sich auf die Arbeitsplatte und ließ die Beine baumeln. »Ich habe immer jede Menge Kaffee getrunken, wenn ich spät abends noch lernen musste. Irgendwann habe ich meine Panikattacken protokolliert und bemerkt, dass sie schlimmer waren, wenn ich zu viel Kaffee getrunken und zu wenig geschlafen habe.«

»Seit wann hast du schon Panikattacken?« Ich musterte sie gründlich, und das nur allzu vertraute Gefühl der Schuld nagte an mir. Nur sie käme auf die Idee, ihre Panikattacken aufzuschreiben.

»Solange ich denken kann.«

»Das tut mir leid. Das wusste ich nicht.«

»Ist schon gut.« Sie lächelte mich an. »Ich spreche mit jemandem darüber und arbeite daran.«

»Was ist mit Mom?« Ich wurde wütend. Sie würde das benutzen, um Caro zu kontrollieren. »Sie wird es gegen dich verwenden, Caro!«

»Sie weiß es nicht.« Ihr Lächeln war so strahlend, dass es

das ganze Zimmer erhellte, und ihr Kichern löste ein wenig die Anspannung in meiner Brust. »Es ist befreiend, etwas zu haben, von dem sie nichts weiß.«

»Aber was ist mit deinem Personenschützer? Und die Rechnungen?«

»Termine über Skype bedeuten, dass niemand weiß, dass ich mit einem Arzt spreche. Und dank des Treuhandfonds kann ich meine Arztrechnungen selbst bezahlen.« Sie zuckte mit den Schultern.

»Wie hast du diesen Arzt gefunden? Ich meine, wenn du nur über den Computer mit ihm sprichst, ist er vielleicht gar kein richtiger Arzt! Er könnte gerade auf dem Klo sitzen, wenn du anrufst. Redest du mit ihm, während er sein Geschäft erledigt?«

Sie lachte so heftig, dass ihr die Tränen kamen. »Er ist eine Frau, und nein, ich habe noch nie mit ihr gesprochen, während sie auf dem Klo saß. Sie behandelt viele prominente Patienten.«

»Wer hat dir von ihr erzählt?« Ich goss mir Kaffee ein und dachte darüber nach.

»Chance.«

Ich sah zu ihr hinüber und zog eine Augenbraue hoch. Chance war ein Schauspieler, der sich mit meiner Schwester angefreundet hatte, als wir jünger waren. Im Vergleich zu ihm sah unser Familienleben aus wie Wiederholungen der *Waltons*. Seine Mutter war ein Megastar, und sein Vater stammte aus altem Geldadel. Von Anfang an war ihr Leben in den Medien breitgetreten worden. Sein Vater war ein echter Mistkerl, und seine Mutter wurde auch noch nie für den Preis der Mutter des Jahres nominiert. Während sein Vater stockkonservativ und nur auf den äußeren Schein bedacht war, wollte Chances Mutter Merie das Leben in vollen Zügen genießen. Natürlich hatte die Ehe nicht gehalten, und Chance war zwischen zwei Haushalten hin und hergependelt.

Es war ziemlich schlimm, dass er dachte, unsere Familie wäre normal.

»Wie geht's Chance?« Das Letzte, was ich von ihm gehört hatte, war, dass er mit irgendeinem glamourösen Model in Spanien ausging.

»Er dreht einen neuen Film.« Caro verdrehte die Augen. »Und er ist mal wieder mit seiner Filmpartnerin zusammen.«

»Dieselbe Filmpartnerin, mit der er damals zusammen war, oder eine neue?«

»Eine neue. Ich mag sie und finde es schrecklich, dass er ihr das Herz brechen wird.«

»Oh.« Ich hatte immer gedacht, dass zwischen meiner Schwester und ihrem viel fotografierten Freund etwas lief, aber ihre Beziehung schien immer rein platonisch geblieben zu sein. »Vielleicht ist diese ja die Richtige.«

»Mh-hm. Wir reden hier von Chance, Jake. Wenn sie will, dass es hält, bleibt ihr nichts anderes übrig, als ihm eins überzuziehen und ihn in ihre Höhle zu schleifen. Der Typ kann einfach nicht zufrieden sein.« Sie fummelte an ihrem Shirt herum.

»Und, äh, ärgert dich das?« Ich runzelte die Stirn und war mir nicht sicher, ob ich diese Art von Fragen stellen durfte.

»Oh, Gott. Nein. Aber für Claudia tut es mir leid. Sie ist nett, noch nicht vom Glamour verdorben.« Sie lachte gezwungen. »Chance sieht gut aus, aber zwischen uns lief nie was. Ich weiß nicht. Wahrscheinlich kenne ich ihn zu gut.«

»Du bist diejenige, die mit einem Psychologen redet.« Ich sah auf meinen Kaffee hinunter. »Ich bin nicht der Richtige, um dir Ratschläge zu geben.«

»Aber *ich* bin heute hier, um Ratschläge zu erteilen.« Sie

sprang von der Arbeitsplatte, durchquerte die Küche und sah sich meine Sachen darin an. »Du musst jemanden zum Reden finden. Das ist kein Grund, sich zu schämen.«

»Ich schäme mich nicht.« Meine Antwort kam ein bisschen zu schnell, ein bisschen zu laut. »*Vielleicht* schäme ich mich. Ich weiß nicht … Ich bin ja bereit, mit jemandem zu reden. Ich habe Maddie verspr… Es ist ziemlich schwierig, jemanden zum Reden zu finden. Sobald Mom mir einen Arzt vorschlägt, renne ich in die entgegengesetzte Richtung.«

»Es ist scheiße, das Kind der Vizepräsidentin zu sein.« Caro zog die Nase kraus. »Aber du kannst jemanden finden.«

»Deinen Skype-Doktor?« Ich sah sie an.

»Nein. Dr. Darden ist zu sanft und zu geduldig für dich.« Sie taxierte mich. »Du brauchst jemanden, der dich fordert und dir keinen Scheiß durchgehen lässt.«

»Danke, Doktor Caro. Ich wusste nicht, dass man zum Psychologen wird, sobald man selbst in Therapie geht.«

»Ha-ha. Natürlich bekomme ich dadurch nicht die Approbation, aber weil ich deine Schwester bin, habe ich zweiundzwanzig Jahre Erfahrung mit dir und deinem dickköpfigen Stolz. Du brauchst keinen weichen, gefühlsbetonten Therapeuten. Du brauchst jemand, der sachlich und direkt ist.«

»Das werde ich berücksichtigen.« Ich beobachtete, wie sie all die kleinen Spuren betrachtete, die Maddie in den letzten Wochen in meiner Küche hinterlassen hatte. »Willst du irgendwo mit mir zu Abend essen?«

»Gehe ich mit meinem Bruder oder mit Bigfoot?«

»Ich ziehe mich um.« Ich stellte den Kaffee ab.

»Und geh duschen.« Sie zeigte auf ihr Gesicht und machte eine kreisförmige Bewegung. »Und unternimm was dagegen.«

»Manche Frauen mögen unrasierte Männer.«

»Unrasiert, ja. Väterchen Frost, nein.«

»So schlimm ist es gar nicht.« Ich fuhr mir mit der Hand übers Kinn und bemerkte, dass mein Haarwuchs länger war, als ich gedacht hatte.

»Wusstest du, dass ein Bart unregelmäßig wächst? Deshalb pflegen sexy Männer mit Bärten ihre auch. Andernfalls siehst du aus wie Bigfoot. Und nebenbei bemerkt hängt da was drin.«

»Bringt dir dein Skype-Doktor auch Sinn für Humor bei?«

»Finde es beim Essen heraus.« Sie verließ die Küche und sah sich interessiert alles in meiner Wohnung an. Vor allem bei den Dingen, die Maddie ausgesucht hatte, verweilte sie länger: Puz Futter- und Wassernapf, die wie Puzzleteile geformt waren, das Gewürzregal, das Maddie an einen der Schränke gehängt hatte. »Und ich rufe Ari an. Sie will dich unbedingt sehen. Wir können uns irgendwo treffen.«

»Wird Mom dann nicht herausfinden, dass du hier bist?« Ich hielt auf den Stufen inne.

»Mom weiß schon, dass ich hier bin.« Sie drehte sich um und sah mich an. »Ari brauchte eine Pause. Ich bin gekommen, um die Last mit ihr zu teilen.«

Ich ging die Treppen wieder hinunter, schlang einen Arm um ihren Hals und drückte ihr einen Kuss auf den Kopf. »Danke.«

»Du stinkst.« Sie sah zu mir hoch. »Und gern geschehen.«

24. KAPITEL

MADDIE

Die Fahrt zur lilarischen Botschaft verlief schweigend. Tony war abgelenkt und noch ruhiger als sonst, aber ich wusste nicht, warum. Seit er auf dem Rückweg von Jakes Haus im Auto meine Hand gehalten hatte, war er die meiste Zeit nahezu stumm in meiner Gegenwart.

Ich hatte nicht allein zum Abendessen gehen wollen, aber niemand konnte mich begleiten. Phoebe war wieder in der Stadt, hatte aber etwas vor und konnte zu ihrer eigenen Enttäuschung nicht mitkommen. Das letzte Mal, als wir wirklich miteinander gesprochen hatten, hatte sie von den Fotos in den Zeitungen und im Netz geschwärmt, auf denen ich mit Alex tanzte.

Heute Abend trug ich dasselbe Outfit wie bei meinem ersten Date mit Jake. Vielleicht weil ich Liebeskummer hatte und sentimental geworden war, als ich es in meinem Schrank hängen sah. Oder vielleicht hatte ich einfach nur danach gegriffen, weil das Outfit schon zusammengestellt war. Auch wenn ich faul war, hätte ich etwas anderes zum Anziehen finden können, aber den Schmerz beim Anblick des Kleids konnte ich nicht leugnen. Ich vermisste Jake so sehr, hoffte aber immer noch, dass er sich bei mir melden würde. Ich ließ ihm Raum, aber ich hatte uns nicht aufgegeben.

Es war Wochen her, seitdem ich ihm gesagt hatte, dass ich ihn liebte, und er mich rausgeworfen hatte. Es war Wochen her, seitdem ich seine Stimme gehört oder ihn von Angesicht zu Angesicht gesehen hatte. Und obwohl ich wusste, dass er litt, hatte es schrecklich wehgetan, mich so zu öffnen und dann weggeschickt zu werden. Aber ich würde nicht aufgeben.

Ich wusste, wenn er mir aus dem Weg gehen wollte, würde er meine Sprachnachrichten nicht abhören. Anstatt ihn also zu stalken und an Orten aufzutauchen, wo ich ihn vielleicht hätte treffen können, schickte ich ihm Textnachrichten. Nur eine pro Tag, um ihn nicht zu stressen, aber er sollte wissen, dass ihn da draußen jemand liebte.

Cyrus Tod machte mir Angst. Es machte mir Angst, dass jemand so normal wirken konnte, so aufgeräumt, während er über die Zukunft sprach, und dann am nächsten Tag tot war. War Jake auch an diesem Punkt? Würde Jake Selbstmord begehen, wenn er keine Hilfe fand?

Dieser Gedanke verfolgte mich an jedem einzelnen Tag.

Ich wusste, dass seine Mutter Termine bei Therapeuten für ihn vereinbart hatte, aber Gerüchten zufolge waren sie alle schlecht verlaufen. Und so würde es weitergehen. Jeder Psychologe seiner Mutter würde versagen – aus dem einfachen Grund, dass ihn seine Mutter ausgesucht hatte. Jake konnte sich nicht öffnen. Er hatte Angst vor dem, was er finden würde, und er wollte es nicht riskieren, sich einem Arzt gegenüber zu öffnen, dem er nicht vertraute, aus Angst, noch mehr Leid zu erfahren.

Wir fuhren vor der lilarischen Botschaft vor, und ich betrachtete das Gebäude. Es fiel auf in der Embassy Row, und ich fragte mich, ob es früher eine Kirche gewesen war. Das Gebäude hatte gotische Türmchen, die sich in den Himmel reckten, und kunstvolle Buntglasscheiben zierten die Fassade zur Straße. Efeu wand sich um die Stufen, und ich fand es charmant, dass sie es hatten wachsen lassen, anstatt es zu entfernen. Die Landesfahne war gehisst, und bewaffnete Wachleute standen an der Tür, aber ich hatte meine Ehrfurcht vor bewaffneten Fremden schon vor langer Zeit verloren.

Tony sagte oder fragte nichts, er wartete nur auf mein Signal, die Tür zu öffnen. Er fragte mich nie nach Jake, aber wenn wir von den ereignislosen Besuchen bei Jakes Haus zurückkamen, nickte Tony nur und sagte mir, ich solle weitermachen. Manchmal fühlte ich mich, als hätte er gewusst, dass sich die Dinge so entwickeln würden, aber ich verstand nie warum.

Ich starrte aus dem Fenster und nickte, damit Tony die Tür öffnete. Einer der Wachleute trat vor und fragte nach meinem Namen.

»Madeline McGuire.« Ich hielt meinen Ausweis hoch, damit sie ihn inspizieren konnten. »Der Prinz und die Herzogin haben mich zum Abendessen eingeladen.«

»In Ordnung, Ma'am.«

Sie führten mich hinein, aber Tony wurde gebeten, außerhalb des Wohnbereichs zu warten. Er setzte sich auf einen Stuhl neben eine Gruppe lilarischer Sicherheitsleute, die eine Art Kartenspiel spielten. Seine Haltung war steif, und ich wusste, dass er sich nicht an dem Spaß beteiligen würde. Wenn Tony Dienst hatte, unterbrach er seine Konzentration nicht für eine Sekunde.

»Maddie!« Samantha kam barfuß über einen Plüschteppich auf mich zu und balancierte ein süßes Kleinkind mit welligen braunen Haaren auf der Hüfte. Sie beugte sich vor und küsste mich auf die Wange.

»Samantha, danke für die Einladung.« Ich lächelte das kleine Mädchen an. »Hi, ich bin Maddie. Und wie heißt du?«

»Mah-tha.« Sie lächelte schüchtern zu mir hoch. »Wie Mad-die.«

»Das stimmt. Fängt beides mit M an.« Samantha ließ ihre Hüfte auf und ab wippen und entlockte ihrer Tochter ein Kichern. »Du bist so klug.«

Ich beobachtete Mutter und Tochter, und bei ihrem normalen und fröhlichen Umgang miteinander wurde mir das Herz ein bisschen leichter.

»Ziehen Sie ruhig die Schuhe aus, Maddie. Wir bestehen hier nicht auf Förmlichkeiten.« Sie lächelte mich an. »Wenn Sie heute nicht hier wären, würden wir wahrscheinlich auf dem Boden sitzen und fernsehen. Martha picknickt gern.«

»Martha, ich glaube, wir werden uns sehr gut verstehen.« Ich lächelte das kleine Mädchen an, und sie vergrub das Gesicht an der Schulter ihrer Mutter. Doch als ich mir die Schuhe auszog und sie in der Nähe der Tür abstellte, spähte sie mit großen blauen Augen wieder zu mir rüber.

»Alex kommt auch gleich. Er telefoniert noch mit Zuhause«, erklärte Samantha.

»Ist alles in Ordnung?« Ich war ein bisschen neidisch darauf, wie Samantha *Zuhause* sagte. So etwas besaß ich nicht wirklich. Wenn ich ehrlich war, hatte ich seit fast acht Jahren kein Zuhause mehr. Das Weiße Haus fühlte sich nicht wie mein Zuhause an. Auch meine Wohnheimzimmer am College würde ich nicht so bezeichnen. Sie alle waren nur vorübergehend gewesen, und das Wort *Zuhause* beinhaltete etwas Dauerhaftes.

»Oh, ja. Sie wissen ja, wie das ist. Kleinigkeiten, die niemand sonst erledigen kann, kann er mit einem einfachen Ja oder Nein beheben.« Sie sah mich über die Schulter hinweg an und verdrehte die Augen. »Regeln und Etikette. Wir haben fantastische Mitarbeiter, eine Gruppe großartiger Leute, aber manche Dinge muss er einfach selbst entscheiden.«

»Und Sie?«, neckte ich.

»Gott, ja. Warum muss ich jedes einzelne Teil des Silberbestecks absegnen? Es ist eine Gabel! Man benutzt sie, um sich Essen in den Mund zu stecken. Verdammt, wen kümmert es, ob sie drei Efeublätter auf dem Griff hat?«

»Verdammt, wen kümmert's?« Martha streckte die Hände aus, als könnte sie es nicht begreifen.

Samanthas Gesicht erstarrte zu einer Maske völligen Entsetzens, und sie schüttelte den Kopf. »Das ist ein Wort für Erwachsene, Martha. Du darfst nicht ›verdammt‹ sagen, okay? Sag nicht ›verdammt‹ vor Papa. Sag überhaupt nicht ›verdammt‹.«

»Mama sagt immer verdammt.« Martha legte den Kopf schief und sah ihre Mutter verwirrt an.

Ich hustete hinter vorgehaltener Hand, denn ich war nicht in der Lage, meine Belustigung zu unterdrücken.

»Schau mich nicht so an, du kleines Monster! Das wirkt bei mir nicht.« Sie vergrub die Finger in Marthas Seite, bis das kleine Mädchen vor Lachen quietschte.

»Ich höre meine Lieblingsmädchen.« Alex' Stimme erklang hinter einer Ecke.

»Sag keine Erwachsenenwörter.« Samantha hielt einen Finger vor die Lippen, bevor sie sich umdrehte und ihren Ehemann anlächelte. »Da bist du ja!«

Alex beugte sich herunter, um seine Frau und Tochter zu küssen, und streckte mir die Hand entgegen. »Wie schön, dass Sie sich heute Abend zu uns gesellen.«

»Vielen Dank für die Einladung.« Ich lächelte den Prinzen an.

»Ich glaube, der Koch hat gesagt, dass wir heute Chicken Nuggets und Käsenudeln essen.« Alex machte ein ernstes Gesicht.

»Makkaroni mit Käse«, erklärte Samantha.

»Ich verzichte auf die Chicken Nuggets, aber die Makkaroni nehme ich gern.«

»Er zieht Sie auf.« Samantha reichte ihrem Mann ihre Tochter. »Wir essen Gemüselasagne. Ist das ok? Wir können auch etwas anderes machen, wenn Ihnen das lieber ist.«

»Klingt köstlich.« Ich betrachtete das glückliche Paar.

»Gut.« Alex setzte sich Martha auf die Schultern und galoppierte aus dem Zimmer. »Zeit zum Kochen!«

»Er kocht?« Ich zog eine Augenbraue hoch.

»Toll, oder?« Samantha bekam einen verträumten Gesichtsausdruck. »Er kann wirklich gut kochen.«

»Sie Glückliche.« Ich schüttelte den Kopf.

Sie nahm meinen Arm, während wir ihrer kleinen Familie folgten. »Ja, das bin ich. Jetzt sagen Sie mir, warum Ihr Freund nicht mitgekommen ist.«

»Er hat viel zu tun.« Ich kaute auf meiner Unterlippe. Ich hatte Jake von der Einladung geschrieben, aber wie immer keine Antwort erhalten.

»Ich habe die Nachrichten über Ihren Freund Cyrus gelesen.« Samantha drückte meinen Arm. »Es ist hart, jemanden zu verlieren, der einem wichtig ist.«

»Ja.« Ich sah Samantha offen an. »Jeder geht anders damit um.«

»Ich vermute, dass Jake starke Schuldgefühle hat.« Ihr Ton war sanft. »Ich will mich nicht einmischen. Aber ich mag Sie. Und ich mag Jake. Es macht mich traurig, Sie leiden zu sehen.«

»Ich halte mich an der Hoffnung fest, dass er jemanden findet, der ihm hilft, wo ich es nicht kann.« Meine Stimme brach bei den letzten Worten. »Es macht mich fertig, aber er lässt mich nicht helfen. Er spricht nicht mal mit mir – und zwar überhaupt gar nicht. Ich habe ihn seit Wochen nicht getroffen.«

Ich hatte ein Foto von ihm mit seinen Schwestern in der Zeitung entdeckt. Er hatte gelächelt, was ein riesiger Fortschritt war, im Gegensatz zu der Maske des Leids bei unserer letzten Begegnung, aber es war nicht dasselbe, wie ihn persönlich zu sehen. Der Anblick hatte mir nur noch deutlicher bewusst gemacht, wie wenig Ahnung ich hatte, was gerade mit ihm passierte.

Samantha hielt im Flur inne. »Was Sie heute Abend brauchen, sind gute Freunde und leckeres, hausgemachtes Essen. Das können wir Ihnen geben, und vielleicht wird sich alles andere von allein regeln.«

Samanthas warme Augen waren voller Mitgefühl.

»Danke.« Ohne zu überlegen beugte ich mich vor und umarmte sie. Es fühlte sich natürlich an, als würde ich sie schon mein ganzes Leben lang kennen. Ich war plötzlich froh, dass ich alleine hergekommen war, weil ich nicht so offen gewesen wäre, wenn jemand anderes mitbekommen hätte, auf welch gefährliche Art ich mich an meine Gefühle für Jake klammerte.

Als wir die Küche betraten, versuchte ich mir ein Lachen zu verkneifen bei dem Anblick eines Prinzen, der eine zerknitterte Schürze trug, während seine Tochter mit einer mehlbedeckten Hand auf ihre Mutter zeigte.

»Verdammt, wo warst du?« Das kleine Mädchen stemmte die Hände in die Hüften und sagte noch etwas, das ich nicht verstand.

»Wie ich höre, hast du unserer Tochter noch mehr Englisch beigebracht.«

Alex sah Samantha über die Schulter hinweg an, und sie lief rot an.

»Du hast ihr gesagt, dass sie das sagen soll!« Samantha stemmte die Hände in die Hüften, und mir wurde klar, woher das kleine Mädchen diese Pose hatte.

Er lachte leise, sagte aber nichts dazu. Stattdessen scheuchte er uns durch die Küche, und es entwickelte sich ein ungezwungenes Gespräch. Es fühlte sich völlig normal an, vertraut.

Es war fantastisch. Und genau das, was ich brauchte.

Als das Essen fertig war, hatte niemand Lust, den Tisch zu decken. Deshalb setzten wir uns einfach an die Kücheninsel und verschlangen die vegetarische Lasagne.

Martha aß viel mehr, als ich für möglich gehalten hätte, bevor sie die Gabel auf den Tresen warf und etwas auf Lilarisch sagte.

»Es ist nicht sehr nett, eine andere Sprache vor Leuten zu sprechen, die sie nicht verstehen können.« Alex zeigte mit der Gabel auf seine Tochter.

»Nein, Mo'zana.« Sie lehnte sich zurück und rieb sich den Bauch. »Kein Platz mehr!«

»Und was ist mit dem Nachtisch? Ist da auch kein Platz mehr für Himbeersorbet?«, fragte Samantha.

Die Kleine tastete ihren Bauch ab, als würde sie nach einer kleinen freien Tasche suchen. Sie hob die Hand mit gespreiztem Daumen und Zeigefinger. »So viel Platz noch.«

»Dann bekommst du genau so viel Sorbet.« Samantha streckte den Arm aus und berührte Marthas Nase.

»Nicht stupsen!«

Alex und Samantha lachten beide, aber ich war mir nicht sicher, ob ich richtig gehört hatte.

»Was war das?«

»Sie will nicht, dass ihre Mutter ihre Nase anstupst.«

»Nicht schön.« Martha schüttelte den Kopf.

»Ich verstehe.« Ich lächelte das kleine Mädchen an. »Nicht stupsen.«

Der Abend war so friedvoll, dass ich gar nicht bemerkte, wie die Zeit verging, bis Martha auf Alex' Schoß einschlief. Ich sah auf mein Handy und runzelte die Stirn.

»Ach, du je. Es ist schon nach zehn. Ich sollte gehen und euch schlafen lassen.« Ich stand auf und unterdrückte ein Gähnen. Mir selbst würde es auch guttun, ein wenig zu schlafen.

»Kommst du uns in Lilaria besuchen?« Samantha stand von ihrem Platz auf dem Sofa auf.

»Sehr gern.« Ich umarmte sie und versuchte, ihr zu zeigen, wie viel mir das bedeutete, indem ich sie noch ein wenig fester drückte. »Vielen Dank für das Abendessen.«

»Immer gern.« Samantha lächelte zu mir hoch. »Du hast meine Nummer. Wir bleiben in Kontakt.«

»Würde es dir etwas ausmachen, Martha ins Bett zu bringen? Ich komme gleich nach, um sie zuzudecken.« Alex legte seiner Frau das schlafende Kleinkind in die Arme. »Ich bringe unseren Gast zur Tür.«

»Gute Nacht, meine kleine Freundin.« Ich küsste meine Fingerspitze und legte sie auf Marthas Stirn.

Samantha lächelte und verschwand den Flur hinunter, während ich meine Schuhe wieder anzog.

»Maddie, ich hoffe, es macht dir nichts aus, aber ich habe mir die Freiheit genommen, dir ein paar Informationen zu besorgen.« Alex steckte die Hände in die Hosentaschen und zuckte verlegen mit den Schultern.

»Was für Informationen?« Ich nahm den zweiten Schuh und sah zu ihm hinüber.

»Als mein Vater gestorben ist, gab es einen Arzt, mit dem ich mehrere Jahre lang gesprochen habe. Ich lege die Hand für ihn ins Feuer.«

Meine Augenbrauen wanderten nach oben, denn ich war nicht sicher, was er mir damit sagen wollte.

»Die Sache ist die … Ich weiß, dass dein Freund eine schwere Zeit durchmacht.« Alex wippte ein bisschen auf den Fersen und sah mich mitfühlend an. »Und ich weiß, wie schwer es ist, jemanden zum Reden zu finden, dem man vertraut. Besonders wenn man sich Sorgen macht, dass derjenige die Informationen zum eigenen Vorteil verwenden könnte oder unter dem Einfluss einer Person steht, die Interesse an diesen vertraulichen Informationen hat.«

Ich schloss die Augen. Niemand sollte sich Sorgen darüber machen müssen, dass die eigene Mutter einem wehtun könnte.

»Ich wusste nicht, dass du einen Therapeuten hattest. Es muss hilfreich gewesen sein.«

»Das Wichtige daran ist vor allem, dass niemand davon wusste. Dr. Beaudreau arbeitet nicht für diese Regierung, er ist kein US-Bürger, der von einflussreichen Leuten unter Druck gesetzt werden könnte, und ich weiß, dass er zufällig gerade in der Stadt ist.«

»Du glaubst, er würde mit Jake arbeiten?« Ich biss mir auf die Lippe. »Soweit ich weiß, weigert sich Jake, mit jemandem zu reden, aber wenn es jemand aus einem anderen Land ist …«

»Genau das war mein Gedanke.« Er reichte mir eine Karte, und ich musterte sie. »Das sind seine Kontaktdaten.«

»Also sollte ich ihn einfach anrufen? Oder versuchen, Jake die Kontaktdaten zu geben?«

»Maddie, ich möchte dir nicht auf die Füße treten, aber ich habe mit dem Doktor gesprochen und er hatte eine etwas andere Idee.«

Als er mit seiner Erklärung fertig war, keimte Hoffnung in meiner Brust auf. Ich sah zu Alex hoch und kämpfte gegen die Tränen an.

»Ich danke dir.« Ich warf mich in seine Arme, und er erwiderte meine Umarmung.

»Keine Ursache.«

»Ich schätze, wir sind quitt.« Ich schniefte und lachte leise.

»Na ja, ich begleiche immer meine Schulden.« Alex brachte mich zum Ausgang der Botschaft. »Wir bleiben in Kontakt.« Er küsste mich auf die Wange, bevor er den Wachleuten mit einem Nicken zu verstehen gab, die Tür zu öffnen.

Tony folgte mir, und als ich ins Auto kletterte, fühlte ich mich, als wäre mir eine Last von den Schultern genommen worden.

25. KAPITEL

JAKE

Es klopfte leise an der Haustür, und Puz begann sofort zu bellen.

Besorgt, es könnte Maddie sein, spähte ich durch die Gardinen und sah einen bekannten blonden Schopf. Ich atmete tief durch und überlegte einen Moment, ob ich so tun sollte, als wäre ich nicht zu Hause, aber mein Gewissen ließ es nicht zu.

»Kyla?« Ich öffnete die Tür und sah auf die zierliche Frau hinab. Ihre normalerweise so fröhliche Miene wirkte nicht so energiegeladen wie sonst, und unter ihren Augen lagen Ringe, aber als sie mich sah, lächelte sie aufrichtig.

»Jake!« Sie streckte sofort die Arme aus und schlang sie um meine Taille. »Ich habe befürchtet, du würdest nicht öffnen.«

»Woher wusstest du, dass ich zu Hause bin?« An meinem Pick-up wurden gerade die Reifen gewechselt.

Sie sah zu mir auf und errötete. »Na ja, ich habe dir quasi aufgelauert. Ich habe gesehen, wie du abgesetzt wurdest, habe ein bisschen gewartet und bin dann rübergekommen.« Sie zeigte auf ihr Auto, und da erst bemerkte ich, dass sie allein war.

»Wo sind die Kinder? Sie sind nicht im Auto, oder?« Ich runzelte die Stirn.

»Oh Gott, nein. Sie sind bei meiner Mutter.« Kyla blickte zu mir hoch. »Ich würde die Kinder doch nicht allein im Auto lassen, Jake.«

»Tut mir leid. Natürlich nicht.« Ich kratzte mir den Dreitagebart.

»Willst du mich nicht hineinbitten?« Sie sah mich geduldig an und erwartete offensichtlich genau das von mir.

Außer meinen Schwestern hatte ich niemanden mehr ins Haus gelassen – seit ich Maddie gesagt hatte, sie solle gehen. Aber das hier war Kyla, und ich schuldete ihr etwas.

»Äh, klar.« Ich trat zur Seite, während Puz wie ein besessener Dämon an uns hochsprang. »Ruhig, Puz.«

»Oh mein Gott. Ihm fehlt ein Bein!« Kyla nahm Puz auf den Arm, und er bedeckte ihr Gesicht mit Küssen. »Ich meine, Maddie hat mir davon erzählt, aber trotzdem. Er ist so süß.«

»Möchtest du etwas trinken? Oder dich hinsetzen?« Ich war es nicht mehr gewohnt, mit Leuten zu sprechen, selbst wenn sie so freundlich waren wie Kyla.

»Ich kann nicht lange bleiben. Ich bin nur hergekommen, um dir etwas zu sagen.« Sie legte ihren Schlüssel auf den kleinen Tisch.

»Was denn?« Ich sah sie an und runzelte die Stirn.

Statt einer Antwort holte sie aus und boxte mir mit voller Wucht in den Bauch. Das kam so unerwartet, dass ich gegen die Wand fiel und mir die Bauchmuskeln hielt. Schockiert sah ich die kleine Frau an.

»Au.«

»Fühlst du dich jetzt besser?« Sie schüttelte ihre Hand.

»Was?« Ich starrte sie ungläubig an.

»Fühlst du dich besser? Du fühlst dich schuldig wegen dem, was passiert ist, und jetzt habe ich dich geschlagen. Wir sind quitt, und du kannst aufhören, dich in deinem Haus zu verstecken.« Sie untersuchte ihre Hand, bevor sie wieder mich ansah. »Ich habe dir nicht wirklich wehgetan, oder?«

»Äh, doch.« Ich drückte mich von der Wand ab und zwang

mich, die Hand von meinem Bauch zu nehmen. »Wer zur Hölle hat dir beigebracht, so zu boxen?«

»Cyrus.« Anstatt traurig zu schauen, lächelte sie zu mir hoch. »Wie hab ich das gemacht? Hab ich dir wirklich wehgetan?«

»Ja. Cyrus wäre stolz auf dich.« Ich konnte das Lächeln nicht unterdrücken, das an meinen Mundwinkeln zupfte. »Wirklich stolz.«

»Gut.« Sie nahm ihren Schlüssel, bevor sie mich wieder ansah. »Ich habe das nicht für mich gemacht, weißt du? Das mit Cyrus war nicht deine Schuld, Jake.«

Ich stimmte ihr nicht zu, aber es erschien mir unhöflich, ihr das zu erklären, wo sie sich extra die Zeit genommen hatte, herzukommen und mich zu boxen.

In ihren Augen spiegelte sich schließlich die Trauer wider, die ich erwartet hatte. »Cyrus war Cyrus' Schuld. Es ist nicht meine Schuld, es ist nicht deine Schuld. Und Gott weiß, dass ich ihn so sehr vermisse, dass ich es manchmal nicht aushalten kann, aber dann sehe ich meine Kinder und meine Mutter und meinen Vater an. Ich spreche mit seinen Eltern. Und weißt du was?«

»Was?«

»Mir ist klar geworden, dass ich viele Menschen in meinem Leben habe, die mir helfen, die Lücke zu füllen.« Sie wandte den Blick ab. »Ich bin nicht perfekt, und manchmal weine ich. Ich weine eine Menge. Manchmal bin ich so wütend auf Cyrus, dass ich Sachen kaputtschlagen will. Ich will ihn anschreien, weil er mich verlassen hat, weil er die Kinder verlassen hat. Und dann weine ich wieder. Aber ich mache weiter, Jake.«

Ich wusste nicht, was ich sagen sollte. Ich wusste nicht, wie ich auf ihre ehrlichen Worte reagieren sollte.

Sie hob den Blick und sah mich wieder an. »Ich mache weiter. Und *du* musst auch weitermachen. Hast du verstanden? Du musst weitermachen! Lass dir von den Menschen, die dich lieben, dabei helfen, diese Leere zu füllen. Cyrus hat diesen Abgrund in sich versteckt, und es hat ihn aufgefressen. Du *darfst* das nicht zulassen.«

Ich sah diese unglaublich starke Frau an und fand keine Worte, um ihr zu antworten, deshalb umarmte ich sie. Tränen stiegen mir in die Augen, und ich holte tief Luft.

Schließlich zog sie sich zurück und nahm meine Arme. »Tu, was du tun musst, damit es dir besser geht, in Ordnung? Wenn du dich schuldig fühlst und glaubst, mir etwas zurückzahlen zu müssen, dann kannst du das tun, indem du gesund wirst. Ich möchte, dass du dich nicht länger in diesem Haus versteckst. Ruf Maddie an und sag ihr, dass du sie liebst. Ich weiß nämlich, dass es so ist. Ich habe es auf deinem Gesicht gesehen, wenn ihr zusammen wart.«

»Okay.« Ich wischte mir mit dem Ärmel die Nase ab. »Es tut mir leid, Kyla. Ich hätte für dich da sein sollen. Wenn ich diese Killer während des Fliegens nicht übersehen hätte, wäre das alles nicht passiert.«

»Bring mich nicht dazu, dich noch einmal zu boxen.« Sie lachte, obwohl ihr Tränen über die Wangen liefen. »Das war nicht deine Schuld, Jake. Gib dem General die Schuld, der dir den Befehl gab, gib den Leuten die Schuld, die deinen Helikopter abgeschossen haben. Aber nichts davon war *deine* Schuld. Also tu, was du tun musst, um damit klarzukommen und zu akzeptieren, dass es nicht deine Schuld war.«

Ich senkte den Kopf, weil ich nicht wollte, dass sie mich weinen sah.

»Und ruf dein Mädchen an, Jake. Sie leidet, will es dir aber nicht noch schwerer machen.« Kyla boxte mich pantomimisch noch einmal, und ich wich aus. Sie hatte zuvor einen ordentlichen Treffer gelandet. »Ich habe die Liebe meines Lebens verloren, lass nicht zu, dass ihr das auch passiert.«

»Ich versuche es.« Mehr bekam ich nicht raus.

»Und du bist nächsten Freitag bei uns eingeladen. Ich mache ein Barbecue, und wenn du nicht auftauchst, lasse ich dich abholen. Verstanden?« Sie löste sich von mir und steuerte auf die Tür zu. »Ich muss gehen. So lange habe ich die Kinder nicht allein gelassen, seit … Also, es ist nie einfach, ein Neugeborenes bei jemand anderem zu lassen.«

»Danke.« Ich folgte ihr zur Tür.

»Dass ich dich geboxt habe? Immer gern.« Sie sah mich mit großen Augen an. »Hab ich es wirklich richtig gemacht?«

»Ja. Du hast es völlig richtig gemacht.«

Sie lächelte und öffnete die Tür, hielt aber plötzlich an.

»Hallo, ist Jake da?«

Ich spähte an Kyla vorbei und runzelte die Stirn, als ich den dünnen Mann in Tweedjacke und Fliege sah. Ich erkannte ihn nicht, und es war seltsam, dass der Secret Service einen Fremden an die Tür ließ, ohne mich vorher anzurufen.

»Ja, ich wollte gerade gehen.« Kyla zuckte mit den Schultern. »Freitag. Bei mir. Oder ich schicke Verstärkung, die härter zuschlägt als ich.«

»Verstanden, Rocky.«

»Sie scheint ja eine lebhafte junge Frau zu sein.« Der ältere Mann beobachtete, wie Kyla die Straße überquerte. »Ist sie Ihre Freundin?«

»Was?« Ich sah den Mann an. »Wer sind Sie?«

»Beaudreau.« Der Mann reichte mir eine Karte. »Ich bin ein guter Freund seiner Königlichen Hoheit, Prinz Alex.«

»Alex?« Ich sah auf seine Karte hinunter. Er hatte einen Doktortitel, aber es gab keine andere Information, die mir verriet, warum er auf meiner Türschwelle stand.

»Dürfte ich hereinkommen?« Der Mann nickte ins Innere meines Hauses. Ich war mir nicht sicher warum, aber ich trat zurück und ließ ihn herein.

»Warum sollte der Prinz von Lilaria mir einen Arzt vorbeischicken?« Ich hielt die Karte hoch.

»Er dachte, Sie könnten jemanden gebrauchen, dem Sie sich anvertrauen können. Ich bin Psychologe, Mr Simmon.« Der kleine Mann sah sich im Eingangsbereich um, und ich fühlte mich, als würde er sich alles merken und in eine Schublade stecken.

»Helfen Sie mir bitte ein wenig auf die Sprünge. Ich bin mir nicht ganz sicher, warum Sie hier sind.«

»Jake – würde es Ihnen etwas ausmachen, wenn ich Sie so nenne? Ich halte nicht viel von Formalitäten.« Er verschränkte die Hände hinter dem Rücken. »Jake, ich will offen sein. Sie haben in den letzten eineinhalb Jahren ein ernsthaftes Trauma erlitten. Das könnte nichts, aber auch alles bedeuten. Tatsache ist, dass Sie jemanden zum Reden brauchen. Jemanden, dem Sie vertrauen können.«

»Warum sollte ich Ihnen vertrauen?« Ich runzelte die Stirn und sah wieder auf die Karte. »Ich kenne Sie gar nicht. Sie könnten Kassierer im Supermarkt sein.«

Der Mann zog ein Handy hervor und wählte eine Nummer. Er lauschte eine Minute, bevor er sprach. »Ja, ich bin da. Ja. Natürlich.« Er reichte mir das Handy. »Alex würde gerne mit Ihnen sprechen.«

Ich nahm das Handy und hielt es mir ans Ohr.

»Alex?« Ich konnte das Misstrauen in meiner Stimme nicht unterdrücken.

»Jake, sehr gut. Ich bin froh, dass er Sie angetroffen hat.« Ich hörte die Stimme des Prinzen, war aber immer noch argwöhnisch. »Ich weiß, dass das alles komisch wirkt, aber ich habe vermutet, dass es schwierig für Sie sein könnte, jemanden zu finden, dem Sie sich anvertrauen können. Außerdem weiß ich, dass Sie genauso stur sind wie ich und es nicht mögen, wenn man Sie in die Ecke drängt, aber ich habe die besten Absichten. Beaudreau war mein Psychologe in jüngeren Jahren. Ich verbürge mich persönlich für ihn. Aber es spricht noch mehr für ihn als Arzt. Er gehört nicht dem Militär an, und er ist kein US-Bürger. Niemand kann ihn unter Druck setzen, Ihre vertraulichen Informationen herauszugeben. Und selbst wenn ihn jemand unter Druck setzen würde, würde er wahrscheinlich sagen, er solle sich verziehen.«

Ich lachte laut auf und sah den korrekt wirkenden Mann mit der Fliege in meinem Flur an. Er sah aus, als würde er niemandem etwas zuleide tun. Jedenfalls nicht absichtlich.

»Geben Sie ihm eine Chance«, sagte Alex.

»Und woher weiß ich, dass das kein ausgeklügelter schlechter Scherz ist und dass Sie wirklich Prinz Alex sind?«

»Maddie war gestern zum Abendessen bei mir und Samantha. Ich halte sie für eine Freundin und würde gern dasselbe von Ihnen sagen können. Ich mag es nicht, wenn meine Freunde leiden.« Er senkte die Stimme. »Eine Frau wie sie lässt man nicht gehen.«

Ich sah zur Decke und dann zu dem Mann in meinem Flur.

»Ich werde diesen ganzen Scheiß überprüfen.« Ich warf die Karte des Arztes in die Schale auf dem kleinen Tisch. »Aber wenn Sie sind, wer Sie behaupten, und dieser Typ ist, wer Sie behaupten, dann gebe ich der Sache eine Chance.«

»Danke.« Ich sah vor mir, wie Alex lächelte, und runzelte die Stirn. »Sie werden nicht enttäuscht sein.«

»Wir werden sehen.«

»Beaudreau ist absolut fantastisch.« Alex lachte. »Ich hoffe, Sie sind bereit, mit Ihren Abgründen konfrontiert zu werden.

Er mag wie ein spießiger Professor aussehen, aber dieser Mann wird Sie hart rannehmen.«

»Ich glaube, für heute bin ich schon hart genug rangenommen worden.« Ich rieb mir den Magen und fragte mich, ob ich einen blauen Fleck bekommen würde.

»Das müssen Sie mir irgendwann mal bei einem Bier erklären.«

»Ich denke, das lässt sich einrichten.« Ich legte auf und starrte reglos auf das Handy.

»Werden Sie mich auch noch in einen anderen Raum als den Flur bitten?«, fragte Beaudreau.

»Ach, verflucht noch mal.« Ich gab ihm sein Handy zurück. »Wie es aussieht ja. Wollen Sie jetzt meine Babyfotos sehen?«

»Ich bezweifle, dass Sie die hier haben, aber darüber können wir später sprechen.« Er schmunzelte.

»Also, Doc. Machen Sie immer Hausbesuche?« Ich sah ihn über die Schulter hinweg an, als ich ins Wohnzimmer vorging.

»Gelegentlich. Ich war in letzter Zeit häufig in den Staaten.« Er nahm eine kleine Dekoschale in die Hand, die Maddie an einem Stand in der Nähe des Wochenmarkts gekauft hatte.

»Möchten Sie ein Glas Wasser? Einen Softdrink oder ein Bier?« Ich steuerte auf die Küche zu, und es war mir egal, ob er Alkohol für eine schlechte Idee hielt. Ich trank selten, aber heute hatte ich mir einen Drink verdient.

»Danke, ein Bier wäre großartig.« Er zog sein Jackett aus und hängte es über die Lehne eines Küchenstuhls.

Ich nahm zwei Flaschen aus dem Kühlschrank und reichte ihm eine, als er sich die Ärmel hochkrempelte.

»Es wird eine lange Nacht, oder?« Ich setzte mich auf einen Stuhl und lehnte mich zurück.

»Man weiß nie, wie sich diese Dinge entwickeln.« Er öffnete sein Bier und prostete mir zu. »Wollen Sie meine Referenzen nicht noch einmal nachprüfen?«

»Es war wirklich Alex am Telefon. Wenn er Ihnen vertraut, werde ich es auch tun.«

Beaudreau war über eine Woche jeden Tag bei mir gewesen. Im Grunde war es nicht so schlimm gewesen, auch wenn er definitiv härter zuschlug als Kyla.

»Werden Sie hingehen?« Der Doc saß an meinem Küchentisch.

»Zum Barbecue?« Ich zuckte mit den Schultern, als machte mich die ganze Sache nicht ziemlich nervös. »Ich glaube schon.«

»Nehmen Sie Puz mit«, schlug er vor. Ja, er durchschaute mich wirklich.

Ich nickte.

»Wird Maddie hingehen?«

Ich zuckte erneut mit den Schultern. »Ich weiß es nicht.«

»Schreibt Sie Ihnen keine Nachrichten mehr?« Beaudreau beugte sich nach vorn.

»Doch, aber sie hat die Party nicht erwähnt.« Ich nahm einen Schluck von meiner Cola. »Ich weiß nicht, ob das bedeutet, dass sie nicht hingeht, oder dass sie nicht will, dass ich weiß, dass sie hingeht.«

Der Mistkerl lachte kurz.

»Schön, dass Sie das so witzig finden.«

»Ich freue mich darauf, Maddie kennenzulernen. Es klingt so, als wäre sie eine erstaunliche junge Frau.«

»Das ist sie.«

»Irgendwann müssen Sie sich entscheiden, ob Sie sie gehen lassen, oder ob Sie um sie kämpfen wollen.«

»Kämpfen?« Ich sah auf und fragte mich, ob er mehr wusste als ich. Hatte sie mich aufgegeben?

»Wir selbst sind unsere schlimmsten Feinde, Jake. So wie Sie es schildern, liebt Maddie Sie, aber irgendwann muss Sie im Sinne ihrer eigenen geistigen Gesundheit ihr Leben weiterleben. Wenn Sie sie wollen, müssen Sie um sie kämpfen. Kämpfen Sie, damit es Ihnen besser geht, damit Sie die Person sein können, die sie in Ihnen schon jetzt sieht.«

»Sie klingen verdammt kitschig.«

»Und Sie sind nicht der Erste, der mir das sagt.«

»Scheiße.« Ich stand auf und warf meine Dose in den Mülleimer. »Ich hasse das. Ich habe es versaut, aber ich bin mir nicht sicher, was ich am meisten versaut habe: meinen Kopf oder die Sache mit Maddie.«

»Ich habe nie behauptet, dass es einfach werden würde.« Dr. Beaudreau stand auf und zog sein Jackett an. »Mein Flug geht morgen sehr früh, deshalb gehe ich jetzt schlafen.«

»Klar.« Ich sah ihn an. »Wir sehen uns, wenn Sie zurückkommen.«

»Ja, das werden wir.« Er gab mir einen Klaps auf die Schulter und verließ pfeifend mein Haus.

Nachdem er gegangen war, tigerte ich in meinem Wohnzimmer auf und ab. Mein Handy vibrierte, und ich hielt inne, um die neue Nachricht zu lesen.

KYLA: Schwing deinen Arsch hier rüber.

»Puz!« Ich ging zur Tür und schnappte mir seine Leine. »Komm, wir gehen.«

Er wartete geduldig, während ich ihm die Leine anlegte, und folgte mir mit wedelndem Schwanz zum Pick-up.

»Sir?« Einer der Personenschützer kam herüber.

»Ich fahre zu Kyla Hollands Haus.«

»Ja, Sir.« Der Mann stieg umgehend in seinen schwarzen SUV.

»Bist du sicher, dass du hingehen willst?« Ich sah Puz an.

Er stellte sich auf den Beifahrersitz und bellte.

»Gut.«

Eine Reihe von Autos parkten entlang der Straße vor dem Haus, bei dessen Bau Maddie und ich geholfen hatten. Ich runzelte die Stirn und atmete mehrmals tief ein, bevor ich ausstieg. So viele lächelnde Gesichter vor dem Haus zu sehen, in dem mein Freund gestorben war, fühlte sich seltsam an.

Aus dem Garten klang Musik herüber, und ich steuerte auf die Gästeschar zu.

»Yo, Mann!« Tame kam zu mir und klopfte mir auf den Rücken. Er war ungefähr so groß wie ich, aber schmaler und hatte wirre blonde Haare. »Du bist gekommen! Kyla dachte, Shade und ich würden dich herschleifen müssen.«

»Shade ist auch hier?« Ich sah mich um und entdeckte den Hünen, der mit einer blonden Frau mit üppiger Figur sprach.

»Ja. Das hätte Cyrus gefallen. Eine Party mit seinen Freunden.« Tame legte mir die Hand auf die Schulter. »So, wir sind hier, um eine gute Zeit zu haben und gut zu essen. Die Nachbarn sind ganz entspannt deswegen.«

»Das ist super.« Ich ließ meinen Blick durch den Garten wandern, konnte Maddie aber nicht entdecken. Die unterschiedlichsten Gefühle brodelten in meinem Inneren, aber ich konnte sie nicht einordnen. Einerseits war ich traurig, dass sie nicht da war, um mich hier zu treffen. Andererseits war ich erleichtert, dass ich ihr noch nicht gegenübertreten musste.

»Na los, wir besorgen dir ein Bier.«

»Ich muss noch fahren.« Ich schüttelte den Kopf.

»Du bist der Sohn der Vizepräsidentin. Ich bin mir ziemlich sicher, dass du jemanden findest, der dich heimbringt, wenn es nötig ist.« Tame zog mich zum Haus und nickte unserem Freund zu. »Shade versucht schon die ganze Zeit, bei der Kleinen da drüben zu landen. Sollen wir wetten?«

»Zwanzig darauf, dass sie ihm eine falsche Nummer gibt.«

»Auf keinen Fall, sie wird ihm noch vor Ende der Party eine scheuern. Erinnerst du dich an Dallas?« Er lachte.

»Alles klar, die Wette gilt.«

Tame hatte eine sehr einnehmende Art, die die Leute anzog, und er schloss nie jemanden aus. Vor nicht allzu langer Zeit war ich auch so gewesen, doch jetzt war ich zufrieden damit, ihn die ganze Arbeit machen zu lassen, während ich nur die Gesellschaft genoss.

Die Leute erzählten Geschichten über Cyrus, die wieder zu anderen Geschichten führten. Es gab traurige Momente, aber sie wurden immer wieder durch die guten aufgefangen. Die Stimmung war nicht völlig ungezwungen, aber auch nicht kalt und distanziert. Es fühlte sich an wie das wahre Leben. Das Gute und das Schlechte vermischten sich und ergaben eine Geschichte über einen jungen Mann, der zu früh gegangen war.

Es dauerte eine Weile, bis ich bemerkte, dass Puz mit Korbin verschwunden war. Der kleine Junge hatte so lange gebettelt, mit dem Hund spielen zu dürfen, bis ich nachgegeben hatte.

»Hast du Puz gesehen?«, fragte ich Tame. »Oder Korbin?«

»Ich glaube, Korbin hat ihn mit in den Garten genommen.« Mein Freund deutete mit dem Kopf zur Rückseite des Hauses.

Ich klopfte ihm auf den Rücken und steuerte auf die Hintertür zu. Die Anspannung in meiner Brust hatte sich in der letzten Stunde gelöst, während ich Zeit mit Menschen verbracht hatte, die ich seit Jahren kannte. Zum ersten Mal seit langer Zeit fühlte ich mich, als könnte ich wieder frei atmen.

»Puz?« Ich öffnete die Hintertür, nahm einen tiefen Atemzug und ließ die klare Luft in meine Lungen strömen. »Korbin, wo ist Puz?«

Der kleine Junge saß müde auf dem Schoß seines Großvaters und zeigte auf das Lagerfeuer.

Eine bekannte Silhouette saß in eine Decke gewickelt am Feuer und kuschelte mit meinem Hund, während sie sich mit ein paar anderen Frauen unterhielt. Ein Mann spielte leise Gitarre, und in der Luft lag der Geruch gerösteter Marshmallows. Ihre weichen braunen Haare schimmerten im Licht des Feuers, und der Klang ihrer Stimme streichelte meine Ohren.

Mein Herz geriet ins Stolpern, und ich hätte fast eine Treppenstufe übersehen. Ich sah zu, wie Maddie Puz den Kopf kraulte und sich hinunterbeugte, um ihm etwas ins Ohr zu flüstern. Ich konnte mir vorstellen, wie sie ihm sagte, dass sie ihn vermisst hatte. Noch nie in meinem Leben hatte ich mir so sehr gewünscht, ein Hund zu sein. Sie lachte über etwas, und mein Körper erwachte zum Leben.

Wie hatte ich mich nur so lange von ihr fernhalten können? Wie hatte ich es fertiggebracht, ihr zu sagen, sie solle gehen? Ich liebte sie so sehr, dass es wehtat, und das jagte mir Angst ein. Es jagte mir eine mordsmäßige Angst ein.

Aber verdiente ich sie? War ich gut genug für Maddie, oder würde ich sie nur mit herunterziehen?

»Sei nicht so eine Pussy. Geh hin und sprich mit deinem Mädchen«, sagte Kyla, die lächelnd neben mir aufgetaucht war. »Das würde Cyrus sagen, oder? Eigentlich ist dieser Vergleich total bescheuert. Vaginas sind viel stärker, als die Leute glauben.«

»Du bist echt unglaublich.« Ich lachte.

»Ich weiß.« Sie lehnte sich kurz an meinen Arm, und ihr Kopf reichte mir kaum bis zur Schulter. »Danke, dass du gekommen bist.«

»Ja.« Ich sah auf das Baby in ihren Armen hinunter und strich mit dem Finger über den speckigen kleinen Arm. »Es tut mir leid, dass ich nicht für dich da war. Für euch alle.«

»Du kannst meiner Familie nicht helfen, bevor du dir nicht zuerst selbst hilfst. Maddie ist deine Familie, du liebst sie, Jake. Trotz all den schlimmen Erfahrungen hätte ich nicht eine Sekunde von meinem Leben mit Cyrus eintauschen wollen.« Sie sah sich im Garten um. »Und ich habe immer noch all das, all diese Leute, für die ich dankbar bin. Gib nicht auf, glücklich zu sein, weil irgendetwas schiefgehen könnte, denn eine Menge könnte gutgehen.«

Ich zog sie in eine Umarmung und küsste sie auf den Kopf. Sie lachte, aber ich hörte sie schniefen. Bevor ich noch etwas sagen konnte, schob sie mich in Richtung Lagerfeuer. »Geh. Frau schnappen. Argh.«

Ich schüttelte den Kopf und steuerte auf das Feuer zu, hielt aber inne, als Puz auf mich zugelaufen kam und um meine Füße herumtanzte. Ich sah auf und erwartete, Maddie zu sehen, aber sie war verschwunden. Die Decke, in die sie sich eben gewickelt hatte, lag auf dem Stuhl, als hätte Maddie sich einfach in Luft aufgelöst.

Ein Gefühl der Angst überkam mich, und ich durchsuchte das Haus.

»Hey, hast du Maddie gesehen?«, fragte ich Shade, der in der Küche stand und ein Bier trank.

»Sie ist gegangen, Mann.« Er deutete mit dem Kopf zur Vorderseite des Hauses. »Sie sah traurig aus. Hast du was Dummes angestellt?«

»Ich habe nichts angestellt, außer dumm zu *sein.*« Ich schüttelte den Kopf.

Shade nickte. »Kommt mir bekannt vor.«

»Sag mir nicht, sie hat dich geschlagen.« Ich sah meinen riesigen Freund mit zusammengekniffenen Augen an.

»Nein, Mann. Sie ist mit jemand anderem weggegangen.« Er zuckte mit den Schultern. »Nicht so schlimm.«

Ich sah zur Haustür zurück. Shades Problem mochte nicht so schlimm sein, aber meins war schlimm.

»Ich muss gehen.« Ich klopfte ihm auf die Schulter. »Viel Glück beim nächsten Mal.«

»Du lässt dir besser etwas richtig Großes einfallen. Ein Mädchen wie Maddie verdient große Gesten.« Er zeigte auf mich. »Sie verdient etwas Besseres als Dummheit.«

»Du hast recht.«

Und ich wollte verdammt sein, wenn ich nicht alle Register zog. Ich konnte keinen Tag länger ohne Maddie leben. Ich brauchte sie und würde sie nicht gehen lassen. Der Doc hatte recht gehabt. Ich musste um das kämpfen, was ich wollte.

Und ich wollte Maddie.

26. KAPITEL

MADDIE

Ich starrte an die Decke und wünschte mir, schlafen zu können, aber mein bescheuertes Gehirn hatte andere Pläne. Anstatt zu schnarchen, ließ ich die Party in meinem Kopf Revue passieren. An diesem Abend war ich so hoffnungsvoll gewesen und hatte still gebetet, dass Jake vorbeikommen würde – dass ich ihn sehen würde, vielleicht sogar mit ihm sprechen könnte.

Stattdessen hatte ich beobachtet, wie er Kyla in seine Arme gezogen und sie geküsst hatte. Der Anblick hatte mir die Hoffnung aus der Brust gerissen. Als ich aufstand und um das Haus herum auf das wartende Auto zu stolperte, fühlte ich mich, als würde mir der Boden unter den Füßen weggerissen werden.

Und nun wiederholte mein Gehirn dieselbe Sequenz in einer Endlosschleife. An diesem Abend war alles schiefgegangen. Tony war durchgedreht, als ich mit rotzverschmiertem Gesicht und blind vor Tränen auf die Straße gestürmt kam. Sein Gesicht war eine Maske kalter Wut gewesen. Einer der anderen Agenten hatte ihn zum Auto zurückziehen müssen.

Es hatte eine Weile gedauert, bevor er ins Auto einstieg und wir losfahren konnten. Im Wagen hatte er mir ein Taschentuch gereicht und das Haus böse angestarrt, bis wir außer Sichtweite waren. Er war mir in den Wohnflügel gefolgt, aber ich hatte seinen tröstenden Worten nicht viel Beachtung geschenkt.

Überhaupt konnte ich mich kaum daran erinnern, was passiert war, nachdem ich Jake und Kyla miteinander gesehen hatte.

Der rationale Teil meines Gehirns bemühte sich, die Sache nicht unverhältnismäßig aufzublähen. Der Kuss hätte auch absolut platonisch sein können, aber es tat trotzdem weh. Schließlich hatte Kyla gerade erst ihren Mann verloren, und ich konnte mir nicht vorstellen, dass sie sich sofort jemand anderem in die Arme warf. Aber es tat weh, dass Jake bei einer anderen Frau Trost gefunden hatte, wenn auch nur auf eine freundschaftliche Art, während er mich weggeschickt hatte. Ich hatte ihm nicht helfen können, und das verletzte mich.

Auf dem Nachttisch vibrierte mein Handy, und ich rollte mich hinüber, um aufs Display zu schauen. Als ich Phoebes Namen sah, weinte ich fast vor Erleichterung.

»Phoebe?« Ich nahm den Anruf an und lauschte der einzigen Stimme, die mich beruhigen konnte.

»Geht es dir gut? Ich hatte dieses schreckliche Gefühl und konnte es nicht abschütteln.« Ihre Stimme klang weit weg.

»Hast du übersinnliche Kräfte oder was?« Ich wischte die Tränen weg, die mir beim Klang der Stimme meiner besten Freundin in die Augen gestiegen waren.

»Nein, ich bin nur auf einer Wellenlänge mit dir.« Ihre Stimme klang ernst. »Jetzt erzähl mir, was passiert ist.«

»Ich weiß nicht, Phoebe. Ich weiß nicht, was passiert ist.« Ich schloss die Augen.

»Es geht um Jake, stimmt's? Ihr habt Probleme. Ich habe ein Foto von seiner Mom gesehen, wie sie auf irgendeinem Bürgersteig mit dir streitet.« Sie senkte die Stimme. »Erzähl mir, was passiert ist.«

»Oh Gott, Phoebe. Ich habe mich in ihn verliebt.« Ich schluchzte und brauchte eine Minute, um mich zu beruhigen. »Ich kann es nicht am Telefon erklären.«

»Ja, das verstehe ich.« Sie seufzte.

»Er hat Probleme, mit denen er fertigwerden muss, und will meine Hilfe nicht.« Ich biss mir auf die Lippe.

»Da ist noch etwas anderes.« Ihre Stimme nahm einen tröstenden Ton an.

»Er wollte *meine* Hilfe nicht.« Ich betonte ›meine‹, damit sie meine Anspielung verstand.

Am anderen Ende der Leitung blieb es so lange still, dass ich schon dachte, die Verbindung sei zusammengebrochen.

»Phoebe?«

»Ich habe diesen Medizinmann kennengelernt, als ich einen Brunnen gegraben habe. Er kann mir etwas geben, um Jakes Schniedel zu schrumpfen.« Meine sonst so friedliebende Freundin klang wütend. »Es ist ein Pulver, das du unter sein Essen mischst.«

Ich unterdrückte ein Kichern. »Seinen Schniedel?«

»Du weißt, was ich meine.« Ihre Stimme wurde ein bisschen lauter. »Ich mache es. Ich schmuggele es durch den Zoll.«

»Willst du etwa einen Ballon mit Schniedel-Schrumpfpulver schlucken?« Ich schnitt eine Grimasse.

»Für dich würde ich sogar zwei Ballons schlucken.« Ihre Stimme brach. »Ich meine es ernst, Maddie. Ich mach das.«

»Habe ich dir in letzter Zeit gesagt, wie lieb ich dich habe?« Ich drehte mich auf den Rücken und wischte mir die Nase ab. »Und ich weiß noch nicht einmal mit Sicherheit, ob zwischen ihnen mehr als Freundschaft ist.«

»Völlig egal. Er lässt sich von einer anderen wieder zusammenflicken. Das war *deine* Aufgabe.« Ich sah sie vor mir, wie sie auf einer Pritsche in einem Gemeinschaftszelt voller anderer Freiwilliger saß. »Das tut weh.«

»Ja, es tut weh.« Ich schloss die Augen und lauschte dem Klang der Stimmen in Phoebes derzeitigem Zuhause im Hintergrund. »Ich weiß nicht, was ich denken soll. Ich kann einfach nichts tun.«

»Doch, kannst du. Du kannst ein bisschen schlafen, denn ich weiß, dass es bei euch schon spät ist, und morgen früh stehst du auf und arbeitest an dem Gesetzesentwurf.«

Ich schloss die Augen. »Seine Mom hat gesagt, sie wird ihn abschmettern.«

»Diese stinkende Schlampe!«

Ich verschluckte mich fast. »Stinkende Schlampe?«

»Ja! Stinkende, miese, Stock-im-Arsch-Schlampe!« Sie holte tief Luft. »Oh, ich wäre gern mal fünf Minuten mit ihr in einem Raum.«

»Wahrscheinlich ist das keine gute Idee.« Virginia Simmon versetzte Generäle in Angst und Schrecken, und bei der UNO gingen ihr sogar die Diktatoren aus dem Weg. »Aber ich weiß es zu schätzen, dass du dem Biest die Stirn bieten willst.«

Phoebe knurrte ins Telefon.

»Beruhige dich.« Ich setzte mich im Bett auf und rieb mir die Stirn.

»Warum hast du mir nicht erzählt, dass dieser abgrundtief böse Horkrux deinen Gesetzesentwurf bedroht?« Phoebe schrie fast. »Wer glaubt sie eigentlich, wer sie ist?«

»Du hättest sowieso nichts tun können.« Ich zuckte mit den Schultern, obwohl sie mich nicht sehen konnte.

»Meine Güte, Maddie! Dein Dad ist verdammt noch mal der Präsident von Amerika!« Sie senkte die Stimme. »Er würde ausflippen, wenn er wüsste, dass die Vizepräsidentin seine Tochter erpresst, und ich würde ganz sicher aus seiner Schusslinie gehen, wenn er wütend ist. Erinnerst du dich, als Nordkorea letztes Jahr die Raketentests gemacht hat? Niemand wird die Rede vergessen, die er gehalten hat. Er war fast noch besser als Bill Pullman in *Independence Day*.

»Ich brauche meinen Dad nicht, damit er meine Kämpfe ausficht.« Ich bemühte mich, nicht zickig zu klingen. »Das ist mein Entwurf, mein Projekt. Ich will nicht, dass irgendjemand sagt, dass der Gesetzesentwurf nur wegen meines Vaters angenommen wurde.«

»Das verstehe ich.« Sie seufzte. »Aber du darfst dich nicht einfach von dieser Schlampe erpressen lassen.«

»Ich … ich weiß noch nicht, was ich tun werde.« Ich zupfte an meiner Decke.

Phoebe stöhnte. »Tut mir leid, Maddie. Das ist jetzt nicht der richtige Zeitpunkt. Du hast gerade genug um die Ohren.«

»Ist schon in Ordnung.« Das war es nicht, nichts war in Ordnung.«

»Ist es nicht, aber das wird schon wieder, Maddie. Versprochen.«

»Danke, Phoebe.« Ich warf mich zurück auf meine Kissen. »Ich glaube, ich versuche jetzt zu schlafen.«

»Klar.« Ihre Stimme war sanft, und ich bemühte mich, ihr Mitleid zu ignorieren. »Morgens sieht die Welt immer ein bisschen besser aus.«

»Gute Nacht.«

»Gute Nacht, Maddie.« Es klickte in der Leitung, und ich legte das Handy zurück auf den Nachttisch.

Ich weiß nicht, wie lange ich zum Einschlafen gebraucht hatte, aber der Morgen kam viel zu früh. Genauso wie das Klopfen an meiner Schlafzimmertür.

Ich drehte mich um und zog mir die Decke über den Kopf. Ich wollte mit niemandem sprechen, ich wollte niemanden sehen, und ich wollte schon gar nicht aufstehen.

»Maddie?« Tonys Stimme war leise.

»Geh weg, Tony. Ich stehe heute nicht auf.«

»Es tut mir leid, Maddie.« Etwas in seiner Stimme sorgte

dafür, dass ich die Decke von meinem Kopf herunterzog. »Es ist wichtig.«

Mir rutschte das Herz in die Hose, aber ich warf die Decke zurück und stand auf. Ich ging hinüber ins Badezimmer, schnappte mir meinen Bademantel und schlüpfte hinein. Dann zog ich noch meine Hausschuhe an und öffnete die Schlafzimmertür.

»Gleich ist Schichtwechsel, und ich wollte dir meine Nachfolgerin vorstellen.« Tony sah mir über die Schulter.

»Wie bitte?« Ich strich mir die Haare aus dem Gesicht.

»Ich bin raus, aber ich wollte dich noch mit deiner neuen Personenschützerin bekannt machen. Mona ist die Beste, die es gibt, und ich glaube, ihr werdet gut miteinander auskommen.«

»Du bist raus? Hast du Urlaub?«

»Nein, Maddie. Es ist Zeit für mich weiterzuziehen.«

Mein Mund klappte auf, aber es wollten keine Worte herauskommen. Tony war in den vergangenen zwei Jahren mein Agent gewesen, und jetzt wollte er einfach gehen?

»Mona ist noch ziemlich jung, hat aber eine Menge Erfahrung. Niemandem sonst würde ich vertrauen.« Er kniff die Augen zusammen, und seine Kiefermuskeln verspannten sich. »Ich würde dich nicht irgendjemandem überlassen.«

»Ich verstehe das nicht.« Ich schüttelte den Kopf. »Du verlässt mich?«

»Es ist Zeit. Die meisten Agenten bleiben nicht so lange bei einem Schützling.« Er trat näher. »Kann ich reinkommen?«

Ich wich zur Seite, damit er eintreten konnte.

»Ich weiß, dass mein Timing scheiße ist, Maddie. Mir ist klar, wie sauer du deshalb auf mich bist, aber es muss jetzt sein.« Er steckte die Hände in die Taschen. »Ich gehe nach Kalifornien.«

»Du gehst nach Kalifornien? Warum?« Ich schlang mir die Arme um den Körper. »Habe ich etwas falsch gemacht?«

»Nein, denk das bitte nicht.« Er wirkte völlig ruhig, während meine ganze Welt auseinanderbrach. »Ich kann dich nicht länger beschützen.«

»Weil …?«

Er zog die Hände aus den Taschen und durchquerte das Zimmer, um aus dem Fenster zu sehen.

»Ist es wegen Dahlia?« Ich zermarterte mir das Hirn nach Gründen. »Vermisst sie ihre Familie?«

»Ja.« Er drehte sich um und sah mich an. »Und nein.«

»Du musst jetzt wirklich ehrlich zu mir sein, weil ich gerade die schlimmste Woche aller Zeiten habe, und das hier macht es noch schlimmer.« Gab es überhaupt noch jemanden, der nicht so weit wie möglich von mir wegrennen wollte?

»Ich kann nicht mehr so für deine Sicherheit sorgen, wie ich es sollte.« Seine Augen waren schmerzerfüllt. »Wir dürfen uns emotional nicht an unsere Schutzbefohlenen binden. Das macht uns blind für Gefahren, und bisher habe ich Glück gehabt.«

»Also gehst du, weil du mein Freund bist?« Ich massierte mir die Schläfen.

»Du bist wie meine kleine Schwester, Maddie.« Er zog die Augenbrauen zusammen. »Und das macht es mir schwer, meinen Job zu erledigen. Deshalb gehe ich, bevor etwas Schlimmes passiert.«

»Das verstehe ich nicht.« Ich setzte mich auf meine Bettkante.

»Ich habe mir solche Sorgen um dich gemacht, dass ich meinen Job nicht mehr erledigen konnte. Meine Aufgabe besteht nicht darin, dafür zu sorgen, dass du nicht unglücklich bist, sondern ich bin einzig und allein für deine Sicherheit verantwortlich.« Er setzte sich neben mich. »Es tut mir leid, Maddie.«

»Also deshalb wechseln die meisten Agenten so häufig.« Ich rieb mir die Wangen.

»Ja«, stimmte er zu. »Aber du kannst mich immer anrufen, wenn du jemanden zum Reden brauchst. Und Dahlia will unbedingt ein Gästezimmer, du könntest also immer zur Westküste flüchten, wenn du eine Pause von Washington brauchst.«

»Das ist scheiße, Tony.«

»Ich weiß.« Er stieß mich mit der Schulter an. »Aber du wirst Mona mögen.«

»Mona, aha?« Ich schniefte und versuchte meine Gefühle in den Griff zu kriegen. Tony war zwei Jahre Teil meines Lebens gewesen. Es war für mich schwer vorstellbar, ihn nicht mehr jede Woche zu sehen. Es fühlte sich an, als würde ein Teil meiner Familie gehen.

»Sie ist eine rechtschaffene Person.«

»Nur alte Leute nennen andere Leute rechtschaffen.« Ich sah zu ihm auf.

»Tja, ich werde nicht jünger.«

Ich schnaubte. »Kalifornien. Das ist ein großer Staat. Willst du es vielleicht ein bisschen eingrenzen?«

»Los Angeles.« Er zuckte mit den Schultern. »Viele große Namen in der Gegend.«

»Ergibt Sinn.« Ich seufzte. »Also, wirst du mich zur Patentante deiner Hosenscheißer machen? Wo ich schon die kleine Schwester bin, die du nie hattest?«

»Man soll das Fell des Bären nicht verteilen, bevor er erlegt ist.« Er zog an seiner Krawatte und lachte leise. »Aber wenn es in meiner Zukunft Babys gibt, dann hast du meine Stimme.«

»Ich werde dich daran erinnern.« Ich stand auf und atmete tief durch. Ich wollte es Tony nicht unnötig schwer machen. »Okay. Sagen wir Mona Hallo.«

Er lächelte mich traurig an, bevor er nickte. Ich würde mein Bestes geben, damit Tony sich nicht schlecht fühlte. Er hatte sein Leben auf Eis gelegt, um mich zu beschützen, und ich wollte nicht der Grund dafür sein, dass er noch länger warten musste.

Mona war nett und schien einen guten Sinn für Humor zu haben, aber es würde eine Weile dauern, bis ich mich in ihrer Gegenwart völlig ungezwungen bewegen würde.

Weil ich das Gefühl hatte, mich nicht länger in meinem Zimmer verstecken zu können, zog ich mich an, um ins Tierheim zu fahren. Ein bisschen körperliche Arbeit half vielleicht, den Kopf für eine Weile freizubekommen.

Tony ging, nachdem er mir Mona vorgestellt hatte, deshalb war sie bei mir, während ich Hundezwinger sauber machte und mit Interessenten sprach. Vier Stunden, ein paar Splitter und eine Blase später war ich zu müde, um noch etwas zu fühlen. Die emotionale Benommenheit blieb, bis ich abschloss und beim Hinausgehen einen silbernen Sportwagen neben unserem schwarzen SUV entdeckte.

»Maddie.« Veronica Whitmire stieg aus dem Auto. »Haben Sie kurz Zeit für mich?«

Ich erstarrte. Ronnie war die Letzte, die ich beim Tierheim erwartet hätte.

Mona trat ihr in den Weg und versperrte mir die Sicht auf Ronnie, während ich versuchte, meine Stimme wiederzufinden.

»Tut mir leid, Miss. Wenn Sie mit Madeline sprechen wollen, müssen Sie vorher einen Termin vereinbaren.« Die Haltung der neuen Agentin war entspannt, aber bestimmt.

»Madeline? Niemand nennt sie so. Abgesehen davon sind wir alte Bekannte.« Ronnie lachte, und ich biss die Zähne zusammen.

Mona sah mich an, weil sie nicht wusste, ob Ronnie die Wahrheit sagte, aber es war offensichtlich, dass sie der großen Blondine nicht vertraute.

»Was wollen Sie, Ronnie?« Wenn ich zuließ, dass Mona die Journalistin in ihre Schranken wies, würde ich am nächsten Morgen Artikel darüber lesen müssen, dass ich mich hinter meinem Bodyguard versteckt hatte.

»Ich habe mich gefragt, ob Sie das Bild kommentieren möchten, das wir morgen veröffentlichen.« Sie hielt ein Foto hoch, aber ich konnte nicht genau erkennen, was darauf zu sehen war.

Ich trat vor und nahm es ihr aus den ausgestreckten Fingern. Ich erwartete mich und die Vizepräsidentin Nase an Nase zu sehen, wie wir uns anfauchten. Stattdessen holte ich scharf Luft und hätte den Ausdruck beinahe fallen gelassen, wenn sich meine Finger nicht vor Schreck verkrampft hätten.

Jake stand in einem Laden neben Kyla und hatte ihr lässig den Arm um die Schultern gelegt. Korbin hielt seine andere Hand und zeigte auf ein Spielzeug. Sie wirkten alle glücklich und entspannt.

Ich suchte nach geeigneten Worten, aber mein Herz zog sich vor Eifersucht zusammen. Er wollte mich nicht um sich haben, verbrachte jedoch all seine Zeit nur zu gerne mit Kyla.

»Ich nehme an, Sie wussten nichts von ihrer Beziehung?« Ronnie wirkte so aufgeregt und angriffslustig, dass ich mir vorkam wie ein Käfer in einem Spinnennetz.

Ich sah wieder das Foto an und war weiterhin unfähig, einen klaren Satz zu formulieren. Wut und Schmerz fluteten meinen

Körper. Ich trat einen Schritt auf Ronnie zu, weil ich das Bedürfnis verspürte, sie zu verprügeln, bis ich mich besser fühlte.

»Wenn Sie einen Kommentar wollen, wenden Sie sich doch bitte an die Pressesprecherin.« Mona schob sich behutsam zwischen mich und die Journalistin.

»Schon in Ordnung. Ich werde einfach schreiben, dass Sie es nicht kommentieren wollten.« Ronnie zuckte mit den Schultern. »Ich glaube, die Leser können zwischen den Zeilen lesen.«

»Sie …« Ich wollte mich an Mona vorbeidrängen, aber sie war viel stärker, als ich erwartet hätte, und hielt mich zurück.

»Ich hoffe, Sie mögen Leibesvisitationen.« Mona beugte sich zu Ronnie vor.

»Wie bitte?« Ronnie trat einen Schritt zurück.

»Da Sie eine Vorliebe für Belästigungen zu haben scheinen, werde ich Sie auf eine spezielle Liste setzen lassen. Wenn Sie das nächste Mal eine Veranstaltung besuchen, an der auch ein Mitglied der McGuire-Familie teilnimmt, werden wir Sie zu einem Sicherheitsbereich begleiten, in dem wir Sie vorab nach jeder Art von unangemessenen Gegenständen durchsuchen und ihre Absichten auf Herz und Nieren prüfen.«

»Das können Sie nicht machen.« Ronnie runzelte die Stirn.

»Wenn es um die Sicherheit der Familie McGuire geht, kann ich so ziemlich alles tun, was mir notwendig erscheint. Und jetzt halte ich es für notwendig, dass Sie einen Abstand von einhundert Metern zu Miss McGuire einhalten.«

»Ich … Ich … Das können Sie nicht machen.« Ronnie ging rückwärts, bis sie gegen ihr Auto prallte.

»Warum nicht? Glauben Sie, Sie sind die Einzige, die tun und lassen kann, was sie will?« Mona nahm meinen Ellbogen und führte mich sanft in Richtung unseres Wagens.

»Sie werden meine Karriere ruinieren.« Wut flammte in Ronnies Gesicht auf. »Das können Sie nicht tun!«

Ich kam mir vor, als wäre ich in einer Zeitlupe gefangen, als Ronnie sich vom Auto abstieß und auf Mona zuging. Ich beobachtete fassungslos, wie Mona sich mit einem Funkeln in den Augen umdrehte und Ronnie blitzschnell auf den Hintern beförderte.

Ich lachte auf, bevor ich die Hand vor den Mund schlug. Der Fahrer des SUV und ein anderer Agent sprangen mit gezogenen Waffen heraus. Mona brachte mich zum Auto und überließ es den anderen, Verstärkung zu rufen.

Ich saß auf dem Vordersitz und sah Mona zu, wie sie auf den Fahrersitz kletterte.

»Es tut mir leid, dass ich nicht über Ronnie Bescheid wusste.« Mona legte den Rückwärtsgang ein und fuhr vom Gelände des Tierheims runter. »Ich weiß nicht, was zwischen Ihnen beiden vorgefallen ist, aber sie wird sich Ihnen nicht noch einmal nähern.«

»Sie haben Ronnie auf ihren Hintern befördert.« Es gelang mir, keine Miene zu verziehen.

»Ich hatte schon schlimmere erste Tage.« Sie zuckte mit den Schultern und fuhr auf den Highway.

»Diese Woche war die schlimmste, die ich seit Langem erlebt habe.« Ich musterte Mona, während sie fuhr. »Aber Ihnen dabei zuzusehen, wie Sie diese fiese Journalistin in den Dreck geworfen haben, war definitiv ein glanzvoller Höhepunkt.«

»Freut mich, dass ich helfen konnte.« Die Agentin sah zu mir herüber und lächelte.

»Mich auch.«

Die letzte Woche war ein schreckliches Chaos gewesen, aber vielleicht würde sie ja noch gut enden.

Vielleicht.

27. KAPITEL

JAKE

Ich fand schon immer, dass das Eisenhower Building in Washington D.C. unterschätzt wurde. Die Architektur erinnerte mich an Gebäude, die ich in Europa gesehen hatte. Die Fachbegriffe für das Dach oder die Fenster kannte ich nicht, aber ich fand den Komplex eindrucksvoll. Natürlich lag das nicht nur an den Türrahmen und den Inventarstücken aus Bronze, sondern vor allem an der Geschichte und der Macht, die jetzt durch die Flure des Gebäudes wehten.

Ich hörte Maddie, wie sie mir erzählte, dass Winston Churchill durch die Korridore gegangen war und dass Theodore Roosevelt einmal ein Büro im Eisenhower Building gehabt hatte. Aber es lag nicht an den Geistern der Vergangenheit, dass ich nun hier war. Zufällig war ich mit den Mächtigen dieses Landes verwandt, die jetzt die Flure bevölkerten.

Und eine von ihnen würde sehr sauer sein, wenn ich ihr erzählte, warum ich hergekommen war. Aus diesem Grund musste ich mich sehr zusammenreißen, um auch noch die letzten Stufen in dieses verdammte Gebäude hinaufzugehen.

Die Männer am Tor überprüften meinen Ausweis und riefen im Büro meiner Mutter an, um ihr zu sagen, dass ich auf dem Weg war. Ihr Büro war wie immer in Aufruhr, was mich nicht überraschte, da sie nicht die Art Boss war, der großzügig darüber hinwegsah, wenn jemand Solitär spielte statt zu arbeiten. Sie würde in naher Zukunft nicht den Preis für die Mutter des Jahres gewinnen, aber sie war eine verdammt gute Politikerin. Meine Mutter würde eines Tages als US-Präsidentin die Welt erschüttern.

Wenn ich nicht ständig so sauer auf sie wäre, könnte ich stolz auf diese Tatsache sein. Ich setzte mich auf einen der Wartesessel und bemühte mich um eine ruhige Miene. Doktor Beaudreau würde mir sagen, es sei ein Schritt in die richtige Richtung, dass ich jetzt auch die guten Seiten meiner Mutter anerkannte. Natürlich hatte ich nie an ihrer Fähigkeit gezweifelt, dieses Land zu regieren. Wenn überhaupt hatte ich mich immer damit getröstet, dass ihre Familie wegen etwas Größerem litt, dass unsere Opfer den Weg für eine bessere Zukunft des Landes pflasterten.

Und nun war ich hier, um das alles zu beenden.

»Ihre Mutter wird Sie nun empfangen.« Die Sekretärin stand an ihrem Tisch auf und bedeutete mir, durch die Türen zu gehen.

Als ich die Höhle des Löwen betreten hatte, kam meine Mutter hinter ihrem Schreibtisch hervor und streckte die Arme aus.

»Jake.« Sie umarmte mich leicht, bevor sie zurücktrat und mich musterte. »Gut siehst du aus.«

»Danke.« Ich wandte den Blick ab. »Du bist beschäftigt.«

»Die Kampagne.« Sie bedeutete mir, mich hinzusetzen. »Wir haben eine endlose Liste von Dingen, die zu erledigen sind und um die man sich kümmern muss.«

»Du liegst in den Umfragen vorn.« Ich setzte mich auf eins ihrer Sofas.

»Ja, so ist es.« Sie setzte sich mir gegenüber und lächelte. Es war das Lächeln, das ich hasste, das falsche, geduldige Politikerlächeln. Sie musste beschlossen haben, mich mit

Samthandschuhen anzufassen. »Also, was führt dich in mein Büro?«

»Ich wollte dir sagen, dass es vorbei ist.«

»Du und Maddie?« Sie runzelte die Stirn. »Das weiß ich doch, Jake. Du hast sie seit Wochen nicht gesehen.«

»Nicht Maddie.« Ich knirschte mit den Zähnen. »Es geht um dich.«

»Du willst mir also sagen, dass es mit mir vorbei ist?« Sie setzte sich so hin, dass sie die Beine übereinanderschlagen konnte. »Ich kann dir nicht folgen.«

»Ich stehe dir nicht mehr für deinen Wahlkampf zur Verfügung, du schubst mich vor keine Kamera mehr, und du hörst auf, Maddie zu erpressen.« Ich hielt meine Stimme ruhig und gleichmäßig.

»Wie bitte?« Sie hob die Augenbrauen in einer einstudierten Bewegung. »Ich erpresse niemanden, und in den Interviews leistest du einen Beitrag dazu, diese Familie ins Weiße Haus zu bringen. Das weißt du.«

»Nein.« Meine Stimme wurde ein bisschen lauter, und ich räusperte mich, bevor ich fortfuhr. »Wir bringen dich ins Weiße Haus, und da mache ich nicht mehr mit.«

»Jake …«

»Nein, ich bin noch nicht fertig. Meine früheste Erinnerung ist, dass du mir sagst, ich solle für die Kamera lächeln. Zwei Tage nach meiner Operation habe ich vom Krankenhausbett in Deutschland aus ein Interview gegeben. Wenn du mir gesagt hast, ich solle mit jemandem tanzen, habe ich es gemacht. Ich habe in Kameras gelächelt, wenn du mich darum gebeten hast, und ich habe dich über mein Privatleben bestimmen lassen, aber damit ist jetzt Schluss.« Ich holte tief Luft. »Du wirst Caro oder Ari nicht länger unter Druck setzen, und du wirst Maddies Gesetzesentwurf nicht blockieren, nur weil du es kannst.«

»Ich verstehe, dass du gerade eine schwere Zeit durchmachst, aber du kannst nicht in mein Büro kommen und mir Vorschriften machen.« Sie setzte sich auf. »Ich rufe einen Arzt. Du brauchst Medikamente.«

»Du rufst niemanden.« Ich beugte mich vor und stützte die Arme auf die Knie. »Und du wirst mir nicht noch einmal damit drohen.«

Jetzt beugte sich meine Mutter vor. »Und warum sollte ich das nicht tun?«

»Weil ich dann der Welt alles sagen werde, was sie deiner Meinung nach nicht wissen sollte.«

»Was könntest du schon erzählen?« Sie kniff die Augen zusammen.

»Ich könnte erzählen, dass ich gezwungen wurde, Interviews zu geben, während ich an PTBS litt. Ich könnte erzählen, dass ich dazu gezwungen wurde, weil du sonst meine jüngeren Schwestern für deine Öffentlichkeitsarbeit benutzt hättest.« Ich sah ihr unverwandt in die Augen. »Ich könnte erzählen, dass du mich für deinen Wahlkampf benutzt hast, dass du mich erpresst hast, mit Maddie Schluss zu machen, und dass du gedroht hast, ihren Gesetzesentwurf abzuschmettern. Ich könnte vieles erzählen, was dazu führen würde, dass du Wählerstimmen verlierst.«

»Mach dich nicht lächerlich.« Sie stand auf und ging zu ihrem Schreibtisch, bevor sie ans Fenster trat und wieder zur Couch zurückkam.

Wenn sie schon auf und ab lief, standen meine Siegchancen gut. Ich unterdrückte mein Lächeln und beobachtete sie ruhig. Vielleicht würde das hier einfacher werden, als ich erwartet hatte.

»An die Presse zu gehen, ist eine schlechte Idee, mein Sohn. Wem denkst du, würden sie glauben?« Sie verschränkte die

Arme. »Ich kann genauso gut mit meiner Geschichte an die Presse gehen.«

»Es geht nicht darum, wem sie glauben, es geht darum, wie viele Wähler du deswegen verlierst.« Ich lehnte mich zurück. »Und du bist zu erfahren, um mein Argument zu ignorieren.«

Sie antwortete nicht, sondern drehte sich um und sah aus dem Fenster. »Das tust du für Maddie.«

Erst antwortete ich nicht. Sie sah mich nicht an, also musste ich mich nicht darum kümmern, meinen Gesichtsausdruck zu verbergen.

»Es geht nicht nur um Maddie. Es geht um mich, Ari und Caro. Es geht darum, dass du nicht mehr Gott in unseren Leben spielst.«

»Bevor du mit Maddie ausgegangen bist, hast du dich nicht so aufgeführt.« Sie drehte sich um und sah mich an. »Ich wusste, dass dieses Mädchen nichts Gutes bedeutete. Ihre Mutter war …«

»Stopp.« Ich stand auf. »Es ist mir egal, warum du glaubst, sie wäre nicht gut genug. Verdammt, wer denkt so, Mom? Genau darüber spreche ich. Maddie ist der fürsorglichste, geduldigste, liebevollste Mensch, dem ich je begegnet bin. Sie ist brillant und versucht nicht, Leute für ihre Zwecke zu benutzen. Deshalb habe ich genug davon, unter deiner Fuchtel zu stehen. Du kannst nicht darüber bestimmen, wen ich lieben darf.«

Sie erstarrte. »Du liebst sie.«

»Wie bitte?«

»Du liebst Maddie.« Sie riss die Augen auf.

»Natürlich liebe ich sie.«

»Du würdest unsere Familie für sie verkaufen?«

»Ich verkaufe niemanden.« Ich schlug gegen einen der zahlreichen Bücherschränke. »Ich stehe ein für die Menschen, die ich liebe, genauso wie du es all die Jahre hättest tun sollen. Warum verstehst du das nicht?«

»Du drohst mir wegen Maddie. Ich denke, ich habe das Recht, eure Beziehung zu verstehen.«

Ich schluckte den Kloß in meinem Hals hinunter. Ich war mir nicht sicher, ob ich überhaupt noch eine Beziehung mit Maddie hatte. Sie schrieb mir nicht mehr jeden Tag eine Nachricht, und die Funkstille machte mich fertig.

»Es geht nicht nur um Maddie, sondern auch um Caro und Ari. Sie haben es nicht verdient, Schachfiguren in deinem politischen Spiel zu sein.« Ich schüttelte den Kopf. »Ich mache das für mich.«

Den letzten Satz verdankte ich der Therapie, die ich jeden Tag gemacht hatte. Irgendwie hatte ich mich damit arrangiert, dass ich es verdiente, glücklich zu sein. Es stand mir zu, mehr zu sein, als nur die Marionette meiner Mutter.

»Was genau habe ich getan, das so falsch war?« Sie trat hinter ihren Tisch. »Was habe ich getan, dass mich zu so einer schrecklichen Mutter macht?«

»Abgesehen davon, dass du mich unter Druck gesetzt hast, zum Militär zu gehen? Wie wäre es mit der Erpressung meiner Freundin? Oder dass du uns nicht erlaubt hast, Kinder zu sein? Es ist keine kurze Liste, Mom.«

Sie beugte sich vor und stützte die Hände auf den Tisch. »Ich habe euch auf ein Leben als Präsidentenfamilie vorbereitet. Das ist unser Traum, Jake. Wir können das Chaos, in dem sich unser Land befindet, beseitigen und die Zustände verbessern.«

»Spar dir dein Gerede für jemanden, den es interessiert. Mom, das ist *dein* Traum, nicht unserer.«

»Es ist *unser* Traum, unser Familienvermächtnis.« Sie richtete sich auf, als hätte ich sie überrascht.

»Ach ja? Wann hast du zuletzt einen von uns gefragt, wie unsere Träume aussehen? Was macht dich so sicher, dass alle von uns unbedingt die Präsidentenfamilie sein wollen?«

Sie verschränkte die Arme, und ich wusste, dass ich gewonnen hatte. Meine Mutter war viel zu gut ausgebildet, um in einem Streit die Arme zu verschränken. Es war ein Zeichen von Schwäche, sich auf diese körperliche Art gegen einen Angriff zu wappnen. Dabei spielte es keine Rolle, dass ich nicht hier war, um sie anzugreifen. Sie fühlte sich bedroht.

»Mom, du wirst eine verdammt gute Präsidentin sein, aber unsere Mom warst du schon davor.« Ich beobachtete sie, während sie hinter ihrem Tisch auf und ab lief. »Du solltest dich endlich daran erinnern, dass wir deine Kinder sind, keine Schachfiguren auf einem Spielbrett.«

»Ich wollte nie, dass ihr euch unwichtig fühlt.«

»Dann lass uns unsere eigenen Entscheidungen treffen. Wir sind dir zu ähnlich. Je mehr du uns unter Druck setzt, desto mehr kämpfen wir dagegen an.« Es fühlte sich merkwürdig an, in einer Diskussion mit meiner Mutter die Oberhand zu haben. »Ich werde dich immer noch wählen. Niemand kann so viel für dieses Land erreichen wie du. Ich bitte dich nur, deine Magie auch einmal für deine Kinder einzusetzen.«

»Du bist zu alt, um an Magie zu glauben.« Sie schnaubte.

»Du hast eine besondere Art, mit Menschen umzugehen. Mit dieser Art erreichst du, was du für wichtig hältst. Ich bitte dich nur, Caro, Ari und mich auch wichtig zu nehmen.«

»Du bist wichtig, Jake. Das seid ihr alle.« Sie sah mich vorsichtig an. »Du hast recht. Ich hätte mehr darauf achten sollen, was du und deine Schwestern brauchtet.«

»Ich habe gelernt, dass es von guten Führungsqualitäten zeugt, wenn man einen Fehler eingestehen kann.«

Sie schnaubte laut. »Wer zur Hölle hat das gesagt?«

»Ein Glückskeks.« Ich lächelte.

Sie lachte leise, bevor sie um den Tisch herumkam und zu mir aufsah.

»Wenn du Maddie liebst, werde ich euch nicht im Weg stehen.«

»Und du wirst den Gesetzesentwurf gegen Tierversuche nicht blockieren?«

»Nein. Macht weiter mit dem Entwurf, meinen Segen habt ihr.« Sie seufzte. »Tatsächlich habe ich überhaupt kein Problem mit dem Entwurf. Wenn ich Präsidentin werde, werde ich dafür sorgen, dass das Gesetz in Kraft tritt.«

»Ich nehme dich beim Wort.« Ich lächelte. »Und Ari und Caro?«

»Ich werde mich bemühen, ihre Gefühle zu berücksichtigen.« Sie kniff die Augen zusammen.

»Mom.«

»Caro ist praktisch erwachsen. Ich kann sie zu nichts zwingen. Und Ari ist noch zu jung, um einfach zu tun, wozu sie Lust hat. Wenn ich sie nicht an der kurzen Leine halte, streicht sie das Weiße Haus Tardisblau – oder wie auch immer die Farbe dieser fliegenden Box heißt.

»Du hast gerade eine *Doctor Who*-Anspielung gemacht.« Ich lächelte. »Sieh an, du schenkst deiner Tochter ja doch Beachtung.«

»Treib es nicht zu weit, Jake.« Sie schlang die Arme um mich und drückte mich kurz. »Geh, bevor ich meine Meinung ändere.«

»Du wirst deine Meinung nicht ändern, Mom.« Ich sah sie durchdringend an. »Ich meine es ernst. Sonst haben wir keinen Deal.«

»Und du glaubst, ich hätte dich nicht hervorragend erzogen.« Sie lachte. »Du verhandelst wie ein Profi.«

»Ich habe von der Besten gelernt.«

»Geh jetzt, Jake. Ein Termin wartet auf mich.«

»Ja, Ma'am.«

»Und sag Maddie, dass ich ihren Gesetzesentwurf nicht blockieren werde.« Sie knurrte. »Aber ich werde es nicht tolerieren, wenn sie mich noch einmal in der Öffentlichkeit anschreit.«

»Ich werde sie bitten, dich nicht mehr anzuschreien ... in der Öffentlichkeit.« Ich huschte zur Tür hinaus, bevor sie antworten konnte.

Die Sekretärin geleitete einen älteren Gentleman in das Zimmer, das ich gerade verlassen hatte, und ich atmete tief durch. Ich fühlte mich, als wäre mir eine fünfzig Kilo schwere Last von den Schultern genommen worden.

Und jetzt würde ich Senatorin Fletcher wegen eines Gesetzesentwurfs aufsuchen.

28. KAPITEL

MADDIE

»Du wirst noch blind«, ermahnte mich Phoebe.

»Ich starre ja nicht in die Sonne, Phoebe.« Ich verdrehte die Augen, schaltete mein Handy aber trotzdem aus und schob es mir in die Tasche. Auch wenn ich gerade sauer auf sie war, freute ich mich, dass sie endlich wieder zu Hause war.

»Nein, du suhlst dich in deinem Elend und glaubst, Jake liebt eine andere.« Sie zeigte über den Schreibtisch im Tierheim hinweg mit dem Finger auf mich. »Du glotzt ständig auf dieses Foto von ihm und eurer Freundin und suchst nach einem Detail, das deinen Verdacht bestätigt.«

Auf einer Internetseite war ein Foto von Jake aufgetaucht, wie er Kyla half, etwas ins Haus zu tragen, und es hatte sich wie ein Buschfeuer in den Medien verbreitet. Sie lachten, während Korbin mit Puz im Garten herumrannte.

Jedes Mal, wenn ich es sah, traf es mich mitten ins Herz. Er sah glücklich aus, entspannt. Mit einer anderen Frau. Mein Magen zog sich vor Eifersucht schmerzhaft zusammen.

Vor ein paar Tagen auf der Party hatte ich zugesehen, wie sie miteinander sprachen und lachten. Zuerst hatte ich gedacht, dass Jake vielleicht gekommen war, um mich zu treffen. Aber als ich gesehen hatte, wie er sie auf den Kopf küsste, konnte ich nicht schnell genug von dort verschwinden.

Ich hatte so lange gewartet, weil ich ihm die Chance geben

wollte, das Geschehene der letzten Zeit zu verarbeiten. Ich hatte ihm gesagt, dass ich ihn liebte, und er hatte mich weggeschickt.

Ich war so ein Idiot gewesen.

»Glaub mir, das bedeutet nichts. Du weißt, wie die Medien funktionieren. Das ist ein Schnappschuss, eine eingefangene Millisekunde, die so präsentiert wurde, dass man damit möglichst viele Zeitungen verkaufen und Klicks im Internet bekommen kann.« Phoebe sah mich stirnrunzelnd an. »Und wenn es nicht so ist, dann werde ich ihm in seinen dummen Hintern treten, bis er noch eine Prothese braucht.«

»Phoebe!« Ich wischte mir über die Wangen.

»Das machen Freunde so, Maddie.« Sie nahm sich einen Nagelknipser aus der Schublade. »Der kann sich auf was gefasst machen!«

Ich stöhnte.

»Wenn er sich nicht zusammenreißt, schneid ich ihm mit dem Knipser die Eier ab.«

»Ih. Das ist fies, selbst für dich.« Aber es brachte mich zum Lachen.

»Hast du dich um den neuen Hund in Zwinger zwölf gekümmert?« Sie tippte auf das Klemmbrett vor sich. »Wenn meine Witze schon nicht helfen, dann vielleicht körperliche Arbeit.«

»Du bist eine grausame und ungewöhnliche Freundin, Phoebe.«

»Danke.«

Den Rest meiner Schicht verbrachte ich damit, auf dem Gelände herumzurennen, Medizin zu verabreichen und Zwinger sauber zu machen. Ich wünschte, es hätte mich wirklich davon abgelenkt, über das Foto nachzudenken.

»Hey, Zeit zu gehen!« Phoebe tippte auf ihre Armbanduhr. »Du hast heute Abend noch eine Veranstaltung, oder?«

»Scheiße.« Ich sah auf und runzelte die Stirn. »Ja, Dad verleiht irgendeinen Preis, und ich muss dabei sein.«

»Geh und zieh dein Prinzessinnenkleid an.« Phoebe verzog das Gesicht. »Denn im Moment siehst du wirklich wie ein schlecht behandeltes Aschenputtel aus.«

Ich hob einen Fuß hoch und runzelte die Stirn beim Anblick von Matsch und Mist an meinen Arbeitsschuhen. Vielleicht würde ich auf dem Weg zum Weißen Haus ja eine Märchenfee treffen.

Ich schämte mich ein wenig, dass ich so dreckig war, und packte deshalb meine Schuhe in eine Plastiktüte, legte sie in den Kofferraum und setzte mich auf meine Jacke.

»Irgendwelche neuen Tiere?«, fragte Mona.

»Ein paar. Da ist ein wirklich süßes kleines Kätzchen. Es wird schnell ein neues Zuhause finden.«

»Es sind die Älteren, die es schwer haben.« Mona sagte das so, als arbeitete sie ständig mit Tieren. Vielleicht könnte ich sie überreden, an ihren freien Tagen auszuhelfen.

»Ja, und dabei sind sie schon stubenrein und an die Hundebox gewöhnt. Es ist eine Schande.« Ich vermisste Tony, aber ich begann, Mona wirklich zu mögen.

»Sie finden bestimmt ein Zuhause für sie.« Sie lächelte mich an.

Als ich im Wohnflügel ankam, waren die Mitarbeiter ganz nervös und aufgeregt. Bran lag auf einem der Sofas, trug seinen Smoking und spielte irgendein Videospiel.

»Boah. Du stinkst.« Er sah kurz auf, als ich vorbeirannte.

»Das ist Scheiße!« Ich lachte und schlug meine Tür zu. Mir blieb nur eine Stunde bis zum Fototermin, deshalb musste ich Gas geben.

Unter der Dusche beeilte ich mich und rasierte meine Beine nur flüchtig, damit ich später noch etwas mit meinen Haaren anstellen konnte. Für etwas Kompliziertes war die Zeit zu knapp, deshalb würde ich mich damit zufriedengeben müssen, sie unten einzudrehen, damit sie sich leicht wellten.

Ich zog ein schwarzes Kleid aus dem Schrank und runzelte die Stirn. Ich konnte mich nicht daran erinnern, es gekauft zu haben, aber mein Name war darangeheftet und es hatte die richtige Größe. Weil es mir einfacher erschien, etwas Schlichtes auszuwählen, zog ich das Kleid an, drehte mich zum Spiegel und erstarrte.

Es war sehr figurbetont, hatte aber trotzdem einen lockeren, fließenden Look. Der Ausschnitt zog sich bis weit unter meine Brüste und einen Rücken gab es quasi nicht.

»Ich dachte mir, dass es dir gut stehen würde.« Abigail betrat das Zimmer. Sie trug ein mitternachtsblaues Kleid und hatte die Haare hochgesteckt. »Du siehst atemberaubend aus, Maddie.«

»Hast *du* das für mich ausgesucht?« Es war ganz anders als die spießigen, langweiligen Kleider, die sie normalerweise für mich auswählte.

Sie kam herüber und stellte sich neben mich vor den Spiegel. »Ich habe deine Mutter einmal getroffen – lange bevor du geboren wurdest. Sie war eine lebendige Frau, die sich nie um Grenzen oder das Protokoll kümmerte. Sie war der Inbegriff eines Freigeistes. Ich mochte sie nicht und verurteilte sie, weil ich glaubte, sie sähe nicht das, was ich für das große Ganze hielt.«

»Äh, wenn du ein vertrauliches Gespräch …«

»Hör einfach zu. Ich habe Jahre gebraucht, um zu erkennen, dass ich deine Mutter gar nicht ablehnte. Ich war neidisch. Ich bin mit all diesen Regeln und Anforderungen aufgewachsen. Sie haben mein gesamtes Leben bestimmt und definiert, wer ich war. Als ich zurück in Colorado war, habe ich nach deiner

Mutter gesucht. Ich wollte ihr sagen, dass sie mir etwas sehr Wichtiges über mich selbst beigebracht hatte.« Sie fummelte an meinem Kleid herum, und mir wurde klar, dass sie wirklich nervös war. »Und so habe ich deinen Vater kennengelernt. Als ich sie wiederfinden wollte, war deine Mutter bereits seit einigen Monaten tot.«

»Das wusste ich nicht.«

»Mir ist klar, dass wir nicht immer einer Meinung sind. Aber ich habe dich lieb, Maddie. Als dein Vater mich in seine Familie aufgenommen hat, bist du zu meiner Tochter geworden. Ich weiß, dass ich nicht deine Mutter bin, aber ich habe dich so lieb, als wärst du meine eigene Tochter.« Sie senkte den Blick, denn ihre Augen waren feucht geworden. »Und ich bin stolz auf dich.«

»Ich habe dich auch lieb.« Ich streckte die Hand aus und drückte die ihre.

»Jedenfalls habe ich dieses Kleid gekauft, als ich es sah, weil ich wusste, dass du Jake darin den Atem rauben würdest. Ich schäme mich, dass ich zuerst gedacht habe, er würde einen guten Einfluss auf dich haben, denn jetzt weiß ich, dass *du* gut *für ihn* bist. Du hast diese Gabe, das Beste aus den Leuten herauszuholen.«

»Abigail, vielen, vielen Dank, aber Jake …«

»Ist noch nicht hier. Also hast du noch jede Menge Zeit, dich fertig zu machen. Ich finde, deine Haare sehen wunderbar aus, wenn du sie offen trägst.« Um meinen Schock noch zu vergrößern, beugte sie sich vor und küsste mich auf die Wange. »Wir treffen uns unten.«

»Aber Abigail …«

Sie ging schnurstracks aus dem Zimmer und zog die Tür hinter sich zu.

Jake würde heute Abend hier sein?

Mir blieben zwei Möglichkeiten. Ich konnte mich verstecken und schmollen oder meine Rüstung anziehen und runtergehen.

Beides zusammen ging leider nicht.

Also kümmerte ich mich sorgfältig um mein Make-up, nahm mir die Zeit, einen akkuraten Lidstrich zu ziehen, und die Foundation perfekt aufzutragen. Ich durchsuchte meinen Schmuck und entschied mich für ein Paar Smaragdohrringe, aber gegen eine Kette. Dieser Ausschnitt brauchte kein Accessoire.

Ich sah meine Schuhe durch und wünschte mir, ich hätte etwas mit mehr Sexappeal, musste aber mit dem vorliebnehmen, was da war. Ich hatte ein Paar schwarze Stilettos, das musste reichen.

Als ich fertig war, betrachtete ich mich erstaunt im Spiegel. Ich sah eine umwerfende Frau voller Anmut und mit einem dennoch leicht wild wirkenden Charme.

Jake hatte mich einmal seine Elfenkönigin genannt. Die Frau im Spiegel trug elegantes Schwarz mit etwas Schmuck und war bereit, ihre Magie einzusetzen.

Wenn Jake mich nicht liebte, sollte er wenigstens sehen, was er verpasste.

Ich nahm eine kleine, juwelenbesetzte Tasche und steckte alles Notwendige hinein.

»Maddie?« Beim Klang der Stimme meines Vaters drehte ich mich um. »Wow, du siehst fantastisch aus.«

»In diesem Kleid wirst du ein Lätzchen brauchen.« Bran runzelte die Stirn, offensichtlich entsetzt wegen meines Ausschnitts.

»Ich werde mir eins von deinen vom Kindertisch leihen.« Ich lächelte ihn an, und er verdrehte die Augen.

»Abigail hat mir das Kleid gezeigt, als es angekommen ist. Sie kennt sich definitiv gut aus.« Mein Vater nahm meine

Hand und brachte mich dazu, mich zu drehen. »Jake wird nicht wissen, wie ihm geschieht.«

»Jake und ich haben seit – einer ganzen Weile nicht miteinander gesprochen. Also lass das Thema bitte ruhen, ja?«

»Er müsste bescheuert sein, heute Abend nicht mit dir zu sprechen«, sagte Bran. »Ich meine, du bist meine Schwester, also ist das …«, er wedelte mit den Händen in meine Richtung, »… widerlich, aber wenn du nicht meine Schwester wärst, würde ich sagen, er ist ein Idiot.«

»Ich glaube, da war irgendwo ein Kompliment versteckt.« Stirnrunzelnd sah ich meinen kleinen Bruder an. »Bist du etwa nett zu mir?«

»Ich geb's auf.« Bran verdrehte die Augen und machte sich auf die Suche nach Abigail.

Als ich Bran folgen wollte, hielt mein Vater mich an der Hand fest. »Geht's dir gut?«

»Ja, alles in Ordnung.« Ich drückte ihm die Finger. »Ich werde schon klarkommen.«

Er nickte. Es stimmte. Ich würde klarkommen. Ich musste nur den Abend überstehen, ohne mich zum Affen zu machen.

Wir posierten für die Fotografen, und es gelang mir, Virginias eisiges Verhalten zu ignorieren, aber ich freute mich, Caro und Ari zu sehen. Glücklicherweise war Jake nicht für die Fotos aufgetaucht.

Tatsächlich sah ich ihn erst, als ich mich an meinen Tisch setzte. Beim Anblick der Tischkarten überlegte ich, sie zu vertauschen, um der Situation zu entkommen, aber dann entschied ich mich dafür, mich wie eine Erwachsene zu verhalten. Wenn Jake jetzt mit Kyla zusammen war, würde ich versuchen, mich für die beiden zu freuen.

Und vielleicht würde ich meine Meinung ändern und Phoebe mit dem Nagelknipser losschicken.

»Ich wollte es dir schon vorhin sagen: Du siehst umwerfend aus.« Jake setzte sich auf seinen Platz und musterte mich hungrig.

»Danke.« Meine Finger verkrampften sich unter dem Tisch um meine Handtasche, und ich brachte ein höfliches Lächeln zustande.

»Maddie, ich würde wirklich gern mit dir sprechen.« Er berührte meinen Arm, und jede Faser meines Körpers kribbelte wie elektrisch aufgeladen. »Es ist so viel passiert.«

»Mein Vater wird gleich seine Rede halten.« Ich nickte in Richtung meines Vaters.

»Später?«

Ich ignorierte ihn und konzentrierte mich auf meinen Vater. Tränen brannten mir in den Augenwinkeln, aber ich wollte verdammt sein, meine Kriegsbemalung zu ruinieren, bevor er mir überhaupt gesagt hatte, dass ich nun seiner Vergangenheit angehörte.

»Bitte, Maddie? Ich schulde dir eine Erklärung.«

Ich deutete ein kurzes Nicken an, sah ihn aber für den Rest des Abendessens nicht mehr an. Es war schlimm genug, dass er neben mir saß, sein Ärmel meinen Arm streifte, sein Knie gegen meins stieß. Jede Berührung war wie ein Dolchstoß mitten ins Herz.

Als die Teller abgeräumt wurden, suchte ich nach Möglichkeiten, Jake aus dem Weg zu gehen. Bei einigen Leuten im Saal konnte ich auf einen Tanz zählen, bei einigen anderen möglicherweise. Und noch bevor es jemand bemerkte, würde ich mich aus dem Staub machen.

Fluchtartig verließ ich den Tisch, um nicht vor all diesen Leuten mit Jake sprechen zu müssen. In diesem Moment zog Senatorin Fletcher meine Aufmerksamkeit auf sich, da sie mir mit einer Handbewegung bedeutete, zu ihr herüberzukommen.

»Maddie, meine Liebe, Sie sehen atemberaubend aus.« Sie beugte sich nach vorn, um mir einen Kuss auf die Wange zu geben.

»Vielen Dank. Wie geht es Ihnen?«

»Wunderbar. Hat Jake Ihnen schon die Neuigkeiten erzählt?«

»Neuigkeiten?« Ich runzelte die Stirn.

»Wir haben einen Sponsor, und alles ist vorbereitet für den nächsten Schritt.« Senatorin Fletcher strahlte. »Die Vizepräsidentin hat uns sogar ihre Liste mit Befürwortern gegeben. Jake hat sie davon überzeugt, Ihren Gesetzesentwurf zu unterstützen.«

»Er hat *was*?« Meine Stimme war etwas lauter als beabsichtigt.

»Ich dachte, Sie wüssten Bescheid.« Sie runzelte die Stirn. »Ich sollte wirklich nicht mehr verraten. Jake soll es Ihnen selbst erzählen.«

»Ich verstehe das nicht. Sie haben gesagt, Sie würden den Entwurf erst mal zurückhalten.«

»Das habe ich, meine Liebe. Genau wie Sie es wollten, aber Jake kam diese Woche in mein Büro und hat darauf bestanden, dass wir ihn einreichen.« Sie berührte mich am Arm. »Geht es Ihnen gut? Sie sehen blass aus.«

»Ich … ich bin verwirrt, das ist alles.« Ich setzte mich auf einen Stuhl in der Nähe. War das seine Art, sich dafür zu entschuldigen, dass er mich verlassen hatte? Oder sollte Phoebe recht behalten und er liebte mich doch noch?

»Maddie, würdest du mit mir tanzen?« Jake stand neben meinem Stuhl und streckte mir die Hand entgegen. Ich sah mich im Raum um und wünschte, mein Bruder würde meine Gedanken lesen können. Mit meinem Bruder konnte ich immer tanzen. »Bitte?«

Die Leute beobachteten uns und warteten auf meine Reaktion. Ich wollte etwas Geistreiches sagen, eine großartige Entschuldigung vorbringen, aber ich traute mich nicht, den Mund zu öffnen.

Stattdessen sah ich auf in seine warmen braunen Augen und nickte zustimmend.

Er zog mich in seine Arme und führte mich sicher durch die anderen Tänzer. In seinen Armen zu sein, war wunderschön und schmerzhaft zugleich. Ich liebte ihn und würde ihn gehen lassen, wenn er das wollte, aber ich hatte immer noch die Hoffnung, dass er wegen mir hier war. Und diese Hoffnung quälte mich.

»Du siehst mich nicht an.« Er beugte sich näher zu mir, und sein Atem kitzelte meine Haut.

»Warum hast du dafür gesorgt, dass die Arbeit am Entwurf wieder aufgenommen wurde?« Ich antwortete mit einer Gegenfrage.

»Weil ich weiß, wie viel er dir bedeutet.« Seine Hand an meiner Taille zog mich ein bisschen näher an sich heran. »Bitte, sieh mich an.«

»Ich will dich nicht ansehen, Jake.« Er strich mir mit dem Daumen in einer tröstenden Bewegung über die Finger.

»Warum nicht?«

»Ich will nicht vor all diesen Leuten weinen.« Meine Stimme zitterte, und ich starrte zur Seite, während wir tanzten. »Und wenn ich dich ansehe, werde ich weinen.«

»Das müssen wir ändern, weil ich die Augen nicht von dir abwenden kann.«

Ohne ein weiteres Wort zog er mich von der Tanzfläche und die große Treppe hinauf. Nach einem schnellen Blick zurück öffnete er die Tür zum Lincoln-Wohnzimmer, in dem er mich vor Monaten bereits einmal heimlich geküsst hatte.

»Maddie, bitte sieh mich an, wenn ich das jetzt sage.« Er hob mein Kinn, und ich holte tief Luft, bevor ich seinem Blick begegnete.

»Da bist du. Bei Gott, wie ich dich vermisst habe, Maddie. Ich habe dich mehr vermisst als alles andere in meinem Leben. Mein Bein zu verlieren war ein Spaziergang im Vergleich zu der Zeit ohne dich.«

»Ich verstehe dich nicht.« Ich blinzelte, als mir die Tränen in die Augen stiegen. »Du hast mir gesagt, ich solle gehen. Ich habe versucht, stark und geduldig zu bleiben, aber dann habe ich dich mit Kyla gesehen.«

»Du hast mich mit Kyla gesehen? Du meinst dieses lächerliche Bild von mir, auf dem ich ihr helfe, die Nähmaschine zu tragen? Maddie, du weißt, wie die Medien Dinge verdrehen. Kyla näht Babykleidung und verkauft sie online.«

»Es ist nicht nur das.« Ich sah zur Seite. Ich wollte nicht, dass er mich weinen sah. Er sollte mich nicht so verloren sehen.

»Tu das nicht. Ich muss dir in die Augen schauen, Maddie. Bitte, sieh nicht weg.«

»Ich habe dich in ihrem Haus gesehen. Ich habe gesehen, wie du sie geküsst und gehalten hast.« Ich schluchzte auf und biss mir auf die Lippe.

»Schhh. Wein doch nicht. Wovon redest du?« Dann dämmerte ihm die Erkenntnis. »Bist du deswegen an diesem Abend so plötzlich verschwunden? Auf der Party?«

»Ich wollte nicht bleiben und den Mann, den ich liebe, mit einer anderen beobachten.« Mit einem Mal wurde ich wütend. »Ich habe dich gesehen. Also bin ich gegangen, damit ich mich nicht von allen bedauern lassen musste.«

»Maddie, ich bin nicht in Kyla verliebt.« Er lachte leise, und ich biss die Zähne zusammen. »Wie könnte ich in Kyla verliebt sein, wenn ich in dich verliebt bin?«

»Ich … ich … du verwirrst mich. Du gibst zu, dass du sie geküsst hast, aber mich liebst?«

»Ja, ich habe sie auf den Kopf geküsst, genau wie ich es bei meinen Schwestern mache.«

»Wie bei deinen Schwestern«, wiederholte ich.

»Madeline McGuire, ich liebe dich. Du hast uns in dem Moment beobachtet, als Kyla mir sagte, ich solle nicht so eine Pussy sein und um die Frau kämpfen, die ich liebe.« Sein Blick wurde sanft, als er mich an sich zog. »Und genau das tue ich jetzt. Ich kämpfe um die Frau, die ich liebe.«

»Sie hat dich eine Pussy genannt?« Ich runzelte die Stirn.

»Ja.« Er lachte.

»Du liebst mich.« Ich zögerte bei jedem Wort. »Aber du hast mich weggeschickt. Ich habe dich seit Wochen nicht gesehen.«

»Ja. Ich bin bescheuert, und ich werde sicher noch mehr dumme Fehler machen, aber ich werde dich nie wieder gehen lassen. Ich bin nicht perfekt. Ich bin kaputt, von außen und von innen, aber es wird besser. Ich will, dass es mir besser geht – für dich und für mich.« Er legte die Stirn an meine. »Ich möchte nichts mehr vor dir verbergen. Keine Tabuthemen mehr zwischen uns. Wenn du wissen willst, wie ich mich fühle oder wie es mir geht, dann sage ich es dir. Ich bin in Therapie, aber es wird nicht über Nacht verschwinden.«

»Du gehst zu Dr. Beaudreau?« Ich schniefte.

»Ja. Vielmehr, er kommt zu mir. Und er möchte dich kennenlernen.« Seine Hände glitten um meine Taille herum zu meinem Rücken.

»Du liebst mich wirklich.«

»Maddie, ich liebe dich schon so lange, wie ich mich erinnern kann. Ich war nur zu dumm, es zu erkennen. Du warst schon vor all den Jahren die Richtige. Ich war so eifersüchtig auf diesen Scheißkerl, mit dem du dich davongeschlichen hast, ich habe es nur nicht verstanden.«

Er beugte sich herunter, legte seine Lippen auf meine, und der Blitz schlug in meinen Körper ein.

»Ich liebe dich, wenn du Männerstiefel und verrückte T-Shirts trägst.«

Er küsste mich noch einmal, und dieses Mal bewegten sich seine Hände langsam über meinen Körper.

»Ich liebe dich, wenn du dich wie eine Elfenkönigin anziehst.« Sein Mund war so weich. »Ich liebe dich, wenn du Kartoffelbrei in den Haaren hast.«

Ich lachte, als er mich sofort wieder küsste.

»Aber am meisten liebe ich dich dafür, dass du du bist, dass du hart arbeitest und von ganzem Herzen liebst. Ich liebe die Gefühle, die du in mir auslöst, und wie du einen Raum zum Leuchten bringst, einfach nur durch deine Anwesenheit. Ich liebe das alles, Maddie. Selbst deinen schlechten Filmgeschmack.«

Diesmal küsste er mich so lange, dass ich danach ganz außer Atem war.

»Ich liebe dich auch, Jake.«

Als er mich danach küsste, gab es keine Grenzen mehr. Er drückte mich an sich, und ich strich über seine Schultern, bevor ich an seinem Hemd zog.

»Ich will dich«, flüsterte ich. »Ich brauche dich, Jake. Ich muss dich berühren und spüren.«

Zur Antwort hob er mich schwungvoll hoch. Ich quietschte, und er brachte mich mit einem weiteren Kuss zum Schweigen, was ich völlig in Ordnung fand, denn ich konnte nicht genug von seinem Geschmack bekommen.

Er öffnete eine Tür, bevor er ein dunkles Zimmer betrat.

»Jake, das ist das Lincoln-Schlafzimmer.«

»Übernachtet jemand hier?« Er sah sich um.

»Nein.« Ich schüttelte den Kopf.

»Dann kümmert es auch keinen.« Er stellte mich auf den Boden, bevor er die Tür abschloss. »Ich will nicht länger auf dich warten.«

»Dann tu es nicht.« Ich schob die Finger unter seinen Gürtel, zog ihn zu mir heran und genoss das leise Stöhnen, das ihm über die Lippen kam.

»Mad…«

»Schhh.« Ich berührte seine Lippen. »Küss mich einfach, Jake.«

Ich ließ ihm keine Zeit zu antworten, sondern zog seinen Kopf zu mir herunter, um seinen Mund zu erobern. Als er unter den Stoff meines Kleides fuhr, wehrte ich mich nicht. Ich wollte seine Haut an meiner spüren, ihn schmecken, ihn berühren. Ich schob ihm die Smokingjacke von den Schultern und öffnete eilig seinen Gürtel.

Bevor ich ihm die Hose über die Hüften streifen konnte, griff er um mich herum und öffnete meinen Reißverschluss. Mit einer sanften Berührung schob er mir die Träger von den Schultern und ließ das Kleid ein Stück heruntergleiten, um meine Brüste zu entblößen.

»Du bist wunderschön.« Seine Stimme war heiser, während er meinen Anblick aufsaugte.

»Berühr mich, Jake.«

Er strich mir mit den Fingern über die Arme und Schultern und zeichnete mein Schlüsselbein nach, bevor er sich meinen Brüsten zuwandte. Als er sie mit den Händen umfing, holte ich scharf Luft. Mit dem Daumen strich er über meine Brustwarzen, dann kniff er sanft hinein. Ich wölbte mich ihm entgegen und stöhnte.

Hungrig beugte er sich zu meinen Brüsten hinunter, er

neckte sie mit den Lippen, und ich sank gegen die Wand. Dann saugte er daran und kratzte mit den Zähnen über die Spitzen.

»Jake!« Als er sanft hineinbiss, hielt ich seinen Kopf und seufzte.

»Was willst du, Maddie?« Er hob den Kopf, um mich anzusehen.

»Mehr. Alles.« Ich keuchte, als er sich meiner anderen Brust zuwandte. »Ich brauche dich in mir, Jake.«

Er stand auf und zog sich aus. Sein Shirt landete irgendwo bei seiner Jacke auf dem Boden.

Sobald er mich losgelassen hatte, glitt mein Kleid leise raschelnd zu Boden. Ich kniete mich auf den Boden und sah zu Jake auf. Die Hitze in seinen Augen war die Ermutigung, die ich brauchte.

Ich ergriff seinen Schaft und strich darüber, bevor ich ihn in den Mund nahm. Er fuhr mir mit den Fingern durch die Haare, und ich bewegte den Mund an seinem Schaft entlang.

»Verdammt, das fühlt sich gut an.« Er stöhnte, als ich immer schneller saugte und leckte. »So gut.«

Ich nahm so viel von ihm auf, wie ich konnte, weil der Klang dieser köstlichen Geräusche, die er von sich gab, so unwiderstehlich war, dass ich mehr davon wollte. Schließlich zog ich mich für einen Moment zurück und fuhr mit der Zunge über die Unterseite seines Schafts, bevor ich ihn wieder einsaugte und leise summte.

»Oh Gott, Maddie.« Er krallte sich in meinen Haaren fest. »Das ist zu viel.«

Er packte mich bei den Schultern und hob mich auf die Füße. Augenblicklich eroberte er wieder meinen Mund, während seine Hände jede meiner Kurven streichelten und dann unter mein Seidenhöschen fuhren. Jetzt war ich diejenige, die stöhnte.

»So nass, nur für mich.«

»Für dich.« Ich schnappte nach Luft, als er mich mit den Fingern neckte.

»Genau dort möchte ich jetzt sein. Ich möchte dich ansehen, wie du dich unter mir bewegst.«

Er zog mich rückwärts zu dem großen Himmelbett. Dann legte er mich auf den Überwurf und ließ die Augen über mich wandern.

»Öffne dich für mich, Maddie.« Er berührte mein Knie, und ich spreizte die Beine. »So schön.«

Er strich über den größer werdenden feuchten Fleck auf meinem Höschen, bevor er den Stoff mit beiden Händen packte und zerriss.

»Oh«, keuchte ich.

»Verhütest du immer noch?« Er fuhr mit den Händen über die Innenseiten meiner Schenkel.

»Ja«, antwortete ich schnell.

»Gott sei Dank.« Er kletterte auf mich und positionierte seinen Schwanz vor meinem Eingang. »Bist du bereit, Süße?«

»Immer.« Ich streckte die Hand aus und fuhr mit dem Finger seine Kinnpartie entlang.

Jake drehte den Kopf zu meiner Hand, küsste meine Finger und drang in mich ein.

Stöhnend reckte ich ihm die Hüften entgegen, während er seine eng an mich drückte. »Ich liebe dich, Maddie. Du bist mein Zuhause, meine Familie.«

»Ich liebe dich auch, Jake.« Während er sich auf mir bewegte, zog ich sein Gesicht zu mir. Ich strich ihm über die Arme, den Rücken, die Brust, bevor meine Hände seinen Po packten.

»Es ist zu lange her.« Er vergrub den Kopf an meinem Hals. »Ich habe dich so sehr vermisst, Maddie.«

»Dann warte nicht länger.« Ich kam seinen Stößen entgegen. »Ich bin kurz davor.«

Er stöhnte laut und bewegte sich schneller. »Meine süße Maddie. Meine wunderschöne Elfenkönigin.«

»Ja, jetzt.« Ich schlang ihm ein Bein um die Hüften, und mein Kopf fiel vor Verlangen zurück. »Perfekt, mein perfekter Mann.«

Ich keuchte laut, als er über mir erstarrte. Meine Muskeln spannten sich an, und gemeinsam mit Jake erreichte ich den Höhepunkt.

Als die Welt aufhörte, sich zu drehen, und die Sterne vor meinen Augen verschwanden, rieb ich mein Gesicht an seinem kratzigen Kinn.

Er stützte sich auf die Ellbogen und sah mich ehrfürchtig an.

»Ich bin mir sicher, dass Elfenblut durch deine Adern fließt.« Sanft berührte er meine Nase, bevor er mir über die Lippen strich.

»Da bin ich mir nicht sicher, aber immerhin stammt meine Familie aus Irland.«

»Dann muss es daran liegen.« Er lachte leise.

»Also, sind wir jetzt zusammen? Was machen wir als Nächstes? Mehr Therapie?«

Er schlang die Arme um mich, drehte sich um und legte mich auf seine Brust.

»Als Nächstes machen wir alles gemeinsam. Zuerst bekommst du einen Schlüssel für mein Haus, und dann leben wir einen Tag nach dem anderen.«

»Du möchtest, dass ich bei dir einziehe?« Ich sah ihn an.

»Auf jeden Fall. Wenn du dazu bereit bist. Das Haus fühlt sich anders an ohne dich.«

»Was noch?«

»Du beendest die Uni, wir kriegen das Gesetz durch, und dann leben wir glücklich und zufrieden bis ans Ende unserer Tage.« Er lächelte mich an.

»Das hört sich gut an.« Ich schmiegte mich enger an ihn.

»Finde ich auch.« Er seufzte zufrieden.

EPILOG

MADDIE

Fast zwei Jahre später

»Ich kann nicht glauben, dass das gerade wirklich passiert.« Ich umklammerte die Stuhllehnen und beugte mich vor, um besser zu sehen. Ich fühlte mich, als wäre mein gesamtes Leben auf diesen einen Moment ausgerichtet gewesen, und konnte kaum richtig atmen. Es hatte zwei Anläufe und jede Menge Änderungen gebraucht, bis der Gesetzesentwurf an diesem Punkt angelangt war.

»Dein Beweis ist genau hier.« Jake zeigte auf den Fernseher. »Noch zwei Stimmen, dann ist es geschafft.«

Trotz meiner Abneigung gegen Politik hatte ich nach meinem Abschluss an unterschiedlichen Dingen mitgearbeitet, wie ich es mir niemals erträumt hätte: an Gesetzesentwürfen, die sauberes Trinkwasser garantierten, an einem Kurswechsel in der Umweltpolitik, und ich war das Gesicht verschiedener Wohltätigkeitsorganisationen geworden.

»Und wenn noch etwas schiefgeht? Wenn jemand in letzter Minute seine Meinung ändert?« Ich kaute auf meinem Daumennagel herum. Die neue Präsidentin, Virginia Simmon, saß im Publikum und lächelte, als wäre der Gesetzesentwurf ihre Idee gewesen. Sie konnte den Entwurf immer noch platzen lassen, wenn er auf ihrem Tisch landete, aber ich hoffte, dass sie das Richtige tun würde. Nach ihrem entscheidenden Gespräch mit Jake vor zwei Jahren hatte sie seine Worte anscheinend wirklich beherzigt. Entweder das, oder sie war weicher geworden, nachdem sie endlich ihr Ziel erreicht hatte und Präsidentin geworden war.

»Wart's ab.« Jake saß ruhig neben mir. Seine Miene war gelassen, aber sein wippender rechter Fuß verriet mir eindeutig, wie aufgeregt er war. Er machte sich keine Sorgen wegen seiner Mutter, war aber hoch konzentriert. Unser Leben war voller glücklicher Momente, aber es erforderte viel Arbeit und Geduld. Er ging immer noch zu Dr. Beaudreau, jedoch nicht mehr so oft. Jake war immer noch so beschäftigt mit der RCVA, dass ich befürchtet hatte, er würde die Abstimmung verpassen.

»Noch eine Stimme!«, rief einer der Mitarbeiter aus einem anderen Zimmer, während Applaus aufbrandete und ich tief Luft holte und wieder auf den Fernseher schaute.

»Siehst du? Ich habe dir gesagt, dass es gut geht.« Jake nahm meine Hand und küsste mir die Finger.

»Wir könnten es schaffen.« Ich sah zu ihm auf. »Wir könnten das wirklich erreichen!«

Aus dem anderen Zimmer war ein Brüllen zu hören, kurz bevor eine Gruppe von Leuten in unser kleines Büro stürmte.

»Wir haben es geschafft!«

»*Du* hast es geschafft!« Ich sah kurz die Gesichter von Tony und seiner Frau, bevor das fröhliche Gurgeln ihres neugeborenen Babys im Tumult unterging.

»Super gemacht, Maddie!«

Mein Blick war weiterhin auf den Fernseher geheftet, während mich Leute umarmten und mir auf den Rücken klopften. Ich würde nicht wegschauen, bis ich die letzte Stimme gesehen hatte. Ich konnte es nicht glauben, bis ich es mit eigenen Augen sah.

Ohne zu blinzeln, starrte ich auf die Zahl am unteren Ende des Bildschirms.

Na los. Na los!

Dann passierte es. Kein Tusch markierte das Ereignis, keine Konfettikanone, nur eine Veränderung der Zahl am Bildschirmrand und aufbrandender Applaus im Senatssaal. Ich brauchte eine Sekunde, bis mein Gehirn die veränderte Zahl registrierte.

Mit großen Augen sah ich Jake an.

»Wir haben es geschafft«, flüsterte ich. »Wir haben es wirklich geschafft.«

Er hob mich schwungvoll hoch und wirbelte mich herum, trotz der Menge an Leuten, die sich in meinem winzigen Büro drängten. Ich schlang ihm die Arme um die Schultern und vergrub mein Gesicht an seinem Hals, damit niemand meine Tränen sah.

»Ich kann nicht glauben, dass wir es geschafft haben.«

»Ja, wir haben es geschafft!« Jake lächelte mich stolz an. »Ich habe nie daran gezweifelt.«

Ich stand auf Zehenspitzen und küsste ihn. Es war keine sofortige Hilfe für all die Tiere, die im Labor festsaßen, aber es war ein Anfang. Ab sofort durften keine Primaten mehr für Laborversuche verwendet werden, und die Tiere, die noch in den Laboren saßen, mussten in der nächsten Zeit schrittweise aus den Programmen entlassen werden. Niemand würde heute Nacht Käfige öffnen, um junge Hunde freizulassen, aber irgendwann würden sie hoffentlich gar nicht erst in Laborkäfigen gefangen sein.

Ich konnte mir keinen schöneren Moment vorstellen.

Aber damit lag ich falsch.

Jake löste sich von mir, ging auf die Knie und zog eine kleine Schachtel aus der Tasche.

»Oh mein Gott!«, flüsterte einer der Praktikanten laut, während alle um uns herum die Luft anhielten. Diese Leute hatten zwei Jahre lang mehr als hart für uns gearbeitet, und weil jemand im Hintergrund »Ja« flüsterte, vermutete ich, dass sie geahnt hatten, dass das hier passieren würde.

»Jake?« Ich sah ihm in die Augen und war tief bewegt angesichts der grenzenlosen Liebe, die sich darin widerspiegelte.

»Madeline McGuire, ich bin kein perfekter Mann, aber ich verspreche dir, jeden einzelnen Tag nach Perfektion zu streben. Ich verspreche dir, dich jeden einzelnen Tag zu lieben. Ich verspreche dir, immer mein Bestes für dich zu geben. Ich werde mit allen Hunden spazieren gehen, die du aus dem Tierheim holst, und alle Kätzchen mit der Flasche aufziehen, die du mit nach Hause bringst. Ich werde alles für dich tun, solange ich es mit dir zusammen tun kann.« Er öffnete die Schachtel, und ich starrte den birnenförmigen Diamantsolitär ehrfürchtig an. »Willst du mich heiraten?«

Als ich den Ring erblickte, der einmal meiner Mutter gehört hatte, bekam ich sofort feuchte Augen. Er musste schon vor Wochen mit meinem Vater gesprochen haben, um den Ring aus unserem Bankschließfach in Colorado zu bekommen.

»Das ist der Ring meiner Mutter.« Ich schluckte, weil die Tränen drohten überzulaufen. »Du gibst mir den Ring meiner Mutter.«

»Das war der einzig passende Ring für dich.« Er lächelte zu mir hoch, bevor er eine Augenbraue hob. »Also, was denkst du? Willst du die Ewigkeit mit mir verbringen?«

»Ja.« Ich kniete mich vor ihn auf den Boden. »Ja, ich heirate dich. Und Ja zur Ewigkeit.«

Er hielt meine zitternden Hände in seinen und steckte mir den Ring an den Finger.

»Ich liebe dich, Maddie.« Schwungvoll nahm er mich für

einen heißen Kuss in die Arme, bevor er mich hochzog und mich noch einmal herumwirbelte.

Nun konnte ich die Tränen nicht länger zurückhalten. Es war mir völlig egal, wer sie sah. Das letzte Jahr war sehr arbeitsreich gewesen, es hatte eine Menge Höhen und Tiefen gegeben, aber mit Jake an meiner Seite war es das alles wert gewesen.

»Ich liebe dich, Jake.«

DANKSAGUNG

Es gibt Zeiten, da fließt ein Buch so schnell aus einer Autorin heraus, dass sie kaum weiß, was sie eigentlich geschrieben hat. Und dann gibt es Bücher, die mühsam unter Blut, Schweiß und Tränen geschrieben werden. *Bedmates* ist eins dieser Bücher. Das liegt nicht daran, dass ich die Geschichte oder die Charaktere nicht geliebt hätte, sondern genau weil ich das alles so sehr geliebt habe, war es so schwer. Dies ist ein echtes Werk der Liebe.

Jake und Maddie haben mich seit Jahren begleitet, sind mir schon lange im Kopf herumgespukt, und ich bin so dankbar, dass ich die Möglichkeit habe, ihre Geschichte mit euch zu teilen. Mein Dank geht an die Leute, die das möglich gemacht haben.

Ein riesiges Dankeschön gilt meiner Agentin, Rebecca Friedman, und meiner Lektorin, Tessa Woodward, für ihre engelsgleiche Geduld. Ich bin überrascht, dass sie nicht nach Georgia gefahren sind und mir das Manuskript aus den Fingern gerissen haben. Ich konnte nicht loslassen.

Wie immer muss ich meinem Mann danken. Seine Geduld und sein Verständnis sind meine Rettungsleine, wenn ich einen panischen Autorenmoment habe. Ein riesiger Dank geht an meine Tochter, die mich immer daran erinnert, dass es im Leben mehr als die fiktiven Charaktere in meinem Kopf gibt.

Vielen Dank an all meine Freunde und meine Familie, die mich unterstützt haben, während ich meinen Traum verfolgt habe. *American Royals – Wer wir auch sind* ist mein zehnter veröffentlichter Roman, und das ist ein unglaubliches Gefühl.

Danke auch an all die Leserinnen, die mich und meine Bücher unterstützen. Ohne euch würde niemand die Charaktere kennenlernen, die mich nachts nicht schlafen lassen. Ihr macht das alles möglich.